KB241904

존재의 집에 이르는 지도

존재의 집에 이르는 지도

존재의 집에 이르는 지도

문흥술 평론집

작가

책머리에

문학의 길에 들어섰을 때 처음 접하게 된 명제가 문학은 언어예술이라는 것이다. '언어'와 '예술'이라는 두 개념어를 신주처럼 떠받들면서, 문학이 무엇인지에 대해 무척이나 고민을 했던 기억이 있다. 그러면서 '언어'라는 측면에 매료되어, 문학은 아름답고 화려하면서도 유장한 문장과 묘사를 구사해야 한다는 강박관념에 사로잡힌 채, 그런 작품들을 골라 밤새 읽으면서 미친 듯이 탐닉해 들어갔었다. 누군가가 문학이 무엇이냐고 물을 때면, 서슴없이, 아주 확신에 차, 문학은 '언어'로 된 예술이라고 단정을 했었다. 그러다가 이게 아니라는 회의가 들기 시작했고, 그럴 즈음에 '예술'이라는 개념이 의식을 짓누르기 시작했다.

문학은 언어 '예술'이다. 그럼 '예술'로서의 문학은 무엇인가. 그 답을 찾기 위해 미학을 비롯한 이론서를 뒤적거리기 시작했고, 그러면서 문학연구와 문학비평을 동시에 병행해나갔다. 그 과정에서 무딘 내 문학적 의식을 날카롭게 파고드는 것이 하나 있었다. 문학작품에 대해 '옳거나 틀리다'는 판단을 할 수 없다는 것이 그것이다. 문학작품은 '좋고 나쁠' 뿐이다. 좋은 작품은 좋은 감동을 주는 것인데, 이러한 좋은 작품에 대해 그것이 유효한 작품인가 아닌가를 따져야 한다. 작품의 유효성 여부는 그 작품의 역사성에 달려 있다. 유효한 작품은 그 작품이 소속된 시대와 사회의 전체성을 드러내면서 동시에 그 속에 내포된 모순을 비판하고 그 모순이 극복된 새로운 세계를 지향한다.

이후, 나는 사회의 모순을 비판하고 그 극복을 지향하는 '유효한 작품'을 찾고자 했다. 일제강점기에서부터 오늘날에 이르기까지 유효한 작품을 읽고 비평하고 연구하면서 내 문학적 사유가 도달하게 된 중간지점이 '존재의 집'이다. 이것은 예술을 두고 '존재의 드러냄 혹은 개진'이라고 명명한 하이데거의 진술에 기초하고 있다. '존재의 집'이야말로 지금의 내 문학적 사유가 도달한 '유효한 작품'에 대한 판단기준이다. 인간과 인간, 인간과 자연, 영혼과 육체가 합일되어 조화롭게 공존하던 '존재의 집'이 자본주의에 이르러 황폐화되면서 생명의 녹색향기를 상실하게 되었고, 따라서 자본주의에 있어서 모든 예술은 그런 상실된 '존재의 집'을 '드러내거나 개진'해야 한다. 하이데거의 이 명제와 함께 내 문학적 사유를 지배하는 또다른 한 축이 푸코의 '고독한 백조의 최후의 노래'이다. 모든 새들이 어둠 속에서 길 잃고 방황할 때, 문학만이 홀로, 고독하게, 최후까지, 어두운 밤하늘을 비상하여 모든 새들이 나아갈 좌표를 제공해야 한다는 발언 앞에 나는 숙연해질 수밖에 없었다.

정보사회가 대두되면서 문학은 왜소해질 대로 왜소해지고 있다. 멀티미디어 상상력이 대중의 감성을 휘어잡으면서 문학은 벼랑 끝으로 몰리고 있다. 혹자는 문학이 살아남기 위해 멀티미디어 상상력을 차용해야 한다고 주장한다. 심지어는 더 이상 문학은 고귀한 자태를 지키려 하지 말고 멀티미디어 상상력에 기초한 대중문화의 하수인이 되어야 한다고 주장하기까지 한다. 물론 문학이 시대의 변화에 따라 그 몸

치장을 바꾸는 것에 대해서 반대할 의사는 없다. 다만, 한 가지 절대로 변해서는 안 될 사항이 있는데, 그것은 문학은 '존재의 집'을 드러내거나 개진하는 '고독한 백조'라는 점이다.

'유효한 작품'은 어떤 시대가 대두하더라도 그 시대의 모순을 비판하고 새로운 세계를 강렬하게 지향해야 한다. 모든 것이 어둠 속에서 방황할 때, 문학만은 우아한 자태로 최후까지 남아, 모순이 극복된 새로운 세계로 나아갈 인식의 지도를 작성해야 하는 것이다. 루카치는 이를 두고 "내 영혼을 증명하기 위해 길을 떠난다"고 하지 않았는가. 타락한 사회에서 훼손되지 않은 참된 가치를 찾아 길을 떠나는 것, 그것이 문학에 주어진 숙명일 것이다. 모두가 멀티미디어 상상력에 부나방처럼 달려들더라도, 문학의 진정한 가치를 알고 있는 독자가 단 한 사람이라도 있다면, 그 위대한 독자를 위해 '유효한 작품'을 바치는 것, 그것이 오늘 우리 문학에 부과된 엄숙한 사명이 아닐까.

이번 평론집이 우리 문학이 '존재의 집'에 이르는 지도를 작성함에 있어서 미약하나마 작은 보탬이라도 줄 수 있으면 좋겠다는 생각을 한다. 그러면서 이번 평론집 발간을 계기로 삼아 비평가로서의 자세를 새롭게 정립하면서, 또다른 문학적 사유의 터전을 찾을 수 있도록 보다 성실하고 치열하게 글을 쓰고 싶다. 그리고 그 동안 이끌어주신 모든 분들께 감사를 드리고 싶다. 특히 이 책을 흔쾌히 출간해주신 《작가》 분들에게 진심으로 고마움을 전한다.

2004년 2월

문흥술

제2부 새로운 인식의 지도를 찾아서

제3부 존재의 집 찾기

제1부
전망부재로 표류하는 문학

문학의 운명과 탈대중문화

1. 장편소설 부재가 갖는 의미

지금 한국문단은 장편다운 장편을 생산해내지 못하고 있다. 물론 수많은 작품들이 장편이라는 이름으로 발표되고 있지만, 그 내용을 보면 굳이 장편으로 엮을 필요도 없는 단순한 내용을 지루하게 확대하여 장광설을 늘어놓고 있는 것이 대부분이다. 미학적 관점에서 볼 때, 본격 장편소설은 총체성 구현과 관련이 있다. 이것은 "길이 시작되자 여행은 끝났다"라는 루카치의 고전적인 소설명제로 집약될 수 있다. 자본주의의 산물인 소설은 자아와 세계의 균열에 기초한다. "우리가 갈 수 있고 또한 가야만 할 길의 안내판 구실을 밤하늘의 별이 해주는 시대" 혹은 "어디를 가든 낯설지 않고 혼이 이르는 곳은 마치 집안에 있는 것과 같은 상태", 곧 신과 더불어 있던 목가적 세계라 할 수 있는 서사시적 총체성 내지 선험적 고향이 상실된 시대가 자본주의이다. 따라서, 이런 시대에 있어서 여로는 즐거운 여행이 아니라, 그 자체가 자아와 세계의 갈등과 투쟁을 동반하는 것이다. 소설은 서사적 자아와 세계사이에 이러한 화해불가능한 긴장 속에서 진정한 가치를 추구한다. 자아와 세계의 구성적 대립에 기초하는 소설은 사라진 서사시적 총체성을 회복하려는 고독한 현대인을 주인공으로 하여, 그의 동경과 모험에 가득한 자기인식에로의 여정을 형상화하는 것이다. 이 과정을 통해, 그 인물의 특수한 행위와 그 행위의 실체적 기반인 세계와의 관계를 통해 대상의 총체성을 구현할 때, 한 편의 장편소설이 완성된다.

작가가 자신이 살아가는 시대에 대한 총체성 파악이 결여될 때 장편다운 장편은 씌어질 수 없다. 그렇다면 박경리의 『토지』, 조정래의 『태백산맥』, 최명희의 『혼불』로 이어지는 본격 장편소설이 왜 오늘날에는 발표되지 않는 것일까? 흔히 그 원인으로 정보사회가 갖는 특성을 들고 있다. 곧 1990년대 이전의 사회는 그 구조가 복잡하지 않기에 그만큼 총체성 파악이 가능했던 반면에, 1990년대 이후의 정보사회는 너무나 복잡하고 다원화되어 있기에 총체성 파악이 힘들다는 것이다. 물론 그런 측면이 전혀 없는 것은 아니다. 일례로, 정보사회의 상징물인 인터넷의 무한한 가상공간을 보자. 다른 것은 제쳐두고, 그곳에서 사용되는 언어는 산문문장이 더 이상 불가능함을 보여주고 있다. 산문문장의 파괴는 산문체가 가지는 특성인 대상의 총체성 파악이 불가능함을 의미한다. 인터넷상의 짧은 암호 같은 소통기호는 파편화되고 물화된 의식을 지닌 세대의 감각을 상징적으로 보여주는 언어일 것이며, 그런 언어가 지배하는 시대에 있어서 총체성 파악은 지난한 것인지도 모른다.

그러나 장편소설의 부재원인이 온전히 정보사회라는 외부요소에만 있는 것일까? 과연 그러한가? 혹시나 문학 자체와 관련된 내적 원인은 없는 것일까? 보다 구체적으로 말하자면, 작가들의 직무유기는 없는 것일까? 복잡하고 골치 아프게 총체성 구현이니 미래에의 전망 (perspective)이니 할 것 없이, 쉽게 작품을 쓰면 된다는 식의 생각이 작가들에게 알게 모르게 잠복되어 있는 것은 아닐까? 영화나 비디오, 혹은 기타의 대중문화에서 소재를 끌고 와 대중들의 기호에 영합하는 작품을 쓰면 된다는 생각이 작가들에게 광범위하게 유포되어 있는 것은 아닐까? 최근 장편소설의 부재는 이런 생각이 단순한 의구심이 아니라 하나의 범문단적 상황이라는 점을 보여주는 현상은 아닐까?

문학적 지도성과 진실성 부재는 장편소설뿐만 아니라 단편소설 및 시를 비롯한 문학의 전 영역에 걸쳐 광범위하게 나타나고 있다. '문화주의 시대'로 명명되는 1990년대에 등장한 작가들 대부분이 문학의 선도성 내지 전위성을 포기한 듯하다. 이들은 우리 문학사에서 위대한 문학작품들이 내포하고 있던 삶과 인생과 사회에 대한 깊이 있는 천착을 방기하고, 인터넷을 비롯하여 영화, 비디오, 만화 등의 대중문화에 깊숙이 발을 들여놓은 채, 그곳으로부터 문학의 재료를 끌고 들어와 작품을 발표하고 있다. 이로 인해 지금 우리 문학은 문학 본래의 임무를 내팽개친 채 대중문화의 한 하수인으로 전락하여, 휘황한 상품의 진열대에 패션, 만화, 대중음악 등 각종 대중문화 관련서적들과 함께, 그것도 볼썽사납게 후미진 곳으로 밀려 전시된 채, 애타게 대중들에게 팔리기를 기다리고 있다.

2. 문학의 대중화와 상업화

문학이 대중문화와 상호관계를 맺는 것이 반드시 부정적인 것은 아니다. 어쩌면, 대중문화와 관계를 맺는 대중문학은 본격문학이 담지할 수 없는 어떤 측면들을 제공할 수 있을 것이다. 대중문학은 그 부정적 측면에도 불구하고 대중에게 시사적이면서 흥미본위의 내용을 제공함으로써, 본격문학과는 달리 대중들의 여가선용 내지 기분전환용으로의 역할을 함과 동시에, 문학에 대한 대중의 관심을 증폭시킴으로써 문학수용층을 늘리는 역할을 하기도 한다. 그러나 대중문화와 문학과의 관계가 문제시되기 시작한 것은 1990년대 들어서이다. 이전에는 문학과 대중문화가 일정한 거리를 유지하면서 서로 독자적인 영역을 확보하고 있었다. 그런데, 1990년대 들어 대중문화와 문학의 거리가 거의 사라지면서 작가들이 대중문화에 깊숙이 함몰된 채 문학 본연의 임무를 망각해가고 있다.

문학 본연의 임무는 무엇인가? 앞서 인용한 루카치의 용어를 빌리자면, 그것은 훼손된 가치(교환가치)에 의해 인간이 소외되고, 개인주의적 자아주의가 만연한 자본주의 시대에 있어서 '상실된 총체성'의 세계를 지향하는 것이라 할 수 있다. 서사적 자아와 세계의 대결을 기본으로 하는 소설이나 자아와 세계의 동일성을 추구하는 시는 모두 상실된 선험적 좌표 내지 형이상학적 고향을 그 지향점으로 삼고, 그것을 문학적으로 형상화한다. 이를 두고 하이데거는 '존재의 드러냄 혹은 개진'이라는 표현을 쓰고 있다. 위대한 문학은 비판적 상상력을 통해 경험세계를 지배하는 담론의 모순을 비판하고, 그 모순비판을 통해 경험세계의 이면에 감추어져 있거나 경험세계를 초월한 가능세계(possible world)를 지향한다. 이 가능세계야말로 위대한 문학작품이 그 시대 지배담론의 모순을 극복하고 지향해야 할 새로운 이념이다. 곧 위대한 문학은 경험세계와 이념(존재)의 경계선에 서서 경험세계가 은폐하고 있는 이념의 세계를 지향하면서, 이 이념을 개성적이고 독창적으로 '드러내거나 개진' 한다.

1990년대 이전까지만 하더라도 우리 문학은 이런 문학 본연의 임무에 충실함으로써 문명비판의 전위기능을 담당하면서 '고독한 왕자'의 자리에 오를 수 있었다. 곧 이 시기의 문학은 자신이 속한 각 시대의 어둠의 본질을 인식하고, 그 어둠에 의해 가려져 있는 새로운 이념적 좌표를 제시함으로써 어둠 속에서 길 잃고 방황하는 무리들에게 나아갈 방향을 제시해주는 역할을 할 수 있었다. 일제강점기에는 식민지 지배체제에 맞서 그 극복을, 5·16 이후에는 군사독재정권과 파행적 산업화에 맞서 자유와 평등의 실현을, 그리고 5·18 광주 이후에는 폭압적인 군부통치에 맞서 민중민족해방을 이념적 좌표로 삼으면서 각 시대의 모순을 치열하게 비판하였다. 이들은 시대의 변혁의 소용돌이에 기꺼이 자신을 던지고 그 소용돌이에 장렬하게 맞서 싸우면서 시대의 어둠을 헤치고 나아갈 이념의 별을 밤하늘에 아름답게 수놓았으며, 그들 무수한 별들이 우리 문학사를 화려하고도 풍성하게 장식하면서 일대 장관을 이루고 있다.

그런데 1990년대 들어서면서 대중문화가 문학의 거의 전 영역에 침투하면서, 문학은 그 본래의 임무를 상실하고 만다. 물론, 문학이 대중문화와 관련을 맺는 것은 일제강점기의 김말봉의 『찔레꽃』이나, 1960년대의 정비석의 『자유부인』, 1970년대 최인호의 『별들의 고향』, 1980년대 김홍신의 『인간시장』에서 보듯, '대중문학' 이라는 이름으로 오래 전부터 있어 왔던 일이다. 그런데 이 시기만 하더라도 대중문화에 기반을 둔 대중문학이 이른바 문학 본연의 임무에 충실한 본격문학의 존립기반을 해칠 정도는 아니었다. 이런 대중문학의 흐름은 1990년대 들어서도 『동의보감』이나 『토정비결』, 『퇴마록』, 『아버지』 등의 형태로 지속적으로 이어져 오고 있다. 한 나라의 문학이 보다 융성해지기 위해서는, 시대의 모순을 비판하고 새로운 이념적 좌표를 제시하는 본격문학뿐만 아니라 대중의 흥미를 직접 자극하는 대중문학이 공존하면서, 서로의 경계선을 확실히 유지한 채 상호비판적으로 작용할 때이다.

문제가 되는 것은, 실상은 대중문화에 그 자생적 뿌리를 두고 그것으로부터 문학적 자양분을 수용하거나 혹은 소재를 그대로 차용하면서도, 겉으로는 본격문학으로 스스로를 위장하는 경우이다. 아니 보다 정확하게 말하자면, 스스로가 대중문화에 깊숙이 발을 디디고 있음에도 불구하고, 그것을 감지하지 못한 채 본격문학의 작품을 발표하는 경우이다. 이 지경에 이르면 본격문학과 대중문학의 경계는 사라지면서, 대중들의 기호에 영합하는 대중문학이 본격문학의 영역을 거의 잠식하게 된다. 극소수를 제외하고는, 오늘의 우리 문학 대부분이 이 상태로 전락해 있다. 이로 인해, 오늘의 우리 문학은 지배담론의 모순비판이라는 문학 본연의 임무를 상실한 채, 지배담론이 제공하는 쾌락과 환락에 몸을 내맡기면서 지배담론의 꼭두각시 내지 하수인으로 전락해가고 있다. 이들은 공통적으로 다음 두 가지를 소리 높여 외치고 있다.

먼저 '문학은 멀티미디어 시대의 대중문화로 대체되거나 그 하수인이 되어야 한다'는 것이다. 이들은 각 문화 장르 간의 경계가 허물어지고 '멀티 담론' 적인 대중문화가 유행하는 멀티미디어 '텍스트(text)' 시대에, 아직까지 문학은 폐기되어야 할 고루한 '인습' 곧 '책(book)' 시대의 감각이라 할 수 있는 귀족주의에 젖어 있다고 비판한다. 그들의 주장은 다음과 같다. 멀티미디어 시대는 '미증유의 표현가능성'을 열어주고 있는데, 기존의 문학은 '책'의 감각에 고착되어 '통합적이고도 실험적인 상상력'을 거부함으로써 새로운 문화의 흐름에 적응하지 못하고 있다. 그런 문학작품보다 대중문화에 대한 한 편의 짧은 글이 훨씬 많은 시사점을 던져주는데, 이는 대중문화에 관한 글이 멀티미디어 시대의 문화가 지향하는 '통합적이고도 실험적인 상상력'을 잘 반영해주며, 나아가 우리 시대의 문화의 흐름을 알려주고 시사점을 던져주고 있기 때문이다. 따라서 문학도 멀티미디어 대중문화의 흐름에 동참하여 '멀티미디어 텍스트'를 지향해야 한다. 문학이 살아남기 위해서는 과거의 귀족적 취미나 자존심을 버리고, 대중문화로부터 새로운 시대에 적응하기 위한 지속적인 교육을 받아야 한다. 요컨대, 멀티미디어 시대의 문학은 그 명맥을 유지하기 위해서 대중문화의 하수인이 되어야 한다는 것이다.

다음, 문학의 대중화와 함께 문학의 상업화를 주장한다. 더 이상 문명비판기능의 전위성을 상실한 문학은 이제 고독한 왕자라는 엘리트 의식을 버리고, 우리 시대의 대중문화의 흐름에 동참해야 한다는 것이다. 문학이 제기하는 내용 따위는 이제 대중문화에 익숙한 독자대중들이 다 알고 있다. 그만큼 대중들의 의식은 향상되어 있기에, 문학이 살아남기 위해서는 대중 속으로 파고들어 대중의 취향에 부합하면서 팔려야 한다. 팔리지 않은 작품은 작품이 아니다. 함양된 대중의식을 따라가지 못하는 문학은 더 이상 고급한 것이나 엘리트적인 것이 아니라, 시대의 변화에 편승하지 못하는 퇴물에 불과하다. 문화산업이 지배하는 오늘날의 상황에서 문학은 이제 상업적 측면을 반드시 고려해야 한다. 멀티미디어 텍스트가 주류를 이루고 있는 대중문화로 관심을 돌려버린 독자대중의 의식을 다시 문학으로 돌리기 위해서, 문학은 이제 그러한 텍스트로 장식된 휘황한 상품의 거리로, 24시간 편의점으로 나가 대중과 함께 호흡하고 대중과 함께 생활해야 한다. 그러기 위해서 문학은 독자의 흥미를 끄는 멀티미디어 텍스트를 차용해야 한다. 그래야 문학도 살아남을 수 있다. 독자대중과 함께 하는 문학은 잘 팔리기 마련이고, 그런 작품이야말로 이 문학의 위기시대에 문학을 지키는 최후의 파수꾼이자 최후의 전사이다. 대중화론에 동참하여, 상품화된 문학이 잘 팔리도록 독자대중에게 선전할 필요가 있다. 대중문화계에 스타가 있듯이, 문학계에서도 스타가 있어야 한다. 멀티미디어 대중문화시대에 있어서 문학계의 스타를 만들어야 한다. 스타를 만들기 위해, 그리고 스타를 더욱 스타로 키우기 위해 모든 수단방법을 총동원해야 한다. 광고는 물론이고 비평도 무조건적인 찬사를 보내야 한다. 스타가 만든 작품에 대해 좋다 나쁘다 평가하지 말고, 무조건 뛰어난 작품이라고, 대중문화시대에 가장 어울린다고 평가를 해야 한다. 이를 통해 베스트셀러가 된 작품들이 '24시 편의점'에 온갖 잡다한 상품들과 함께 놓여 대중들의 손길을 기다려야 한다.

이처럼, 멀티미디어 대중문화시대에 있어서 우리의 문학은 그 본연의 임무를 방기한 채, 문학의 대중화라는 미명하에 문학을 대중문화의 하수인과 편의점의 한 상품으로 전락시키고 말았다. 그 결과, 시대의 어둠의 본질을 인식하고, 그 어둠의 장막 너머에 가려져 있는 새로운 이념적 좌표를 찾아 고독한 길을 걸으면서 어둠 속에 길 잃고 방황하는 이들에게 나아갈 방향을 제시해주는 나침반 역할을 하는 문학작품은 이제 우리들 곁에서 사라져가고 있다. 다만, 대중문화에 깊숙이 침윤된 독자대중의 가벼운 기호에 영합하기 위해 온갖 대중문화의 문법을 차용한 작품들만 난무하고 있다. 장편소설의 부재는 바로 문학의 대중문화에의 예속의 한 단적인 현상에 불과하다. 단편들이라 하더라도, 삶에 대한 진지한 고뇌나 시대적 모순에 대한 대립과 갈등을 심도 있게 묘사하고 있는 작품을 찾아보기는 거의 힘들다. 대중문화의 각종 요소들을 차용하면서, 컴퓨터의 가상공간에서나 볼 수 있는 감각적이고 말초적이고 희화적인 내용들을, 기존 문학 장르에서는 볼 수 없는 기이하면서도 파편화된 형식으로 엮어내는 경우가 대부분이다. 작품이 반드시 갖추어야 할 개연성 내지 필연성의 부재는 물론이고, 엉터리 문장과 엉터리 묘사, 그리고 괴악한 멀티미디어 기호들이 판을 치고 있다. 이들 작품들을 읽노라면, 차라리 한 편의 할리우드 내지 르느와르 영화를 보는 것이 낫다는 생각이 들 정도이다.

3. 정보사회와 대중문화의 병폐

시대의 어둠을 비판하면서 새로운 이념적 좌표를 제시해야 할 문학이 이처럼 대중문화의 하수인으로 전락한 이유는 무엇일까? 그 원인을 진단하기 위해서는 1990년대 대두된 정보사회의 특징을 고찰할 필요가 있다.

먼저, 정보사회는 상품의 신격화와 소비의 대중화를 그 특징으로 한다. 정보사회는 모든 것을 상품화한다. 인간과 자연을 비롯하여 모든 존재하는 것은 상품 이미지로 포장된다. 전면이 유리로 된 건물을 보면, 그 내부는 보이지 않고 그것을 보는 우리들과 그 반대편의 건물이나 광고물 등의 허상만을 볼 수 있다. 이처럼, 실재(reality)는 보이지 않고 모든 것이 상품 이미지로 포장된 시대, 인간뿐만 아니라 자연의 강, 산, 나무 등 온갖 사물들마저 상품 이미지로 덧칠된 시대가 지금이다. 상품이 신이 되어 모든 것을 지배하면서, 여기에 리즈만(D. Riesman)의 지적처럼 '한계적 차별화(marginal difference)'에 의해 소비의 대중화가 이루어진다. 즉, 각종 정보매체에 의한 화려한 광고 등을 통해 대중들로 하여금 상품 이미지를 갖고 싶어하도록 만들고, 그러면서 남보다 비싼 상품을 소비하도록 유도한다. 따라서 우리 시대의 대중문화 역시 이러한 대중소비사회와 맞물려 상품화되고 상업화될 수밖에 없다.

다음, 정보사회는 모든 것을 획일화하고 코드 기호화한다. 흔히 컴퓨터 혁명으로 지칭되는 정보사회는 국가와 민족의 경계를 허물고 전 세계를 하나의 '지구촌'으로 만들었으며, 나아가 지금까지 자본주의를 지배해오던 인간, 이성, 의식, 남성, 서양의 중심부와 자연, 비이성, 무의식, 여성, 동양의 주변부라는 폭력적인 이항대립체계를 해체하고 모든 것이 동등한 상태에서 평화롭게 공존하는 사회를 건설했다고 주장한다. 이들의 주장처럼, 우리 사회는 겉으로는 이항대립체계가 허물어지고 모든 구성원이 동등한 자격으로 정치, 사회, 경제, 문화의 제 측면에서 진정한 자유와 평등의 실현을 맛보고 있는 것처럼 보인다. 그들은 이를 두고 삶의 평균화 현상이라고 지칭한다.

그러나, 그 이면에 주목하면, 평균화된 우리 삶을 지배하는 또다른 초월적 권력이 있음을 알 수 있다. 정보사회는 푸코(M. Foucault)의 지적처럼 원형감옥(le panopticon)에 비유될 수 있다. 이전에는 가시적인 정권이 사회를 지배했다면, 정보사회의 지배세력은 원형감옥의 감시탑처럼 그 실체를 드러내지 않는다. 대신, 감시탑은 각각의 감방에 구성원을 가둔 뒤 각종 정보 메커니즘을 통해 구성원들을 철저히 길들인다. 구성원들은 자신이 감방에 갇힌 채 길들여지는 것을 모르고, 자신들이 감방 속에서 모두 자유롭고 평등하게 존재한다고 믿는다. 그러나 실상은 눈에 보이지 않는 초월적 권력에 의해 삶의 세목까지 지배, 통제된다. 곧 평균화된 삶은 각종 정보 메커니즘에 의해 모든 개인의 삶이 정보 메커니즘의 한 코드 기호로 획일적으로 통제되는 삶을 미화시킨 것에 불과하다. 정보 메커니즘에 의해 철저히 길들여지고 통제되는 획일화된 틀이 있고, 이 틀을 결코 벗어나지 못하는 코드 기호화된 삶만 있다. 제임슨(F. Jameson)의 지적처럼, 우리들 무의식의 욕망마저 이 틀을 벗어나지 못한다. 이제 어디를 가든지 정보사회에 의해 코드 기호화된 집단적 욕망과 획일화된 일상성만 남는다.

마지막으로, 정보사회는 상품의 대중소비와 일상의 획일화에 덧붙여 '파시스트적인 속도'로 모든 것을 변화시킨다. 예를 들어, 컴퓨터의 변화속도를 보자. 몇 년 사이에 286, 386, 486, 586으로 이어지는 변화의 속도는 가히 가공할 정도이다. 그 변화의 속도에 낙오자가 되는 순간 컴퓨터 문외한이 될 수밖에 없다. 이른바 '컴맹'이 되지 않기 위해, 그 변화의 속도에 정신없이 따라갈 수밖에 없다. 컴퓨터뿐만 아니라, 각종 대중문화, 예를 들어 패션이나 만화, 영화 등도 가공할 속도로 그 모습을 변화시키고 있다. 이전의 사회변화가 완행열차의 속도에 비유될 수 있다면, 정보사회의 변화는 고속열차의 속도에 비유될 수 있다. 완행열차를 타고 가다보면, 느릿하게 창밖을 스쳐 지나가는 풍경들을 보면서 지난 삶을 반성하고 미래에 대한 꿈을 꿀 수도 있다. 그리고 간이역에 잠시 내려 자신이 타고 가는 열차의 모습을 조망할 수도 있다. 그리하여 열차가 얼마나 흉측한 몰골을 하고 있는지 비판을 가할 수도 있다. 그러나 고속열차를 타고 가면 그런 풍경감상이나 삶에 대한 반성과 미래에 대한 전망 따위를 할 수 없다. 고속열차에서 낙오자가 되는 순간, 다시는 그 고속열차에 편승할 수 없게 된다. 따라서 열차의 가공할 속도로부터 일탈되지 않기 위해 그 열차의 속도에 따라갈 수밖에 없다. 모두가 급격한 변화에 적응하기 위해 온 신경을 곤두 세워야 한다. 고속열차에서 내려 그 열차의 흉측한 몰골을 보고 비판할 여유는 전혀 없다. 오로지 고속열차에 편승해서 그 가공할 변화의 속도에 적응하기에 정신이 없는 것이다. 그러다 보니, 열차 내의 승객들은 각자의 개성을 잃고 고속열차가 제공하는 각종 상품들로 자신을 획일적으로 치장할 수밖에 없다. 컴퓨터가 바뀌면 기존의 컴퓨터를 사용할 수 있는데도 불구하고 바꿔야 한다. 그래야 사회의 변화속도에 따라갈 수 있다. 옷이며, 가구며, 액세서리며 모든 것이 바뀔 때마다 바꾸어야 한다. 결국, 열차 내의 승객들은 모두가 전체주의적으로 획일화되면서 빠른 속도의 변화에 정신없이 따라갈 수밖에 없다. 개성이나 독창성, 혹은 비판정신에 신경 쓸 여유가 없게 되는 것이다.

상품의 대중소비화, 획일화된 일상, 가공할 변화속도 등으로 인해 정보사회의 구성원들은 개성을 상실한 채 정보 메커니즘의 코드 기호로 전락하고 있다. 유기적 생명체로서의 인간은 이제 코드 기호화 된 채 정보 메커니즘에 의해 철저히 길들여진다. 정보사회는 대중들을 이처럼 획일화하여 길들이면서, 다른 한편으로는 각종 정보 메커니즘을 통해 멀티미디어 상상력의 세계를 제공하는 양면전술을 구사한다. 이 멀티미디어 상상력에 기초한 가상현실은 정보사회에 의해 제공된, 실상 일상성에 찌든 대중들이 삶의 재충전을 위해 가볍게 다녀오는 주말여행과도 같은 것이다. 대중은 주말여행을 통해 일상적 삶을 살아갈 수 있는 에너지를 충전하고, 다시 일상으로 돌아와 획일화된 삶에 충실히 복무한다. 이와 마찬가지로, 멀티미디어 가상현실은 획일화된 일상을 살아가는 대중에게 일상에서 볼 수 없는 다양한 상상의 세계를 제공함으로써 일상을 견디어 나가게 하는 역할을 한다. 곧 그것은 정보사회가 그 지배를 더욱 용이하게 하기 위하여 허용한 억압된 상상력의 세계일 뿐이다. 마치 암암리에 공인된 욕망의 배설구와 같은 것이다. 따라서 그러한 가상현실이 정보사회의 지배담론을 비판하는 기능을 담당할 리는 만무하다. 정보사회의 대중문화는 바로 이 멀티미디어 가상현실로부터 모든 자양분을 받아내고 있는 것이다.

이전에 본격문학은 지배담론에 대해 무비판적인 대중문화와 일정한 거리를 유지하면서 새로운 이념적 좌표를 제공할 수 있었다. 그런데 정보사회가 대두되면서 문학은 멀티미디어 상상력에 기초한 대중문화로부터 문학적 자양분을 끌고 올 수밖에 없는 상황에 처한다. 그 이유는 획일화된 일상성 때문이다. 작가든 대중이든 원형감옥의 감방에 갇혀 모든 실재로부터 차단된 채 상품 이미지만을 접한다. 그리고 각종 정보 메커니즘이 제공하는 틀에 길들여져, 눈에 보이는 감방의 세계가 경험세계의 전부인 것으로 착각하고, 그 속에서 획일화된 일상적 삶을 영위한다. 그리하여 작가의 일상은 정보사회의 대중의 일상과 동일한 것이 되고 만다. 대중과 일상으로부터 탈출하여 지배담론을 비판할 수 있는 문학적 자양분을 찾으려 하지만, 보이는 것은 상품 이미지화된 것들뿐이다. 대중들이 경험해보지 못한 어떤 것들을 통해 시대의 모순을 비판하려 하지만, 그 비판적 상상력의 토대를 전혀 발견할 수 없게 된 것이다. 이러한 사태에 직면하면서 오늘의 우리 문학은 크게 세 가지 방향으로 전개된다.

첫째, 획일화된 일상에서 쓸거리가 없음을 토로하면서, 그런 고민을 하는 소설가를 주인공으로 해서 소설가의 일상을 보여주고 소설쓰기의 어려움을 토로하는 것이다. 소설을 쓰기 위해 획일화된 일상을 벗어나 '깡통따개' 조차 없는 오지(奧地)로 가지만, 그곳마저 정보사회의 일상성이 지배하고 있음을 깨닫고 절망하는 소설가를 주인공으로 한 구효서의 「깡통따개가 없는 마을」이 대표적인 예이다. 둘째, 획일화된 일상이 지배하는 '감방'에서 추억으로 도피하는 경우이다. 이는 정보사회에 있어 대중문화의 한 특징인 복고주의와 관련이 있다. 지금은 사라진 과거의 아련한 향수를 되살리는 것인데, 유년기 내지 개인의 과거추억에 대한 회상이나 사라진 시골풍물 혹은 전원풍경에 대한 회상 등이 여기에 속한다.

위의 두 가지 유형은 대중문화에 침윤되지 않고 나름으로 문학의 본령을 지키려고 애쓰는 경우라 할 수 있다. 문제가 되는 것은 세 번째 경우인데, 곧 대중문화를 그대로 문학에 차용하는 경우이다. 이러한 사태가 벌어지는 원인은 다음과 같다. 대중은 방향을 잃고 그들의 일상과 똑같은 내용을 되풀이하는 문학을 멀리한다. 대신 일상성에서 벗어난 세계인 것처럼 보이는 정보 메커니즘의 가상현실에 흠뻑 빠져 있다. 획일화된 일상성, 그것으로부터 탈피하여 쓸거리를 찾아 헤매는 작가에게 그러한 가상현실이 매력적으로 다가온다. 그 세계는 지금까지 보지 못했던 다양한 상상력의 세계를 보여주고 있다. 그래서 작가는 쓸거리를 찾아 정보 메커니즘의 상상력을 차용한다. 이전에 문학에서 대중문화로 흐르던 상상력의 방향이 이제 역으로 흐른다.

정보 메커니즘의 상상력에 기초한 대중문화를 문학의 자양분으로 받아들인 이들은 그런 상상력의 세계를 차용함으로써 정보사회의 획일화된 일상성을 비판할 수 있다고 생각하는 것이다. 그러나 그것은 앞서도 살펴본 것처럼, 일상성에 찌든 우리들이 삶의 재충전을 위해 다녀오는 가벼운 주말여행과 같은 것으로, 정보사회의 지배담론을 비판하는 기능을 담당할 수 없다. 그런데도 작가들은 이것을 깨닫지 못하고 획일화된 일상성으로부터 탈피하기 위해 정보 메커니즘의 상상력을 차용한다. 그리고는 그 세계가 획일화된 일상성을 비판하는 역할을 한다고 착각하는 것이다. 영화적 상상력, 비디오적 상상력, 컴퓨터적 상상력, 인터넷적 상상력 등 이른바 멀티미디어 텍스트의 상상력이 오늘 우리 문학을 지배하게 된 동인이 여기에 있다.

4. 외래 폐수문화에 오염된 대중문화와 문학

오늘날의 우리 문학은 이처럼 정보 메커니즘의 상상력의 세계에 뿌리를 내림으로써, 스스로를 대중문화의 한 부수적인 것으로 전락시키고 말았다. 정보사회는 문화산업정책의 일환으로 정보 메커니즘의 상상력을 독자대중 속에 침투시킨다. 그리하여 그것은 독자대중의 정신과 인식형성에 절대적 영향을 미치면서 독자대중을 중독시킨다. 문학역시 그 상상력에 중독된 채 그것을 무비판적으로 차용함으로써 대중문화의 한 하수인으로 전락한다. 오늘의 우리 문학은 이전처럼 새로운 이념적 좌표를 제시하면서 동시대의 문명을 비판하던 전위성과 지도성을 상실해버렸다. 문학은 이제 더 이상 고급문화도 아니고 엘리트문화도 아니며, 작가 역시 더 이상 시대를 이끌고 나아가는 비판적 지식인이 아니다. 어둠 속에 길 잃고 방황하는 무리에게 새로운 이념적 좌표를 제시해주던 고독한 왕자의 자리에서 추방된 채, 문학은 이제

대중의 거리를 하릴없이 거닐면서 대중문화를 충실히 따르는 하수인이자, 상업주의를 열심히 선전하는 호객꾼으로 전락해버렸다. 오늘날의 많은 작가들이 정보사회의 교묘한 통치술에 길들여진 채, 쓸거리를 찾아 정보 메커니즘의 상상력이 지배하는 대중문화에 부나방처럼 뛰어들고 있는 것이다. 그리고는 그런 상상력의 세계를 우리 문학이 지향해야 할 새로운 이념적 좌표라고 떠들고 있다. 지금 우리 문학은 정보사회에 의해 용인된 억압적 상상력의 세계에 기초한 대중문화를 문학이 나아갈 좌표로 설정한 채, 정보사회의 지배담론에 의해 철저히 조종되면서 그 담론을 확대재생산하고 있으며, 그런 문학이야말로 이 시대의 최첨단 문학이며, 혁신적이자 실험적인 문학이라 주장하고 있다. 이처럼 정보 메커니즘에 완전히 차압당한 절망적 모습이 오늘 우리 문학의 실상이다.

그런데, 대중문화의 하수인으로 전락한 문학이 문학 본연의 비판기능을 상실하는 것은 차라리 약과라 할 수 있다. 더욱 심각한 문제는 무국적의 작품을 경쟁적으로 발표하고 있다는 점이다. 이러한 현상은 정보사회의 상징적 용어라 할 수 있는 '지구촌'의 논리와 관련이 있다. 정보사회는 지구촌이라는 미명하에 지구는 하나의 '촌(村)'이라고 주장하고 있다. 조그만 '촌'에서 국가나 민족의 경계 따위는 불필요하다 하면서 하나의 공동체가 되어 평등하게 살아가야 한다고 주장한다. 그러나 실상은 이 '촌'을 다스리는 보이지 않는 '촌장'이 있는데, 그것이 미국이나 일본 등의 초강대국이다. 이들은 자신의 실체를 드러내지 않은 채, 지구촌이라는 미명하에 자국의 모든 것, 곧 정치, 경제, 사회, 문화 등의 제반영역에 걸쳐 자신의 것을 교묘하게 '촌'에 배포하고 주입시킨다. 이런 관점에 설 때, 우리의 대중문화도 이들의 대중문화에 깊숙이 감염되어 있음을 알 수 있다.

  패션, 음악, 영화 등의 전 영역에서 미국의 폐수문화가 우리의 대중
문화를 잠식한 지는 오래다. 요즘은 일본의 대중문화가 강력한 힘으로
우리의 대중문화를 잠식하고 있다. 영화, 음반, CD, 만화, 패션 등, 대
중문화의 거의 전 영역에 걸쳐 일본대중문화가 침투해 있다. 그런데
일본대중문화 침투의 첨병역할을 하는 것이 일본대중문학이다. 1980
년대 이전만 하더라도 일본의 대중문학은 우리 대중들에게 크게 호응
을 얻지 못했다. 그 이유는 민족적 감정에 바탕을 둔 거부감과 양국의
문화적 감각의 차이에 있을 것이다. 그러나 정보사회가 대두되면서
'지구촌'이라는 이름 하에 문화개방이 이루어지면서 일본의 대중문화
가 대량으로 우리의 대중문화 속으로 파고들게 되고, 그런 대중문화에
길들여진 대중들이 일본의 대중문화에 대한 거부감 없이 그것을 맹목
적으로 받아들이게 되는 것이다. 한국과 일본의 민족문화의 독창성 내
지 경계가 허물어진 자리에 오늘날의 일본대중문학이 자리잡고 있다.

  무라카미 하루키, 오에 겐자부로 등으로 대표되는 일본대중문학이
다량으로 유입되면서 독자대중을 사로잡은 지 오래다. 대중문학을 앞
세운 일본대중문화는 인터넷 시대를 맞아 광범위하면서도 빠른 속도
로 우리 대중문화를 파고들어 대중들을 세뇌시킨다. 대중문화를 받아
들인 작가도 여기에 감염되어 의식적, 무의식적으로 일본대중문학에
흠뻑 빠져들게 된다. 그 결과, 감각적이면서 변태적인 섹스, 충동적 살
인 내지 폭력을 기본줄기로 삼는 일본대중문학의 색채가 우리 문학에
노골적으로 드러나게 되는 것이다. 이로 인해 국적불명의 작품이 산출
되고 있다. 가령, 일본대중문화에 감염된 신세대 작가들의 작품을 읽
노라면, 이 작품의 배경이나 인물, 사건, 심지어 묘사나 표현 등이 한

국의 것인지 아니면 일본의 것인지 구분이 되지 않는 경우가 허다하다. 이러한 사태는 작가들이 일본대중문화에 얼마나 깊이 감염되었는지를 드러내는 징표이면서, 또한 일본대중문화에 오염된 대중들의 호기심에 쉽게 다가가려는 작가의 음험한 상업적 전략을 나타내는 징표이다. 사태가 악화될 경우, 심지어 한국에서 한국작가가 한국어가 아닌 일본어로 일본문화를 담은 내용을 쓴 작품들을 접할지도 모른다. 그럴 때 우리는 한국문학이라는 이름을 폐기해야 할 것이다. 문학은 그것이 뿌리내리고 있는 나라와 민족의 보편적인 정서를 대변하는 성감대이기 때문이다.

5. 문학의 운명과 탈대중문화

한 시대의 문화적 감각은 그 시대의 대중문화를 통해 유추될 수 있다. 그리고 그 시대의 대중문화 속에 내포된 문제점을 파악하고 그 극복방안을 제시하는 것은 모든 문화 중에서 '고독한 왕자'의 자리에 있는 문학이다. 그러나 지금의 우리 문학은 미국과 일본으로 대변되는 외래의 폐수문화에 오염된 우리 대중문화의 하수인으로 전락함으로써 심각한 위기상황에 봉착해 있다. 이제 우리의 문학은, 극소수를 제외하고는, 정보사회의 지배담론에 침윤되어 그 꼭두각시로 전락한 채, 정보사회의 지배담론이 가져다 주는 쾌락과 환락에 몸을 던져 자신을 망치고 있다. 지배담론의 모순을 돌파하고 나아갈 방향성을 탐구해야 할 문학이 그 담론의 하수인이 되어버림으로써, 지금의 우리 문학은 모든 빛이 절멸된 지독한 어둠에 휩싸여 있다.

　우리 문학이 본래의 임무를 회복하기 위해서는 무엇보다도 대중문화의 영향권으로부터 벗어나야 한다. 곧 우리 문학의 운명은 탈대중문화에 달려 있다 해도 과언이 아니다. 이를 위해서는, 대중문화의 실체와 그 대중문화를 지배하는 지배담론의 문제점에 대한 문학인의 비판적 인식이 필요하다. 상품물신주의, 가상현실, 파시스트적 속도에 의한 삶의 획일화, 그리고 그 욕망의 배설구 내지 주말여행격인 가상현실의 제공이라는 정보사회의 양면전술을 정확히 파악하고 이에 대한 치열한 공격이 필요하다. 정보사회가 가속화될수록 인간은 정보 메커니즘의 코드 기호로 점점 전락해갈 것이다. 컴퓨터의 커서 조작에 의해 인간존재 자체가 사라져버릴 상황은 현실적 실감으로 다가오고 있다. 이처럼 점점 비인간화되어가고 모든 것이 획일화되어가는 상황에서 문학의 본래적 임무의 회복이야말로 문학인에게 주어진 절실한 과제가 아닐 수 없다. 과학이 발달하여 인간 유전자복제가 행해지고 사이버 인간이 대두되더라도, 절대로 사라져서는 안 될 것이 인간을 비롯한 모든 생명체의 존엄성과 고귀함이다. 인간과 사물과 자연이 함께 어우러져 생명의 녹색향기를 피워올리는 세계야말로 황폐한 세계를 살아가는 지금 우리들이 반드시 회복해야 할 궁극적 귀결점일 것이다. 애초부터 문학은 그런 세계를 이념적 좌표로 삼아 왔다. ‘상실된 총체성의 세계’, 혹은 ‘선험적 고향’, 혹은 ‘존재의 집’을 지향하면서 고독한 길을 걸어가는 문학이 부활할 때, 정보 메커니즘이 지배하는 이 삭막하고 물신화된 사회를 극복할 수 있는 새로운 이념적 좌표를 획득할 수 있을 것이다.

　다시 루카치의 명제로 돌아가자. “내 영혼을 증명하기 위해 길을 떠난다(I go to prove my soul)”. 이 명제는, 문학은 훼손된 가치가 지배하는 자본주의 시대에 훼손되지 않는 참된 가치인 혼을 찾아 길을 떠나는 것이며, 그 길 떠남은 필연적으로 실패할 운명이라는 것을 함축하고 있다. "이것 없으면 모든 민족은 쏜다는 일을 원치 않을 뿐더러 죽는 일조차 불가능할 정도"라고 외친 도스토예프스키의 '황금시대'를 지향하면서 자신을 불사르는 비극적 운명의 소유자가 바로 문학인 것이다.

민족주의에 의해 왜곡된 역사와 전망
— 김진명 대중소설 비판

1. 보수극우화의 메시지

어느 시대든지 대중소설과 본격소설이 공존하기 마련이다. 양자를 구분하는 다양한 기준이 있겠지만, 아마도 본질적인 기준은 이념의 유무여부일 것이다. 여기서 이념은 특정 이데올로기를 지칭하는 것이 아니다. 이 때의 이념은 우리가 살아가는 경험세계의 모순을 극복하고 나아갈 가능세계를 의미한다. 본격소설은 시대의 이면에 감추어진 본질적인 문제점을 포착하여 형상화하면서 그것을 극복할 수 있는 가능세계를 개진한다. 반면 대중소설은 흥미중심의 대중적 문제에 치중하여 대중의 호기심을 자극하는 몸 가벼운 것이다. 한 시대의 소설은 이 두 바퀴에 의해 이끌려가는 수레와 같은 것이다. 따라서 본격소설을 하는 입장에서 대중소설을 무조건적으로 평가절하할 필요는 없다.

그런데 문제는 대중소설이 어떤 이념, 그것도 역사와 미래에의 전망을 왜곡하는 이념을 제시하면서 대중의 기호 속으로 파고들 때이다. 김진명의 대중소설인 『무궁화 꽃이 피었습니다』와 『한반도』는 보물찾기의 추리기법을 근본뼈대로 삼고 있다. 어떤 보물을 설정해두고 그것을 찾는 과정을 미스터리 기법으로 진행해가면서, 선과 악을 대결시키고 영웅을 등장시키면서 종국에는 선의 승리로 귀결시킨다. 이러한 소설적 구도는 대중들의 홍미를 자극하면서 그들을 쉽게 작품 속으로 흡인한다. 김진명의 작품들이 사상 초유의 베스트셀러가 된 여러 이유들 중의 하나가 바로 이런 소설기법의 측면에 있을 것이다. 물론 이 글이 김진명의 작품이 베스트셀러가 된 이유를 논하기 위해 쓰여지는 것은 아니다. 문제는 그의 작품이 베스트셀러라는 점에 있다. 베스트셀러니까 아마도 수많은 독자들이 그의 작품을 읽었을 것이다. 그리고 그의 작품을 통해 작가가 주장하는 어떤 메시지를 전달받았을 것이다. 문제는 여기에 있다. 독자들이 전달받은 작가의 메시지가 과연 무엇일까? 그것은 다름 아닌 군사독재 정권의 보수극우화의 논리이다. 김진명은 그의 잘못된 역사관과 잘못된 민족주의관에 의해, 우리의 지난 역사를 파행으로 치달리게 한 군사독재정권을 미화시킬 뿐만 아니라, 앞으로 우리 사회가 나아갈 방향조차 심각하게 왜곡시키고 있다. 그것도 모르고 수많은 독자들은 김진명의 대중소설을 아무 생각 없이 읽고, 자신도 모르게 그의 왜곡된 이념에 중독되고 있는 것이다. 따라서 김진명 소설에 교묘하게 위장되어 독자를 기만하고 있는 왜곡된 이념의 실체를 파헤치면서 그의 소설이 갖는 문제의 심각성을 살펴보고자 한다.

2. 위장된 민족주의의 실체

김진명의 대중소설들은 그냥 대중소설이 아니다. 그의 작품들은 일반적인 대중소설처럼 가볍고 흥미로운 대중적인 문제를 다루지 않는다. 그의 작품은 분명한 이념을 표명하고 있다. 그 이념은 역사를 바라보는 관점과 미래에 나아갈 전망까지를 포괄하고 있다. 따라서 그의 소설은 대중소설이되, 본격소설의 흉내를 내고 있다. 그가 지향하는 이념은 다름 아닌 민족주의다.

러시아가 공산주의를 포기하고 동구제국들도 사회주의의 환상에서 발을 빼게 됨에 따라 세계질서는 빠른 속도로 재편되고 있다. 그러자 이데올로기의 대립으로 말미암은 냉전체제와는 비교조차 할 수 없는 뜨거운 전쟁의 양상이 차츰 드러나고 있다. 이 전쟁은 전세계적이다. 당장은 무역전쟁이라는 이름으로 나타나는 이 시간과 공간을 가리지 않는 전쟁은 인류로 하여금 끊임없는 불안에서 헤어나지 못하게 하고 있다. 특히 빈약하기 짝이 없는 자원과 날이 갈수록 한계를 드러내는 환경적 제약을 갖고 있는 우리 겨레에게는 이 전쟁으로부터 살아남을 수 있는 길을 찾는 것이 결코 쉽지 않은 일이다. (중략) 고유문화의 맥을 잘리우고 겨레가 적대적 분단상태에 있는 우리의 상황은 더욱 어렵기만 하다. 아직 냉전시대의 사고와 정책을 쉽게 벗어날 수 없는 한반도의 동포는 쇠사슬을 발목에 건 채로 경주에 나서는 꼴이다. 이런 상태로는 적자생존의 국제경쟁에서 도태할 가능성이 현저하지만 국제정치적 상황은 우리에게 늘 피동적 대응만을 요구했고 우리는 거기에 길들여져 왔다. 나는 우리가 한시바삐 이런 끌려가는 상황에서 벗어나야 한다고 생각한다. 넘쳐흐르는 주인의식으로 분단의 문제, 민족의 문제, 통일의 문제를 맞닥뜨려야 하고 우리에게 주어지는 시대의 상황을 획기적이고 주체적인 시각으로 조망해야 한다. 한반도를 둘러싸고 있는 모든 움직임에 대해 민

족의 이익이라는 시각으로 보아야만 한다.[1)]

김진명이 『무궁화 꽃이 피었습니다』를 쓴 이유를 분명히 제시하고 있는 부분이다. 동구사회주의 몰락으로 인해 세계는 자본주의 체제로 재편되어 무역전쟁을 벌이면서 자국의 이익만을 최우선시하는 상황이며, 이런 상황에서 우리 민족이 살아남기 위해서는 "넘쳐흐르는 주인의식과 주체적인 시각으로 모든 것을 민족의 이익"이라는 시각에서 접근해서 남북통일을 이루고 번영된 조국을 건설해야 한다는 것이 요점이다. 한마디로 작가는 21세기에 한민족이 살아남기 위해 민족주의로 무장해야 한다는 것을 전파하기 위해 이 소설을 쓰는 것이며, 이를 위해 실제인물인 대통령 박정희와 과학자 이휘소를 모델로 한 이용후를 주인공으로 삼는다.

이용후, 이십 세기 후반부에 우뚝 솟은 한국이 낳은 세계적 핵물리학자. 노벨상의 가장 유력한 후보로 추천되어서도 모든 것을 뿌리치고 미국의 감시를 피하여 감연히 귀국하였다. 그리고 그는 그리도 반대하던 유신의 장본인인 박 대통령과 손잡고 핵개발에 열중하다가 의문의 교통사고로 사망했다. 천재인 그는 어떤 이유로 한국이 핵을 보유해야 한다고 생각했을까? 그리고 조국과 겨레에 대한 그의 뜨거운 사랑을 우리는 얼마나 알고 있단 말인가?

박정희. 이용후 박사의 귀국을 놓고 그가 보낸 편지는 제갈공명을 불

---

1) 김진명, 『무궁화 꽃이 피었습니다』 1권(해냄, 1993), 「작가의 말」 중에서.

러오려는 유비의 삼고초려 못지않은 정성이 담겨 있었다. 결코 고개를 숙일 줄 몰랐던 그가 이 박사에게는 거의 사정에 가까운 간절한 부탁을 하고 있는 것은, 그가 진정으로 나라를 위한 일에 자신을 던지고 있는 것을 보여주는 것이 아닌가?[2]

이 부분을 통해, 작품의 중심인물인 박정희와 이용후가 위대한 민족주의자로 묘사되고 있음을 알 수 있다. 작가는 급변하는 세계정세에 대처하기 위해서는 이들 두 민족주의자들의 정신을 이어받아 주체적인 시각으로 우리의 의식을 무장해야 한다는 점을 강조하기 위해 이 작품을 쓴 것이다. 그러면서 권순범이라는 신문기자를 등장시켜 일종의 보물찾기식의 추리기법을 가미함으로써 독자들의 홍미를 배가시킨다. 따라서 이 작품은 실제인물 박정희와 이용후(이휘소)라는 세인의 관심을 집중시킬 수 있는 인물, 그리고 순식간에 독자를 빨아들이는 소설기법이 결합되면서 초유의 베스트셀러가 되고, 그러면서 작가가 지향하는 민족주의를 널리 전파할 수 있었던 것이다. 그런데, 문제는 그가 주장하는 민족주의가 참된 민족주의와는 거리가 먼 지극히 위험한 것이라는 점에 있다.

3. 국가지상주의로서의 민족주의와 미화된 독재자

이 작품이 지향하는 민족주의는 지배체제로서의 '국가(State)' 내지

---

2) 2권, p. 101.

'정권'을 최우선시하는 민족주의, 곧 국가지상주의로서의 민족주의이다. 일반적으로 참된 민족주의에서는 주권자로서의 그 성원들 내지 국민이 실체이고, 국가는 그러한 민족집단의 공동의지를 정치적 형식으로 통합하는 것이다. 말하자면 참된 민족주의는 '민족집단'이 주체이자 목적이고 '국가'는 그것에 종속되는 도구이다. 그러나 국가지상주의로서의 민족주의는 국가가 주체이고 그 국가에 민족집단은 귀속된다. 이 형태는 외세의 침탈에 맞서 싸우고 국가의 발전을 이루기 위해 '국가'가 최우선시되고, 그 구성원인 '민족'은 이를 위해 동원될 수 있다는 논리이다. 오로지 '나라와 정권을 위해서'라는 미명하에 개인의 자유나 평등도 억압될 수 있고, 또 정치권력의 공작정치에 의해 여론도 조작될 수 있는 것이다. '나라와 정권'을 위해서라면 군사독재도 가능하며, 국가구성원의 자유도 당분간 억압할 수 있다는 국가지상주의로서의 민족주의는 제3세계의 독재정권이 스스로를 합리화하기 위해 내세우는 방패임을 우리는 익히 알고 있다. 박정희 독재정권 역시 자신의 정권을 유지하고 합리화하기 위해 이 국가지상주의로서의 민족주의를 내세운 것은 주지하는 바이다.

(i) "이제는 의존하던 시대에 종말을 고할 때라고 사료됩니다. 우리 자체가 독자적으로 미사일 개발, 핵무기 개발, 인공위성 개발까지 해서 감히 누구도 우리를 넘볼 수 없도록 해야겠습니다. 다시는 6·25의 쓰라린 경험 같은 것은 맛보지 않게, 우리 백성들이 전쟁으로 살상되는 비극이 다시는 없도록 이 박사님께서 도와주셔야겠습니다. 이 박사님께 조국을 위해 한 번 일어서 주십시오. 조국의 운명이 풍전등화 같은 상황 앞에서 언제 어떻게 될지 모르는 절대위기의 상황에서 감히 이렇게 박

사님께 애원합니다."

　　　(중략)

　　(ii) "조국을 지키기 위하여, 조국에게 내가 할 수 있는 핵개발의 원리를 제공한다면……. 그것이 조국을 지키게 하는 힘이 된다면……. 비록 박 대통령이 유신을 철폐하지 않을 경우라도 나를 낳고 나를 길러준 조국의 현실을 내가 배반할 수 없는 것이 아닌가? 그것이 나를 죽음으로 몰아넣을지도 모르지만……. 죽는다……. 내가 죽음으로 조국을 살릴 수 있다……."[3]

　(i)은 대통령 박정희가 과학자 이용후를 초청하기 위해 보낸 편지이며, (ii)는 박정희의 편지를 받고 귀국결심을 하면서 남긴 이용후의 일기의 한 부분이다. "조국의 운명이 풍전등화 같은 상황"에 처했기에 조국을 살리기 위해 핵개발이 필요하다는 박정희의 편지를 보면 박정희는 분명 민족주의자이다. 그러나 그것은 참된 민족주의가 아니라 국가지상주의로서의 민족주의에 불과하다. 박정희의 핵개발의 진짜 목적은 자신의 독재정권을 유지하기 위해 월남패망으로 무르익은 분위기를 악용하여 '공산화'라는 위기상황을 조성하고, 그리고는 마치 '민족과 조국'을 위해서라는 미명하에 핵개발을 감행하는 것에 불과하다. 박정희는 긴급조치와 유신헌법으로 흔들리는 독재정권의 체제유지를 위해 구성원의 관심을 돌릴 필요가 있었고, 그 수단으로 공산화의 위험성을 천명하면서 핵개발을 표명하였으며, 이를 합리화하고 명분화하기 위해 이용후라는 위대한 과학자의 동원이 반드시 필요했던 것이다. 그러면

---

3) 2권, pp. 101~102.

서 민족집단 전체가 위기상황이라는 공통의식을 가지도록 온갖 공작정
치를 통해 여론을 조작하였고, 급기야는 자신이 조작한 여론이 진짜인
것으로 착각하여 민족과 국가의 위기상황을 타개하기 위해 반드시 핵
개발이 필요하다는 식의 자기도취의 논리로 나아간 것이다.

낮은 목소리로 빌고 계시던 박사님의 소원이란 자신을 위한 것은 하
나도 없고 오로지 우리 동포의 행복과 우리나라의 번영만을 비는 것이
었어요.[4]

군사독재시절 밀실정치의 산물인 요정 '삼원각'의 신 마담에 의해
진술되는 이용후의 한 모습이다. 이용후가 진정 동포의 행복과 우리
나라의 번영을 최고의 목표로 삼았다면, 그리고 참된 민족주의에 입각
하였다면, 결코 핵개발에 참여하지 않았을 것이다. 진정한 민족주의자
라면 남한지배체제의 공산화를 막기 위한 핵개발이 남북한 민족에게
미증유의 재앙을 가져다 줄 것이라는 점을 모를 리 없을 것이기 때문
이다. 그럼에도 불구하고 이용후가 박정희의 핵개발에 참여할 수밖에
없었던 것은, 그가 박정희에게 이용당했거나, 아니면 그 역시 '민족' 보
다는 '국가와 정권'을 우선시하는 국가지상주의로서의 민족주의를 신
봉하였기 때문일 것이다. 그러기에 박정희와 이용후는 국가의 위기상
황을 민족집단 전체의 의식과 행위로 극복하려 하기보다는 '국가' 라는
권력차원에서 비밀리에 위기상황의 타개책을 마련하려 하였고, 그것
이 '핵' 이라는 힘의 논리로 귀결된 것이다.

---

4) 1권, p. 190.

김진명은 박정희의 이 국가지상주의로서의 민족주의를 참된 민족주의로 규정하고 있다. 그러니까 작가는 박정희 군사독재정권의 지배이념인 국가지상주의로서의 민족주의 논리에서 한 치도 벗어나지 못하고 있다. 그러기에 나라가 공산화되는 위기상황에서 핵개발의 결단을 내리고, 이용후라는 위대한 과학자를 초청하기 위해 삼고초려를 한 박정희는 위대한 민족주의자로 부각될 수밖에 없다. 아울러 노벨상 후보자라는 영광된 자리를 박차고 미국에서 귀국하여 '민족을 위해' 핵개발을 하다가 죽은 이용후 역시 위대한 민족주의자로 부상되는 것이다. 김진명은 이런 잘못된 역사관으로 인해 박정희를 작품 곳곳에서 위대한 민족주의자로 미화시키고 있다.

(i) 어느 날인가 찾아오신 각하께서는 저와 함께 박사님을 그리워하다 아무 말 없이 고개를 돌리고 눈물을 흘리시더군요. 그날밤 저도 어찌나 가슴이 메이던지 아무 소리도 못 내고 주르르 눈물만 흘렸어요. 각하께서는 제가 슬퍼하는 걸 보고 눈물을 거두시면서 오히려 저를 위로해 주셨죠. 그런데 그것이 마지막으로 본 각하의 모습이 되고 말았어요. 그로부터 얼마 후 각하께서도 돌아가셨으니까요.[5]

(ii) 각하께서는 박사님과 술을 마시면서 가끔 독일에 가서 눈물을 흘리셨던 얘기를 하곤 하셨어요. 우리나라의 경제개발을 위한 모델을 찾기 위해 독일에 가서 두 번 울었다는 거예요. 한번은 사방으로 뻗친 고속도로를 보고 황토뿐인 우리나라의 현실이 너무 기가 막혀 두 시간 동

---

5) 1권, p. 192.

안의 고속도로 시승 도중 몇 번이나 눈물이 나더라고 말씀하시더군요. 또 한 번은 뮌헨의 교민환영회에 가셨다가 눈물을 흘리셨다고 하셨어요. 거기에는 우리나라 사람들이 광부와 간호원으로 많이 일하고 있는데 이루 말할 수 없이 심한 고생들을 하고 있대요. 그런데, 이 사람들이 대통령이 오셨다고 하니까 손에 태극기를 들고 모여서 애국가를 부르더래요.[6]

(iii) 박 대통령께서 경호실장을 내보내고 박사님께 광복절의 그 일(인용자 주-핵실험의 일)만 성공하면 국군의 날에 국민에게 발표하고 유신을 철폐하고 대통령직에서 물러나겠다고 말씀하시더군요. 그러자 박사님은 즉각 그것을 문서로 작성해달라고 말씀하셨고 대통령께서도 그 자리에서 문서로 작성하여 박사님께 주셨어요. 박사님은 그 문서를 받고 나서 진심으로 죄송합니다라고 말씀하시더군요. 그러자 대통령께서는 아닙니다, 제가 오히려 고맙습니다라고 하시는데 옆에서 보고 있던 저는 진정한 남자의 용기란 이런 것이구나, 진정한 남자의 아량이란 이런 것이구나 하는 것을 느꼈어요. 그날밤 두 분께서는 밤새워 술을 드셨어요.[7]

인용된 구절을 보면, 박정희 대통령은 눈물 많은 다정다감한 통치자로 조국의 경제를 부흥시키기 위해 노력하였고, 죽음을 각오하고 조국의 공산화를 막기 위해 절치부심하였으며, 나아가 경제부흥과 핵개발이 완료되면 유신을 철폐하고 민주주의를 하려 한 위대한 민족주의자

---

6) 2권, p. 262.
7) 2권, pp. 263~264.

로 극찬되고 있다. 과연 그러한가? 그것이 지난 역사에 대한 올바른 평가인가? 아니면 김진명에 의한 의도적 역사왜곡인가? 그것도 아니면 박정희 독재정권의 지배이념인 국가지상주의로서의 민족주의 논리에 길들여진 김진명의 자연스런 역사관인가?

'나' 아니면 '국가'가 망한다는 논리야말로 독재자들의 궤변이다. 한 개인에 의해 국가의 운명이 좌우된다는 논리는 영웅대망론에 젖은 독재자의 망상에 불과하다. 국가지상주의로서의 민족주의의 전형이 천황제 군국주의하의 일본이라는 점을 상기하자. 박정희는 일본 관동군 장교출신임도 상기하자. '나' 아니면 경제개발도, 국가의 국방력증강도 되지 않는다는 논리야말로 국가지상주의로서의 민족주의자로 위장한 파시스트의 망상에 불과하다. 국가의 통치권을 제 맘대로 내 놓겠다는 약속을 문서로 할 수 있는 나라는 독재자 일인이 천하를 지배하는 나라에서나 가능하다. 통치권과 나라의 운명과 미래는 민족집단의 공통의식에 기초하지 않을 때, 그것은 '민족'을 위한 것이 아니라 독재자 '나'의 정권유지를 위한 것에 불과하다. 더구나 정권유지를 위한 '힘'을 '핵'에서 찾는 발상이야말로 '권력은 총칼에서 나온다'라는 군사독재자의 진면목을 보여주는 대목이 아닐 수 없다. 결국 박정희의 민족주의는 군사독재와 국가지상주의가 어우러진 폭력적인 독재의 논리를 미화한 것일 뿐이다.

참된 민족주의는 민족의 집단무의식을 바탕으로 하여 일반민중을 공통의 정치적 형식으로 통합하는 것이며, 이를 통해 정치, 경제, 문화의 제반측면에서 민족의 복지와 평화를 증진시키는 것이어야 한다. 그렇지 않고 국가지상주의로서의 민족주의로 나아갈 때, 국가를 지탱하는 정권 내지 지배체제의 안정이 제일 우선시되며, 이를 위해 그 구성

원인 민족의 희생을 강요하게 된다. 특히 정권이 위협받을 때, 그리고
그 정권이 민족의 집단무의식과 상치될 때, 정권은 강압적으로 민족을
동원하게 되고, 그 때 '모든 것은 나라와 국가와 민족'을 위해서라는
궤변을 등장시키기 마련이다.

(i) 특히 나라를 위해서 하는 일에 대해선, 나는 사실 정말 큰 보람을
가지고 무엇이든 할 수 있다고 생각하는 사람이오.[8]

(ii) 이것은 안기부를 위한 일이 아니고 우리의 조국, 즉 이 기자의 조
국을 위한 일이오.[9]

(iii) 법적으로는 틀림없는 살인죄. 그러나 나라와 동포를 위해 반역
자를 죽이는 것을 어떻게 범죄라 할 것인가? 지금처럼 법의 힘이 미치
지 못하는 특수한 상황에서 나라를 대신하여 반역자를 처단하는 것은
전쟁에 나선 군인과 같이 오히려 떳떳한 일이 아닌가? 전쟁, 이것이 바
로 전쟁이 아닌가?[10]

'국가' 유지의 핵심인 안기부의 공작정치는 오로지 나라를 위한 것
이기 때문에 무엇이든 해야 한다는 논리는 이 작품의 곳곳에 등장한
다. 그러면서 국가의 정권유지를 위해 민족구성원을 동원시킨다. 그것
이 경마장의 깡패 '홍성표'의 약점을 이용하여 그를 '가네히로'로 둔

---

8) 1권, p. 78.
9) 1권, p. 79.
10) 3권, p. 138.

갑시켜 일본의 야쿠자 조직에 침투시키는 것이다. 만약 민족집단의 공통의식에 기초한 정책이라면 굳이 깡패의 약점을 이용할 필요는 없을 것이다. 모든 민족구성원이 서로 앞다투어 그 일을 하려 할 것이기 때문이다. 그런데도 깡패를 동원하는 것은, 깡패야말로 '국가'의 법을 어긴 자들이며, 그런 자들이야말로 국가차원에서 가장 조종하기 쉽기 때문이다. 일본의 야쿠자가 권력과 기생하는 것이나, 박정희 정권과 깡패가 결탁하는 것이 하등 다를 바 없는 이유는, 이들 양 국가 모두 국가지상주의자로서의 민족주의를 공통분모로 하기 때문이다. 나아가 '국가'는 민족집단의 무의식을 조작하기 위해 영웅으로서의 한 개인을 동원하기 마련이다. 이 소설에 등장하는 인물들은 선과 악의 인물로 구분되어 있고, 선의 입장에 선 인물들, 가령 박정희, 이용후, 사건을 파헤쳐 가는 반도일보 기자 홍순범 등이 모두 영웅으로 묘사되는 이유는 이 때문이다. 모든 일이 민족집단과는 동떨어진 채 몇몇 영웅에 의해 진행될 수밖에 없는 영웅대망론이야말로 국가지상주의로서의 민족주의를 단적으로 보여주는 예가 아닐 수 없다.

4. 핵무장 속에 담긴 독재정권의 망령

　김진명은 국가와 정권을 최우선시하며 그 체제유지를 오로지 군사적인 힘에서만 구하는 군사독재자를 '민족과 나라'만을 위해 최선을 다한 위대한 민족주의자로 미화하면서, 온갖 권모술수가 난무하는 공작정치마저 민족과 나라를 위한 것이라 두둔한다. 그는 여기에 그치지 않고 남북통일문제라는 거창하면서 민족의 가장 본질적인 화두로까지 나아간다.

당분간은 일 국가 이 체제가 좋겠지. 북한의 국가구조를 그대로 두어 안정성을 해하지 않는 범위에서, 자본과 기술을 대거 이전해주어 북한을 경제적으로 부흥시켜야 해. 그렇게 하면 독일식의 순간흡수에서 오는 충격을 대단히 완화시킬 수 있지. 게다가 북한의 뛰어난 노동력과 주민들의 잘살고 싶은 욕구에 조금만 불을 지펴놓으면, 북한은 순식간에 신흥공업국으로 일어서게 될 가능성이 많아. 이렇게 되면 우리는 먼저 경제공동체를 이룰 수 있게 되는 거지. 그 다음에 남북간의 산업구조를 적당히 조정하여 세계무대에 같이 대응하게 되므로, 남한으로서도 무조건적인 희생이 아니라 오히려 이득이 있는 장사가 될 수도 있는 거라구.[11]

독일식 통일의 문제점을 논하면서 경제공동체를 통한 남북한의 통일을 이야기하는 이 부분은 거짓말이다. 이것은 군사독재정권의 지배이념에 동조 내지 길들여진 김진명의 목소리가 아니다. 진짜 목소리는 다음과 같다. "국가지상주의에 입각할 때, 남북한 국가는 각 국가의 최고실력자, 곧 정권의 수장의 결단에 의해서 통일이 가능하다"는 것이다. 이 점은 작품에서 남북한 정권의 지도자들의 결단에 의해 남북한이 공동으로 핵을 개발하는 과정에 그대로 제시되어 있다. 여기에는 민족집단의 공통된 의식에 기초한 어떠한 접근도 배제될 수밖에 없다. 이런 논리는 마치 중세에 왕의 결정에 의해 두 왕국이 합쳐지는 것과 동일하다.

---

11) 1권, p. 246.

이 자리에 설 때, 국가지상주의로서의 민족주의는 전근대적 민족주의로 전락한다. 참된 민족주의는 근대의 산물이다. 그것은 혈연과 종족중심의 전근대적 민족과는 다른 개념이다. 근대민족주의는 혈통과 언어뿐만 아니라, 정치, 경제적 제도와 이데올로기 등의 제반측면과 관련되어 논의되어야 한다. 그럼에도 불구하고 작가는 이런 측면을 배제한 채, 혈연과 종족중심의 전근대적 민족주의의 자리에 서서 남북통일에 접근한다.

> 내가 생각하기로는 조금이라도 정권 차원의 욕심이 아니라 민족의 장래를 생각한다면 이제야말로 남북이 서로 통제에만 신경을 쓸 일이 아니라 경제적인 협력은 말할 것도 없고, 정치군사적인 협력과 외교적인 협력을 통해 진정으로 민족공동체적인 방어체제를 마련해야 할 때라는 거요.[12]

중세의 왕처럼 남북한 각 국가의 최고정책 결정자가 '정권'차원의 욕심만 버리면 남북한 통일은 쉽게 이루어진다. 왕에 의한 통일이기에 그의 신민들이 어떤 생각을 하든지 상관이 없다. 경제적 측면은 물론이고 정치군사적인 측면이나 외교적 측면 등 모든 측면에서 문제될 것은 하나도 없다. 민족집단의 공통의식 따위는 불필요하다. 남북통일은 오로지 정권차원에서 안기부 등에 의한 공작정치만으로도 가능하다. 최고실력자로서의 왕의 결단에 신민들은 따라오기만 하면 그만인 것이다. 최고실력자들이 "우리는 같은 조선민족이니 함께 뭉쳐 주체적인 입장에서 하나가 되자" 하면 그만인 것이다. 문제는 간단한 것이다. 그

---

12) 2권, pp. 22~23.

러나 그런 방식에 의한 남북통일은 실현불가능하다. '국가와 정권'을 '민족집단' 보다 우선시하는 국가지상주의자들이 '민족의 장래'를 위해 쉽게 자신의 '정권'을 포기할 리 만무하기 때문이다. 다만 각 국가의 최고정책 결정자는 자신의 정권을 계속 유지하기 위해 고위급회담을 열고 공작정치로 밀사를 파견하고 하면서, 마치 통일이 금방 이루어질 것 같은 분위기를 조성할 뿐이다. 그것이 지금까지의 군사독재정권의 남북통일에 대한 접근방법이 아니었던가? 따라서 이 작품에 나타나는 남북통일의 논리 역시 군사독재정권의 남북통일 논리에서 한 치도 벗어나지 못하고 있다.

김진명의 작품이 갖는 문제의 심각성은 지난 역사의 왜곡에만 그치는 것이 아니라 앞으로 나아갈 미래에의 전망마저 왜곡시키고 있다는 점이다. 그는 세계화 내지 국제화시대에 우리가 나아갈 방향을 국가지상주의와 군사독재에 의한 보수극우화로 잡고 있다. 먼저 그가 파악하는 국제적 상황을 보자.

역설적입니다만, 그동안 미소 대결구도는 남북의 안정에 크게 이바지해온 측면도 있습니다. 그러나, 이제 세계는 무섭게 변해가고 있습니다. 소련과 동구의 사회주의 포기는 세계 평화에 이바지하는 것이 아니라 오히려 세계에 끝없는 자원분배와 시장쟁탈을 둘러싼 긴장을 불러오고, 그나마 자본주의 국가들에 조금은 남아 있던 인간적 측면에서의 고려를 완전히 말살시키고 말았습니다. 이념대결의 구도가 와해되면서 세계는 극단적인 자본주의와 국가이기주의가 결합한 형태의 끝없는 무역전쟁으로 돌입했습니다.[13]

---

13) 3권, p. 68.

극단적인 자본주의와 국가이기주의가 결합한 무역전쟁의 시대라는 작가의 판단이 잘못된 것은 아니다. 지구촌의 시대 내지 국제화의 시대라 하면서, 지금 세계는 경제뿐만 아니라 과학, 문화 등의 제반영역에서 무한경쟁의 시대에 진입해 있다. 이런 살벌한 경쟁의 시대에 살아남기 위해 정치, 사회, 경제, 문화 등의 제반분야에 걸쳐 민족의 주체적 역량결집이 그 어느 때보다 절실하게 필요하다. 김진명 역시 이 점을 간파하고 있다.

> 정치, 경제적인 분야뿐 아니라 문화적으로도 열악한 조건 속에서 살아온 우리민족도 뭔가 해낼 수 있다는 것을 세계 만방에 알릴 수 있다. 우리 민족의 단합은 새로이 우리의 정신 문화를 지배하고자 하는 외부의 신식민주의의 마수를 이겨낼 수 있다.[14]

그러나 이 부분 또한 김진명의 목소리가 아니다. 신식민주의의 마수를 이겨내기 위해서는 '강력한 군사력'이 그 무엇보다 우선 필요하다는 것이 김진명의 진짜 목소리이다. 국가지상주의 입장에 설 때, 통일한국에서 가장 필요한 것은 정권차원의 강력한 힘이다. 마치 군사독재 정권이 자신의 체제를 유지하기 위해 강력한 통치권이 필요하듯이, 최고실력자에 의해 이루어진 통일한국 역시 강력한 통치권이 필요한 것이다. 그것에는 통일한국의 민족집단의 평화에 대한 열망 따위가 자리잡을 여지가 없다. 모든 것은 강력한 힘에 의해 밀어붙이면 되는 것이다. 민족집단을 함께 묶는 문화적, 정신적 측면 따위는 중요하지 않다. 오로지 물리적 힘의 확보만 중요하다. 그 힘이 바로 핵이다.

---

14) 3권, p. 84.

현대에 와서는 국가의 힘이란 핵을 말하는 측면도 있습니다. 지구 차원의 남북문제에 있어 우리는 영원히 핵을 가진 선진국들의 패권주의에 끌려다닐 운명을 강요받을 수만은 없습니다. 문제는 힘입니다. 우리가 핵을 가졌을 때에 우리는 주변의 강대국 어느 나라에 대해서도 떳떳하고 강력하게 대처해 나갈 수 있을 것입니다. 우리는 영세 중립을 표방할 수도 있습니다. 즉 상대방 국가들로 하여금 우리편이 아니면 적이다 하는 강박관념을 갖지 않게 할 수 있다는 얘깁니다. 그렇게 하기 위해서도 핵은 필요합니다. 우리가 핵을 갖고 영세 중립으로 나갈 경우 우리의 지위는 대단히 확고한 것이 될 것입니다. 주변의 강대국 가운데 어느 나라도 우리를 몰아붙이거나 적대시하려고 하지는 않을 테니까요[15]

'핵'으로 상징되는 군사력을 '국가'의 힘의 핵심으로 보는 견해는 '권력은 총칼에서 나온다'에 기초한 국가지상주의와 군사독재가 남긴 파생물이다. 핵무장은 살벌한 경쟁시대에 '민족'을 위해 필요한 것이 아니다. 민족을 위해 필요한 것은 민족이 주체가 되어 정치, 경제, 문화의 제반영역에서 민족의 결집된 힘을 발휘하는 것이다. 그런 노력 속에 군사력의 증강도 자연스럽게 이루어지는 것이다. 그런데도 핵무장을 모든 것에 앞서는 유일무이한 것으로 보는 이런 사고는 바로 국가와 정권을 최우선시하고 모든 가치를 군사력으로 상징되는 물리적 힘에 두는 군사독재정권의 지배이념에서부터 비롯된 것이다.

국가지상주의와 군사독재의 이념에 입각하여 핵무장만이 최선의 길이라는 결과가 도출되고, 아울러 전근대적 민족주의에 의해 배타적 국

---

15) 3권, pp. 70~71.

수주의가 도출된다. 정권의 최고결정자는 오로지 자신의 정권만을 보호하는 것이 제일의 목적이다. 따라서 다른 왕국은 모두 적으로 규정될 수밖에 없다. 세계화니 국제화니 하는 것은 모두 자신의 왕국을 와해시키려는 적들의 사탕발림에 불과하다. 세계화 내지 국제화가 가져다 줄 왕국의 발전 따위는 불필요하다. 설령 그것이 민족집단의 제반 측면을 풍성하게 할 수 있을지라도 그것이 정권유지에 도움이 되지 않는다면 아무 필요가 없다.

"그러나 나는 지금 남북관계가 박 대통령 시절과는 달라져도 많이 달라졌다고 생각해요. 나는 이제 남쪽이나 북쪽이나 주적이 달라져야 한다고 믿소. 세계는 바야흐로 국가이기주의시대, 민족자존의 시대가 아니겠소? 그렇다면 우리도 더 늦기 전에 우리 민족이 함께 잘살 수 있는 새로운 시각으로 세계사의 흐름에 대응해야 할 거란 말이오. 냉전이 장송곡을 울리는데도 언제까지 우리는 분열과 갈등을 거듭하며 우리끼리 헐뜯고 할퀴며 남들만 좋은 일을 시키고 있어서야 되겠소?"

"그렇지만, 주변 강대국들의 도움 없이 남북이 화해하여 통일로 나아갈 수 있는 기회란 별로 없질 않습니까?"

"무슨 답답한 소리요? 이런 노래도 못 들어봤소?"

미국 놈들 믿지 말고,
소련에게 속지 마라.
일본 놈들 일어선다,
조선 사람 조심해라.[16]

---

16) 2권, pp. 21~22.

배타적 국수주의의 입장에 설 때, 미국이든 일본이든 오로지 적일 뿐이다. 그리고 그들이 국가와 정권을 위협할 것이기 때문에 우리의 '국가'가 살아남기 위해서는 핵무장을 해야 한다는 것이 김진명이 제출한 미래에 대한 전망이다. 민족의 장래를 위해 핵을 개발한다지만 그것은 허울 좋은 핑계에 불과하다. 군사독재의 지배이념에 오염된 작가에게 있어서 핵의 개발은 오로지 정권유지를 위해 필요한 힘일 뿐이다. 그 논리에는 민족의 장래가 자리잡을 틈이 없다.

핵에 의한 정권유지와 배타적 국수주의가 결합된 것이 작품결말을 장식하고 있는 한일 간의 전쟁이다. 작가가 미국이 아닌 일본을 전쟁 상대로 설정한 이유는 그것이 지금의 국민감정과 민족적 적개심에 가장 강력한 호소력을 지니고 있기 때문일 것이다. 이 점에서 작가 김진명은 분명 탁월한 대중소설가이다. 작가는 배타적 국수주의에 입각하여 한국과 싸울 상대로 일본을 설정하면서 한일 간의 적대적인 역사를 거론한다. 임진왜란으로부터 일제강점기의 정신대문제, 최근의 독도문제에 이르기까지 일본의 잔악상과 교활함을 거론함으로써 1999년 겨울 일본이 한국을 공격할 것이라는 필연성을 설정한다.

물론 지난 한일 간의 불행한 역사에 대한 작품 속의 언급이 잘못되었다는 것은 아니다. 문제는 한국을 공격하는 일본의 실체를 보수극우화에 두고 있다는 점이다. 곧 일본은 보수극우체제로 치달려 종래에는 한국을 공격할 것이라는 점이다. 따라서 한국도 이에 대응하여 강력한 핵무장이 필요하다는 점을 작가는 강조하고 있다. 그러나 이 논리 속에는 한국 역시 극우화로 치달려야 한다는 주장이 내포되어 있다. 이 점이야말로 이 작품이 갖는 가장 큰 문제점이 아닐 수 없다. 보수극우화의 논리야말로 현 단계 한국사회를 아직도 짓누르고 있는 군사독재정권의 유산물이기 때문이다. 결국 이 작품에 등장하는 '핵'으로 표상되는 힘의 논리는 군사독재정권의 의식에서 한 치도 벗어나지 못한 작가의식을 여실히 보여주는 것이라 할 수 있다. 새로운 세기에 대처하기 위해서는 정치, 경제, 문화 따위에 신경 쓰지 말고 오로지 핵무장만이 필요하다는 이 미래에의 전망 앞에서 군사독재정권의 보수극우화의 망령이 되살아나는 섬뜩함을 느끼지 않을 수 없다.

5. 무궁화 꽃이 피지 않는 날을 위하여

김진명이 『한반도』를 출간하였다. 10·26이라는 박정희의 죽음을 다루고 있는 이 작품이 작가 김진명에 의해 나올 수밖에 없는 이유를 이제는 알 수 있다.

대중소설은 대중소설다워야 한다. 대중소설답다는 것은 독자에게 흥미본위의 가벼운 이야깃거리를 제공하는 것이어야 한다는 점이다. 그렇지 않고 무엇인가를, 그것도 지극히 왜곡되고 위험한 어떤 이념을 전파하려 할 때, 그것은 강력하게 비판되어야 한다. 역사를 바라보는 것은 세계관의 문제이다. 개인이 지난 군사독재정권의 역사를 어떻게 바라보든 그것은 자유이다. 그러나 그것을 작품화할 때, 그래서 자신의 세계관을 공적인 자리에 발표할 때, 그것은 주관적 판단의 영역을 넘어 객관적 검증의 자리에 놓이게 된다. 박정희에 대한 역사적 평가는 아직도 완결되지 않았다. 그렇다 하더라도 명백한 사실, 그가 독재정치를 휘둘렀고, 자신의 정권유지를 위해 안보논리를 이용했다는 명약관화한 그 사실마저 왜곡할 수는 없다. 그 망령이 되살아나 1990년대 초 최고의 베스트셀러의 이념으로 작동하고, 또 나아가 미래에의 전망으로 연결되는 사태를 보면서, 경악하지 않을 수 없다. 군사독재에 의한 보수우익화라니! 그것도 아름답고 위대한 민족주의로 위장된 군사독재라니!

도대체 왜 김진명의 작품이 베스트셀러가 되는 것일까? 혹시라도 독자로서의 우리들이 지난 군사독재의 지배이념에 무의식적으로 길들여져 있는 것은 아닐까? 대중소설가인 김진명은 그런 독자들의 감수성을 눈치 채고 죽은 독재자의 망령을 작품 속에 되살린 것은 아닐까? 만약 그러하다면 김진명의 작품은 반드시 타매되어야 할 대상이다. 다시는 암울한 저 1970년대와 1980년대의 군사독재정권 시절로 되돌아가고 싶지 않기 때문이기도 하며, 문학이 그런 독재정권과 맞서 피 흘리면서 싸우는 시절로 되돌아가고 싶지 않기 때문이다. 김지하의 『오적』이 생각나고, 조세희의 『난장이가 쏘아 올린 작은 공』에서 자살한 난장이가 생각나고, 황석영의 「객지」에서 다이너마이트를 든 동혁이 생각난다. 그리고 전태일이 생각난다. 더 이상 '한반도'에 '무궁화 꽃이 피지 않는 날'은 없을까?

멀티미디어 상상력의 노예가 되어버린 소설

1. 벼랑 끝에 몰린 소설

1990년대 초 구효서는 「깡통따개가 없는 마을」에서 쓸거리가 없음을 탄식하고 있다. 일상은 물론이고 욕망과 자연마저 국화빵 찍어내듯이 획일화하는 시대에 있어서 소설이 다룰 수 있는 것은 무엇일까, 일반독자와 소설가의 경험이 똑같을진대 소설가는 무엇을 써야 독자의 호기심과 관심을 끌 수 있을까, 라는 곤혹스러운 질문을 구효서는 던지고 있다. 이후 10여 년이 지난 지금 그 때의 곤혹스러운 질문은 용도폐기되어 버렸을까, 아니면 아직도 작가들을 옭아매고 있는 것일까?

해답을 찾기 전에 다음 두 가지 측면에 대해 생각해보자. 먼저, 초고층 빌딩과 정면으로 충돌하는 비행기를 TV 뉴스로 보았을 때의 경악감이다. 이 경악감은 테러로 인한 무모한 인명의 희생과도 관련이 있겠지만, 무엇보다 영화나 소설 등의 허구적 세계에서나 일어날 수 있는 일이 현실에서 버젓이 벌어지고 있다는 사실과 관련이 있다. 현실과 허구의 경계가 완전히 허물어지는 전율할 상황 앞에서 허구적 상상력에 기초한 소설이 자리잡을 틈새는 더 이상 없는 것처럼 보인다.

다음, 정보사회답게 인터넷을 비롯한 멀티미디어 상상력의 세계가 모든 것을 지배하고 있는 측면이다. 비행기가 충돌하는 장면이 전세계에 똑같이 생중계되는 상황이야말로 우리 사회가 정보 메커니즘에 의해 얼마나 깊숙이 지배, 통제되고 있는지를 단적으로 보여주는 예라 할 것이다. 영화 한 편에 수백만이 몰리고, 엽기 사이트를 비롯하여 가볍고 흥미 있고 감각적이고 자극적인 사이트에 우리의 눈과 의식이 마비되어가고 있다. 컴퓨터 게임과 채팅에 빠져 밤을 새는 일이 이제 일상화되어버렸다고 해도 과언이 아닐 것이다.

이처럼 현실과 허구의 경계가 허물어지고 멀티미디어 상상력이 판을 치는 상황에서 소설은 무엇을 써야 할 것인가? 무엇을 써야 소설이 소설로서의 맡은 바 몫을 수행하고, 또 독자의 관심을 끌 수 있을 것인가? 지금의 현상을 피할 수 없는 상황이라 여기고 그것을 그야말로 속류사회학처럼 소설 속에 반영해야 할 것인가? 아니면 그런 제반측면이 갖는 부정적인 요소들을 비판해야 할 것인가? 전자를 따르자니 현란한 속도로 무장한 멀티미디어 상상력의 세계와 싸워 이겨낼 수 없을 것 같고, 또 후자를 따르자니 부정적인 요소가 무엇인지 알 수 없고, 설령 안다 하더라도 그것을 소설화하면 과연 독자들이 읽을 것인지 하는 의구심이 생기고……. 쓸거리가 없다는 10년 전의 곤혹스러운 질문은, 이제 소설은 벼랑 끝에 내몰린 채 비명횡사하기 직전에 있다는 슬픈 자학의 몸짓으로 바뀌어버렸다. 과연 소설은 그 존재의의가 더 이상 없는 것일까?

2. 대결의식과 비판의식의 산물로서의 소설

일찍이 루카치와 지라르와 골드만을 비롯한 위대한 사상가들이 그들의 사상을 이론화하는 데 있어서 최종적으로 달려든 것이 위대한 소설들이다. 세르반테스에서 도스토예프스키에 이르기까지의 근대소설을 분석하면서 그들은 그들의 이론을 정립하였는데, 그 이유는 그만큼 소설은 모든 예술 중에서 최고의 미학적 가치를 가지고 있기 때문이다. 이들 이론가들의 견해에 따르면, 소설은 자본주의의 산물이다. 곧 역사발전단계를 '고대→근대→제3의 세계'로 구분할 때, 각각의 단계에 대응하는 서사양식이 '서사시→소설→제3의 양식'인 것이다.

밤하늘에 빛나는 별이 내 영혼의 별이 되어 나아갈 좌표를 제시해주고, 어디를 가더라도 마치 집안에 있는 것처럼 아늑한 시대, 곧 이것 없으면 모든 민족은 산다는 일을 원치 않을뿐더러 죽는 일조차 불가능한, 인류사의 유년기에 해당되는 목가적 전원시대 내지 황금시대를 지향하는 것이 소설이다. 소설은 자본주의 사회에서 상실된 서사시적 총체성의 세계를 갈망하면서 고독한 길을 떠나는 장르이다. "길이 시작되자 여행은 끝났다"라는 명제는 소설 속에서의 여정이 달콤한 여행이 아니라, 대립과 갈등과 투쟁의 연속임을 천명한 것이다. 소설은 자본주의라는 거대한 적과 대결하여 그 모순을 비판하고, 그런 모순이 극복된 가능세계를 지향한다. 그러기에 소설의 주인공은 범인(凡人)들과는 달리 자신이 살아가는 세계의 전체성을 분명히 인식하고, 현상 뒤에 감추어진 본질을 포착하여 그 속에 내포된 모순을 예리하게 비판할 수 있는 인물이어야 한다. 이를 두고 헤겔은 '세계사적 개인'으로, 루카치는 '문제적 인물'로, 골드만은 '예외적 개인'으로 명명하고 있다.

"내 영혼을 증명하기 위해 길을 떠난다"라는 명제에서 보듯, 소설의 주인공은 거대한 적과 목숨을 건 투쟁을 통해 그 추악한 실체를 폭로, 비판하면서, 사라진 황금시대의 순수영혼의 불꽃을 강렬히 지향하지만 종국에는 패배하고 만다. 따라서 위대한 소설에는 그 시대의 전체적 지형도가 형상화되어 있고, 자본주의의 어둠 속에서 길 잃고 방황하는 우리들이 나아갈 좌표가 무엇인지를 강렬하게 내포하고 있기 마련이다.

우리 소설사에서 정보사회가 도래하기 이전인 1980년대 말까지 위대한 소설들은 소설이 맡고 있는 이러한 몫을 충실히 수행해왔다. 하지만 오늘날 우리 소설에서 거대한 적과의 대결의식이나 비판의식을 지니고 있는 작품들을 찾기는 힘들다. 그 이유가 무엇일까? '적이 사라진 시대'이기 때문일까? 진정, 적이 사라지고 이제 더 이상 소설이 싸워야 할 대상이 없기 때문일까? 단정하여 말하건대 그렇지 않다. 오늘 우리 소설이 이처럼 벼랑 끝에 내몰린 위기상황에 처하게 된 것은 소설판 내부에 그 본질적인 원인이 있다. 곧 싸워야 할 적이 분명히 있음에도 불구하고 소설가들이 적의 실체를 파악하려는 소설가 본연의 임무를 방기해버렸기 때문이다.

적은 분명하다. 다만 눈에 보이지 않을 뿐이다. 그것이 오늘 우리 사회의 특징이다. 이전의 산업사회에서 적은 총과 칼로 무장한 권력의 실체로 우리들을 지배했다. 그러나 정보사회가 도래하면서 그런 적은 사라지고, 대신 한층 더 교활하고 음흉한 적이 우리들을 지배하고 있다. 적은 우리들 모두를 원형감옥 같은 감방에 가두어두고 자신의 실체를 감시탑에 감춘 채 각종 정보 메커니즘으로 우리들을 통제하고 길들인다. 우리들은 감방에 갇혀 있는지를 깨닫지 못하고 자유롭고 평등하게 생활한다고 착각하고 있다. 그 방심의 틈새를 이용하여 비가시적인 적은 감방에 각종 감시장치를 마련하고 우리들을 길들이는데, 그 길들임은 두 가지 방식으로 수행된다.

먼저, 획일화이다. 정보사회는 우리를 고래뱃속 같은 공간[1]에 가두어두고, 자연은 물론이고 우리들 욕망마저 획일화한다. 우리들은 정보 메커니즘이 통제하는 획일화된 일상의 틀에 갇힌 채 마네킹처럼 움직인다. 정보 메커니즘은 모든 것을 상품화하고 컴퓨터 코드 기호화 하는데, 이것으로부터 자유로운 것은 아무 것도 없다. 엘리베이터[2] 같은 밀폐된 공간에 있는 모든 것들, 가령 한 그루의 나무나 한 송이 꽃도 그 자체의 실재(reality)로 존재하는 것이 아니라 상품 이미지로 포장된 채 존재할 뿐이다. 심지어 우리들 역시 유적(類的) 존재로서의 인간의 존엄성은 거세당하고 하나의 상품기호 내지 컴퓨터 코드 기호로 존재할 뿐이다.

다음, 정보사회는 모든 것을 획일화하고 코드 기호화하면서 다른 한 편으로는 멀티미디어 상상력의 세계를 제공한다. 획일화된 일상의 틀에 갇힌 우리들은 가끔씩 그 틀로부터 벗어나고자 한다. 그러나 정보 메커니즘의 통제를 벗어날 수 있는 공간은 없다. 우리들은 재갈을 물린 것 같은 답답함을 느끼게 되고, 틀로부터의 일탈을 꿈꾼다. 정보사회의 입장에서 볼 때 이러한 일탈에의 갈망은 정보사회의 체제를 뒤흔드는 위험한 요소이다. 그래서 정보사회는 멀티미디어 상상력의 세계를 제공한다. 이른바 가상현실로 명명되는 이 상상력의 세계는 획일화된 틀에 갇혀 있는 우리들이 전혀 접해보지 못했던 새롭고 신비로운

---

1) 최수철, 『고래뱃속에서』, 문학사상사, 1989.

2) 송경아, 「엘레베이터」(《세계의 문학》, 1996, 봄호).

세계로 우리들에게 다가온다. 틀에 갇혀 답답함을 느끼던 우리들은 '미증유의 표현가능성'을 지닌 멀티미디어 상상력의 세계에 탐닉함으로써 잠시 기분전환을 하고 다시 획일화된 틀에 복귀한다. 곧 멀티미디어 상상력의 세계는 우리로 하여금 틀에 갇혀 있음을 인식하지 못하게 하면서 동시에 틀에 꾸준히 복무하게 만드는, 일종의 기분전환을 위한 주말여행과 같은 기능을 하는 것이다. 영화에 수백만이 몰리고, 컴퓨터 게임과 가상현실에 푹 빠져드는 이유가 여기에 있다.

이처럼 정보사회는 자신의 실체를 드러내지 않은 채, 한 손에는 채찍을 들고 모든 것을 획일화하고, 또 다른 손으로는 멀티미디어 상상력의 세계라는 당근을 제공하면서 우리들을 지배한다. 따라서 지금 우리 소설이 싸워야 할 적은 사라진 것이 아니다. 적은 야누스의 얼굴을 한 채 이전보다 더욱 교활하고 음흉하게 모든 것을 지배, 통제하고 있는 것이다. 그럼에도 불구하고 지금의 우리 소설은 적이 사라졌다고 외치면서 고래뱃속 같은 공간을 가볍게, 그리고 즐겁게 유영하고 있다. 멀티미디어 상상력의 세계가 교활한 정보사회의 지배수단의 하나임을 모르고, 그것이야말로 '미증유의 새로운 표현가능성'을 열어준다고 열광하면서 그 세계에 달려들어 그것을 소설화하고 있다. 그로 인해 우리 소설은 적과의 대결의식과 비판의식을 상실한 채, 멀티미디어 상상력을 무비판적으로 차용함으로써 정보 메커니즘의 하수인으로 전락해버린 것이다. 이제 소설은 다른 정보영상매체의 노예가 되어 그 매체가 쏟아내는 각종 배설물로 겨우겨우 목숨을 연명하고 있는 실정이다.

3. 환상, 엽기, 서사구조의 붕괴, 그리고 단편적인 현실인식

우리 소설에 나타나는 주제와 소재의 왜소화는 적과의 대결을 방기하고 적의 노예로 안주해버린 우리 소설판 내부에 그 원인이 있다. 한때 적과의 치열한 대결에 열광하던 독자들도 이제 노예로 전락한 소설판을 외면해버렸다. 그들은 노예로 전락한 한 편의 소설을 읽기보다는 한 편의 영화를 보는 것을 더 즐거워한다. 아무도 관심을 가지고 있지 않는 추악한 노예의 한 단면을 보자.

> 출발할 때부터 차가 달려온 사이 후면경에 비친 유로의 다리는 계속 길어지고 있었다. 나는 잠시 졸다 깨어나, 피곤하지 않느냐며 유로에게 말을 붙였다. 차가 달리는 사이, 길어진 다리만큼이나 유로의 몸도 육감적인 아가씨처럼 자라나 있었다. 유로는 아가씨 같은 말씨로 언제 내려서 소풍을 즐기려는 거냐고 투덜거렸다. 빈은 오래 운전했더니 피로가 몰려온다고 했다. 이럴 줄 알았으면 따라나서지 않는 거였다며 유로는 길어진 다리를 바꿔서 꼬았다. 유로의 짧은 원피스 자락 밑으로 까만색 팬티 스타킹의 봉제선이 아슬아슬하게 드러나 있는 허벅지가 보였다.[3]

이 작품은 환상과 현실을 넘나들면서 서사구조를 해체시키고, '나'와 베트남계 '빈' 그리고 어린아이 '유로'라는 인물을 통해 '유희성 살인'을 다루고 있다. 이 작품에 대해 "독특한 서사감각과 낯선 담론"을 펼치면서 "엽기적인 글감을 엽기적이지 않은 방식으로 서사화"했다는

---

3) 서준환, 「수족관」(《문학과 사회》, 2001, 여름호) p. 508.

평가를 하고 있지만, 그러나 이 작품이야말로 멀티미디어 상상력의 세계에 함몰된 우리 소설의 총체적인 문제점을 압축하고 있는 것으로 판단된다.

먼저 환상성과 엽기의 측면이다. 환상소설의 대표작으로 보르헤스와 마르케스의 작품들을 들 수 있다. 이들 작품들에 나타나는 환상성은 화해와 동일성의 세계와 맞물려 있다. 곧 이들 작품들은 자연의 황폐화와 인간의 비인간화로 특징지워지는 자본주의 사회에 의해 상실된, 인간과 자연이 합일되고 화해하는 동일성의 세계를 환상적으로 되살려내고 있는 것이다. 그러기에 이들 작품들에 나타나는 환상적인 요소는 현실비판의식과 결부되어 있다. 현실비판요소로서의 환상성은 우리 소설에도 종종 채택된 바 있는데, 이승우의 「선고」, 「미궁에 대한 추측」, 김영하의 「호출」, 「내 사랑 십자 드라이브」, 송경아의 「엘레베이터」, 최수철의 『고래뱃속에서』 등이 그 예이다. 이들 작품들에 등장하는 환상성 역시 현실에 대한 비판의 수단으로 활용되고 있다.

그런데 지금 우리 소설에 유행처럼 번지고 있는 환상성의 경우 현실비판과는 무관하다는 점이 문제이다. 인용된 작품에서 보듯, 어린아이가 차안에서 요염한 성인여성으로 변화하는 환상성은 현실비판과는 전혀 무관한 자리에 있다. 이 작품뿐만 아니라 요즘 환상성을 채택하고 있는 거의 모든 작품들에 대해서도 이러한 비판은 적용될 수 있다. 한마디로 요즘 작품에 등장하는 환상성은 모두 멀티미디어 상상력의 세계에 기초한 가상현실을 무비판적으로 차용한 것에 불과하다. 마치, 죽을지를 모르고 무조건 불을 보고 달려드는 부나방처럼, 이들 작품들은 멀티미디어 상상력의 세계야말로 '미증유의 표현가능성'을 열어준다고 열광하면서 그것을 맹목적으로 소설 속에 끌고 들어옴으로써 스스로의 죽음을 자초하고 있는 것이다. 더불어 엽기적인 장면들과 엽기적인 이야기 역시 컴퓨터 엽기 사이트에 있는 요소들을 그대로 차용한 것에 불과하다. 이들 작품들에 등장하는 엽기적인 살인, 엽기적인 폭력, 엽기적인 섹스 등은 모두 컴퓨터적 상상력에서 비롯된 것이다.

멀티미디어 상상력에 기초한 환상성과 엽기는 결코 현실비판의 기능을 수행할 수 없다. 멀티미디어 상상력의 세계가 정보사회의 지배수단의 하나라는 점을 염두에 둘 때, 그런 요소들을 차용한 소설이 현실을 비판한다는 것은 전혀 불가능할 수밖에 없다. 더구나 심각한 것은 멀티미디어 상상력의 세계가 인터넷을 통해 미국과 일본을 비롯한 전 세계와 연결되어 있다는 점이다. 곧 한국적 특수성은 사상된 채 미국과 일본의 폐수문화로부터 한 치도 벗어나지 못하고 있다. 그로 인해, 이들 상상력의 세계를 차용한 작품들을 보면 도대체 이 작품이 어느 나라를 배경으로 하고 있는지 알 수 없을 정도이다. 이제 한국을 배경으로 하여 한국적 현실을 담은 소설이 아니라 국적불명의 소설이 한국의 대낮거리를 당당하게 활보하고 있는 것이다.

둘째, 서사구조의 문제이다. 소설은 개인과 사회의 구성적 대립에 기초하여 현실의 모순을 비판하고 가능세계를 지향하는 것이라고 했다. 그러나 요즘 작품들을 보면 그런 구성적 대립은 거의 배제되어 있다. 물론 소설이 사회의 변화에 따라 그 형태를 변형시킬 수 있다는 측면을 부정하는 것은 아니다. 그러나 그 모든 경우에 있어서도 절대로 변해서는 안 되는 것이 있는데, 그것이 바로 개인과 사회의 대결에 기초한 치열한 현실인식이다. 가령 전통서사구조를 파괴시키고 있는 1930년대 모더니스트 이상과 박태원의 작품들이나 1990년대 해체소설로 명명되는 최수철과 이인성, 서정인의 작품들에도 모순된 현실에 대한 작가의 가열찬 현실인식이 살아 숨쉬고 있다.

그런데 오늘날의 서사구조를 파괴하는 작품들을 보면 그런 현실인식이나 비판의식을 거의 찾을 수 없다. 인용된 작품의 경우, 현실과 환상을 뒤섞고 시점의 자유로운 전이를 통해 서사구조를 해체시키고 있지만, 그 속에 현실과 대결하려는 의식은 전혀 없다. 그러니까 이 작품은 현실과는 전혀 무관한 자리에 있는 기괴한 작품에 불과하다. 도대체 시점의 이동과 현실과 환상의 뒤범벅을 통해 우리에게 어떤 메시지를 전달하려고 하는지 감을 잡을 수 없다. 만약 '유희성 살인' 문제를 다루고 있다면, 그것은 인터넷 상상력의 세계에서 다룰 요소이지, 현실세계에서 취급해야 할 본질적 문제는 아니다. 이처럼 오늘 우리 소설에 나타나는 서사구조의 붕괴는 멀티미디어 가상현실에 중독된 채 현실과의 대결의식을 방기한 형편 없는 노예들이 만들어낸 형편 없는 작품들에 나타나는 공통적인 특징에 해당된다. 이들 작가들에게서 서사구조를 요구하는 것 자체가 어쩌면 애초부터 무리일지도 모른다.

셋째, 단편적인 현실인식이다. 환상성과 엽기가 배제된 작품들의 경우 어느 정도의 현실인식이 나타나고 있다. 그러나 이들의 현실인식은 지극히 감상적이고 피상적이고 단편적이다.

며칠 동안 잔뜩 우울했던 하늘은, 도저히 못 참겠던지, 정오 무렵부터, 참고 참았던 것을 찔끔찔끔 뿌려 대기 시작했네. 텔레비전에서 들었지, 장마가 왔다는 얘기를. 윤흥길 선생님의 「장마」라는 소설이 기억나네. 연상이란 참 좋은 거야. 딴 생각을 하게 만들거든. 딴 생각이 가끔 나주어서 망정이지, 근해와 예술가가 나뒹구는 것에 대해서만 생각했다면 일찌감치 미쳐버렸을 것이네.[4]

서두를 이렇게 시작하고 있는 이 작품은 '근해'와 '낙서 예술가', 그리고 '나'의 삼각관계를 중심으로 하여 이야기가 전개되고 있다. 그 과정에서 음주단속으로 구속된 자동차 대리점장을 풀어달라는 탄원서의 내용이 장황하게 진술되고, 그 틈틈이 친구 이야기, 1980년대 운동권 이야기, 언론개혁 이야기 등이 짧게 짧게 언급되고 있다. 그런데 이 작품에 등장하는 이러한 현실적인 요소들에 대해 작가는 그 어떤 본질적인 천착도 가하지 않고 있다. 작품제목 그대로 단편적인 '감상'만을 행하다가 끝이 나고 만다. 그러니까 서두에 제시된 '비'나, 윤흥길의 「장마」는 소설 속에서 아무런 중요기능을 하지 않는다. 다만 세 명의 남녀의 섹스와 사랑만을 주절대다가 끝이 나 버린다.

나처럼 머리 속에 든 것이라고는 성욕밖에 없는 수컷들에게, 사창가로 달려가라, 원조교제하라, 성폭행하라, 여자를 따 먹으라, 라고 응원하는 독려처럼 들렸단 말이지. 그리고 연예인들에게 그렇게 시킨 것은, 수컷들이 아니라, 이 땅의 가진 자들, 이 땅에서 잃어버릴 것보다 지켜야 될 게 많은 자들이, 시킨 것이라는, 아주 무식하면서도 감상적인 판단을 하기도 했었지[5]

인용문의 내용처럼, 작가는 현실문제에 대해 "무식하면서도 감상적인 판단"만을 행하다보니, 피상적이고 단편적으로 현실을 인식할 수밖에 없다. 그로 인해, 현실의 어떤 본질적인 문제를 파악해서 그것을 비판적으로 형상화할 수 없게 되고, 그러다 보니 현실의 단편적인 편린들

---

4) 김종광, 「감상 죽이기 좋은 날」(《동서문학》, 2001, 가을호) p. 135.
5) 위의 글, p. 144.

을 작품에 끌고 와서 이것저것 짜 맞추면서 남녀의 사랑 이야기와 적당히 뒤섞어놓고 있는 것이다. 이 작품뿐만 아니라, 특히 젊은 작가들의 작품에서 이러한 측면이 두드러지게 나타나는데, 이는 모순된 현실에 대해 치열하게 고민하는 작가정신이 결여되어 있기 때문이다. 눈에 보이지 않는 적의 실체를 파악하려는 가열찬 문제의식이 없기에 눈에 보이는 피상적인 현상들만을 단편적으로 문제삼을 수밖에 없는 것이다.

설혹, 현실의 어떤 문제를 가지고 그것을 일관되게 형상화하는 작품들일지라도 이러한 비판은 적용될 수 있다. 탈북자문제, 통일문제, 남녀 불평등문제, 환경문제 등의 거시적 주제를 다루는 작품이든, 혹은 러브호텔이니 성폭력문제니 청소년문제와 같은 미시적 주제를 다루는 작품이든, 대부분의 작품이 우리 사회의 현상에 드러나는 측면만을 가지고 그것을 그대로 옮겨 적고 있을 뿐이다. 현상 밑에 내포된 본질적인 측면을 끌고 나와 그것을 형상화하는 작품은 손꼽을 정도에 불과하다.

4. 전문가에 의한 게릴라 소설의 필요성

어쩌면 오늘 우리 소설에 나타나는 주제와 소재의 천박함 내지 빈곤은 정보사회의 대두라는 외적 요인에 기인한다는 점을 전혀 부정할 수는 없을 것이다. 그러나 보다 본질적으로는 정보사회의 실체를 깨닫지 못하고 창작을 하는 작가들의 미성숙된 인식이 가장 큰 원인일 것이다. 적이 사라진 것이 아니라, 적이 더욱 교활해져 자신의 실체를 감추고 있다는 점이 정보사회의 가장 큰 특징이라는 것을 망각할 때, 우리 소설은 지금의 위기상황을 극복할 수 없다. 정보 메커니즘의 지배수단인 멀티미디어 상상력에 함몰되어 그것을 계속 무비판적으로 차용할 때, 우리 소설은 노예상태에서 결코 벗어나지 못할 것이다.

환상성이 비판적 기능을 수행하기 위해서는 무엇보다 정보 메커니즘에 의해 오염되지 않는 무의식적 욕망을 회복해야 한다. 정보사회의 모순을 극복하고 인간과 자연이 합일되는 세계를 강렬히 욕망하고 꿈꿀 때, 그리고 그 바탕에서 우러나오는 환상성일 때, 비로소 환상성은 진정한 현실비판기능을 수행할 수 있을 것이다. 그리고 자주 등장하는 섹스 묘사의 경우, 그것이 남근중심주의와 성의 상품화에 대한 비판기능과 결합될 때에만 그 의미가 있다. 그렇지 않을 경우 그것은 말초적인 포르노 사이트의 한 장면을 옮겨놓은 것에 불과하다. 요컨대, 우리 소설이 개인과 사회의 대결에 기초하여 현실의 모순을 비판하고 그것이 극복된 가능세계를 지향하는 소설 본래의 몫을 회복하기 위해서는 멀티미디어 상상력의 노예상태로부터 벗어나는 것이 급선무이다.

1980년대 민중소설처럼, 정보사회와 맞서 싸울 수 있는 어떤 거대이념에 바탕을 두고 작품을 쓰는 일은 힘들 것이다. 왜냐하면 적의 실체가 비가시적이기 때문이다. 비유하자면 원형감옥 전체를 한꺼번에 붕괴시킬 수 있는 강력한 무기를 찾기는 어려울 것이다. 대신 작가들이 속해 있는 감방에서 그 감방을 감시하는 감시체계를 비판하면서 그것과 게릴라전을 벌일 수밖에 없다. 게릴라전은 전문가를 필요로 한다. 이제 작가는 이것저것 피상적인 현실의 여러 측면을 다루기보다는 한 분야를 집중적으로 파고들어 그 분야에 전문가가 되지 않으면 안 된다. 전문가가 되어야 할 분야는 다양하다. 도구화된 이성적 인간에 대한 문제와 모든 것을 코드 기호화하는 각종 정보 메커니즘의 문제에서부터, 환경문제, 인간의 존엄성을 위협하는 과학문제, 여성문제, 통일문제 등에 이르기까지 너무나도 많은 분야가 소설화되기를 기다리고 있다. 그런 각 분야에서 전문가가 될 때, 비로소 정보 메커니즘으로 현란하게 포장된 겉 이미지를 벗겨내고 그 속의 추악한 실체를 파악할 수 있다. 그리하여 눈에 보이는 현상을 문제삼는 것이 아니라 그 현상에 내포된, 아니 감추어진 본질적인 문제점을 포착할 때 비로소 소설의 본래의 몫을 되찾을 수 있을 것이다. 그리고 그런 작품들이 지속적으로 그리고 집중적으로 완강한 감방 벽의 한 곳에 부딪칠 때, 그토록 견고한 감방의 벽도 균열이 일어날 것이며, 그런 균열이 감시탑의 전체감방에서 일어날 때 거대한 원형감옥도 붕괴될 것이다. 그런 측면에서 한평생 자신의 소설세계를 치열하게 탐색해온 어느 소설가의 작품 중 다음 한 대목은 대단히 상징적으로 읽혀진다.

종이에 문자를 남기기로 말한다면 연필에서부터 펜, 만년필, 볼펜을 거쳐 요즘은 컴퓨터가 이를 대신한다지만 김씨는 팔순이 되도록 오로지 연필로 글쓰기를 고집하고 있다.[6]

'연필'을 '어떤 한 분야'로 바꾼다면 이 대목이야말로 오늘날 멀티미디어 상상력에 함몰되어 노예로 전락해버린 우리 소설이 어떻게 해야 소설 본래의 존재의의를 되찾을 수 있을 것인가를 잘 제시해주고 있다. 시류에 영합하여 멀티미디어의 새로운 장치들을 끌고 오기보다는, 그리고 눈에 보이는 피상적인 현실의 이야기를 긁적거리기보다는, 어느 한 분야를 지속적이면서 집중적으로 파고드는 치열한 장인정신

---

6) 김원일, 「나는 존재하지 않았다」(《문학과 사회》, 2001, 여름호) p. 431.

이 그 어느 때보다 필요한 시대가 아닐까?

잘 팔리는 소설을 쓰고자 하는 생각은 이제 버려야 한다. 모든 예술 중에서 가장 위대한 예술이라 할 수 있는 소설은 어차피 고독할 수밖에 없다. 황폐한 이 시대에 상실된 아름다운 영혼을 되찾기 위해 고독한 길을 떠날 때, 소설은 비로소 시대를 초월하여 그 생명을 오래 유지할 것이다. 삶과 인생과 사회에 대해 진지하면서도 예리한 성찰을 개성적이고 독창적으로 다루고 있는 작품들이야말로 오늘 우리 시대가 요구하는 소설이 아닐까? 그런 소설을 쓰고, 또 몇 안 되지만 그런 소설을 읽는 독자가 있다면, 그것만으로도 소설은 제 역할을 충분히 다하는 것이다. 모두가 멀티미디어 상상력의 세계에 빠져 코드 기호화되어 갈 때, 소설은 홀로 외롭게 어둠 속에서 길 잃고 방황하는 이들이 나아갈 좌표를 제시해주어야 한다. 자본주의 사회에 의해 상실된 서사시적 총체성의 세계 내지 인류사의 황금시대가 도래할 때까지 소설은 아름다운 영혼의 부활을 위해 일종의 구도자와 같은 길을 걸어가야 할 것이다. 그것만이 멀티미디어의 노예상태를 벗어나 소설 본래의 자리를 되찾는 길일 것이며, 우리 소설이 존재할 수 있는 중요한 의의일 것이다.

환상성과 엽기, 그리고 복고주의의 실체

1. 멀티미디어 세계에 함몰된 소설

영화, 비디오, 인터넷 등의 멀티미디어 세계는 이제 우리의 일상생활의 곳곳을 지배하고 있다. 모두가 인터넷 게임, 화상 채팅에 몰두하고 영화 한 편에 수백만의 관객이 몰리는 것은 이제 지극히 평범한 일이 되고 있다. 이러한 사태의 가장 큰 원인은 오늘날의 정보사회의 특성에서 비롯된다. 정보사회의 가장 큰 특성으로 일상과 욕망의 획일화를 들 수 있다. 1980년대 말 최수철은 『고래뱃속에서』를 통해, 이미 정보사회를 고래뱃속 같은 닫힌 공간으로 규정하였다. 곧 정보사회는 인간을 비롯하여 자연의 모든 것들을 밀폐된 공간에 가둔 채 그 공간의 논리에 철저히 길들인다.

먼저, 닫힌 공간은 획일화되고 규격화된 일상의 틀 속으로 우리들을 옭아맨다. 우리들 모두 고래뱃속이라는 군 병영에 갇힌 채 정해진 일과표대로 판에 박힌 일상을 살아간다. 판에 박힌 일상의 틀 속에서 우리들 모두 개성을 상실한 채 하나의 자동인형처럼 살아갈 뿐이다. 틀로부터의 일탈은 불가능하다. 일탈의 순간 탈영병 내지 낙오자가 되어 틀의 논리부터 영원히 추방당한다.

다음, 닫힌 공간은 각종 정보 메커니즘을 통해 모든 것을 상품화한다. 인간뿐만 아니라 자연의 강과 산, 심지어 나무 한 그루, 꽃 한 송이까지 상품 이미지로 덧칠을 한다. 고래뱃속에 있는 모든 존재물은 그것의 본래적 실재(reality)를 상실한 지 오래이다. 인간만의 고귀함이나 자연만의 아름다움 따위는 고래뱃속 밖으로 추방당한 채, 모든 것이 오로지 정보 메커니즘에 의해 조작되고 통제되는 하나의 상품기호로 전락해 있다.

나아가, 닫힌 공간은 우리의 욕망마저 획일화한다. "압구정동은 체제가 만들어낸 욕망의 통조림 공장이다/국화빵 기계다"라는 유하의 시처럼, 정보사회는 우리들의 욕망마저 통조림 내지 국화빵처럼 획일적으로 통제한다. 고래뱃속의 어디를 가더라도 똑같은 패션과 헤어스타일, 똑같은 취미와 욕망만을 만날 뿐이다.

이처럼 정보사회는 우리의 일상은 물론이고 욕망마저 획일화하고 상품화한다. 획일화된 틀로부터 벗어날 수 있는 유일한 방법은 고래뱃속을 뚫고 나가는 것이다. 그러나 그것은 불가능하다. 불가능함을 깨달을 때 우리들은 고래뱃속에 갇혀 있다는 인식을 하게 되고 답답함을 느끼게 된다. 그 순간 멀티미디어 세계가 다가온다. 획일화된 일상에서 전혀 찾아볼 수 없는 다양한 상상력의 세계를 제공하는 멀티미디어 세계는 건조한 우리의 감각을 자극하는 새롭고 매혹적인 것으로 받아들여 진다. 그러나 멀티미디어 세계는 우리를 지배하는 정보사회가 제공하는 당근과 같은 것이다. 정보사회는 모든 것을 획일화하는 채찍을 휘두른다. 우리들 모두 채찍에 복종하지만 어느 순간 답답함을 느끼면서 틀을 벗어나고자 꿈틀거린다. 그 꿈틀거림은 틀을 파괴시킬 수 있는 위험한 것이다. 그럴 때, 정보사회는 멀티미디어라는 당근을 제공한다. 곧 틀 속에서 답답함을 해소할 수 있는 장치를 마련해주는 것이다. 그러니까 멀티미디어 세계는 정보사회가 자신의 틀을 유지하기 위해 마련한 또다른 지배장치일 뿐이다. 그럼에도 불구하고 우리들은 그런 지배전략을 깨닫지 못하고 답답한 일상에서 짬을 내어 멀티미디어의 황홀한 세계에 빠져 기분전환을 하고 다시 일상으로 복귀함으로써, 결코 획일화된 틀을 벗어나지 못하고 있다.

이런 사태 앞에서 우리 소설은 자유로운 것인가? 모든 것이 멀티미디어 세계에 빠져 열광할 때, 소설은 소설 본래의 영역을 고수하고 있는가? 이 물음에 대한 해답은 대단히 부정적이다. 문학은 경험세계의 모순을 비판적 상상력으로 포착하고, 그 모순을 치열하게 비판하면서 모순이 극복된 가능세계를 지향하는 것을 그 본래적 몫으로 삼고 있다. 그런데 오늘날 우리 소설은 문학 본래의 몫을 상실한 채 멀티미디어 세계에 깊숙이 함몰되어 있다.

2. 환상성과 엽기의 문제점

지금 우리 문학에 있어서 멀티미디어 세계의 영향을 가장 많이 받고 있는 부분이 환상성과 엽기일 것이다. 대부분의 작품들이 부분적으로 아니면 전면적으로 환상성과 엽기를 작품에 내세우고 있다. 아마도 이들은 환상성이나 엽기적인 측면을 이전의 문학에서는 볼 수 없던 새로운 요소라고 생각하고 그것을 수용하는 듯하다. 그러나 여기에는 심각한 함정이 도사리고 있다.

먼저, 환상성의 측면이다. 이 점과 관련하여 보르헤스와 마르케스로 대표되는 환상문학에서의 환상성과 멀티미디어의 환상성과의 차이점을 검토할 필요가 있다. 양자 간의 가장 큰 차이는 현실비판의 유무에 있다. 환상문학에서의 환상성은 상품물신화된 정보사회에 대한 비판적 측면을 강하게 내포하고 있다. 정보사회는 고래뱃속 같은 닫힌 공간에 존재하는 모든 것들을 획일적으로 정보 메커니즘의 코드 기호 내지 상품기호로 전락시키고 있다. 이런 상태에서 인간이 유적 존재로서 진정 인간다운 고귀함을 되찾기 위해서는 정보 메커니즘의 틀을 벗어나야 한다. 그것은 인간과 자연이 합일되어 평화롭게 공존하는 세계의 회복에 의해 가능하다. 그러나 그것은 고래뱃속 같은 현실에는 부재한다. 부재하는 그 세계, 인간과 자연이 조화롭게 공존하는 동일성의 세계를 전면적으로 형상화하는 것이 환상문학이다. 곧 환상문학은 인간과 자연이 상호공존하는 동일성의 세계를 상상력을 통해 환상적으로 그려내면서, 이를 통해 정보사회가 얼마나 삭막하고 황폐한 것인가를 역설적으로 드러내고 있는 것이다.

우리 문학에서 현실비판의 기능을 담당하는 환상성을 전면적으로 형상화한 작품은 거의 없다. 다만 작품 속에 부분적으로 차용하는 경우가 있는데, 이승우나 최수철, 김영하, 송경아의 작품들이 그 예이다. 이들 작품들에 나타나는 환상성은 현실에 부재하는, 그러나 진정 인간다운 삶을 영위하기 위해서 반드시 회복해야 할 동일성의 세계를 환상적으로 묘사함으로써, 환상성이 갖는 현실비판기능을 성실히 수행하고 있다.

그러나 이들 몇 작품들을 제외하고, 환상성을 수용하고 있는 대부분의 작품들은 현실비판으로서의 환상성보다는 멀티미디어 세계의 환상성을 그대로 차용하고 있다. 멀티미디어의 환상성은 현실비판기능이 전무하다. 멀티미디어 자체가 정보사회의 지배전략의 일환이기에 그것으로부터 현실비판의 역할을 기대하는 것은 애초부터 불가능하다. 멀티미디어 환상세계는 인간과 자연의 동일성의 세계와는 거리가 멀다. 환상문학에서의 동일성의 세계는 현실에는 부재하지만, 정보사회의 모순을 강렬하게 비판할 때 언제든지 현현할 수 있는 현실적 가능태이다. 반면 멀티미디어의 환상세계는 현실적 가능태가 아니라 비현실태이다. 예를 들어, 과거와 현재가 중첩되어 연인들이 만나는 이야기나, 산 자와 죽은 자가 교감하는 이야기 외에도, 요즘 유행하고 있는 '마법사 이야기'나 '반지의 제왕' 같은 것들이 멀티미디어 환상세계의 예인데, 이들에 나타나는 환상성은 인간과 자연이 합일되는 동일성의 세계와는 전혀 무관한 것들이다. 그것은 비현실적이고 황당무계한 세계이거나, 인간성이 거세된 사이버의 세계일 뿐이다. 또한 그것은 진정한 의미에서의 상상력과도 거리가 멀다. 상상력은 현실에 대한 정확한 인식을 바탕으로 현실을 비판하고 극복할 수 있는 능력을 의미한다. 멀티미디어 환상세계는 그런 상상력이 아니라, 헛된 망상 내지 공상과 같은 것일 뿐이다.

다음, 엽기적인 측면이다. 엽기적 살인, 엽기적 섹스 등 온갖 엽기적인 것들이 멀티미디어 세계에 난무하고 있다. 멀티미디어 세계의 엽기성은 멀티미디어 자체의 특성에 기인한다. 곧 멀티미디어 세계에서는 애초부터 고귀한 인간적인 만남이 불가능하다. 다만 정보 메커니즘의 코드 기호화된 비인간적인 만남만이 있을 뿐이다. 김영하가 「호출」에서 삐삐와 핸드폰으로 연결되는 세태의 만남을 미아리 텍사스에 있는 쇼윈도의 창녀와 고급 콜걸의 만남으로 비유한 것처럼, 정보사회에서 정보 메커니즘을 매개로 한 만남은 인간존재의 본래적 욕망에 바탕을 둔 만남이 아니라 정보 메커니즘에 의해 상품화되고 비인간화된 매춘적 만남에 불과하다. 멀티미디어 세계에서 엽기적인 살해와 엽기적인 섹스가 난무하는 것은 그런 비인간적인 관계의 한 단초를 보여주는 증상이라 할 수 있다.

이처럼, 멀티미디어의 환상성과 엽기적인 측면은 전혀 현실비판의 기능을 지니지 않고 있다. 그것은 현실도피적인 환각제와 같은 것이다. 곧 그것은 정보사회가 자신의 지배를 용이하게 하기 위해, 현실에 대한 우리의 인식을 몽롱하게 함으로써 현실에 대한 비판기능을 거세시키는 것에 불과하다. 정보사회는 수시로, 그리고 도처에 그 환각제를 살포함으로써, 우리들이 살아가는 일상이 고래뱃속 같은 닫힌 공간이 아니라, 이전에는 볼 수 없는 아름다운 환상의 세계처럼 황홀한 곳으로 착각하도록 만드는 것이다. 이런 요소들을 차용한 문학작품들이 문학 본래의 몫이라 할 수 있는 현실비판의 기능을 담당할 리는 전무하다. 다음 작품의 한 대목을 보자.

영혼을 팔아서 물건을 사다니 정말 우습지.

나는 그 순간, 점박이 개 두 마리의 침이 뚝뚝 떨어지는 혓바닥이 향해 있는 한쪽 벽면을 보게 되었다.

그녀의 머리카락은 벌써 잘려나간 지 오래였다. 그래서 머릿수건을 쓰고 있었던 모양이었다. 사지를 깔끔하게 잘랐는데, 잘린 부분에는 응고가 덜 된 피가 고드름처럼 매달려 있었다. 약품 처리를 했는지 약냄새가 났다. 팔과 다리의 중간쯤에 묶은 오색끈은 무슨 패션 같았다. 내가 어루만지던 통통한 뺨, 행복하게 잠들게 해주었던 팔, 자전거 페달을 신나게 밟던 두 다리, 그리고 그 붕어눈이 박힌 머리가 기우뚱하게 벽에 걸려 있었다. 그녀는 사지가 절단된 채 박제가 되려는지, 좀 피로한 얼굴로 거기에 매달려 있었다.[1]

이 작품은 공무원인 남편과 골동품 수집이 취미인 여자와의 결혼생활과 그 파경을 주된 내용으로 삼고 있다. 남편은 조퇴를 한번도 하지 않은 공무원답게 현실생활에 충실한 인물이다. 반면 여자는 살아가는 데는 하나같이 불필요한 물건들인 골동품에만 관심이 있는 인물이다. 결혼 이후 남편은 여자가 골동품을 사면서 빚진 돈을 수도 없이 갚다가, 결국 파경에 이르게 된다. 위 인용문은 목숨을 팔고 인형을 산 여자의 최후의 모습을 보여주고 있는 작품 마지막 부분이다.

작품은 처음에 서울이라는 현실공간을 무대로 하다가 결말부에 이르러 "어느 날 아침 일어나 보니 주변이 온통 깜깜했다. 집안 전체를 작은 모래알갱이들이 도포하듯 덮고" 있는 "청색모래의 집"으로 무대를 이동한다. 그 공간에서 여자는 골동품을 사기 위해 자신의 목숨마저 내던지고 만다.

이런 줄거리를 통해 이 작품은 삭막한 사막 같은 현실에서 우리가 잃어버리고 있던 어떤 영혼의 소중한 것(골동품으로 상징)의 회복을 주제로 삼고 있는 듯이 보인다. 아마도 모든 것이 획일화되고 상품화되어가는 오늘날의 상황에서 볼 때, 이 작품의 주제는 문학이 감당해야 할 정당한 몫에 해당된다고 할 수 있다.

---

1) 강영숙, 「청색모래」(《문학동네》, 2001, 가을호) p. 198.

　그런데 문제는 "청색모래의 집"이라는 환상적인 공간과 사지가 절단된 여자의 모습이라는 엽기적인 측면이다. 이들 요소들은 멀티미디어 세계에서나 볼 수 있는 것들로, 이들로부터 현실비판적 측면을 읽어낼 수 없다. 다만 현실과는 동떨어진 황당무계한 망상적인 이야기만을 접할 뿐이다. 그 이유는 이 작가의 의식의 상당부분이 멀티미디어 세계에 함몰되어 있기 때문일 것이다.

　작가는 소설을 쓰기 위해 현실의 어떤 측면을 끌고 온다. 그것이 공무원 남편과 골동품 수집 여인의 결혼생활이다. 결혼생활 동안 겪는 자질구레한 현실적인 이야기가 이 작품을 소설로 기능하게 한다. 그러나 현실의 파편적인 이야기들만을 묘사하기에 이 부분도 진정한 의미에서의 소설이라 말할 수 없다. 소설은 객관적 현실의 본질 내지 핵심을 반영해야 하는데, 이 작품이 그 단계에 이르지 못한 것은 그만큼 현실에 대한 작가적 인식이 얕고 피상적이기 때문이다. 단편적인 현실이야기를 끌고 가던 작가는 작품결말 부분에 이르러 돌연 "청색모래의 집"이라는 환상세계로 작품을 몰고 간다. 그 이유는 현실에 대한 작가의 피상적인 인식으로 인해, 이 작품의 주제라 할 수 있는 '잃어버린 소중한 영혼의 회복'이라는 내용을 현실에서 해결하거나 형상화할 수 없기 때문이다. 그러나 작가는 멀티미디어 환상세계에 대해서는 익히 알고 있다. 그리하여 작가는 돌연 무대를 옮겨 멀티미디어 환상세계로 나아가는 것이다. 아마도 작가는 이 대목에서 멀티미디어 환상세계로 처리하는 것이 새롭고도 참신한 것이라고 생각했을지도 모른다. 그러나 모래바람이 불고, 여자가 목숨을 팔아 골동품을 사지만, 그것은 비판적 상상력에 기초한 환상성이 아니라 비현실적이고 황당무계한 공상 내지 망상에 불과한 이야기이다.

이러한 처리는 작품을 읽던 독자를 우롱하는 작가의 책임방기에 해당된다. 현실에서 무엇인가가 결정되거나 해결되기를 기대하던 독자를 돌연 황당한 망상의 세계와 엽기적인 이야기로 끌고 감으로써 독자를 어이없게 만들고 만다. 더욱 심각한 것은 작품결말의 이 황당한 망상세계가 국적불명이라는 점이다. 이는 멀티미디어 환상세계 자체가 국적불명임에 기인한다. 현실인식의 방기와 멀티미디어 세계의 무비판적 수용, 그리고 국적불명의 요소로 인해 이 작품은 스스로 소설임을 포기해버리고 있다. 이 작품뿐만 아니라, 오늘 우리 문학에서 환상성과 엽기적인 측면을 무비판적으로 수용하고 있는 작품들 대부분이 지금의 이 비판으로부터 결코 자유로울 수 없을 것이다.

3. 복고주의의 문제점

멀티미디어 세계와 관련하여 환상성과 엽기적인 측면 외에 복고주의를 문제삼지 않을 수 없다. 이와 관련하여 먼저 영화《친구》에 대해 다음 두 가지 측면을 생각해보자. 먼저 영화가 갖는 영향력이다. 부산은 이제《친구》라는 영화상품과 관련된 것들로 모든 것이 포장되고 있다. 영화의 주인공이 죽은 장소, 등장인물들이 달리던 장소, 싸우던 장소 하는 식으로 거대한 한 도시가 한 편의 영화에 의해 하나의 상품 이미지로 포장되고 있다. 이를 보면서, 우리 시대에 있어서 멀티미디어 세계의 영향력을 피부로 실감하지 않을 수 없다.《친구》는 이후 다른 유사한 영화들을 만들게 할뿐만 아니라, 나아가 거의 전 문화영역에 걸쳐 막강한 영향력을 행사하고 있다.

다음, 이 영화가 끼친 영향 중의 하나로 복고주의를 들 수 있다. 실상《친구》는 일종의 복고주의와 관련된 향수영화에 해당된다. 곧 이 영화는 과거의 역사를 현재에 되살리는 것이라 할 수 있다. 그러나 이 영화에서 지난 역사의 재구성은 진정한 역사성과의 결합이 아니라 특정이미지에 의한 재구성에 불과하다. 7~80년대의 부산의 역사는 지금까지 알려져 왔던 것과는 전혀 다르게, '깡패'라는 오늘날의 상업적 이미지에 의해 새롭게 재편성되고 함축된다. 곧 상업적인 특정 이미지의 환영과 결합되면서 부산의 실제역사는 상업 이미지의 뒤편으로 사라져버렸다. 상업주의와 상품물신화에 의해 과거의 역사마저 공략하여 역사를 조작하고 수정하는 가공할 현상이 멀티미디어 세계에서 벌어지고 있는 것이다. '깡패' 이미지로 바뀐 부산은 이제 그 자체의 역사적 실체 대신에 상업적 이미지에 의해 조작된 환영만이 지배하고 있다. 영화 속의 부산은 그 시대를 살았던 이들의 위대한 정신적 본향과는 무관한, 저질화된 깡패집단이라는 가짜 이미지의 공간으로 전락해버리고 만다.

멀티미디어 세계에서 벌어지는 복고주의는 이처럼 지나간 역사를 지금의 상품 이미지로 조작하고 수정하는 위험한 것이다. "모든 역사는 현재의 역사이다"라는 크로체의 지적처럼, 우리가 과거의 역사를 되돌아보는 것은 지난 역사에 대한 반성을 통해 현재의 역사를 올바로 이끌어갈 추동력을 얻기 위함이다. 그러나 멀티미디어 세계의 복고주의는 그러한 역사적 전망과는 거리가 멀다. 그것은 지금 현재의 상업주의와 상품물신화에 입각하여, 그런 여러 다층적인 이미지를 강조하기 위해 실제역사를 조작하는 것이다. 그런데도 우리가 이러한 복고주의에 열광하는 이유는 그 역시 획일화된 일상 때문이다. 복고주의를

통한 과거의 현재화는 마치 멀티미디어의 환상세계처럼 지금 이곳에
서는 볼 수 없는 낯선 것이기 때문이다.

진정한 문학은 멀티미디어의 복고주의에 의해 자행되는 역사의 조
작과 이미지화를 비판해야 한다. 과거역사나 지나간 시절을 되돌아보
는 문학작품은 반드시 그 사회가 나아갈 미래에 대한 올바른 역사적
전망을 내포하고 있어야 한다. 그럼에도 불구하고, 오늘 우리 작품들
에 나타나는 복고주의는 멀티미디어 세계의 복고주의로부터 많은 영
향을 받고 있는 듯이 보인다.

가령 천운영의 「눈보라콘」을 보자. 이 작품은 올림픽이 열리기로 확
정된 해, 부산 영도를 배경으로 하여 주인공 소년이 겪는 일들을 그려
내고 있다. 어머니가 망치를 들고 하루 종일 선박의 녹을 떼어내는 일,
점 집 딸을 사귀는 일, 친구와 계획적으로 택시에 치여 용돈을 버는
일, 복천사의 늙은 중과 만나는 일, 학교에서의 심벌즈 사건, 어머니의
재혼 등으로 이 작품은 엮어져 있다. 그런데 이들 여러 이야기들을 하
나로 묶어주는 것이 "눈보라콘"이다.

> 나는 눈보라콘을 좋아한다. 눈보라콘 속에는 부라보콘을 향한 욕망
> 과 열망이 들어 있다. 눈보라콘도 나처럼 부라보콘을 숭배하고 있는 것
> 이다. 눈보라콘이 부라보콘의 대용물밖에 될 수 없겠지만 그래도 눈보
> 라콘에는 다른 가짜들과는 구분되는 무언가가 분명히 존재한다. 나는
> 눈보라콘에게 동지애까지 느낀다.[2]

---

2) 천운영, 「눈보라콘」(《창작과 비평》, 2001, 여름호) p. 206.

작가가 이 작품을 쓴 이유는 바로 이 "눈보라콘"이라는 상품 이미지 때문이다. 곧 이 작품은 가난한 어린시절을 회상하면서 어렵게 자라온 과정을 여러 정황을 통해 드러내는 성장소설의 형태를 취하고 있지만, 겉으로만 그러하다. 실상 이 작품은 하나의 상품 이미지로 지난 시간을 조작하고 수정하고 있는 것에 불과하다. 곧 작가는 현재를 반성하고 미래에의 전망을 위해 지난 시간을 뒤돌아보는 것이 아니라, 오로지 "눈보라콘" 내지 "부라보콘"이라는 하나의 상품 이미지에 의해 과거역사를 자의적으로 수정하여 재구성하고 있는 것이다. 1980년대 초의 부산의 실제모습은 "눈보라콘"이라는 상품 이미지의 뒤편으로 사라져버리고 없다. 따라서 우리는 이 작품을 읽으면서 황순원의 성장소설 「별」에서 느끼던 아름다운 동심의 세계를 떠올릴 수도 없고, 또 당대의 한 도시의 역사적 풍경을 떠올릴 수도 없으며, 나아가 한 개인의 어린시절의 정신적 본향도 떠올릴 수 없다. 다만 남는 것은 "눈보라콘"이라는 상품 이미지뿐이다. 그 점에서 이 작품은 영화 《친구》를 소설적으로 표절한 것이라는 혐의를 지울 수 없다.

4. 소설의 부활을 위하여

오늘 우리 소설은 너무나 왜소해져 있다. 그 이유를 멀티미디어 세계가 지배하는 오늘날의 정보사회의 탓으로 돌릴 수도 있다. 그러나 보다 본질적인 이유는 작가들의 책임방기에 있다. 소설은 현실세계의 모순을 비판하고 그 모순이 극복된 가능세계를 지향해야 한다. 모든 새가 정보사회의 어둠 속에서 나아갈 길을 잃고 방황할 때, 소설만이 최후까지 남아 우아한 백조의 자태로 고독하게 칠흑같은 밤하늘을 비상하여 모든 새들이 나아갈 좌표를 제시해주어야 한다. 멀티미디어 세계가 우리의 일상의 세목을 강력하게 지배하지만, 소설은 그 강력한 통제를 뚫고 현실의 모순을 치열하게 비판할 때, 비로소 그 존재의의를 획득할 수 있다.

그러나 오늘날 우리 소설은 정보사회의 지배장치 중의 하나인 멀티미디어 세계에 함몰되어 환상성, 엽기적인 측면, 복고주의 등 거의 모든 요소들을 무비판적으로 차용하고 있다. 그로 인해 소설은 멀티미디어의 한 부속품 내지 하수인으로 전락해버린 것이다. 독자들이 작품을 읽지 않는 이유는 이 때문이다. 우리 소설이 진정 그 본래적 몫을 되찾고 다시 한번 비상하기 위해서는, 무엇보다 정보사회와 멀티미디어 세계의 실체를 간파하고 그것에 대한 치열한 비판을 가해야 할 것이다.

해체시학, 생산과 유희의 거리

1. 방향상실에 처한 해체시

"절망이 기교를 낳고, 기교 때문에 또 절망한다"라고 1930년대 모더니스트 이상은 말했다. 우리 문학사에서 시 장르 해체를 가장 과격하게 감행한 이상의 시야말로 해체시학의 선구적 작품이라 할 수 있다. 이상은 일제강점기의 현실에 대한 절망으로 인해 기존의 시 장르를 해체시키면서 당대의 모순을 비판하고, 그러면서 새로운 세계를 지향하고 있다.

1990년대 초 이른바 '신세대'로 일컬어지는 일군의 시인들에 의해 등장한 해체시는, 1980년대 시의 주된 관심사였던 시대의 특수한 역사적, 정치적 상황이라는 거대담론으로부터 일탈하여, 정보사회의 일상적인 현실에 시선을 집중시킨 채, 시양식의 해체를 통해 우리 시대의 욕망의 허구성과 비인간적 메커니즘을 비판하면서 출발하였다. 1990년대 내내 우리 시단에서 하나의 큰 흐름을 형성하면서 지속되어온 해체시는 이제 21세기라는 새로운 세기의 문턱을 넘어서고 있다.

그러나 지금까지 해체시에 대한 평가는 대부분 부정적이다. '지적 귀족주의' 내지 '시정신과 시의 소멸'로 압축되는 해체시에 대한 비판은, 우리의 삶에 대한 치열한 천착없이 고통을 가볍게 무화시켜버렸다거나, 형식실험 자체가 아무런 의미도 갖지 못하고 단지 유희적으로 진행된다거나, 그로 인해 해체의 극단이 시의 소멸과 시정신의 죽음을 초래한다거나, 혹은 해체시는 우리의 삶의 현실과는 동떨어진 외계의 파충류에 불과하기에 타매되어야 할 대상이라는 것 등으로 압축된다. 애초에 화려한 스포츠라이트를 받으면서 등장한 해체시가 이러한 비판을 받으면서도 왜 한마디 응전도 하지 못하고 있으며, 이제는 그 위세가 크게 위축되어 그 종말까지 운위되고 있는 것인가?

과연 해체시는 이제 그 시적 의의를 상실한 것인가? 해체시는 1990년대 초반의 한때의 문학적 유행에 불과한 것인가? 아니면 우리 시대에 아직도 유의미한 시적 의의를 지니고 있는데도 불구하고, 자체 내의 모순에 의해 나아갈 방향을 상실하고 지리멸렬해져 가는 것인가?

2. 1980년대 시양식 해체의 의의

1990년대의 해체시는 1990년대 초반에 갑자기 등장한 것이 아니다. 그것은 멀리로는 1930년대의 모더니즘으로부터 그 맥을 이어받고 있으며, 가깝게는 1980년대의 박남철과 황지우로부터 그 직접적인 자양분을 얻고 있다. 여기서 1990년대 해체시에 대한 평가를 위해서 먼저 1980년대의 황지우와 박남철의 시에 나타나는 해체시적 경향의 본질을 살펴볼 필요가 있다.

여기는 초토입니다

그 우에서 무얼 하겠읍니까

파리는 파리 목숨입니다

이제 울음 소리도 없읍니다

(……)[1]

1980년대는 오월의 광주로 상징되는 폭력적인 군사독재정권이 지배하는 암울한 시대상황에 대해 어떤 방식으로 시적 응전을 하느냐에 따라 시계열체가 분류될 수 있다. "파리 목숨"처럼 살아갈 수밖에 없는 "초토"와 같은 상황에서 시인들은 무엇을 시로 써야할지 방향을 잡을 수 없었다.

(i)

(……)

말은 곧 행동이다(→제도가 검열이란 야비한 수단으로 시인의 말을 통제하고 있음을 보더라도 말이 곧 행동임은 이미 주지의 사실이다).

아아, 나는 말하고 싶다. 말하고 싶다, 그러나 말이 잘 되지가 않는다! 말이 안될 때가 너무나 많다![2]

(ii)

어제 나는 내 귀에 말뚝을 박고 돌아왔다

---

1) 황지우, 『새들도 세상을 뜨는구나』, 문학과지성사, 1983. p. 28.
2) 박남철, 『반시대적 고찰』, 세계사, 1999. p. 80.

오늘 나는 내 눈에 철조망을 치고 붕대로 감아 버렸다

내일 나는 내 입에 흙을

한 삽 처넣고 솜으로 막는다

(……)[3]

검열을 통해 모든 것이 통제되는 시대에 시인은 말하고 싶지만 아무 말도 할 수 없다. 오로지 "살아남기 위해, 증거인멸"을 위해 입을 다물고 있을 수밖에 없는 상황에서, 그러나 시인은 시를 쓰지 않을 수 없다. 어떤 형태로든지 폭압적인 시대상황을 비판하는 시를 써야 한다. 동인지 『오월시』와 『시와 경제』에서 시작되는 민중시 계열은 사회적 상상력에 입각하여 '시의 무기화'를 내걸고 직접적인 대 사회비판으로 나아간다. 한편, 신화적 상상력을 표명한 동인지 『시운동』으로 대표되는 계열체는 기존의 시 장르의 해체를 통해 간접적인 사회비판으로 나아간다. 박남철과 황지우는 후자의 입장에서 시양식을 파괴시키면서 1980년대의 사회적 현실을 시화한다.

　(i)

　(……)

보성물산주식회사 장만섭 차장은 무료했다. 그는 거리에까지 들려 나오는 전자 오락실의 우주 전쟁놀이 굉음을 무심히 듣고 있다.

슝슝슝슝슝슝슝슝슝슝슝슝슝슝슝슝슝

띠리릭 띠리릭 띠리리리리리리릭

---

3) 황지우, 앞의 책, p. 26.

피웅피웅 피웅피웅 피웅피웅피웅피웅

꽝! ㄲㅗㅏㅇ!

(……)

그리고 슝슝과 피웅피웅과 **꽝!**을 바꾸어 주는, 자물쇠 채워진 동전통의 주입구(이건 꼭 그것 같애, 끊임없이 넣고 싶다는 의미에서 말야)에서,

그러나 정말로 갤러그 우주선들이 튀어 나와, 보성물산주식회사 장만섭 차장이 서 있는 버스 정류장을 기총 소사하고, 그 옆의 신문대를 폭파하고, 불쌍한 아줌마 꽥 쓰러지고, 그 뒤의 고구마 튀김 청년은 끓는 기름 속에 머리를 처박고 피 흘리고, 종로 2가 지하철 입구의 戰警 버스도 폭삭, 안국동 화방 유리창은 와장창, 방사능이 지하 다방 "88올림픽"의 계단으로 흘러내려가고(……)[4]

(ii)

과연 누가 진짜 〈裵裨將(→Big Brother)인가?

촬영 각도, 왼쪽에서 오른쪽으로……

---

4) 황지우, 앞의 책, pp. 70~71.

촬영 각도, 왼쪽에서 오른쪽으로…… 아니, 아니 그 네 번째는 비추지

말고……

(……)5)

　1990년대에 등장한 해체시보다 더 과격한 형태의 시양식의 파괴를
감행하고 있음을 볼 수 있다. 언어의 기호화, 회화적 요소의 차용 등을
통해 황지우와 박남철은 무차별적인 폭력이 난무하고, 철저한 검열이
가해지는 시대상황을 비판하고 있다.

　여기서 우리는 1980년대 황지우와 박남철에게서 보이는 시의 해체
가 단순한 형식실험을 위해 태동된 것이 아니라, 당대의 사회적 모순
으로 인한 시대적 절망감에서 비롯된 것임을 알 수 있다. 이로써 "절망
이 기교를 낳고, 기교 때문에 또 절망한다"라는 이상의 경구가 무엇을
의미하는지 알 수 있다. 해체는 단순히 형식의 해체가 아니다. 그것은
당대를 지배하는 지배 이데올로기와 그 이데올로기에 오염된 언어를
거부하고, 그것을 비판하려 할 때 수반되는 것이다. 시인들은 그런 시
의 해체를 통해 시대적 절망감을 토로하고, 그러면서 그 해체의 틈새
를 통해 무의식 속에 각인된 욕망을 표출하는 것이다. 1930년대의 모
더니스트 이상이 식민지 경성으로 표상되는 일제의 지배에 절망하고
그 극복을 강렬히 욕망하였다면, 박남철과 황지우 역시 1980년대의 시
대상황에 절망하고 자유를 찾아 새처럼 비상하려는 욕망을 표출하고
있다.

---

5) 박남철, 앞의 책, p. 15.

3. 생산적인 해체시, 압구정동과 정보사회 비판

1990년대 초입에 유하는 『바람부는 날이면 압구정동에 가야한다』를 발표함으로써 해체시의 시대를 전면적으로 선언한다.

압구정동은 체제가 만들어낸 욕망의 통조림 공장이다
국화빵 기계다 지하철 자동 개찰구다 어디 한번 그 투입구에
당신을 넣어보라 당신의 와꾸를 디밀어보라
(……)
그 국화빵 통과 제의를 거쳐야만 비로소 압구정동 통조림 통 속으로 풍덩 편입할 수 있게 되는 것이다.
이곳 어디를 둘러보라 차림새의 빈부 격차가 있는지 압구정동 현대 아파트는 욕망의 평등 사회이다 패션의 사회주의 낙원이다
가는 곳마다 모델 탤런트 아닌 사람 없고 가는 곳마다 술과 고기가 넘쳐나니 무릉도원이 따로 없구나 미국서 똥구루마 끌다 온 놈들도 여기선 재미 많이 보는 재미 동포라 지화자. 봄날은 간다―
(……)[6]

1990년대 초반 최첨단의 새로운 유행을 주도하던 압구정동을 두고 "체제가 만들어낸 욕망의 통조림 공장"이라는 지적은 1990년대의 시대적 상황을 압축적으로 담고 있는 표현이라 할 수 있다. "욕망의 통조림 공장"이란 욕망의 획일화를 의미하며, 이처럼 욕망을 획일화하는 시대

---

6) 유하, 『바람부는 날이면 압구정동에 가야 한다』, 문학과지성사, 1991. pp. 60~61.

에 대한 시적 응전에 해체시의 시대적 의의가 자리잡고 있다.

1990년대의 해체시가 갖는 시대적 의의를 논하기 위해서는 무엇보다 포스트모더니즘에 대한 논의가 불가피하다. 포스트모더니즘은 모더니즘처럼 자본주의의 생산양식을 인정한 자리에서 자체 내의 모순을 비판한다. 자본주의는 중심부에 의한 주변부의 지배라는 이항대립에 기초하고 있다. 인간, 이성, 의식, 남성이 중심부라면, 자연, 비이성, 무의식, 여성은 주변부에 해당된다. 자본주의의 발달은 이 이항대립의 해체와 직결된다. 제임슨의 비유처럼, 그 발달과정은 '증기기관차→비행기→우주선'의 시대로 이어진다. 증기기관차의 시대는 레일의 안과 밖처럼 철저한 이항대립에 기초한 시대이다. 반면 비행기의 시대는 중심과 주변, 안과 밖의 구분이 무화되는 시대이다. 그리고 우주선의 시대는 우주선을 타고 먼 우주에서 지구를 바라볼 때 지구가 하나의 점에 불과하듯, 안과 밖, 중심과 주변의 구분이 해체되고 모두가 하나의 공동체를 이루는 '지구촌'의 시대이다. 서양과 동양, 남성과 여성, 인간과 자연, 의식과 무의식이 하나가 되는 시대야말로 자본주의의 모순을 극복하고 도달하고자 하는 탈근대의 세계가 아닐 수 없다. 포스트모더니즘은 그런 탈근대적인 우주선의 시대를 그 지향점으로 삼는다.

그러나 1990년대가 과연 우주선의 시대로 명명될 정도로 모든 경계와 간극이 허물어지고 모두가 평등하게 공존하는 시대인가? 겉으로는 그렇다. 그러나 실상을 파헤쳐 보면 그것은 허구에 불과하다. 동구사회주의의 몰락과 함께, 미국이라는 거대한 자본주의 국가가 세계의 중심부로 부상된다. 초월적 중심부로서의 미국을 중심으로 모든 것이 재편된다. 이 재편과정에서 미국은 미국을 제외한 모든 것의 평등화를 주장하면서 '지구촌' 의 시대를 선언한다. 지구는 하나의 작은 촌이기에 국가와 민족의 구분이 불필요하다면서, 미국은 이 '촌' 을 지배하는 '촌장' 으로 우뚝 서게 된다. 겉으로는 이항대립이 해체되었지만, 실상은 미국이라는 초월적 중심부가 있고 나머지 모든 것이 주변부로 자리 잡는 상태가 '지구촌' 의 시대의 실상이다.

비유하자면, 원형감옥의 감시탑에 미국이라는 초월적 중심부가 있고, 그 감방에 지구의 모든 나라가 통제되는 시대라 할 수 있다. 1990년대의 한국사회도 이 통제권 내에 편입된다. 그러면서 한국사회는 또 다른 원형감옥을 설치한다. 가시적인 정치권력이 지배하던 1980년대와는 달리, 1990년대는 비가시적인 초국가적 권력, 곧 미국으로 표상되는 막강한 자본주의에 의해 조종되는 권력이 한국사회를 지배한다. 그것은 이전보다 더 교활하고 음흉스러운 형태로 사회를 통제한다. 이전에는 뚜렷하게 보이는 총칼로 사회를 통제했다면, 1990년대의 한국사회의 지배세력은 자신의 실체를 철저히 감춘 채 각종 정보 메커니즘으로 모든 것을 통제한다. 그 통제력으로부터 자유로운 것은 없다. 인간의 무의식의 욕망마저 통제하여 욕망의 획일화를 꾀한다.

1990년대 한국의 포스트모더니즘은 '지구촌' 이라는 허울 좋은 표어를 내세우고 실제로는 원형감옥 같은 감시체계에 의해 욕망의 획일화를 꾀하는 시대에 대한 비판을 통해, 진정 모든 이항대립체계가 해체되고 모두가 평화롭게 공존하는 탈근대로서의 우주선의 시대를 지향하는 과정에서 대두된 문학적 흐름이다. 이 흐름 속에 해체시가 자리 잡고 있는 것이다. 유하에 의해 시작된 1990년대 초반의 해체시는 이 몫을 성실히 수행하고 있다.

우리나라 신식 국자는 무슨 국자? 일명 신식민지 국독자?

처음 코카콜라가 등장했을 때 웬 간장이냐며 국에 뿌린 넌도 있긴 있을라

난 느껴요—코카콜라, 언제나 새로운 맛 신식 국독자로 떠먹는 코카콜라 그때마다

톡 쏘는 맛처럼 떠오르는 여자가 있다 코카콜라 씨에프에서

팔꿈치로 남자를 때리며 앙증맞게 웃는 여자, 그 몇 프레임 안 되는 장면 하나가 방영되자마자 연예가 일번지 압구정동 일대가

술렁였댄다 그것 땜에 애인 있는 남자들의 옆구리가 순식간에 멍들었다는데……

(……)[7]

"코카콜라"로 상징되는 막강한 미국의 자본주의에 의해 오염된 압구정동의 모습을 잘 포착하고 있다. 상품물신화의 시대, 광고에 의해 욕망이 조작되고 획일화되는 시대를 살아가는 압구정동의 인간군상들의 모습이야말로 1990년대의 한국사회를 살아가는 구성원들 모두의 모습에 해당된다. 인간의 상품화와 물신화가 만연하는 시대상황에서 더 이상 사회구성원들 간의 의사소통은 불가능하다. 인간은 이제 상품기호 내지 정보 메커니즘의 한 기호로 전락해 있다.

직육면체의 벽지 속에 누군가가 숨어 산다 종이 한 장 두께만큼의 나의 얇은 고독도 굳은 담벼락에 풀칠해진 흐린 벽보마냥 한없이 흔들린

---

7) 유하, 위의 책, p. 92.

다 아침 밥상이 꼭 제사상 같구나 얘야. 주간지 속에서 환히 웃고 있는
금년도 미스 코리아의 얼굴에 오랜 허무의 엑기스를 사정했다 짙은 밤
꽃 냄새가 확, 무릎을 끓은 채로

(세계와 나와의 통로를 차단하지 말자)
(……)[8]

세계와의 통로는 차단되어 있다. "직육면체의 벽지"처럼, 사방이 꽉
막힌 감방에 살면서 상품기호로 전락해 가는 것, 그것이 1990년대 온
갖 화려한 상품기호로 치장한 '압구정동'으로 상징되는 한국사회의 실
체이다.

　(i)
저것은 거대한 욕망의 성채다

이성을 살해한 음울한 중세의 성벽과
빛나는 P. C. 자기질 타일 외장의 롯데 월드
그것은 무엇을 방어하고 있나요
당신을, 우리를, 무산 대중을?
꿈과 희망의 동산이요, 사랑과 행복의
당신의 휴식 공간 롯데는
우리를 모두 젊은 베르테르의 사랑에 빠지게 한다

---

8) 함성호, 『56억 7천만 년의 고독』, 문학과지성사, 1992. p. 41.

욕구의 끓는 기름과 조갈의 불화살을 쏴

끊임없이 당신을 상품화하고

끊임없이 당신을 당신이 소비하도록

구애한다

(……)[9]

(ii)

너나 가져라, 여의도

나는 여의도에만 가면 항상 한강의 수위가 걱정되더라 63빌딩은 거
대한 남근 숭배의 신앙이다 올림픽을 앞둔 1988년 이전의 한국인들은
어떤 종류의 번식을 바랐을까 소유의 확대를? 자본의 증식을? 섹스의
강화를, 繁雜을, 어차피 자본주의의 탄생 자체가 리비도적 충동의 산물
이라면 저 황금빛의 연출은 충분히 암시적이다 그것은 그대로 피로한
짐진 자들의 아이맥스 화면이고 여의도의 수위를 가시적으로 높여준 해
발의, 금방, 쓰러지기 쉬운, 봉우리다

(……)[10]

입구와 출구의 구분이 모호한 롯데 월드를 두고 흔히들 포스트모더
니즘에 입각한 건물이라 평가한다. 그러나 그것은 '지구촌'으로 위장
한 가짜 우주선의 시대의 표상에 불과하다. 그것은 온갖 현란한 상품
들로 자신을 포장한 채 모든 것을 상품화하고 획일화한다. 이처럼,
1990년대 초반의 해체시는 '지구촌'으로 위장한 정보사회의 모순을 간

---

9) 함성호, 위의 책, p. 111.
10) 함성호, 위의 책, p. 113.

96

파하고 그것을 강력하게 비판한다. 이들은 63빌딩뿐만 아니라, 1990년대의 지배체제의 이념을 수호하는 각종 정보 메커니즘, 곧 영화, 비디오, 음악, 패션 등 거의 모든 영역에 걸쳐 시선을 집중시키면서 그 이면에 감추어진 자본의 추악한 실체를 시 장르의 해체를 통해 비판한다. 1980년대의 황지우와 박남철이 시대적 상황에 절망하고 그것을 비판하기 위해 시를 해체하였듯이, 1990년대의 해체시 역시 시대적 상황을 비판하기 위해 시를 해체하고 있는 것이다. 화려한 상품의 전시장에 현혹되지 않고, 상품기호를 벗겨낼 때 드러나는 자본주의의 천박한 모습을 포착하고 그것에 대한 강렬한 비판을 행함으로써, 1990년대 초반의 해체시는 그 맡은 바 몫을 성실히 수행하고 있는 것이다.

4. 세운상가의 상품기호로 전락한 해체시

1990년대 중반 유하는 『세운상가 키드의 사랑』이라는 시집을 발표한다. 유하가 도달한 압구정동과 세운상가의 거리야말로 해체시가 생산에서 유희로 전락하는 거리에 해당한다.

> (……)
> 세운상가, 욕망의 이름으로 나를 찍어낸 곳
> 내 세포들의 상점을 가득 채운 건 트레이시와 치치올리나,
> 제니시스, 허슬러, 그리고 각종 일제 전자 제품들,
> 세운상가는 복제된 수만의 나를 먹어치웠고
> 내 욕망의 허기가 세운상가를 번창시켰다

(……)

네가 욕망하는 거라면 뭐든 다 줄거야

환한 불빛으로 세운상가는 서 있고

오늘도 나는 끊임없이 다가간다 잡힐 듯 달아나는

마음 사막 저편의 신기루를 향하여,

내 몸의 내부, 어두운 욕망의 벌집이 웅웅댄다

그렇게 끝없이 웅웅대다가 죽음을 맞으리라

파열되는 눈동자, 충동의 벌떼들이 떠나가고

비로소 욕망의 거울은 나를 놓아줄 것이다[11]

애초에 온갖 상품기호들이 지닌 허상을 파헤치고 그 추악한 실체를 비판하던 해체시가 이제 "세운상가"로 상징되는 천민자본주의에 서서히 함몰되어가고 있는 모습을 읽을 수 있다. 세운상가란 무엇인가? 그 것은 이 시대의 획일화된 욕망에서 벗어날 수 있는 통로인가? 획일화 된 사회질서로부터 일탈하여 내부의 욕망을 자유롭게 토해낼 수 있는 어두운 곳인가? 상품기호와 각종 정보 메커니즘의 통제로부터 벗어나 자유롭게 우리들 내면의 어두운 욕망을 분출할 수 있는 곳인가? 그곳 은 포르노 비디오가 있고, 포르노 잡지가 있고, 온갖 복제품들이 인간 의 숨겨진 욕망을 만족시켜주는 곳임에 틀림없다. 그러나 그곳은 해체 시가 지향하는 탈근대로서의 우주선의 세계는 아니다.

세운상가는 이 시대를 지배하는 정보 메커니즘에 의해 조작되고 통 제되는 곳에 불과하다. 그곳에 있는 불법의 포르노 비디오는 실상 정

---

11) 유하, 『세운상가 키드의 사랑』, 문학과지성사, 1995. pp. 98~99.

보 메커니즘에 의해 용인된 것에 불과하다. 우리 시대의 정보 메커니즘은 욕망마저 국화빵 기계에서 찍어내듯 획일화할 정도로 모든 것을 강력히 통제한다. 그 통제 속에서 우리들의 삶도 획일화된다. 획일화가 지속되면 우리들은 염증을 느낀다. 염증을 느끼면 질서로부터 일탈하려고 한다. 그럴 때 지배체제는 위협을 받는다. 따라서 지배체제는 염증을 느끼지 못하도록 강력한 통제망 속에 욕망의 배설구를 설치해둔다. 지배체제의 감시망 속에 있는 이 욕망의 배설구를 통해 우리들은 어두운 욕망을 분출하고, 다시 지배체제의 질서로 돌아오는 것이다. 비유하자면, 그것은 틀에 박힌 일주일을 보내고 주말여행을 떠나 심신을 치유한 뒤, 다시 틀에 박힌 나날을 보내는 것과 같다. 주말여행을 떠나는 장소와 같은 곳, 그것이 세운상가이다. 주말여행 삼아 떠나온 세운상가에서 더 이상의 상품기호에 대한 비판은 불가능하다. 1990년대 초반 해체시가 세운상가를 두고 비판한 다음 시구는 이제 그 의의를 상실하게 된다.

(……)대한교육보험 건물은 카피 문화의 3차원적 산물이다, 한국의 자동차는 일본 자동차 산업의 트로이 목마라고 하잖아요? (네로는 더 이상 견딜 수가 없었다) 세운상가는 일제의 문신이다(……)[12]

세운상가는 더 이상 일제의 문신이 아니다. 그것은 이제 우리들의 어두운 욕망을 자유롭게 분출할 수 있는 곳으로 전도된다. 이 전도의 자리에 설 때, 해체시는 비판기능을 상실한 채 갖가지 상품기호로 치

---

12) 함성호, 앞의 책, p. 118.

장한 전시장을 가볍게 유영하게 되는 것이다.

> (……)
>
> 세상이 나를 원하지 않을 것이기에, 태양의 언어 밖에서
> 난 노래한다, 박쥐의 눈으로 어둠의 광휘를
> 난 무능력한 자이므로, 풍자한다
> 호화 양장본 세상의 기막힌 마분지성에 대하여
>
> 나는 부유하는 육체의 세운상가
> 곰팡이를 반성하지 않는 곰팡이,
> 그리하여 곰팡이꽃의 극치를 향해가는 영혼[13]

"태양의 언어"가 지배하는 일상의 틀에서 벗어나 "박쥐의 눈으로 어둠의 광휘"를 본다 하더라도 그것은 해체시의 본령에서 일탈한 것이다. 해체시의 본령은 "호화양장본 세상"이나 세운상가의 "곰팡이"나 모두 이 시대를 지배하는 정보 메커니즘에 의해 조작된 동전의 양면에 불과하다는 비판적 인식을 가지는 것이다.

5. 해체시의 부활을 위하여

1990년대 중반 이후 해체시는 '지구촌'으로 위장한 이 시대의 모순

---

13) 유하, 『세운상가 키드의 사랑』, 앞의 책, p. 105.

을 비판하는 기능을 상실하고 하나의 상품기호로 전락함으로써 그 시적 의의를 상실하게 된다. 상품기호로 치장한 유폐적 그물망에 걸린 채 이제 해체시는 서서히 나락을 길을 걷고 있다. 지금, 해체시는 상품의 전시장을 가볍게 유영하면서 형식적인 해체만을 행하고 있다. 가벼운 유희행위로 전락한 해체시는 이제, 모든 것이 평화롭게 공존하는 진정한 탈근대성의 세계에 대한 지향점을 몰각한 채, 단순히 '해체를 위한 해체'만을 되풀이하고 있다. '전망의 부재' 혹은 '암중모색'이라 변명하면서, 해체시는 우리 시대의 모순에 대한 비판기능을 상실하고, 개인의 내면세계로 응축하거나, 지적 허무주의를 동반하면서 일상의 덧없음을 읊조리거나, 어둡고 침울한 병적 자의식을 드러내거나, 냉소주의로 전락하고 있다.

해체시의 시대적 의의는 끝났는가? 해체시의 본령이 정보사회의 모순을 비판하고 우주선으로 상징되는 세계를 지향하는 것이라는 점에 주목할 때, 해체시의 시사적 의의는 지금도 여전히 유효하다. 진정한 우주선의 시대는 아직 도래하지 않았기 때문이다. 해체시가 그 의의를 되찾기 위해서는 무엇보다 우리 시대의 모순에 대한 비판적 인식을 회복하는 것이 필요하다. 1930년대의 모더니스트 이상의 말, "절망이 기교를 낳는다"라는 말을 다시금 상기하고 싶다. 시대의 본질적 모순에 치열하게 부딪치고 절망할 때, 그리고 그 절망이 심화될 때, 해체시도 다시 부활할 수 있을 것이다.

(……)
문득, 살아온 날의 상처가
돌이킬 수 없이 엎질러진 어둠처럼

허허롭게 만져질 때,

강은 어느새 저문 날의 끝에서

하늘의 목젖을 젖히며 새 살인 듯 일어선다

증오는 그리움의 은비늘이 되어 주고

죽음이 생의 아가미에 깃들어,

막장으로 치달아도

마침내 처음인 강이여

오래오래 강만큼 흘러가 본 자만이

말할 수 있으리라

새의 날개 위에 드리워진 창공의 그물망을

멸절의 끝자리에 움튼

눈물 한 방울의 온기를[14]

   살아온 날이 허허로울 때 일어서는 "새살처럼 일어나는 강", 그 강은 "처음의 강"이다. "처음의 강"은 해체시가 지향하는 탈근대성의 세계로 해석될 수 있을 것이다. "처음의 강"에 도달하기 위해서는 "죽음이 생의 아가미"에 깃들 때까지 치열하게, 그러면서 "오래오래" 그것을 지향해야 한다. 해체시가 나아가야 할 길이 바로 이것일 것이다. 상품기호가 유폐적 그물망을 이루고 있는 우리 시대에 치열하게 부딪치면서 그 모순을 비판하고, 그러면서 탈근대로서의 우주선의 시대를 오랫동안 강렬히 지향할 때, 해체시도 그 의의를 회복할 수 있을 것이다.

---

14) 유하, 『세상의 모든 저녁』, 민음사, 1993. pp. 72~73.

민족문학론의 위기와 실체,
그리고 올바른 방향
— 백낙청 교수의 민족문학론 비판

1. 머리말

1974년 「민족문학 개념의 정립을 위해」라는 글을 발표한 이후, 지금까지 백낙청 교수는 한국문학에 있어서 민족문학의 발전을 위해 한결같은 정열을 쏟아붓고 있다. 4·19 이후의 참여문학론, 리얼리즘론, 시민문학론, 민중문학론의 연장선에서 출발한 1970년대의 민족문학론은 "열강의 제국주의적 침략으로 민족의 생존과 존엄 자체가 위협받게 된 상황에서 요구되는 특수한 개념"[1]으로 제시되면서, '민중지향적인 민족문학'으로 탄생한다. 1970년대의 "전태일 사건으로 상징되는 민중의식의 전진과 7·4 공동성명으로 집약된 민족통일의 의지"[2]에 힘입어, 민족문학은 "한국민중의 문제는 한반도분단의 문제를 떠나 제대로 이해될 수도 없고 해결될 수도 없음"[3]을 강조하면서, "(i) 현실을 민중의

---

1) 백낙청, 『민족문학과 세계문학 I』, 창작과 비평사, 1978. p. 137.

2) 백낙청, 『민족문학의 새단계』, 창작과 비평사, 1990. p. 155.

3) 위의 책, p. 92.

입장에서 대하려는 것과 (ii) 당면한 민족현실에서 분단극복의 과제를 촛점"⁴⁾에 둔다.

이처럼 분단극복을 주요과제로 설정하고, 민중의 시대를 위해 민주화와 자주화를 내세우면서 출발한 민족문학론은 1980년대와 1990년대를 거치면서 지금까지 한국문학에서 큰 줄기를 이루어오고 있다. 백낙청 교수의 민족문학론은 크게 세 단계를 거치면서 변화한다. 그 단계는 우리의 파행적인 현대사에 있어서 하나의 획을 긋는 중요 정치적 사건과 관련이 있다. 1980년의 광주와 1986년의 6월 항쟁, 1990년대 초의 문민정부의 탄생이 그것이다. 이 각각의 정치적 사건과 그로 인한 정세변화에 따라 백낙청 교수의 민족문학론은 분단극복 및 민주화와 자주화를 통한 민중의 시대구현이라는 기본틀을 유지하면서, 그 실천적 방법의 측면에서 변화를 꾀하고 있다.

1980년대 종반까지 백낙청 교수의 민족문학론은 한국문학의 질적 풍성화에 크게 기여했다. 백낙청 교수는 1980년대 '소시민적 민족문학론자'라는 비판을 감수하면서도, 노동계급이 중심이 된 '민중문학'과 민족해방과 자주화문제를 절대적 기준으로 삼는 '민중해방, 계급해방 문학'을 '도식적, 분파적 민중문학론'이라 비판하면서, "민중성과 예술성의 본질적 일치"를 통해 "분단극복이라는 민족적 과제와 다수 국민의 인간해방이라는 민중적 과제수행"을 본질적 목적으로 삼는 '민중적 민족문학론'을 신념 있게 주장한다.

백낙청 교수의 이 민중적 민족문학론에 대한 정당한 평가는 문학사적 안목을 요한다. 그러나 적어도 문학에 대한 정치의 절대적 우위가

---

4) 위의 책, pp. 155~156.

절대적 진리인 양 득세하던 당시의 상황에서 "민중성과 예술성의 일치"를 내세우면서 창작의 질곡상태를 극복하려 한 점은 높이 평가되어야 할 것이다.

1980년대 말을 거쳐 1990년대에 이르면서 백낙청 교수의 민족문학론은 큰 변화를 겪는다. 그러나 그 변화가 민족문학론의 질적 함양 쪽이 아니라, 그 무장해제 쪽으로 나아가고 있다는 점이 문제이다. 1990년대 들어 민족문학의 위기가 대두된 이유는 동구사회주의의 몰락과 문민정부의 등장이라는 정세변화 때문만이 아니다. 그 본질적 이유는 민족문학론 자체의 개념규정에서 비롯된 것으로 판단된다. 이에 따라 이 글에서는 1990년대 이후 민족문학론의 특질에 대한 비판적 검토를 행하고자 한다. 1990년대 이후 백낙청 교수의 민족문학론은 크게 '새로운 리얼리즘론, 분단체제론, 근대극복론'으로 집약되는데, 이에 대한 검토를 통해 민족문학론의 위기의 실체를 점검하고자 한다.

본격논의에 앞서 이 글은 맹목적인 비판을 위해 쓰여지는 것이 아님을 밝혀두고자 한다. 적어도 문학 하는 후학으로서 그 동안 민족문학론을 중심으로 한 백낙청 교수의 문학적 업적에 대해 최대한의 경의를 표하지 않을 수 없다. 그러면서 이제 선학의 업적을 비판적으로 조망함으로써, 그 업적을 계승발전시키는 것이 후학도로서의 바람직한 자세라는 입장에서 백낙청 교수의 글을 살펴보고자 한다.

2. 전지구시대의 새로운 리얼리즘 문학론 비판

2-1. 전지구시대의 새로운 리얼리즘 문학

백낙청 교수는 1990년대를 '전지구적 자본주의 시대'로 파악하고, 이에 대응할 수 있는 새로운 민족문학론을 제기한다. "자본이 주도하는 지구시대는 세계문학 자체를 치명적으로 위협하는 시대인데, 민족문학은 이러 대세에 맞선 소극적 저항"에 그치지 않고 "한반도라는 국지적 현실을 전지구적 관점으로 인식하는 하나의 모형을 제시함으로써 세계문학이념의 수호와 새로운 세계문학운동의 출현을 위해 끽긴한 요소"[5]가 될 수 있어야 한다는 것이다. 새로운 리얼리즘 문학은 사회주의 리얼리즘도, 비판적 리얼리즘도 아니며, 포스트모더니즘 같은 '시장의 리얼리즘'도 아니다. 그것은 "분단체제와 세계체제 속의 민족적 위기가 여전한 이 땅"의 문학이며 "지구시대 세계문학운동의 일원인 민족문학운동"[6]으로, "전지구적으로 사고하고 국지적으로 행동하는 변증법적 능력"[7]을 지닌 것이다.

백낙청 교수는 현 상황은 전지구적 차원에서 조직화된 은폐가 자행되는 실정이기에, '특정 사실성'에 대한 집요한 관심이 중요하고, 그러면서 사실묘사는 "전지구적 현실에 대한 변증법적 사고의 국지적 실현"으로 수행되어야 한다고 주장한다.

더욱 중요한 것은 '눈앞에 있는 현실'과 '달리 존재하는 현실'의 뒤섞임이 어째서 지구시대에는 더 절실한 문제가 되는지를 인식하는 일이다. 전지구가 하나의 세계를 이룰 때 우리가 보지 못하고 알지 못하는 지구상 곳곳의 현실이 곧바로 우리 목전의 현실에 파급될뿐더러 우리의

---

5) 백낙청, 「민족문학론, 분단체제론, 근대극복론」(《창작과 비평》, 1995, 가을호) p. 23.
6) 백낙청, 「지구시대의 민족문학」(《창작과 비평》, 1993, 가을호) p. 118.
7) 위의 글, p. 97.

106

꿈과 상상과 욕망에까지 영향을 미친다. 더구나 그러한 영향과 파급력의 주된 소유자들이 자신의 행위를 은폐하는 조직적인 능력마저 보유하고 있다면, 섣불리 '있는 현실'에 집착하는 것이 '있는 현실'조차 제대로 못 보는 첩경이기 쉽다. 사실 이것은 평면적 사실성과 진정한 리얼리즘을 구별하는 낯익은 원리에 다름아니나, 지구시대에 그 중요성이 더욱 절실해졌다는 것이다.

동시에 이런 시대일수록 특정한 사실성의 의의가 오히려 커지기도 함을 잊어서는 안 된다. 대대적인 은폐가 자행되는 현실에서는 폭로할 사실의 양도 커지겠지만, 전지구적으로 조직화된 은폐망이기에 특정 사실의 노출이 뜻밖의 파급효과를 가져올 수도 있는 것이다. 그런 의미에서 '리얼리즘'과 '사실주의'의 구별이 아무리 중요하다고 해도 사실성에 대한 집요한 관심을 쉽게 떨쳐버린 리얼리즘은 성립하기 어려움을 나 자신 거듭 주장해왔다. 하지만 결정적인 현실변혁은 폭로의 충격만으로는 불가능한 것이니만큼, 사실묘사는 어디까지나 전지구적 현실에 대한 변증법적 사고의 국지적 실현으로 수행되어야 그 의미가 제대로 살아난다. 사실주의와 구별되는 리얼리즘의 원리가 역시 중요한 것이다.[8]

이에 입각하여 백낙청 교수는 김기택의 시 「쥐」를 예로 들면서, 이 시가 "시적 대상자체의 생생한 재현과 이를 밑받침하는 일종의 유물론적 인식에서 비롯"[9]되었다고 하면서, "쥐라는 하나의 미천한 동물이자 그나름으로 엄연한 생명체를 이만큼 실감케 해주는 글도 드물 것"[10]이

---

8) 위의 글, pp. 100~101.
9) 위의 글, p. 103.
10) 위의 글, p. 104.

라 고평한다. 한편 시에 비해 재현의 비중이 훨씬 큰 소설의 경우, 낯익은 재현기법(전통 리얼리즘)보다는 새로운 재현기법을 연마해야 한다고 주장한다.

성공적인 재현이란 이러한 신심 있는 분발과 기성의 방법에 대한 끊임없는 의심으로 정진하여 지공무사의 경지에 오를 때 기적처럼 문득, 그러나 달리 보면 아무것도 아닌 일처럼 자연스럽게 이룩되는 것인지도 모른다. 아무튼 발자크건 디킨즈건 똘스또이건, 세계문학에서 리얼리즘 소설의 대가로 꼽히는 작가치고 당대에 소설기법의 혁명적 쇄신을 수행하지 않은 이는 없다.[11]

이 관점에서, 신경숙의 작품을 두고 "마음 결에 일어난 일들은 물론 우리 시대 삶의 이런저런 뜻깊은 순간들을 언어로 재현"[12]하는데 성공했다고 평하며, 공선옥의 경우 "소설의 전통문법에 비추어 별다른 파격이 없는 형식이지만 그 세부적 실행에서는 재현기법의 뜻깊은 연마가 드러난다"[13]고 평한다.

2-2. 비판 1: 리얼리즘의 무장해제-수사적 한 장치로서의 리얼리즘

백낙청 교수의 새로운 리얼리즘론에서 주목되는 것은 "특정 사실성에 대한 집요한 관심"과 "전지구적 현실에 대한 변증법적 사고의 국지

---

11) 위의 글, p. 106.
12) 위의 글, p. 111.
13) 위의 글, p. 115.

적 실현"이다. 먼저 전자의 경우를 보면, 이것은 백낙청 교수가 1980
년대부터 줄기차게 주장해 온 리얼리즘론에 연결되어 있음을 알 수 있
다. 백낙청 교수는 민족문학으로서의 리얼리즘론에 있어서 루카치적
총체성의 개념을 거부한다[14]. 대신 한국적 리얼리즘을 내세우면서,
"분단으로 인한 우리 민족의 크고 작은 온갖 고난이 사실의 차원"에서
도 밝혀져 있지 않기에 '자연주의적 충실성(혹은 사실주의적 묘사)'
를 기초로 하여 당대현실을 세밀하게 묘사하되, "그것이 '민족문학'
내지 '참된 리얼리즘 문학'의 이름에 값하는 작품이 되려면 특정인들
의 아픔을 민족의 아픔으로 실감할 수 있어야 하며 이는 또한 민족사
의 흐름에 대한 통찰에서 실감되는 아픔"이라야 한다고 강조한다. 곧
"분단과 관련된 소재에의 자연주의적 접근을 마다 않으면서 민족문학
으로서의 품격을 갖춘 작품"[15]이 민족문학으로서의 리얼리즘이라는
것이다.

자연주의적 충실성 내지 사실주의적 정확성에 입각한 현실재현에
분단문제를 결부시킨 리얼리즘론은 이후 약간의 용어만을 변경시키면
서 지속된다. 이러한 견해는 '도식적 리얼리즘'과 '당파성'에 대한 반
성의 일환으로 '실사구시'의 정신과 '지공무사'의 경지로 이어져, "창
조성이 먼저고 실사구시, 지공무사가 먼저이며 재현은 그에 따라오는
성과임을 거리낌없이 인정하는 리얼리즘론"[16]으로 이어진다.

다음 후자의 경우, 후술할 분단체제론과 관련하여, 이전의 분단극복
이라는 단일하면서도 구체적인 범주를 확장시켜 세계체제로서의 전

---

14) 백낙청, 「리얼리즘에 관하여」(『민족문학과 세계문학Ⅱ』, 창작과 비평사, 1985).

15) 위의 책, p. 90.

16) 백낙청, 「로렌스 소설의 전형성 재론」(《창작과 비평》, 1992, 여름호) p. 91.

지구적 자본주의 현실과 분단체제라는 국지적 현실에 대한 변증법적 인식을 의미한다.

여기서 백낙청 교수가 무시하는, 세계관과 창작방법으로서의 마르크스-레닌주의에 입각한 리얼리즘을 거론하면서 그의 논지를 비판하는 것은 삼가하겠다. 그러나 백낙청 교수가 신경숙과 공선옥의 소설을 두고 새로운 리얼리즘이라 언급하고 있는 점은 지적하고자 한다. 물론 이들 소설들에 대한 평가는 다양하게 제시될 수 있기에 그 평가에 대한 가치판단은 유보할 작정이다. 하지만 과연 이들 작품들에서 전지구적 현실에 대한 변증법적 사고의 국지적 실현이 나타나느냐의 문제이다. 글 속에 분명히 명기되어 있지는 않지만, 전체적인 내용으로부터 추론할 때, 아마도 백낙청 교수는 신경숙 소설의 경우 한국의 농촌현실이라는 국지적 소재를, 공선옥 소설의 경우 1980년의 광주라는 국지적 소재를 다루면서, 그것을 전지구적 현실과 관련시켜 변증법적으로 사고하고 있는 것으로 판단하는 것 같다.

그렇다면 이러한 논의는 1990년대 문학에서 민족문학으로서의 리얼리즘은 스스로 무장해제를 선언하는 것에 불과하다. 백낙청 교수가 새로운 재현기법이라 주장하면서, 실사구시와 지공무사의 경지의 리얼리즘을 '소박한 사실주의'와 구분하지만, 실상 백낙청 교수의 새로운 리얼리즘은 그것이 갖는 정신을 무장해제당한 채, 한낱 소설의 수사적 기교차원으로 전락해버린 상태이다.

이전까지만 하더라도 그의 리얼리즘을 민족문학으로 기능하게 한 것이 분단이라는 소재인데, 이제 그 소재가 5·18 광주와 궁핍한 농촌현실로 확대되고, 나아가 "생태계의 위기와 성차별의 현실 등 이제까지 변혁운동에서 경시되었던 문제들에 대한 인식과 더불어, 나라마다의 독특한 전통과 체험—특히 근대사에서 소홀히 된 동아시아 각국의 풍부한 문화유산—이 능동적으로 작용한 성취"[17]로까지 확대될 때, 민족문학으로서의 새로운 리얼리즘은 한국문학에서 그 특수성을 상실한다.

다음 두 가지 측면에서 그러하다. 먼저 당파성을 부정하는 '지공무사'와 도식적 리얼리즘을 부정하는 '실사구시'와 관련이 있다. 분단극복이라는 구체적이면서 특수한 이념에 입각한 '사사로움'(정신)이 개입될 때, '실사구시'로서의 리얼리즘은 그나마 민족문학으로서 기능한다. 그것이 1980년대 종반까지의 리얼리즘이다. 그러나 분단극복이라는 특수태가 생태계운동 등을 포함하는 막연하고 추상적인 범주('분단체제'에 해당됨)로 확대되고, 그 범주에 문학의 현실적 소재 전부가 포함될 때, 그래서 '사사로움' 없는 실사구시를 외칠 때, 리얼리즘론은 구체적인 전망(분단극복 및 민중의 시대구현)을 상실한 채 모든 소설에 적용되는 하나의 수사학적 장치로 함몰된다. 그 장치는 분단문제를 다루든, 광주를 다루든, 생태계문제를 다루든, 여성문제를 다루든, 혹은 병적인 개인내면심리를 다루든 그 어떤 문학에도 다 적용될 수 있다.

다음 1990년대의 한국문학에서 주목되는 작품들 중에서 "우리 시대 삶의 뜻깊은 순간들을 언어로 재현"하지 않거나 "시적 대상 자체의 생생한 재현"을 하지 않는 작품이 과연 있는가 하는 점이다. 김기택의 시가 '쥐'를 생생하게 재현하고, 공선옥의 소설이 광주를 다루면서 끔찍한 소음묘사를 실감나게 했으며, 신경숙의 소설이 1980년대 이 사회의

---

17) 백낙청, 「90년대 민족문학의 과제」(《창작과 비평》, 1991, 봄호) p. 104.

이런저런 풍경을 사실적으로 재현했다면(나는 지금 이들 작품들을 비판하는 것이 아니다), 여타의 다른 작품들 치고 그렇게 대상을 실감나게 재현하지 않는 작품은 없다. 가령 광주항쟁만 하더라도 정찬의「슬픔의 강」은 그것을 아주 과학적으로 밀도 있고 세밀하게 재현하고 있다. 유하의 시는 어떠한가? 압구정동의 풍속도를 생생하게 재현하고 있지 않은가? 그 외에도 이문재의 시는 생태계파괴의 현장을, 이하석의 시는 자연의 오염을, 서하진의 소설은 황폐한 가족의 모습을, 윤후명의 소설은 이상이 사라진 현실을 실감나게 재현하고 있다. 더구나 '특수한 집필행위'를 살리면서 재현을 하는 것도 리얼리즘이라면, 1990년대 소설에서 급부상한 소설가소설들, 그리고 최수철과 이인성을 비롯한 정신분열적 글쓰기도 모두 리얼리즘에 해당된다.

백낙청 교수의 리얼리즘이 이렇게 된 까닭은 아마도 그가 1980년대 내내 민중문학과 노동자문학의 도식성과 편협성을 부정하면서 민족문학론을 "전체 한국문학의 일개 분파"가 아닌 '전체 한국문학'으로 범주를 확대하려 한 결과일 것이다. 그 확대의 결과가 '지공무사'의 경지에 입각하여 "전지구적 상황에 대한 변증법적 인식을 통한 국지적 실현"으로 나타난다. 국지적 실현은 전지구적 자본주의와 관련하여, 궁핍한 농촌현실로도, 5·18 광주로도, 생태계문제로도, 성차별문제로도, 나아가 동아시아 문화유산문제로도, 너무도 크고 추상적으로 확대되는 것이다. 그렇다면 그것은 더 이상 민족문학이라는 특수태에 한정되는 것이 아니다. 한국문학의 전체일 뿐이다. 만약, 새로운 리얼리즘으로서의 민족문학이 이 사실을 간파하지 못하고 여전히 스스로를 한국문학의 '전체'라 강변한다면, 우리는 민족문학이라는 용어 대신에 '페미니즘', '해체주의', '메타픽션', '모더니즘'이라는 용어로 얼마든지 대체해도 무방하다. 이로 인해, 민족문학은 '전체'로서의 기능을 상실할 뿐만 아니라, 한국문학의 전체 속에서의 '한 계열체'로서의 존립기반도 상실한다. 그것이 1990년대 민족문학의 위기의 한 이유가 아닐까?

2-3. 비판 2: 실체 없는 민중과 상업적 대중의 접합

새로운 리얼리즘론이 이처럼 민족문학으로서의 특수성을 상실하게 되는 이유가 리얼리즘이 한갓 수사적, 기교적 장치로 전락했기 때문임을 살펴보았다. 그러나 보다 본질적인 이유는 백낙청 교수가 1980년대 중반까지 급진적인 민중문학을 비판하면서 설정한 민중의 개념적 실체에 있다.

백낙청 교수는 1980년대 중반 "기층 민중이 쓴 문학만이 민중문학이라거나 민중적 소재를 택해야만 민중문학이 된다는둥의 도식주의"[18] 적인 민중문학을 비판한다. 곧 "민중구성의 일부분인 노동자계급을 민중의 전체인 양 절대시하는 계급주의적 독단을 피해야 함은 물론이려니와, 그렇다고 우리 국민이 이만큼 잘살게 되었는데 노동자들도 좀 살림이 펴이도록 해줘야 할 것 아니냐는 인도주의 내지 (노동자들쪽에서의) 조합주의"[19]를 거부하고, "광범위하고 복합적인 구성체"[20]로서의 민중적 민족문학을 내세운다.

---

18) 백낙청, 『민족문학의 새단계』, 앞의 책, p. 21.

19) 위의 책, p. 28.

20) 위의 책, p. 25.

민중문학론에서는 민중구성의 과학적 인식과 민중소외의 실상에 대한 계층별·계급별 검토를 빼놓을 수 없다. 이는 민중문학이 어느 한 계급 또는 두어 계급의 문학이어서가 아니라 바로 다양한 계급적·계층적 구성을 지닌 광범위한 연합세력의 문학이며 그들의 인간해방을 목표로 하는 문학이기 때문이다. 우리 역사의 현시점에서 이 연합체의 존재는 민족통일의 대의와 직결되어 있음은 더말할 나위 없지만, 통일의 대의 자체는 또 각 계급 및 계층의 개별화된 생활상의 이해관계를 통해서만 제대로 현실적인 힘을 발휘하는 것이다.[21]

"광범위한 연합세력"으로서의 민중해방과 민족통일로서의 민족문학을 주장할 때, 이 때의 민중개념은 계급적, 계층적 구분에 상관없이 민족구성원 전부를 지칭한다. 부르주아, 프롤레타리아, 소시민, 지식인, 중산층, 민중, 노동자, 농민 등의 계급적, 계층적 구성원 모두를 망라하는 것이다. 단 이들 연합세력으로서의 민중들의 자유와 민주, 그리고 분단극복의 열망을 억제하고 강압하는 기득권계층은 제외된다.

백낙청 교수의 이런 시각은 당시의 노동자문학에 대한 비판에도 나타난다. 백낙청 교수는 당시 노동자문학에 대해 "전체 민중의 인간해방, 민족해방을 위해 노동자들의 자기인식과 계급적 자기주장이 얼마만큼 기여할 수 있느냐는 차원"[22]에서의 접근을 강조한다. 이를 통해 노동자문학은 "노동자들의 집단적 자기해방의 노력이 민중·민족적 요구까지를 포괄하는 경지의 인식과 실천"[23]에 이르러야 하며, 나아가

---

21) 위의 책, p. 28.
22) 위의 책, p. 28.
23) 위의 책, p. 29.

"구체적인 새 형식의 성취를 통한 예술적 성과"[24]를 이루어야 한다고 본다. 말하자면 노동자문학은 도식주의에서 벗어나 각성된 노동자의 눈으로 '성숙성과 개방성'을 획득함으로써, "오늘의 현실을 각성된 노동자의 눈으로 보는 참다운 민중·민족문학의 작품들"[25]을 산출해야 한다는 것이다. "민중이 제대로 주인노릇하는 사회이자 무엇보다도 민족이 하나로 합쳐진 국가체제"[26]를 지향하면서, "광범위한 국민대중에 의한 민주화운동·통일운동의 연대성을 강화"[27]시키는 민중적 민족문학이 되어야 한다는 것이다.

곧 백낙청 교수가 주장하는 민족문학론에 있어서 그 주체세력은 민주화운동과 통일운동에 의해 연대될 수 있는 '국민대중'을 포함한 광범위한 연합세력으로서의 민중임을 알 수 있다. 그런데 이들 세력은 가시적인 측면에서 적의 실체가 뚜렷할 때, 가령 군부독재정권과의 싸움을 통해 민주화운동을 전개할 때, 그들은 하나의 뚜렷한 공동목표하에 연대세력으로 기능할 수 있다. 민족문학론은 이들 세력을 분단문제와 연결시킴으로써 연대세력으로 연합할 수 있었고, 이들을 통해 일정한 힘을 지닐 수 있었다.

그러나 1990년대 이후의 객관적 정세변화로 인해 적의 가시적 실체가 사라지자, 이들 연대세력의 연결고리는 와해된다. '국민대중'은 각자의 사회적, 경제적 계층이나 계급관계에 따라 주어진 자신의 자리로 되돌아간다. 그런데 새로운 민족문학론은 이들 와해된 연합세력에 여

---

24) 위의 책, p. 30.

25) 위의 책, p. 36.

26) 위의 글, p. 23.

27) 위의 책, p. 38.

전히 의존하고 있으며, 이들을 여전히 민중으로 설정하고 있다. 이들 모두가 과연 분단체제를 극복하고 민중의 시대를 지향하는 민중들일 까? 이들은 광범위한 연합세력이 될 가능성은 있지만, 새로운 민족문 학론의 주체적 실체는 아니다. 추상적이고 심정적인 연대가능세력일 뿐이다. 주체적 실체 없는 연대는 불가능하다. 구심점 없는 운동은 와 해되기 마련이다.

만약 백낙청 교수의 지적처럼 우리 시대의 새로운 민족문학론의 대 표적 작가인 「만인보」의 고은 같은 작가들이 주체세력으로 설정된다면 새로운 민족문학론은 한국문학의 '전체 속의 한 일부분'으로 기능할 수 있을 것이다. 그러나 백낙청 교수는 새로운 민족문학론이 결코 한국문 학의 일부분이 될 수 없고, 그 전체여야 한다는 생각 하에 모든 계층과 계급을 떠나 민족구성원 전체를 포괄하려 한다. 그 포괄의 방법이 후술 하겠지만, 추상적인 분단체제론이다. 생태계문제도, 성차별문제도, 동 아시아 문화문제도 모두 포함하여, 그것을 다루는 이들을 민중이라는 연합세력으로 설정한다. 김기택 같은 작가도, 신경숙 같은 작가도 모두 새로운 민족문학론에 의해 민중으로 설정되고, 그들 모두가 분단체제 의 극복을 통한 민중의 시대를 건설하는 민중으로 설정된다.

민족문학은 처음부터 민중성이 생명이다. 그러나 이때의 민중성이 자본주의 세계와 그것의 한 표현인 분단체제의 가치관에 안주하는 대중 추수주의나 이에 대한 피상적 반발에 그치는 민중주의—즉 흔히 말하는 포퓰리즘 내지 정서적 민중주의—와 본질적으로 다른 것이니만큼, 대중 성을 상실할 위험은 민족문학에게 숙명적인 것이기도 하다. 그렇다고 이념으로서의 민중성과 현실의 대중성을 전혀 별개의 것으로 설정한다

116

면 '민중성' 자체가 공허한 관념으로 변하고 만다. 그 결과 다수 대중에 대한 지배문화의 영향력 앞에 무방비상태가 되는 것이다.[28]

민족문학은 민중성을 생명으로 하며, 이 때의 민중성은 전지구시대에 있어서 "대중추수주의나 피상적 반발에 그치는 민중주의"와는 다르기에 대중성을 상실할 위험이 있는 것은 사실이다. 그러나 대중성을 상실한다 하더라도 '이념으로서의 민중성'을 유지한다면, 민족문학은 최소한의 존립기반을 유지한다. 이를 위해서는 대중과 민중의 확실한 사회계급적 구분이 설정되어야 한다. 가령 "남한사회의 독자성과 저력을 과소평가하는 민족해방"이나 "남한 노동자계급의 독자적 정권창출"을 목표로 설정한 채, 그 주체적 실체의 성격을 분명히 한 민중문학은 대중성 확보는 미미할지언정, 그 '이념으로서의 민중성'만큼은 확실하기에 아직도 그 실체를 지닐 수 있다.

그럼에도 불구하고 백낙청 교수는 대중성을 상실하지 않기 위해 '이념으로서의 민중성'을 희석화시킨다. 추상적이고 광범위한 분단체제론과 광범위한 연합세력이자 '이념'이 빠진 민중이라는 범주에 의해, 새로운 민족문학론에 있어서 민중은 다수대중과의 질적 변별점을 잃게 된다. 이념을 상실한 민중과 다수대중은 용어상의 차이만 지닐 뿐이지, 질적 차이를 내포할 수 없다. 그럴 때, 이념이 빠진 민중성으로 오늘날의 지배문화의 강력한 영향력 앞에 무방비상태로 노출된 대중을 구하는 것은 불가능하다. 다만 양자의 접합만 있을 뿐이다. 그러나 그 접합은 자칫 "자본주의 시대 상업문화"의 위력 앞에 함몰될 소지를

---

28) 백낙청, 「90년대 민족문학의 과제」, 앞의 책, p. 101.

지니고 있는 위험한 것이며, 민족문학론의 존립근거를 뿌리 채 뒤흔들 수 있는 것이다.

3. 분단체제론 비판

3-1. 분단체제론의 내용

백낙청 교수는 분단체제론을 또한 주창한다. 분단체제론은 '분단극복-분단모순-분단체제'로 이어지는 것으로 이것은 1980년대 후반 사회구성체 논쟁에서의 분단모순론에 대한 대응에서 설정된 것이다. 당시 선민주, 후통일을 내세운 민중민주주의파(PD) 진영과 선통일, 후민주를 내세운 민족해방파(NL) 진영의 급진운동논리에 반발하여 제기된 것이다. "기본모순은 계급모순이고 주요모순은 민족모순"이라는 명제에 반대하여, 백낙청 교수는 분단모순을 주요모순으로 하는 분단체제론을 제기한다. 그는 기존의 급진 운동권이 "남한 사회의 완결된 단위라는 전제" 내지 "한반도 전체를 일국적 시각"에서만 바라본다고 비판하고, 대신 시각을 확대하여 "본질적으로 다른 두 개의 분단사회를 망라하는 특이한 복합체"[29]로서의 분단체제론을 설정한다.

'분단모순'이라는 새로운 개념이 필요한 것은, 분단체제의 현실자체가 적어도 두개의 내적 모순과 몇개의 외적 모순(보통 쓰는 의미에서의

---

29) 백낙청, 『분단체제 변혁의 공부길』, 창작과 비평사, 1994. p. 17.

민족모순), 그리고 분단된 당사자들간의 대립·경쟁·협조를 포함하는 남북관계, 이 모든 것을 동시에 사유할 다원방정식을 요구하기 때문이다. 이 다원방정식을 실제로 푸는 데는 여러개의 일원방정식이 동원되겠지만, 많은 변수들이 어떻게 상호연관 지어졌는지를 추상적으로나마 이해하지 못하는 상태에서 여러개의 일원방정식 또는 기껏해야 이원방정식을 순차적으로 풀어서 합산을 하려고 해보았자 그 어느 하나도 제대로 풀리기 힘든 것이다.[30]

백낙청 교수의 분단체제론은 분석단위를 남한사회에 한정시키지 않고 남북한을 아울러 하나로 파악할 수 있는 하나의 체제를 제시하고 이를 통해 분단체제를 극복하고자 하는 것이다[31]. 그에 따르면, 분단체제는 '자기완결적 체제'가 아니라, "근대세계체제 즉 자본주의 세계경제의 일환이면서, 특정한 시기와 동아시아라는 특정한 지역에 자리잡은 독특한 하위체제"[32]로서 한반도에만 고유한 체제이다. 이러한 분단체제는 "진영모순을 그대로 재현한 독일의 분단보다 제국주의 패권의 더욱 일방적이면서도 더욱 다각적인 작용"이 가해짐으로써 "그만큼 자본주의 세계체제의 모순들을 훨씬 깊고 다양하게 체현"하고 있다. 따라서 분단체제의 극복은 "현존 세계체제에 좀더 실질적인 타격을 줄 수 있는 세계사적 의의"[33]를 지닌다는 것이다.

---

30) 백낙청, 「90년대 민족문학의 과제」, 앞의 책, p. 106.

31) 사회학자들에 의한 분단체제론에 대한 논의는 다음 글이 대표적이다.
이종오, 「분단과 통일을 다시 생각해보며」(《창작과 비평》, 1993, 여름호).
손호철, 「분단체제론의 비판적 고찰」(《창작과 비평》, 1994, 여름호).
    , 「분단체제론 재고」(《창작과 비평》, 1994, 겨울호).

32) 백낙청, 『분단체제 변혁의 공부길』, 앞의 책, p. 17.

33) 위의 책, p. 33

이러한 분단체제가 지배하기에 한반도의 남북한을 통틀어 주요모순은 분단모순이며, 그 주요측면이 민주화와 자주화라는 것이다. 이러한 입장에서 백낙청 교수는 남북한 민중의 상호연관 및 세계민중과의 연대를 통한 분단체제의 극복을 강조한다.

남한민중이 일차적으로 분단체제의 질곡 속에서나마 가능한 남한사회의 민주화와 자주화에 주력하면서 이를 통일로 이어지도록 힘쓰고 동시에 북한민중과 더불어 아무런 통일이 아닌 분단체제의 극복을 실현하여 세계체제의 변혁에 한 걸음 다가서도록 하며, 이 모든 과정과 그 너머로까지 세계민중과 함께 근대세계체제에 대한 근본적 대안을 찾아가는, 최소한 삼중의 운동을 벌여나가야 한다는 것이 분단체제론의 실천노선이다.[34]

이러한 삼중 운동을 통해 분단체제를 베트남식 무력통일이나 독일식 흡수통일이 아닌 새로운 통일방법으로 극복할 때, 기존의 세계체제를 넘어선 새로운 체제모형을 도출할 수 있을 것이라고 주장한다.

3-2. 비판 1: 변혁운동과 그 주체의 추상화

백낙청 교수는 분단체제를 "남북한 민중과 분단체제 간의 모순"이라 설정하고, 분단체제의 변혁운동의 주체를 남북한 민중으로 규정한다. 그 주체는 "세계체제의 현 단계를 함께 사는 세계 각국의 민중, 그

---

34) 백낙청, 「민족문학론, 분단체제론, 근대극복론」, 앞의 책, p. 17.

중에서도 공통의 지역 이해와 문명 유산을 지닌 동아시아 민중의 연대
를 수용"35)할 수 있는 것으로, "세계체제 속에서 민족의 삶을 개량하고
나아가서는 세계체제 자체의 변혁에 이바지하려는 사람들이 기꺼이
감당할 대립이요 기층민중들을 중심으로 가장 많은 사람들을 동원"36)
할 수 있다고 본다.

　여기서 백낙청 교수가 주장하는 중심세력으로서의 기층민중 역시
노동자계급은 아니다. 백낙청 교수는 한반도통일이 세계자본주의의
붕괴나 온전한 사회주의 성립을 예상하는 것이 아니라고 본다. 동서냉
전에서 승리한 자본주의 세계체제는 "제3세계에서의 레닌주의적 '민
주변혁'이나 세계시장을 외면한 '자주적' 일국사회주의"37)를 허용하지
않을 정도로 힘이 커진 상태이기에, "둘 중 어느 것도 자본주의 극복의
왕도"가 아니라고 주장하고, PD나 NL은 분단체제를 극복할 수 없다고
본다.

　따라서 분단체제론에 있어서 변혁운동의 주체는 노동자계급이 아님
을 알 수 있다. 그에 따르면 노동자계급은 "세계체제를 분석단위로 삼
은 계급개념인 만큼 아직 제대로 형성이 안 된 노동자계급이요 자본주
의 발전의 어떤 과거단계에 집착하여 산업노동자만을 포함하는 집단"
도 아니다. 남한 노동자계급은 "세계경제를 단위로 삼아야 하는 만큼
그 개념이 모호"하기에 "광범위한 민중연대를 통한 실천"38)이 필요하
다는 것이다.

---

35) 백낙청, 『분단체제 변혁의 공부길』, 앞의 책, p. 37.

36) 위의 책, p. 34.

37) 위의 책, p. 33.

38) 백낙청, 「민족문학론, 분단체제론, 근대극복론」, 앞의 책, p. 19.

그렇다면 백낙청 교수가 주장하는 민중은 "남북한 민중과 분단체제 간의 모순"에 있어서 분단체제를 유지하려는 세력을 뺀 나머지 전부를 포괄하는 개념임을 알 수 있다. 그러니까 분단체제하에서 그 체제를 유지하려는 기득권세력을 제외한 나머지 민족구성원 전부가 주체이며, 따라서 "가장 많은 사람들을 동원"할 수 있는 것이다. 그렇다면 이들 변혁운동의 주체는 앞서 살펴본 '새로운 리얼리즘론'에서의 주체처럼 막연하며 추상적이다. 뚜렷한 주체라는 구심점 없이, 여타 다른 '많은 사람들'을 연대시키고 동원시키는 것은 불가능하다.

여기에 덧붙여 백낙청 교수는 분단체제극복과 관련하여 그 운동범주를 확대시킨다. "우리에게 가장 절실한 접합은 노동운동, 여성운동, 환경운동들이 그날그날의 국지적 과제와 근대극복이라는 원대한 과업을 '분단체제극복'이라는 중간항을 매개로 그 행동의 완급을 조절하면서 상호결합을 이루어내기도 하는 일"[39]이라는 주장이 그것이다.

그러니까 세계체제로서의 자본주의 경제의 하위체제인 분단체제를 극복하기 위해서는 광범위한 추상적인 민중이 주체가 되어, 노동운동을 비롯하여 여성운동, 환경운동 등의 거의 전 영역에 걸친 운동[40]이 되어야 한다는 것이다. 분단체제론은 그 주체와 운동영역이 이처럼 확대되고 추상화됨으로써 그 현실적 실천의미를 상실한다. 한국에만 고유한 분단체제론인데 어떻게 다른 나라에서도 가능한 여성운동, 환경운동, 녹색운동이 한국사회의 주요모순 극복을 위한 주된 운동이 될

---

39) 위의 글, p. 22.

40) 분단체제론을 주창하면서 백낙청 교수는 관심을 주로 이 분야에 집중하고 있다. 이에 대해서는 다음 글을 참고할 것.

백낙청, 「좌담: 변혁운동과 녹색사상」(《창작과 비평》, 1995, 겨울호).

, 「새로운 전지구적 문명을 위하여」(《창작과 비평》, 1996, 여름호).

수 있는가? 그것은 추상적으로 파악된 세계체제 변혁운동의 일부일 뿐이다.

분단체제론의 핵심은 그것이 근대세계체제로서의 자본주의 세계경제의 하위체제라는 점이다. 곧 전지구적 자본주의 시대에 막강한 힘으로 밀려 들어오는 세계체제라는 보편성의 영역 내에서 분단체제라는 특수성의 영역이 설정되어야 한다. 그 특수성의 영역은 남한사회경제가 경제분석의 기본단위이면서, 그 분석이 세계체제로서의 자본주의 경제와 매개되어야 한다. 그렇지 않을 경우 분단체제는 그 유효성을 상실한다.

그러나 백낙청 교수는 남한 내 개인과 집단의 운동을 망라할 수 있는 하나의 이론으로서 분단체제를 설정하면서, 그것이 갖는 특수성을 망각하고 직접 세계체제로 나아감으로써 분단체제는 남북한을 아우를 수 있는 이론으로서의 의미를 상실한다. 그러기에 분단체제의 극복은 녹색운동, 환경운동, 여성운동 등의 세계체제 변혁운동 일반으로 추상화되고, 나아가 그 운동의 실체도 추상화되어버린다.

3-3. 비판 2: 지혜의 시대와 분단체제론의 무화

백낙청 교수의 분단체제론의 추상화는 '지혜의 시대'로 집약된다. 백낙청 교수는 "승리한 자본주의 생산력이 민중이 슬기롭기만 한다면 고루 잘살기에 충분한 생산력"을 지니지만, "지혜롭지 못한 민중의 손에서 인류의 공도동망을 기약하는 생산력"이라 주장한다. 곧 "오늘의 싯점에서 분명한 것은, 적어도 생산력의 발전은 평등사회를 이룩하고 남을 만큼 더욱 발전했다는 점과, 궁핍과 강압이 사라진 세상을 만드는 데 필요한 과학적 인식과 실천적 의지의 결합이 여간한 지혜의 경지가 아니어서는 안되겠다"[41]는 것이다. "지혜의 다스름" 없이는 모두 파멸할 시대이기에 "전 인류가 동참"하여 이를 극복함으로써 "민중의 시대이자 곧 지혜의 시대"를 만들자는 것이다. "계급 없는 사회라 해서 풍요와 쾌락만 있고 절제와 노동이 없는 사회는 아니며 지혜의 위아래도 모르고 마음에 어른이 없는 애물들의 세상"[42]이 되어서는 안 된다. 지혜의 시대, 민중의 시대는 "기술적으로 충분히 생산가능한 재화를 고르게 나누고도 풍요롭게 사는 지혜가 움직이는 세상일뿐더러 생산가능하고 소유가능하다고 해서 무턱대고 생산·소유하지 않을 '욕망의 교육'이 보편화된 세상"[43]이다. 그런 세상을 만들기 위해 "지혜의 다스림을 미리부터 체득하는 노력이 광범위한 변혁운동이 일부"[44]가 되어야 한다는 것이다.

여기서 주목되는 것은, 민중이 변혁운동의 주체가 아니라 교육 받을 대상으로 설정되어 있다는 점이다. 지혜의 위에 선 이로부터 아래에 선 민중이 제대로 교육을 받는다면 지혜의 시대이자 민중의 시대가 도래한다는 것이다. 이 순간 민중은 더 이상 변혁운동의 주체가 아니다. 변혁운동의 주체는 전지구적 자본주의 생산력으로 전도된다. 곧 평등사회를 이룰 자본주의가 주체가 되어 변혁운동의 대상인 민중들에게 지혜를 교육시키는 형국인 것이다. 그 교육의 매체는 "지혜의 위에 선 이들"이고, 교육내용은 여성운동, 환경운동, 녹색운동 등이다. 민중들

---

41) 백낙청, 『민족문학의 새단계』, 앞의 책, p. 134.
42) 백낙청, 「90년대 민족문학의 과제」, 앞의 책, p. 105.
43) 백낙청, 『민족문학의 새단계』, 앞의 책, p. 137.
44) 백낙청, 「90년대 민족문학의 과제」, 앞의 책, p. 105.

은 이 운동을 통해 지혜를 터득하기만 하면, "자본주의의 놀라운 생산력"에 의해 "계급 없는 지혜의 시대"가 도래한다는 것이다.

따라서 지혜의 시대를 위해서는 남북한 민중이 힘을 합쳐 열심히 지혜를 터득하는 '공부길'에 들어서야 한다는 것이다. 그러나 열심히 '공부'하고 '연마'하다 보면 막강한 자본주의 생산력에 의해 분단체제는 서독식 흡수통일방식에 의해 지속될 뿐이다. 그러기에 세계체제에서 볼 수 없는 새로운 체제로 분단체제를 극복하고 지혜의 시대에 도달하는 것은 한갓 유토피아적 몽상에 불과하다. 전지구적 자본주의에 영락없이 편입된 한반도만 있을 뿐이다.

논리의 비약이 지나친 것 같다. 그러나 분단체제론이 지혜의 시대로 연결되면서 이렇게 변질되는 이유는 분단체제론의 발생론적 측면이 지니는 결함 때문이다. 그것은 문제제기를 위한 현실인식의 방법과 관련이 있다. 백낙청 교수는 분단체제론을 설정하면서 한국사회의 제반 사실들에서 발생하는 구체적 현상들에서 출발한 것이 아니라, 추상적 구성에서부터 출발하고 있기 때문이다. 말하자면 유물변증법적 인식이 아니라 관념적 인식을 취하고 있다는 점이다. 분단체제론은 한국사회의 객관적 실재에 대한 과학적 인식에서 출발하여, 그것을 세계체제로서의 자본주의 경제와의 연관을 통해 한국적 특수태로서 설정된 것이 아니다. 위기에 처한 민족문학운동을 되살리고, 좌충우돌하는 다른 변혁운동들을 총괄할 수 있는 이론이 있어야 한다는 관념에 의해 분단체제론이 설정되고, 그것을 세계체제로서의 자본주의 체제와 연결시켜 한국사회를 추상적으로 인식한 것이다. 그러면서 분단체제론이라는 관념은 이 관념의 상위체제인 세계체제라는 관념에 의해 희석화되어 사라지고, 추상적 관념인 세계체제와 추상적 사회인 한국이 형식논리적으로 접합되는 것이다.

모순에 대한 인식은 반드시 대립물이 설정되어야 하고, 그 대립물은 추상적 관념에 의한 것이 아니라 객관적 현실에 기초한 것이라야 한다. 객관적 현실에 대한 파악은 사회경제적 구조에 대한 과학적이면서 총체적인 인식 없이는 불가능하다. 그렇지 않고 막연하게 추상적으로 설정된 '모순'은 문제의 본질을 호도시킬 위험성을 내포하고 있다. 경제분석의 기본단위를 세계경제로 설정하였지만 그 실체를 아직 파악할 수 없는 상태에서, 그리고 한국사회에 대한 인식조차 추상적인 상태에서, 본질적 모순을 논한다는 것은 불가능하다.

실체 없는 세계체제와 추상적인 한국사회 간에 발생하는 것은 더 이상 '모순'이 아니라 하나의 '문제'일 뿐이다. 문제해결은 간단하다. 대립물의 투쟁처럼 그것은 양자의 모순을 지양하는 복잡한 변증법적 과정을 거칠 필요가 없다. 어느 한쪽의 문제해결로 그것은 해결가능하다. 백낙청 교수는 실체를 알 수 없는 세계체제로서의 자본주의에서 문제해결의 방법을 구하지 않는다. 실체를 알 수 없지만, 그 체제는 이제 막강한 힘으로 전지구를 장악하고 있고, 나아가 그 생산력은 조만간 평등사회를 이룰 정도의 힘을 지니고 있다. 따라서 민중들의 문제점을 고치면 된다. 그것이 지혜의 시대로 나아가는 길이며, 따라서 열심히 공부하고 연마해야 한다는 것이다. 환경운동, 녹색운동 등은 물론이고, "어떤 개벽과 같은 길"[45]에 이를 수 있도록 물질개벽에 대비되는 정신개벽, 정신수양으로 나아가야 한다는 것이다. 그럴 때 남북한 민중은 평등사회를 이룰 수 있는 자본주의 생산력과 접합되어 계급 없

---

45) 백낙청, 『분단체제 변혁의 공부길』, 앞의 책, p. 103.

는 민중의 시대로 진입할 것이고, 그럼으로써 분단체제도 극복될 수 있다는 것이다. 그러나 그것은 환상에 불과하다. 세계체제에 고스란히 편입된 체제만 있을 뿐이다.

한국 사회경제구조에 천착하면서 세계체제로서의 자본주의 경제라는 보편성의 영역과의 관련을 통해 보편특수성이 설정될 때, 분단체제도 그 현실적 유효성을 획득할 수 있을 것이다. 추상적 개념으로 특수한 모든 운동을 추상적 영역에 자리잡게 할 수는 있지만, 그 특수한 운동에 대한 본질적 탐색은 불가능하다. 백낙청 교수가 민주/반민주, 자주/반자주, 통일/반통일을 단순히 정권차원에서 파악하면서, 남한사회가 문민정부 이후 민주화와 자주화를 어느 정도 진전시켰다고 보는 것[46]은 여전히 한국사회를 피상적으로 읽고 있다는 한 징표이다. 가령 자주라는 것이 단순히 외교력의 증대만으로 이야기될 수 있는 것인지 의문이 들지 않을 수 없다. 갈수록 심화되고 있는, 막강한 전지구적 자본주의에 의한 한국 자본주의의 예속이야말로 반자주의 심화가 아닐까?

4. 맺음말

애초에 이 글에서는 백낙청 교수의 근대극복론을 함께 다루고자 하였다. 그러나 논의가 다소 길어졌고, 또 근대극복론에 대한 논의 역시 길어지기에 지면을 달리하여 발표하고자 한다. 다만 먼저 한 가지 지적하고 싶은 것은 한국근대문학에 대한 백낙청 교수의 인식 역시 분단

---

46) 백낙청, 「지구시대의 민족문학」, 앞의 책, p. 121.

체제론처럼 추상적이고 피상적이라는 점이다. 근대의 기점문제나, '근대문학=민족문학=리얼리즘'이라는 도식에 의한 한국근대문학에 대한 논의[47]는 단편적이고 협소하여 자칫 한국근대문학사 전체를 왜곡시킬 우려를 범하고 있는 것으로 판단된다. 특히 리얼리즘 이외의 모더니즘이나 전통주의, 반근대주의에 대한 백낙청 교수의 곡해는 반드시 점검되어야 하리라 본다. 그리고 "분단체제의 진정한 극복이 세계체제의 바람직한 변혁을 위한 중요한 계기"[48]이기에 분단체제론에 입각한 민족문학론은 명백한 근대극복론에 해당된다고 주장하지만, 적어도 분단체제론과 새로운 리얼리즘론이 갖는 결함에 근거할 때, 민족문학론은 근대극복론이 될 수 없다.

전지구적 자본주의 시대에 있어서 자본은 강력한 힘으로 모든 것을 잠식하고 있다. 그것은 겉으로는 지구는 하나라고 외치면서 평등한 지구촌의 시대가 도래했다고 주장한다. 그러면서 막강한 생산력과 각종 첨단정보 메커니즘에 의해 삶의 평균화와 자유를 실현했다고 외친다. 그러나 그 화려한 가면을 조금만 벗겨내고 그 실체를 들여다 보면, 그것에는 세계를 지배하고자 하는 초월적 실체가 있음을 간파할 수 있다. 세계체제로서의 전지구적 자본주의가 미국이라는 초국가적 권력을 등에 업고 모든 것을 지배, 통제하고 있는 것이다.

우리들은 현란한 자본의 이미지로 장식된 미로 같은 감방에 갇혀 그 이미지에 무비판적으로 길들여진다. 자본은 이제 과거처럼 자신의 모순된 측면을 겉으로 드러내지 않는다. 자신의 실체를 철저히 은폐시킨 채, 교활하고도 음흉스럽게 자신의 탐욕을 만족시키고 있다. 실체를

---

47) 백낙청, 「문학과 예술에서의 근대성 문제」(《창작과 비평》, 1993, 겨울호).
48) 백낙청, 「민족문학론, 분단체제론, 근대극복론」, 앞의 책, p. 20.

보이지 않는, 이 교활하면서도 강력한 적과의 싸움에 있어서 적에 대한 미시적, 거시적 측면에서의 과학적인 천착이 행해지지 않을 때, 그 싸움의 결과는 불을 보듯 뻔하다.

전지구적 자본주의 시대의 신격화된 자본과의 싸움에 있어서 이제 어떤 추상적이고 심정적인 거대범주로 맞서는 것은 불가능하다. 자본은 유폐적 그물망을 형성하면서 우리의 삶의 세목세목을 지배하고 있다. 따라서 보이지 않는 이 거대한 적과의 싸움은 그물망의 핵심 연결고리에 대한 치밀하면서도 지속적인 싸움, 이른바 국지전의 형태를 띨 수밖에 없다. 이들 개별영역에서의 치열한 싸움은 다원적인 방법에 의해 수행되어야 한다. 그리고 이들의 힘을 극대화시킬 수 있는 어떤 거대범주는 각 다원적 방법으로부터 추출된 특수적인 것이어야 그 현실적 실천력을 확보할 수 있다. 그렇지 않고 추상적인 어떤 거대한 범주를 설정하고 그것으로 모든 것을 재단하고, 그리고 성실하게 이 싸움을 수행하고 있는 다른 현실적인 세력들을 그 범주에 들지 않는다고 배척한다면, 그것은 공소한 이론적 독단일 뿐이다. 구체적 현실에 대한 객관적이면서도 과학적인 인식에 기초하여 미시적 영역에서의 치열한 부딪침들이 변증법적으로 통일될 때, 거시적 영역에서의 싸움도 강력한 힘을 발휘할 수 있다.

백낙청 교수의 새로운 민족문학론은 현 단계의 모순을 극복하고자 하는 노력에서 비롯된 것이라는 점에서 그 의의를 인정해야 한다. 그러나 그것이 이론적 측면에서나 현실의 실천적 측면에서나 모두 의의를 지니기 위해서는 한국사회의 구체적 현실에 대한 정밀한 천착이 우선 행해져야 한다. 우리 사회는 너무나 다원화되어 있고, 그 다원화된 영역에서 다원적인 방법에 의해 현 상황을 돌파하고자 하는 다양한 게릴라 그룹들이 있기에, 이들 모두를 하나의 추상적 이론으로 포괄하는 것은 이들 싸움의 본질적 의미를 왜곡시킬 수도 있다. 분단체제론이 현실적 실천력을 지니기 위해서는 그것 역시 전지구적 자본주의 시대의 모순을 극복하려는 하나의 게릴라 그룹임을 인식하고, 그 자리에서 구체적 현실에 대한 과학적 천착이 행해져야 할 것이다. 그럴 때 분단체제론도 세계체제와 관련하여 그 한국적 특수성을 획득하면서 구체적인 실천방향과 전망을 설정할 수 있을 것이다.

문학의 경우도 마찬가지이다. 이제 민족문학으로서의 새로운 리얼리즘도 '전체' 한국문학의 '일부분'임을 인식하고, 자신의 자리에서 싸워야 할 적이 무엇이며, 그 주체적 세력과 구체적 실천방안을 분명히 설정해야 할 것이다. 그럴 때, 한국문학에서 중요한 한 계열체를 이루어오던 리얼리즘 문학도 위기상황을 극복하고 새로운 의미를 부여받을 수 있을 것이다. 리얼리즘은 결코 수사적 장치가 될 수 없다. 세계관과 창작방법으로서의 리얼리즘이 자본주의의 모순을 극복하고 인류의 황금시대를 지향하는 것임에 주목할 때, 그것은 현실사회주의권의 몰락에도 불구하고 아직도 그 현실적 의미를 지니고 있는 것이 분명하다.

제2부

새로운 인식의 지도를 찾아서

미래에 대한 전망을 열어주는 소설들

1. 전망부재의 소설

얼마 전 21세기의 세계상을 예측하는 한 과학자의 에세이를 읽었다. 그 책에는 21세기에는 기존의 세계 3대 종교가 없어질 것이라는 내용이 있다. 세계 3대 종교가 신도들을 이끌어온 원동력은 무엇인가? 영생불멸, 그것이 아닌가. 종교를 믿는 가장 근본적인 목적 중의 하나가 내세의 구원을 얻기 위한 것이다. 내세의 구원이란 죽음에 대한 두려움을 없애는 것에 직결된다. 죽음에 대한 두려움을 없앤다는 것은, 과학의 입장에서 볼 때 죽음이 곧 삶이라는 패러다임의 반전과 같은 것이다. 유전공학이 발달한 21세기에는 결혼도, 자식의 출산도 필요치 않다. 다만 DNA의 유전자조작에 의해 나와 똑같은, 혹은 나와 비슷한 나의 후손을 낳을 수 있고, 나아가 나의 영생불멸을 이룰 수 있다. 이 '엉터리' 같은 사실, 아니 이 황당무계하면서도 귀가 솔깃해지는 미래에 대한 예언을 읽으면서, 21세기에 새로운 종교가 대두할 것이라는 이 과학자의 예언 아닌 예언에 섬뜩함을 느끼지 않을 수 없었다.

21세기가 취득해야 할 새로운 전망은 무엇인가? 어느 과학자의 예언처럼 우리는 명백한, 그러면서 우리의 20세기적 감성으로는 알 수 없는 불확실한, 그런 세계를 살아가는 것은 아닐까? 세계 3대 종교의 사라짐이라니? 그러나……, 그러나, 사라질 수도 있다는 예감은? 의혹과 의심의 그 거리, 그 틈새에 끼어 방황하고 있는 지금, 소설은 어떤 포즈를 취해야 할 것인가? 소설이란 무엇인가? 미래에 대한 전망이 결여된 소설을 소설이라 할 수 있을까? 소설은 당대의 파행적인 삶의 단편을 묘사하면 되는 것일까? 그럴 수도 있다. 그러나 그것은 '위대한' 소설은 아니다. 위대한 소설은 그 누구도 포착하지 못하는 현실의 모순을 총체적으로 파악하고, 그것을 극복할 수 있는 미래에의 전망을 제시하는 작품이 아닐까?

최근의 소설작품을 읽으면서, 전망부재의 이 절망적 상황 앞에서 무엇을 말해야 할지 난감함을 느끼지 않을 수 없다. 우리 사회의 본질적 모순에 천착하면서, 그것을 극복할 수 있는 새로운 세계에 대한 이념적 지평을 열기 위해 치열하게 몸부림치는 작가정신이 그 어느 때보다 그립다. 21세기가 내포하고 있는 여러 문제들을 다루면서, 그런 '현상' 속에 내재한 심층적 '본질'에 대한 탐색 없이 글을 쓰는 작가들의 작품을 읽노라면, 문학이, 소설이 무엇인가를 새삼 생각하지 않을 수 없다. 피상적인, 수박 겉핥기식의 묘사와 천편일률적이고 판에 박힌 똑같은 사건. 사건을 형식적으로 잘 엮어가고, 흥미롭게, 그리고 유려한 문체로 쓴다고 해서 소설이 되는가? 오늘 우리 세계의 현상적 측면에서부터 그 본질적 의미를 포착하고, 미래에 대한 전망으로 고뇌하는 소설들이 더욱 돋보이는 이유는 이 때문이다.

2. 현상 속의 본질탐구: 이윤기

이윤기의 「숨은 그림 찾기3」는 사물을 바라보는 한 시각에 대해 깊이 있는 통찰을 담고 있다. 작가인 주인공 '나'는 한국에서 출간하기로 한 책의 자료 때문에 미국에서 귀국하지만 마땅히 있을 장소가 없어 고민하다가, 중학교 시절 은사인 일모 선생이 주관하던 장학회 "운담 프로그램"의 도움을 받아 하 사장이 경영하는 호텔에서 글을 쓰게 된다. 그러면서 '나'는 돈 많고 수전노인 하 사장에 대해,

물질에 관한 한, 좋게 말하면 천민졸부가 극성을 부리는 이 시대에 검박한 삶의 본을 보이는 희귀한 미덕의 소유자, 나쁘게 말하면, 천박한 배금주의자에다 구제불능의 수전노, 정신에 관한 한, 좋게 말하면, 인식의 지평 넓히기를 두려워하는 사람, 자기의 인식 너머 새로운 세계가 있다는 것을 용인하기를 끝까지 거절하는 사람, 나쁘게 말하자면 단 한 장의 난수표(亂數表)로써 세계를 해석하는 외눈박이, 외통박이

라고 비판한다. 이에 대해 일모 선생은 다음과 같은 깨우침을 준다.

나는 우리나라 사람들 살림살이가 걱정이다. 모두들 나라 안팎에서 펑펑 쓰고들 다닌다는데, 혹 그 돈이 하 사장 같은 사람의 주머니에서 나온 돈이 아닐까 싶어서 걱정인 것이다. 하 사장 같은 사람이 주머니 틀어쥐면 오도가도 못하게 되는 것이 아닌가 싶어서 걱정인 것……세상의 큰 모습이 궁금한가? 작은 모습을 잘보라. 그러면 거기에서 큰 모습을 읽는 수도 있다.

작은 것에서도 큰 것을 보는 시각. 하 사장의 수전노적 행위자체만을 보고 비판을 하던 '나'. 그러나 IMF라는 국가부도사태를 당하면서 큰 관점에서 하 사장의 수전노적 행위를 볼 때 그 판단은 달라질 수밖에 없다. 곧 국가부도사태라는 큰 틀에서 볼 때, 하 사장과 관련된 작은 틀의 의미가 명백히 밝혀지는 것이다. 그것을 '나'는 터키 여행 중에서 깨닫는다. 중학교 때 일모 선생에게서 들은 함지산에 대한 이야기. 일명 '반팅이' 산이라고도 하는 그 산은 "판자로 네모지게 짠, 위는 넓고 밑은 좁은 커다란 나무 그릇"과 같은 산이다. 화자는 그 함지산을 터키 여행 중에 본다. 그리고는 여행안내자 앞에서 함지산의 생성과 소멸의 과정에 대해 설명하면서 잘난 척을 한다. 그러나 그것은 우물안 개구리의 우쭐댐에 불과하다. 이에 대해 여행안내자는 다음과 같은 말을 한다.

선생님, 저기 보이는 함지산은 아주 작은 것들입니다. 규모가 엄청 큰 함지산을 무엇이라고 부르는지 아십니까? 플라투(高原)라고 부르지 않습니까? 우리가 탄 버스는 지금 중부 터키의 오브루크 고원 지대를 달리고 있답니다. 오부르크 고원 지대는 중부 터키의 곡창 지대입니다. 버스는 지금, 하도 넓어서 우리 눈에는 함지산으로 보이지 않는, 거대한 함지산 위를 달리고 있는 것입니다. 설명 고맙습니다. 사실 오브루크 고원 지대는 함지산의 박물관 같은 고장입니다. 덕분에 작은 함지산의 모습이 잘 보였던 모양이군요? 하지만 큰 함지산 위를 달리고 있다는 것은 모르셨죠?

"곡선의 한 부분을 관견 혹은 대롱 눈으로 보고는 직선이라고 우기는" 것과 큰 함지산의 존재를 모르고 작은 함지산을 바라보는 것은 동일하다. 우리가 살아가는 세계와 사물에 대한 총체적 관점이 확보되지 않을 때, 우리의 일상과 일상의 사물들에 대한 해석은 편견 내지 오류에 빠지고 말 것이다. 세계와 사물에 대한 객관적이면서 과학적인 인식에 기초한 총체성 확보와 그를 통한 미래에 대한 전망이 확립되지 않을 때, 사물에 대한 올바른 인식은 불가능하다. 기껏해야 사물의 현상만을 깜작거리면서, 공소하면서도 자아도취적인 해석만을 행할 뿐이다.

세계에 대한 총체성을 확보하지 않을 때 소설은 가벼워진다. 총체성 확보를 통한 미래에의 전망이 결여될 때, 소설은 어떤 형태를 띨 것인가? 작가 이윤기의 비유를 들면, 그것은 "교회에 나가는 아이 두엇과 불교 포교원에 나가던 아이 두엇이 말로써 벌인 패싸움"과 같은 것이다. 좁은 편견에 빠져 이것만이 옳고 다른 것은 그르다는 흑백논리, 그 논리에 입각한 우물안 개구리식의 묘사, 그리고 그것을 소설이라고 발표하는 상황. 이런 상황에 대해 작가 이윤기의 다음 구절은 많은 것을 생각하게 한다.

산이라고 하는 것이 물리적인 형태, 절대적인 형태를 지니고 있는 것은 사실이다. 하지만 산이 우리 눈앞에 그 물리적이고 절대적인 모습을 송두리째 드러내는 법이 있던가. 산의 모습은 보는 각도에 따라, 계절에 따라, 거리에 따라, 우리 마음의 상태에 따라서 각각 다르다. 산은 그것을 바라보는 사람 눈앞에 산이 지닌 무수한 측면을 드러낸다. 지나가면서 보는 산이 다르고 지나오면서 보는 산이 다를 수밖에 없고 다가서면서 보는 산이 다르고 물러서면서 보는 산이 다를 수밖에 없다. 사물을 판단할 때 참고삼기 바란다…….

산의 본질을 포착하기 위해 산의 다양한 현상에 무수한 각도로 접근하는 작가의 고뇌가 담겨 있는 소설. 그런 소설을 통해 우리는 세계의 다면성 속에 내재해 있는 어떤 본질적인 총체성을 감지할 수 있고, 미래에 나아갈 인식의 지평이 무엇인지를 또한 설정할 수 있을 것이다.

3. 귀하고 아름다운 소설: 심상대

멀티미디어 상상력과 그 매체가 지배하는 영상언어시대에 있어서 활자언어로서의 소설의 운명은 어떠할까? 아마도 소설은 카멜레온처럼 자신의 모습을 상황에 따라 적절히 변형시키지 않으면 살아남기 힘들 것이다. 영상매체에 익숙한 독자의 기호에 다가가기 위해 소설은 적당히 영상언어의 문법을 차용하여야 할 것이고, 또 상품화되어야 할 것이다. 그렇지 않아도 지금의 우리 소설들은 이런 변신을 꾀하고 있다. 그러나 이런 변신들에 앞서 우리가 반드시 점검해야 할 부분이 하나 있다. 도대체 왜 소설을 쓰는 것일까 하는 물음이다.

심상대는 「할머니께 올리는 감사」라는 작품에서 이 물음에 대한 하나의 해답을 제시해주고 있다. 소설가인 주인공 '나'는 학창시절부터 작가가 되기 위해 신춘문예에 투고도 하면서 갖은 애를 써 겨우 소설가가 되었다. 소설가로서의 지금의 '나'가 있기까지 항상 곁에는 "강직한 면이 있으나 스스로 강직하다고 여기지 않고, 자애롭지만 철없는 아이처럼 분수를 넘어서기도 하고, 때에 따라서는 표독하게 이기적이기도 하며 자기애가 강한 성격"의 할머니가 있었고, 또 병석에 누워서 자식들을 위해 '애국가'를 노래로 들려주는 어머니가 있었다.

내가 오늘날 소설 비슷한 걸 쓰고, 또 그 소설창작이라는 행위를 귀하고 아름답게 여겨, 문학도로서의 자존심을 지켜나가는 저간의 힘은 아마 그분들의 애정과 그분들로부터 물려받은 낭만적 품성 때문이라 여겨진다.

'나'는 할머니와 어머니로부터 영향을 받아 대중들의 기호에 영합하지 못하는 잘 팔리지 않는 소설을 쓰고 있고, 그러다 보니 잘 팔리는 소설을 쓰는 입장에서 볼 때 이른바 "저열한 삼류소설가"에 머물고 있다. 그런 '나'에 대해 할머니는 여전히 '나'를 출세한 손자로 알고 있다. 할머니는 어버이날 외손녀가 준 공깃돌을 알사탕인 줄 알고 세 개나 깨물어 뜯어 먹을 정도로 건강하시다. 그런데 어느 날 '나'는 이가 몽땅 빠지는 꿈을 꾸게 되고, 그것을 아흔이 넘은 할머니의 변고와 관련시켜 걱정을 하다가 "언제 돌아가실지 모르는 할머니께 뭔가 감사의 선물을 올려야 한다는 순정의 발로"에 의해 할머니를 위한 한 편의 '통속소설'을 쓰기로 작정한다.

잠도 충분히 잤으니 이제 내게 남은 과제는 어서 통속한 소설 한 편을 쓰는 일이었다. 그 소설을 판 돈으로 플라스틱으로 만든 공깃돌이 아니라 진짜 알사탕을 사서 할머니께 부쳐 드리는 일이 남았다. 그러지 못한다면 나는 평생 불효한 자신을 학대하는 혼란 속에서 살게 될지도 모른다. 다른 많은 은혜에 우선해서, 대수롭지 않은 까투리복숭아 몇 알을 따들고 손자를 생각하던 할머니에 대한 보은을 잊어서는 안 되었다. 내가 소설을 쓰겠다고 엎드려 있던 그 골방 곁에서 까치발로 까투리복숭아나무 가지에 매달려 내 몫의 열매를 따 간직하던 할머니의 진정을 감사한 마음으로 간직해야 했다.

소설을 왜 쓰는가? 할머니를 위해서. 할머니는 누구인가? ‘나’가 소설가가 되기 위해 발버둥칠 때부터 ‘나’를 지켜봐 주고 애써주시던 분이 아닌가? 그런 할머니의 은혜에 보답하기 위해 소설을 쓴다는 것은 두 가지 의미를 내포하고 있다. 첫째, “소설창작이라는 행위를 귀하고 아름답게 여기는” 문학도로서의 자존심을 잃지 않기 위해서이다. 잘 팔리지 않는 작품을 쓰는 소설가로서 한번쯤은 대중의 기호에 영합하는 잘 팔리는 통속소설을 쓰고 싶은 유혹을 느낀다. 그러나 그것은 ‘귀하고 아름다운’ 소설에서 벗어나는 것이다. 그 유혹을 이겨내기 위해 애초에 문학도로서 출발하던 그 자리로 되돌아가 자신을 반성하고 자세를 다시 추스르기 위해 소설을 쓰는 것이다. 둘째, ‘나’를 소설가로 만들어 준 상황에 대해 보답하기 위해서이다. “단정한 맵시에 곱상한 얼굴을 가진 할머니”와 ‘애국가’를 들려주던 어머니는 ‘나’를 지금의 소설가가 되게 한 밑거름이다. 그것은 소설가가 되기 위해 힘들게 살아온 ‘나’의 삶의 터전이자. 또 ‘나’와 관계된 세계일 것이다. 아무나 소설가가 되는 것이 아니다. 삶의 전부를 소설에 바칠 때 소설가가 되는 것이며, 그런 소설가는 소설가로서의 막중한 책임감을 느끼면서, 자신을 소설가로 만들어준 모든 것들에 대해 감사하고 보답할 줄 알아야 한다. 보답의 방법은 ‘나’를 소설가로 만들어주고, 또 소설가로 인정해주는 모든 이들에 대해 그들의 기대에 부응하는 소설을 쓰는 것이다.

이 두 가지를 모두 이룰 수 있는 방법은 '귀하고 아름다운 소설'을 절대로 놓치지 않겠다는 작가정신의 치열성을 유지하는 것이다. 언제 어떤 상황에 부딪치더라도 '귀하고 아름다운 소설'만을 쓰겠다는 올곧은 의지야말로 소설의 위기상황에 필요한 작가의식이 아닐까? '귀하고 아름다운 소설'을 '님'으로 생각하자. 그리고 다음에 심상대가 할머니를 위해 쓴 고려가요 「정석가」를 읽어보자.

팍팍하고 억센 모래 벼랑에 구운 밤 닷되를 심습니다.
그 밤이 움이 돋아 싹이 나야만 님을 보내드리겠습니다.

4. 삶의 고통을 극복하는 방식: 신경숙, 한강

영혼의 빛이 사라진 채 앙상한 육체만 남은 인간, 기계화된 육체만을 지닌 인간은 이제 컴퓨터에 둘러싸인 채, 내면에 살아 숨쉬는 영혼을 망각하고 황폐한 삶을 살아가고 있다. 인간의 참된 존재론적 의미는 무엇일까라는 물음조차 던질 수 없을 정도로 메마른 삶을 살아갈 수밖에 없는 상황. 저 멀리 있는 무지개 빛 이상에 대한 그리움도, 지나간 날에 대한 아름다운 기억도, 인간다운 삶에 대한 욕망도, 삶의 고통을 인내하고 내면화하여 한층 성숙된 삶을 살아가려는 애착도 사라진 지 오래이다. 그저 컴퓨터가 시키는 대로, 주어진 위치에서 주어진 일만 기계처럼 반복하다가 낡고 빛 바래면 다른 새로운 기계로 대체되는 그런 삶을 살아갈 뿐이다. 신경숙의 「딸기밭」과 한강의 「아기부처」

는 그런 삶을 반성하면서 진정 인간다운 삶을 지향하고 있다.

욕망이 없는 나의 일상. 이따금 우리, 아니 나에게 있어 인생이란 무엇인가, 인간성이란 무엇인가를 생각해볼 때가 있다. 하지만 그전처럼 그 초점이 인간의 영역 확장에 맞춰져 있는 것도 아니고 인류애나 희생, 지적 호기심, 심미안의 재발견 등에 맞춰져 있는 것도 아니다. 변화의 가능성이 없는 채로 내게 주어진 이 평범한 현실을 초월하고 싶은 남은 욕구가 야심 없이 운동하고 있을 뿐이라는 쓸쓸한 생각.

「딸기밭」은 '욕망이 없는 일상'을 살아가는 삼십 대 여성이 지난 이십 대 시절을 회상하면서 "변화의 가능성이 없는 채로 주어진 평범한 현실을 초월"하고자 하는 작품이다. 20대 초반 화자는 학생들의 데모가 한창이던 시절 대학을 다녔다. 그러다가 출판사 외판원인 '그'를 만나 사랑을 나누고, 또 부유한 집 딸인 친구 '유'와 만나 사귀다가 그녀의 죽음소식을 듣고 그리고는 삼십 대로 들어서면서 그 모든 기억을 망각하게 된다. 이런 줄거리는 신경숙의 기존의 소설들, 가령 「멀리, 끝없는 길 위에」서와 같은 작품에서 쉽게 접할 수 있다. 그래서 이 소설을 두고 또다시 63년생의 시대적 감수성을 표현하고 있다고 해석할 수도 있을 것이다. 그러나 이 작품에서 주목되는 것은 인간의 존재론적 질문이다. 인간의 진정한 욕망은 무엇이며, 또 어떻게 그 진정한 욕망을 상실하고 속물화되느냐 하는 과정을 이 작품은 압축적으로 보여주고 있다.

이 작품은 '나-그-유'의 관계에 대한 회상을 중심으로 사건이 전개된다. "그 남자의 외모가 내포하고 있는 접근 금지의 표시는 유, 그녀를 돌이켜볼 때 그녀의 '예술적인' 이라고 밖에 표현할 수 없는 아름다움 속에도 내포되어 있었다"는 진술처럼 '나'에게 '그'와 '유'는 양가적인 존재로 다가온다.

(i) 무엇을 잊는다는 것은 대상을 심연에 밀어놓고 문을 닫는 것이라고 생각했다. 언제부턴가 끊긴 우편환과 함께 지워진 존재, 나의 아버지. 내 생의 출입구에 부재의 이미지를 각인시켜놓고 돌아오지 않은 아버지의 존재가 그 삼월의 교정, 그 남자가 신고 있는 흰 고무신에 의해 닫힌 문을 열고 이끌려 나오는 것을 가슴 쓰라리게 바라봤을 때는.

(ii) 그처럼 화사한 치마를 아랑곳 없이 입고 다닐 수 있었던 사람은 유, 너뿐이다. 아무도 치마 따위는 입지 않는다. 아무도 머리에 롤 같은 건 말지 않는다. 사소한 일상까지 스며 있던 억압. 웃다가 슬몃 이렇게 웃어도 될까? 좋은 것을 가지게 되도 이런 것을 가져도 될까? 마음껏 행복할 수는 없는 감정들이 우리들이 공유한 감각이지. 웃음을 거두는 것, 좋은 것을 갖게 되고 행복하면 외려 불안한 것. 유. 너는 다르다. 내게 남아 있는 너의 이미지 속에 어떤 식으로든 스며 있는 그 투명함은 풀리지 않는 수수께끼. 어떻게 너는 마시는 공기 속에까지 포함되어 있었던 억압을 피해 그렇게 자유로울 수가 있었는가. 어떻게 너는 그렇게 화사한 웃음을 웃을 수가 있었는가. 어떻게 너는 그렇게 매끈한 종아리를 최루탄 가스 속에 드러내 놓을 수가 있었는가. 어떻게 너는, 어떻게 너는?

'그'가 금지의 영역을 상징한다면, '유'는 억압의 시대에 있어서 자유를 상징한다. '나'는 이 양자로부터 인간의 존재론적 결핍을 보충하려 한다. '그'로부터 흰 고무신을 신고 사라진 아버지의 부재를 채우려 한다. 그리고 시대적 억압 속에서 존재론적 해방을 갈구하면서 '유'의 자유를 부러워한다. 양자는 '나'에게 존재론적 결핍을 보충해줄 필수적인 요소이다. '나'는 '그'에게 순수한 욕망을 표출한다. 한편으로는 부재하는 아버지를 대신해서 존재론적 결핍의식을 보호받고, 또 한편으로는 성관계를 통해 인간존재가 가진 순수한 욕망을 표출한다. 이 순수한 욕망표출에는 '나-유'의 관계의 변질이 자리잡고 있다. 처음에 '나-유'의 관계는 자매애로 엮어진다. '나'가 지니지 못한 '유'의 자유스러움은 '나'가 지녀야 할 '나'의 반쪽이다. 그것과 결합될 때, '나'라는 존재는 결핍으로부터 벗어날 수 있다. 그래서 둘 사이에는 자매에게서 볼 수 있는 "억압이 없는 장난기"가 발동되기도 한다. 그러다가 '나'는 '유'의 자유로움이 그녀의 부유한 가정환경에서 비롯된 것임을 알게 되고, 그 순간 자매애는 '배제'의 논리로 바뀐다. 그녀를 배제하고 금지된 '그'와의 사랑을 통해 순수한 욕망을 표출한다.

그러다가 어느 날 '유'와 '유'의 가족소유지인 딸기밭에 간다. 그곳에서 그녀에 대한 살의를 느끼지만, 결국은 그녀가 누리는 자유 속으로 편입된다. 그 순간 금지된 시대의 틀을 깨뜨리고 분출되던 순수한 욕망은 사라지고, 시대의 아픔과는 무관한 자리에 있는 부유층의 자유만이 남게 된다. 그 자리에는 "지상의 소음과 자동차 클랙슨 소리, 밤의 네온 빛"들이 난무하는 속물화된 일상만이 있을 뿐이다.

딸기밭에서 돌아온 후 나는 금지된 것들 근처에는 가지 않는다. 생의 불가능성을 받아들인다. 내가 분석할 수 없는 또다른 세계가 누군가의 인생 속에서 진행되고 있다는 것도, 그것이 인간을 변화시키리란 것도. 내 인생에 그 남자와 유를 통과시킴으로써 나의 욕망은 끝에 다다랐다. 지금 진행되고 있는 망각의 일만 남아 있었을 뿐. 지금으로서는 그 옛날 금지된 것을 향해 한 발짝 한 발짝 치닫던 그 처녀가 나였는지조차 희미할 뿐.

한강의 소설에서 주목되는 것은 황폐한 삶을 어떻게 극복하고 진정 아름다운 삶을 살아갈 수 있느냐 하는 문제이다. 남편은 방송국 뉴스 앵커이다. 그는 어릴 적 입은 화상을 드러내지 않기 위해 철저하게 긴 옷을 입고 사는 인물이며, 아내가 감기에 들자 자신에게 감기가 옮겨져서 방송을 하지 못할까 염려되어 아내에게 병원 가기를 강요하는 "완벽주의자이고 독단적"인 인물이다. 가난한 어린시절을 이겨내기 위해 그가 택한 것은 철저한 자기관리를 통한 출세이다.

그는 초라한 것을 싫어했다. 머뭇거리는 태도를 싫어했고 가난한 동네를 싫어했다. 그는 화려한 것, 아름다운 것, 깨끗하고 쾌적한 것들을 향해 나아가고 있었다. 그는 뒤돌아보는 것을 싫어했다. 그를 후진시킬 수 있는 어떤 실수도 용납하지 않았다.

독단적이면서 출세지향적인 남편과 "권위적인 것이나 틀에 박힌 생활"을 싫어하는 '나'와의 결혼생활로 인해 '나'는 자신의 정체성을 상실해간다. 애초에 남편의 화상흉터를 보고 그 흉터로부터 남편의 고된 삶을 연상하고, 그리고 결혼을 했지만, 이기적인 남편의 실체를 알게 되면서 남편의 화상흉터를 이제 싫어하게 된다. 그런 중 남편은 외도를 하고, '나'는 남편으로부터 철저하게 버림받는다.

'나'는 그런 치욕적이면서 절망적인 삶이 가져다 주는 고통으로 인해 심신이 황폐해지고, 그러면서 그런 삶으로부터 벗어나려고 몸부림친다. 그것이 꿈에 아기부처의 얼굴로 나타난다. 꿈에 보이는 "눈꼬리가 위로 찢어진데다 음흉하게 입꼬리를 들어올린 얼굴"을 한 아기부처야말로 "컴컴한 동굴" 같은 현실에서 황폐해진 '나'의 얼굴이면서 또한 남편의 얼굴이다. 그 얼굴로부터 벗어나고자 하지만 결코 벗어나지 못한다. 벗어나려고 몸부림치면 칠수록 아귀 같은 아기부처의 얼굴은 더 찰지게 엉겨붙는다. 벗어날 수 있는 유일한 방법은 황폐한 현실로부터 도피하는 것이 아니라 그것에 적극적으로 대응하면서 '온 힘'을 다해 마음속에 부처를 키우는 것이다.

관세음보살은 내 속에 있다고. 내 몸이 용서하는 마음으로 그득해지면 그게 바로 관세음보살이라더라.

모든 것을 용서하고 사랑할 수 있는 마음속의 부처를 잉태하는 그 고통스러운 과정을 거쳐 비로소 '나'는 척박한 삶을 극복할 수 있게 되고, 그리고 삶의 모든 고뇌를 해탈할 수 있는 자리에 들어서게 된다. 아기부처의 얼굴이 사라진 자리, 곧 마음속에 관세음보살을 잉태하고 삶의 고뇌와 아픔을 인내한 뒤에 오는 해탈한 듯한 삶의 경지는 아무나 맞이할 수 있는 것은 아니다. 겨울이 오면 봄이 온다. 그러나 겨울과 봄의 푸름의 차이를 알아차릴 수 있는 것은, 삶의 고통을 내면에서 극복하고 아름다운 삶을 살고자 하는 치열성과 지극한 애착이 있을 때 가능하다. 그러기에 다음 대목은 아름답다.

얼음 풀린 봄 계곡을 향해 허리를 구부린 소나무들을 바라보다가 나는 새로운 사실을 발견했다. 겨울부터 저 날카로운 솔잎들은 초록빛을 띠고 있었다. 그러나 이제 보니 같은 푸른색이지만 분명하게 달랐다. 방금 나온 어린 싹 같은 연푸른빛이 생생하게 차올라 있었다.

겨울에는 견뎠고 봄에는 기쁘다.

누군가가 속삭여준 듯 문득 떠오른 말을 속으로 되뇌며 나는 그 자리에 앉아 있었다. 새벽빛은 천천히 가셔갔다. 꽁지가 푸른 산까치 한 마리가 마른 울음을 뱉으며 철조망 너머로 날아갔다. 바람이 일 때마다 벌거벗은 나뭇가지들이 몸 스치는 소리를 냈다.

5. 황금빛 이상세계에 대한 갈망: 박상우, 윤대녕

우리는 지금 고속열차를 타고 파시스트적인 속도로 달리고 있다. 고속열차는 무서운 광속도로 달리면서 모든 것을 파시즘처럼 획일화한다. 그 획일화의 주체는 정교한 체계를 갖추고 고속열차 내부를 빈틈없이 통제하는 각종의 정보 메커니즘이다. 모든 것은 이 메커니즘의 체계에 의해 직조된 그물망에 얽혀 있다. 인간도 자연도 무의식의 욕망도 이 그물망에 유폐된 채 획일화된다. '인간과 자연의 상품화와 컴퓨터 코드 기호화'로 명명될 수 있는 이 획일화에 의해 모든 유기적 생명체는 사라진다. 남은 것은 정보 메커니즘에 의해 조작되고 통제되는 코드 기호들뿐이다. 무수한 코드 기호들이 고속열차의 유폐적 그물망에 질서 있게 얽힌 채 알 수 없는 미래를 향해 치달리고 있다. 우리의 행동도 사유도 기억도 이상도 모두 정교한 정보체계에 의해 관리되고 조작된다. 그곳에서 벗어나 우리의 삶을 반성하고, 또 우리가 있는 지금 이곳이 어떤 곳인지를 생각해볼 여유는 없다.

그러나 바늘 하나 들어갈 틈새조차 없을 듯한 이 체계에도 미세한 빈틈은 있기 마련이다. 그 틈새를 집요하게 파고들 때, 정보 메커니즘에 의해 추방된 그 어떤 것, 곧 우리들의 기억과 무의식이 조작되기 전에 욕망하던 어떤 세계가 고요하면서도 황홀하게 그 찬연한 빛을 발하고 있음을 인지할 수 있다. 황금빛 세계의 존재를 인지하는 그 순간, 코드 기호로 전락하여 사물화된 인간의 실체를 확인하게 되고, 사라진 우리들의 순수한 영혼과 그 영혼이 지향하는 황금빛 세계를 갈망하게 된다. 그 때, 지금까지 인류역사상 미증유의 편리함을 제공하던 고속열차가 얼마나 삭막하고 황폐한 사막에 불과한가를 깨닫게 되고, 그리하여 현실에 환멸을 느끼면서 황금빛 이상세계를 찾아 길을 떠난다. 박상우의 「쓸쓸한 사막의 이미지」와 윤대녕의 「에스키모 왕자」의 주인공들이 바로 그들이다. 박상우는 자신이 속해 있는 현실을 사막으로 규정한다.

희미하게 사라지는 영상처럼 어둠 속에서 누군가 사막을 떠나고 있었다. 그 떠나가는 영혼을 위해 부디 무사하라고, 또다른 영혼 하나가 은밀하게 속삭이고 있었다. 하지만 떠나간 인간들은 돌아오지 않을 것이고, 남겨진 인간들도 떠나간 인간들을 그리워하지 않을 터였다. 아무것도, 정말이지 아무것도 돌아보고 싶지 않았다. 그리고 그 무엇에 대해서도 깊이 있게 생각하고 싶지 않았다. 적연한 밤이 아주 짧게, 그러나 무시로 시간이 옆구리를 스쳐갈 뿐이었다. 해체되는 영상 혹은 모래 같은 인간들. 사막은 여전히 죽어가고 있었다.

창공에 빛나는 별을 영혼의 빛으로 삼아 길을 떠나는 세계. 대우주와 소우주가 원환을 이루고, 그 속에서 모든 존재가 본래의 모습을 유지한 채 자연스럽게 생성하고 소멸하면서 평화롭게 공존하던 세계. 그 세계가 사라져버린 사막. 모든 유기적 생명체가 코드 기호화되면서 죽어가고 있는 불모의 땅이 우리가 지금 발 디디고 있는 세계다. 황량한 사막에서 서서히 죽어가는 인간들. 푸코는 인간은 바닷가의 모래알처럼 흔적도 없이 사라질 것이라고 했다. 푸코의 그 말은 오늘날 인간의 사물화와 상품화를 초래한 주범이 근대 이성적 인간자신임을 지적하면서, 그 인간의 해체를 강조한 것이다. 세계를 황폐화시킨 인간들. 그들이 저지른 대가로 인해 형벌을 받고 고통스럽게 죽어가는 현실. 코드 기호화된 인간들, 그리고 그 사실조차 깨닫지 못하고 있는 박제화된 인간들이 사라질 때, 그리고 그 자리에 영혼의 빛이 현현할 때, 박상우가 지향하는 다음 세계도 우리들 곁에 그 모습을 드러낼 것이다.

불모의 모래 벌판이 아니라 불모의 인간 벌판—한때는 저곳에도 비가 내리고, 꽃이 피고, 새가 날고, 그리고 열매 맺혔으리라. 목을 축일 수 있는 맑은 샘이 있고, 짐승들이 마음껏 뛰어놀 수 있는 초원이 있었으리라. 호흡하기에 맑은 대기가 있고, 몸을 눕히기에 부드러운 대지가 또한 있었으리라. 복원되어지지 않는 초원의 연대.

『남쪽 계단을 보라』에서부터 시간으로부터의 일탈을 통해 이상세계를 지향하던 윤대녕이 이번 작품에서도 객관적 시간으로부터의 일탈을 추구하고 있다.

"아무튼 시계의 사용 이후 인류는 아이러니하게도 시간의 지배를 받으며 살게 됐죠. 그때부터 고유한 시간과 더불어 순수의 시대가 가버린 겁니다."

"고유한 시간?"

"과거와 현재와 미래가 막힘 없이 하나로 이어져 있는 시간 말입니다. 사람들이 영원이라고 부르는 시간 말이죠."

과거-현재-미래의 객관적 시간단위와 시간에 의한 공간의 분절은 근대의 산물이다. 시간은 우리들 삶에서 하나의 틀을 이루고 그 틀 속에 우리들을 옭아맨다. 우리들은 획일화된 시간과 질서정연하게 직조된 공간, 곧 '원형감옥' 같은 시-공간에서 기계적이고도 규칙적인 일과를 반복하고 있다. "독방. 삶이 멈춰져 있던 시간. 생리가 없던 시기"가 지배하는 곳이 바로 우리들이 살아가는 지금 이곳이다. '에스키모 왕자'는 획일화되고 계량화된 시-공간에 편입되기 전, 곧 "과거와 현재와 미래가 막힘 없이 하나로 이어져 있는 시간"의 상징이다. 윤대녕은 우리가 현실의 획일화된 시-공간에서 길들여져 잊고 있던 '영원의 세계'를 '에스키모 왕자'를 통해 아프게 상기시키고 있는 것이다.

6. 소설이 나아갈 지평

우리 시대의 소설의 전망은 무엇인가? 아마도 머지않아 인간은 더 이상 유기적 생명체로서의 존재의미를 상실하게 될지도 모른다. 종교가 사라지듯, 이제 인간도 사라질 것이다. 모든 것이 복제되고, 모든 것이 컴퓨터 코드 기호로 통제되는 현실에서 소설이 나아갈 방향은 무엇인가? 해답은 자명하다. 인간의 본래적 모습을 회복하는 것이 그것이다. 기계화되고 비인간화된 인간이 아니라, 유기적 생명체로서의 인간이 평화롭게 존재할 수 있는 세계, 곧 영혼과 육체, 인간과 자연이 공존하는 그런 세계야말로 오늘 우리 소설이 나아가야 할 미래의 지평일 것이다.

이를 위해 무엇보다 필요한 것이 세계를 바라보는 총체적 시각일 것이다. 점점 상품물신화되어가는 현실에 대한 객관적이면서도 과학적인 인식을 바탕으로 하여, 문제점을 포착하고 이를 극복할 수 있는 세계를 지향할 때, 현 단계의 우리 소설도 그 필요성이 배가될 것이다. 멀티미디어 상상력이 지배하는 영상언어시대에 있어서 현상적이면서도 피상적인 것에 현혹되지 않고 그 이면에 감추어진 본질을 파악할 때, 시대의 모순은 그 흉측한 모습을 드러낼 것이다. 종교가 사라지고, 기존의 사고가 전복되는 일이 일어난다 하더라도, 우리는 그런 소설들을 통해 미래의 어둠을 극복할 수 있는 한줄기 빛을 찾을 수 있을 것이다.

시대의 어둠을 밝힐 새로운 좌표

1. 절망과 어둠의 시대

최근 젊은 작가들의 작품을 보면, 극소수를 제외하고는 그들 작품에서 시대와 사회의 모순에 고민하고 그것을 넘어서려는 그 어떤 이념적 좌표도 감지할 수 없다. 그렇다고 해서 이글이 지금, 1980년대의 민중문학처럼 어떤 전체주의적 이념에 입각한 문학의 대 정치사회적 참여를 주장하는 것은 아니다. 그보다는 문학이 본래적으로 지니고 있는 사회적 문맥을 강조하고자 한다. 문학은 언제나 항상 그것이 속한 시대와 사회에 맞서 그 본질적 모순을 간파하고 모순에 대한 비판을 통해 사회의 이면에 감추어져 있거나 그 세계를 초월한 가능세계를 지향한다. 이 가능세계야말로 한 시대의 모순을 극복하고 지향해야 할 새로운 이념적 좌표이다. 이를 두고 하이데거는 '존재의 드러냄 혹은 개진'이라는 표현을 쓰고 있다. 문학작품은 현실세계와 이념의 경계선에서서 현실세계가 은폐하고 있는 이념의 세계를 지향하면서, 이 이념을 개성적이고 독창적으로 드러내거나 개진한다. 우리는 하나의 문학작품을 읽고 그 속에 용해되어 있는 이념을 포착하고, 이를 통해 우리가 살아가는 시대의 모순을 깨닫고 그 모순이 지양된 가능세계에 가슴 설레는 것이다.

문학의 본래적 존재의미가 이러함에도 불구하고, 지금의 문학에서 우리는 그 어떤 이념적 좌표도 찾아볼 수 없다. 오늘날의 문학은 이념적 좌표를 상실하고 상품 이미지로 자신을 화려하게 포장한 채 문화산업이라는 이름으로 한껏 부풀려져 있다. 이념을 잃고, 나아갈 방향조차 상실한 파편화된 단자들, 마치 정신은 탈각되고 상품 이미지로 현란하게 치장된 박제품 같은 것, 그것이 오늘날 문학의 본 모습이다. 이들은 시대와 사회의 모순에 대한 어떤 고민도 없이 유행에 민감하게 촉수를 드리우고 그 흐름에 휩쓸리면서 부패해가고 있다.

한 시대와 그 사회의 구조적 모순을 간파하고 그것과 맞서 싸우면서 인류의 영원한 보편적 고향을 갈망해야만 하는 문학은 지금은 적어도 거의 존재하지 않는다. 한탕주의와 상업주의에 편승하여 이름을 드날린 스타 작가들이 작위적으로 산출되고, 그들을 우상처럼 받들면서 베스트셀러의 꿈을 이루기 위해 맹목적으로 달려드는 아류들. 이들은 개인사적인 넋두리를 장황하게 늘어놓기도 하고, 문학과 영상매체의 결합이라는 미명하에 문학을 저급한 대중문화의 시녀로 전락시키기도 한다.

한마디로 오늘날의 문학은 그 어떤 이념적 좌표도 없이 다만 자신의 문학적 출세와 부귀에 눈먼 채 한 시대를 오염시키고 있다. 신격화된 자본이 자신의 실체를 감춘 채, 그 역겨운 냄새를 풍기면서 우리 사회를 잠식해가고 있음에도 불구하고, 오늘의 우리 문학은 그것에 대한 어떤 관심도 기울이지 않는다. 그러면서 그들은 신세기의 도래를 낙관한다. 어둠을 어둠으로 인식하지 않고, 휘황찬란한 상품 이미지에 눈 멀고 귀먹은 현 단계의 문학. 그 결과가 무엇인가?

이 위기상황을 타개하기 위해서는 문학전반에 걸친 뼈아픈 자기반성이 선행되어야 한다. 그럼에도 불구하고 아직도 대부분의 작가들은 거품 이미지에 놀아나다가, 절망과 어둠의 시대가 도래하자 발 빠르게 곤혹스러운 척, 아니면 절망스러운 척 포즈를 취하고 있다. 그들은 다시 이 위기의 시대에 있어서 생존전략이라는 미명하에 우리 사회의 피상적 단면들을 소설화하고 상품화할 것이다. 그들에게서 더 이상 이 절망의 시대의 문학적 극복방안을 기대할 수는 없다.

이제 우리가 기대를 하는 것은 이미 거품 이미지의 실체를 간파하고 그 거품을 치열하게 비판해 온 일군의 작가들이다. 시류에 편승하지 않고 우리 시대의 총체적 모순의 본질을 인식하고, 그것을 극복하기 위해 성실한 문학적 글쓰기를 해 온 작가들이야말로 이 암흑의 시대를 헤치고 나아갈 방향을 제시해줄 하나의 이념적 좌표로 우리에게 다가올 것이다.

2. 에로티즘과 페미니즘을 통한 시대의 모순비판: 김영하, 『호출』

시대의 모순, 그 본질에 대한 깊이 있는 탐색만이 절망적 상황에 놓인 소설이 나아가야 할 운명적 모습이다. 김영하의 첫 소설집 『호출』 (문학동네, 1997)은 그런 점에서 돋보인다. 11편의 단편이 실린 그의 소설집을 관통하고 있는 세계야말로 이 암울한 시대에 있어서 소설이 취해야 할 올바른 자세를 보여주고 있다.

이 소설집을 이끌고 있는 핵심축은 두 가지이다. 에로티즘과 페미니즘이 그것이다. 먼저 에로티즘의 측면을 보자. 자본주의는 성을 제도화함으로써 인간의 본능적인 성적 욕구를 청교도적 윤리로 길들인다. 건전한 부부관계의 성, 사회의 존립과 다산을 위한 성만을 강조하는 자본주의 성의 윤리학은 성의 도구화를 그 목적으로 삼는다. 이런 도구화되고 제도화된 성을 거부하고, 인간존재의 본능적 욕구에 뿌리를 내리고 있는 성을 지향하는 것이 에로티즘의 본질이다. 에로티즘에 입각한 성은 죽음과도 같은 영원성을 지니고 있다. 그런 성적 행위를 통해 인간은 제도권에 길들여진 남성과 여성의 가면을 벗고 자신의 존재의 본질과 만날 수 있는 것이다. 「도마뱀」은 이를 잘 보여준다. 아내에게 폭력을 휘두르는 목사인 아버지를 둔 한 여자가 어느 날 한 남자로부터 쇠로 만든 도마뱀을 선물 받는다. 여자는 이 도마뱀을 통해 자신의 몸을 바꾼다. 십자가로 상징되는 청교도적 윤리에 길들여져 본능적인 욕망을 억제당하고 있는 자신의 몸을 인간존재가 본래적으로 지니고 있는 자연스러운 욕망의 몸으로 바꾸는 것이다. 과거가 없고 영원한 현재만이 있는 시간, 그러면서 꼬리가 잘려도 다시 자라남으로써 재생과 부활을 상징하는 도마뱀을 여자는 자신의 몸속 깊이 각인시킴으로써 자신의 본능 속에 탈제도화된 성적 욕망을 잉태시키는 것이다.

한편 페미니즘의 측면은 김영하의 1995년 데뷔작인 「거울에 대한 명상」에 잘 나타나 있다. 페미니즘은 자본주의를 지배하는 남성중심주의의 해체를 그 본질로 삼는다. 남성과 여성의 이항대립을 파괴하고 양자가 상호동등한 인간존재로 만날 때 그 해체가 가능하다. 따라서 페미니즘은 에로티즘과 함께 자본주의의 모순을 공격하는 양날이자 동전의 양면과 같은 것이라 할 수 있다. 다만 에로티즘이 성적 영역에 치중한다면, 페미니즘은 정치, 사회, 문화적 측면에 치중한다는 차이를 내포하고 있다. 남성중심주의로 상징되는 자본주의 사회의 절대적이자 중심적인 논리에 대한 공격을 통해 탈중심화를 꾀하는 것이 페미니즘의 본질이다. 성폭행을 당한 '가희'와 '성현'이라는 두 여성이 있다. 이들은 남성으로부터 강간을 당한 후 이 세계를 남성에 의한 강간의 세계로 규정하고 동성애에 빠진다. 그러다가 '나'라는 남성을 가희가 만난다. 둘은 성관계를 맺는다. 그러다가 가희가 성현을 '나'에게 소개시켜주고 '나'는 성현과 결혼한다. 결혼 후에도 '나'는 가희와 계속 불륜관계를 맺는다. 그런데 남성인 '나'는 두 여성을 대하면서 두 여성을 '나'의 두 이미지를 반영하는 거울로 규정한다. '상수도' 같이 순결한 성현과 '하수도'처럼 타락한 가희가 그것이다. 이처럼 여성을 남성의 거울로 규정하는 것이야말로 남성중심주의 이데올로기의 극치이다. '백설공주' 이야기는 여성을 남성의 거울로 만든 대표적인 사례이다. 예쁘고 착한 백설공주와 이에 대비되는 마녀야말로 남성이 만든 여성의 두 측면이며, 백설공주 같은 성현과 마녀 같은 가희는 그 변용물이다. 그러나 남성의 이미지에서 벗어날 때 거울로서의 여성은 없다. 여성도 하나의 인간존재이다. 남성들은 인간존재로서의 여성을 폭력적으로 다스린다. 강간은 그 전형적인 한 상징이다. 두 여자가 동성애에 빠지는 것은 그들 스스로가 남성에 대한 여성이 아닌, 하나의 인간존재임을 상징적으로 드러내는 것이다. 남성과 여성이 아닌 인간과 인간의 사랑을 지향하는 것, 그것이 페미니즘의 귀결점이며, 이를 통해 우리는 남성중심주의에 침윤된 자본주의의 모순을 극복할 수 있는 한 방편을 확보하게 된다.

  김영하의 작품세계를 이끌고 있는 에로티즘과 페미니즘은 이처럼 자본주의의 모순을 그 근본에서부터 파괴할 수 있는 강력한 것이다. 작가는 이를 바탕으로 먼저 20대의 삶을 비판한다. 이른바 1980년대의 운동권에 대해 비판을 가하는 것이다. 「도드리」, 「베를 가르다」, 「전태일과 쇼걸」이 여기에 해당된다. 이들 작품들을 통해 작가는 1980년대의 운동권의 논리를 남성중심주의와 같은 또다른 절대적 논리라고 비판한다. 곧 당대의 모순을 극복하려던 운동권이 당대를 지배하던 절대적 논리에 대항하여 또다른 절대적 논리를 내세웠고, 그럼으로써 인간 존재를 억압했다고 보는 것이다. 「도드리」의 대금 부는 선배와 단발머리 동기, 「베를 가르다」의 수연, 전예린을 사랑하던 「전태일과 쇼걸」의 여자 등은 운동권의 논리에 적응하지 못하고 희생당한 인물들이다. 이들은 광주에서 열리는 비엔날레와 망월동에서 열리는 안티 비엔날레라는 두 개의 절대적 논리의 경계선에서 희생당한 인물들인 것이다.

  한편 김영하는 1990년대의 현재적 삶에 대한 비판도 가한다. 이 비판은 우리 시대를 지배하는 전자정보 메커니즘에 대한 비판으로 구체화된다. 「호출」에서는 삐삐와 핸드폰으로 연결되는 세태의 만남을 미아리 텍사스에 있는 쇼윈도의 창녀와 고급 콜걸의 만남으로 비유하여 비판한다. 인간존재의 본래적 욕망에 바탕을 둔 만남이 아니라 정보 메커니즘에 의한 매춘적인 만남이 오늘 우리의 인간관계를 지배하고 있음을 보여주고 있는 것이다. 그리고 「삼국지라는 이름의 천국」은 컴퓨터 게임에 빠져 있는 우리 세태의 한 단면을 적나라하게 보여주고 있다. 한편 「전태일과 쇼걸」에서는 우리 시대를 지배하는 것이 각종 정보 메커니즘에 의해 조작된 상품 이미지이며, 우리는 그 이미지에 함몰된 채 살아가는 상품기호에 불과하다는 것을 잘 보여주고 있다.

에로티즘과 페미니즘을 두 축으로 하여 오늘날 한국 자본주의사회의 모순을 예리하게 파헤치고 있는 김영하의 소설은 시대적 절망을 헤쳐 나갈 수 있는 한 방향을 제시해주고 있다. 「배를 가르다」의 프롤로그 부분에서 김영하는 중남부 아프리카 사막을 건너는 홍학의 무리에 대한 이야기를 제시하고 있다. 갓 태어난 홍학떼들이 멀리 떨어진 담수호까지 사막을 건너는 죽음의 행진을 통해, 겨우 그곳에 도달한 후 물과 먹이를 섭취하고 날갯짓을 시작한다는 내용이다. 우리는 지금 홍학의 무리들이 생명수를 찾아 죽음의 행진을 하는 것과 같은 과정에 놓여 있다. 찬란한 날갯짓을 하면서 하늘을 비상할 수 있을지의 여부는 절체절명의 상황을 이겨내려는 강인한 정신일 것이다. 설령 생명수를 얻지 못하고 죽을지라도, 생명수를 찾아, 그리고 새로운 이념적 좌표를 찾아 자신을 기꺼이 죽음으로 몰아넣는 그 행위자체만으로도 그것은 고귀하고 빛나는 것이다. 이제 우리 소설도 다음 인용구에 제시된, 생명수를 찾아 죽음의 여행을 하다가 소금에 절여 죽는 홍학의 새끼들처럼, 이 황량한 사막 저 너머에 있는 새로운 이념적 좌표를 향해 고독하고도 처절한 항해를 시작해야 할 것이다.

그들은 본능적으로 북쪽을 향해 걸어간다. 그렇게 걸어가는 그들의 갈퀴발에는 족쇄처럼 소금이 엉겨붙기 시작한다. 걸어가면 걸어갈수록 족쇄는 두꺼워져간다. 나중에는 몸통보다 더 두꺼운 소금 덩이가 발목에 감긴다. 그 소금 덩이의 접착 강도는 놀라울 만큼 강해서 톱으로도 쉽게 제거하지 못할 정도이다. 눈도 채 뜨지 못한 홍학 새끼는 제 몸보다 무거운 소금 덩이를 발에 차고 북쪽으로 향하다 하나 둘 쓰러져간다. 아마 그들은 썩지도 않을 것이다. 그리고 먹히지도 않을 것이므로 어쩌

면 영원히 절여진 채 남아 있을 것이다. (p. 174)

3. 획일화된 일상에서의 소설쓰기: 구효서, 『도라지꽃 누님』

첫 창작집 『늪을 건너는 법』이후 『비밀의 문』에 이르기까지 구효서의 주된 관심은 정보 메커니즘이 지배하는 획일화된 일상을 비판하고 그것이 극복된 세계에 대한 강렬한 지향을 소설화하는 데 있다. 그의 소설쓰기를 지배하는 무의식적 원형은 첫 창작집에 제시된 '나림' 집단으로 상징되는 강화도 신화의 세계이다. 이른바 '늪'으로 표상되는 이 세계는 정보 메커니즘이 지배하는 일상에서 배제된 세계, 곧 "초세기적, 초사회문화적 공간"을 지향한다. 그곳은 근대자본주의를 지탱해 온 핵심요체인 이성중심주의에 입각한 과학기술과 물질문명의 폐해를 극복하고, 인간과 비인간, 이성과 비이성, 도덕과 비도덕의 구분이 사라진 시대인 "태초의 시간 내지 원형의 시대, 곧 원시적 정서에 가깝다고 할 수 있는 신화와 섭리와 자연과 우주"(『비밀의 문』)의 세계이다.

이번 창작집 『도라지꽃 누님』(세계사, 1999) 역시 획일화된 일상을 비판하고 원시적, 야성적 생명이 넘쳐 흐르는 세계를 지향하고 있다. 구효서 소설의 인물들은 하루하루가 틀에 박힌 듯 반복되는 지겨운 일상에 함몰된 채, 주체적 욕망을 상실하고 마치 정보 메커니즘에 의해 조작되는 자동기계처럼 화석화되어 살아가고 있다. 평범한 아내의 실종원인을 추적하고 있는 「그녀는 누구와도 다르지 않았다」에서 작가는 획일화된 일상을 다음과 같이 묘사하고 있다.

정오마다 도심의 모든 식당이며 원두커피전문점이 새하얀 껍질 일색
의 벌레들로 가득가득 들어차는 걸 보면 그는 거의 공포에 가까운 편집
증상을 일으켰다. 어느날 아내와 함께 무심코 들렀던 광화문의 커다란
지하식당에서 100퍼센트 흰색 드레스셔츠 차림의 무리를 보고 피를 토
하도록 구토발작을 일으켰던 기억을 그는 갖고 있었다. 그날 이후 그는
줄곧 점심으론 검은 음식과 검은 음료를 먹고 마셨다.(p. 143)

점심때면 길거리로 쏟아져 나오는, 천편일률적으로 흰 드레스셔츠
에 넥타이를 맨 샐러리맨들로 가득 찬 일상. 모든 것이 국화빵처럼 규
격화, 획일화되어 있는 일상. 그런 일상에 의해 우리들은 진정한 인간
적 욕망을 억압당한 채, 마치 자동인형처럼 관습적이고 습관적인 하루
하루를 기계적으로 흘려보낼 뿐이다. 이번 창작집에 실린 대부분의 작
품들은 이처럼 끝없이 반복되는 지겨운 일상을 다루면서, 그런 획일화
된 일상이 우리들의 정신과 인간적 만남을 어떻게 황폐화시키고 있는
지를 폭로하고 있다. "어제와도 달라진 것이 아무 것도 없"는 '그'의
하루를 다루고 있는 「오후, 마구 뒤섞인」, 일상에 안주하여 23세 이전
의 삶을 상실한 중년여인의 삶을 다루고 있는 「잠든 밤에도 비는 내리
기 때문이겠지요」, "유행과 타성에 젖은" 연애를 다루고 있는 「아우라
지」 등이 그 대표적인 작품이다. 작가는 획일화된 이런 일상이 던지는
전율할 정도의 암울한 상황을 「검은 물 갇힌 강」이라는 다소 알레고리
적인 작품을 통해 함축적으로 제시하고 있다. 자귀나무 밑에서 비닐의
공기방울을 하염없이 터뜨리고 있는 노파, 끝도 없이 검은 빨래를 널
고 있는 어깨 굽은 사마귀 여인, 열 한 개의 전봇대 숫자를 헤아리는
벙어리 아이의 모습은 폐허화된 일상에서 지겨운 삶을 반복적으로 살

아가는 우리들의 자화상일 것이다. 구효서의 인물들은 이런 획일화된 일상에 절망하고 그것으로부터의 탈출을 욕망한다. 그리하여 인물들은 슬리퍼를 신은 채 파리로 사라지거나(「그녀는 누구와도 다르지 않았다」), 격렬한 섹스에 매달리거나(「아우라지」, 「나무남자의 아내」), 살해충동 내지 자살충동에 휘말린다(「물 속 페르시아 고양이」, 「오후, 마구 뒤섞인」).

그렇다면 작가가 지향하는 탈일상의 세계는 어떤 곳일까? 「나무남자의 아내」를 통해 작가는 그 해답을 제시하고 있다. 침향을 구하기 위해 선운사에 온 '나'는 나무남자와 그의 아내를 만난다. 나무남자의 아버지가 월북한 아내 때문에 산으로 쫓겨다니다가 어린 그를 구하고 동사한 이후, 그는 아버지가 남긴 그림 속의 고향집을 지킨다. 하지만 자식을 낳을 수 없다는 사실을 알고 난 뒤 광포한 섹스에 집착한다. 그러다가 고향집의 고욤나무가 죽어버리자 똑같은 나무를 찾아 온 나라를 헤맨다. 그의 아내는 그런 남자를 기다리면서 집을 지키고 있다. 이런 줄거리에서 주목되는 것은 나무남자와 그의 아내가 갖는 야성적 이미지이다.

(i) 강렬하고도 눈부신 갈볕이 그녀의 예사롭잖은 콧날이며 어깨며 무릎에 떨어져내렸다. 그녀의 피부가 온통 주황색으로 물들어 있었다. 164센티미터 정도의 키. 거칠지만 매우 탄력 있는 피부. 저 나이에 어쩜 저리도 싱싱한 야성을 오롯이 간직할 수 있는 걸까. 흔히 하는 말로 늘씬하거나 잘 빠진 몸매는 아니었지만, 그녀에겐 무시할 수 없는 관능미라는 게 있었다. 그녀의 경우로 보자면 관능미란 건 아름다움과 아무런 상관이 없는 것이었다. (p. 35)

(ii) 사내의 덩치는 비현실적인 만큼 컸다. 헝클어진 머리와 맹수 같은 눈빛과 남루한 옷차림 때문에 터무니없이 과장돼보였던 건지도 모르지만 하여튼 그의 존재는 지극히 비현실적으로 느껴졌다. 특히 그의 등덜미는 하마의 어깨처럼 펀펀하고 거름때가 켜로 앉아 있어서 당장에라도 그곳에서 외떡잎식물들이 쑥쑥 자라오를 것만 같았으니까. (pp. 68~69)

맹수 같은 나무남자나 아름다움과 상관없는 야성적 관능미를 가진 그의 아내는 이성적이고 합리적인 일상의 틀에서는 볼 수 없는 비현실적인 인물들이다. 그러나 이들에게서 우리는 "수천만 개의 이론으로도 풀 수 없는 생육과 번성의 신비"를 느낄 수 있고, "불모의 육신"을 "새 생명의 대지"로 변화시키는 모성적 생명력을 감지할 수 있다.

이들이 지닌 야성적 생명력은 정보 메커니즘이 지배하는 일상, 곧 이성적이고 의식적인 시각에서 볼 때 결코 포착되거나 존재할 수 없는 신비로운 것일 뿐이다. 그러나 시선을 일상에 의해 억압되고 추방된 '무의식의 세계'로 돌릴 때, 그것은 시간과 공간을 초월하여 항상 우리들 곁에 살아 숨쉬는 것이다. 마치 그것은 "영원의 세월을 가로질러온 향기"인 '침향'과 같은 것이다.

이 침향은 물 속에서 몇백 년을 묵다가 떠올라온 참나무를 말린 것이라고 한다. 물도 그냥 물이 아니라, 저 동쪽의 노령산맥의 골짜구니에서 흘러내려오는 육수(陸水)와 산협 사이를 10여리 거슬러 기어올라오던 황해의 조류가 서로 만나 합수(合水)치는 장수강(長水江)이란 곳에 묻혀 있었던 거라는 것.

　　그냥 어쩌다 묻힌 것도 아니고 먼 조상님네들이 묻어놨다는 것인데, 3, 4백 년 뒤에 날 후손들의 코요기를 위해 열심히 참나무를 강물에 담그던 그 선인들의 '영원 표준의 인생관과 실천'이 얼마나 아름다운 거냐고 (p. 37)

　　시간과 공간을 초월하여 "저승의 그리운 사람에까지도 날아 갈 수 있는" 침향은 메말라 있던 연못에 장마 때 일주일 정도 물이 고이면 연못을 가득 채우는 새우나, 탁발 스님의 시신을 거름으로 해서 싹을 띄운 염주밭과 함께, 일상을 지배하는 과학적이고 이성적인 사유의 틀을 넘어 탈문명과 탈역사의 자리에 설 때 언제든지 그 현현을 맛볼 수 있는 원시적 생명력의 세계이다.

　　그러나 그 세계는 "군집한 풍천 장어집들에서 흘러나온 느끼한 양념장 냄새가 바람을 타고 들판으로 끝없이" 빠져나가는 '장수강'처럼, 정보 메커니즘의 획일화된 일상에 의해 황폐화되고 추방당했다. 작가는 그런 사라진 세계를 지향한다. 그러나 그 세계로 나아갈 수 없다. 작가는 이런 상황을 「아우라지」에서 다음과 같이 침울하게 진술하고 있다.

　　건너고 싶다는 욕망이 아니었다. 문제는 건널 수 없다는 데 있었던 것 같다. 이제는 더 이상 왕래하지 못하게 된 빈 배를 봄으로써 물줄기가 갑자기 그리고 온전히 단절의 이미지로 돌변해버렸던 건 아니었을까. (pp. 225~226)

　　더 이상 강을 건널 수 없는 빈 배와 같은 상황, 그리고 노인의 죽음이 있는 상황, 그런 상황이 지금 우리가 처한 일상이다. 각종의 정보 메커니즘에 의해 모든 것이 획일적인 코드 기호로 전락한 상황에서 원시적 생명의 세계로 나아갈 길은 없다. 다만 죽음과도 같은 절망적 일상만이 우리를 옭아매고 있다. 사라진 정선아라리의 세계.

살아도 살아도 막막하기만 한 삶, 산과 들을 헤매며 허위허위 목숨을 이어도 끝내는 이 땅에서의 한스런 삶과 새끼 몇 낱만 고스란히 남기고 훌쩍 저승의 깊은 수렁에 빠져버리고 말 인생, 시작도 끝도 알지 못할 무작정한 탄생과 소멸의 순환 속에 우연처럼 던져졌다가 우연처럼 거두어지고 말 목숨. 산다는 것, 존재한다는 것의 거추장스럽고 버거운 오의(奧義)가 가슴속 깊은 곳을 검은 강물처럼 흐르며 쓰리고 아린 생채기를 낼 때마다 그들은 한숨처럼 체념처럼 노래를 불렀을 것이다.(p. 223)

'정선아라리'는 삶에 힘들게 부대낄 때 위안을 주는 노래이다. 그 노래는 시공을 초월하여 영원한 생명의 세계에 설 때, 인간이란 영겁에 걸친 "탄생과 소멸의 순환" 속에 우연히 내던져 진 한 존재에 불과하다는 것을 깨우쳐 준다. 그러면서 주어진 삶에 대한 애착을 가지게 한다. 그러나 그런 노래는 합리적 이성과 과학문명으로 무장한 이 세계에 의해 사라져버렸다. 이제 정선아라리의 세계와 획일화된 일상 간에 깊은 단절의 거리가 자리잡고 있다. 이 자리에서 작가는 「애수의 소야곡」을 통해 우리 시대의 소설쓰기는 무엇인가를 묻고 있다.

연인으로든 은인으로든, 아니면 원수로라도 꼭 만나야만 될 사람처럼 여겨졌습니다. 그녀는 왠지 내 운명의 비기(秘記) 같은 것을 지니고 있을 것만 같았습니다. 아무런 이유도 까닭도 없이, 정체도 모를 한 인물에게, 내 혼을 그토록 순식간에 빼앗길 수 있다니요. (p. 248)

포장마차에서 한순간에 사로잡힌 그녀를 만나기 위해, 스스로 포장마차를 열고 나타나지 않을지도 모르는 그녀를 기다리는 포장마차 주인의 태도야말로 구효서가 지향하는 소설쓰기이다. 획일화된 일상에는 부재하는 원시적 생명력이 넘쳐 흐르는 세계, 그곳으로 건너갈 수 있는 통로가 사라진 세계, 그러나 언젠가는 뚜렷한 실체로 다가올지도 모를 세계, 그런 세계를 작가는 강렬히 욕망하면서 그 현현을 위해 소설을 쓰고 있는 것이다. 그러기에 구효서의 이번 작품은 일상의 틀에 길들여진 우리들이 잊고 있던 아름다운 원시적 생명의 세계를 '정선아라리'처럼 아련히, 그러면서 강렬히 떠올려주고, 이를 통해 우리들의 삶이 얼마나 황폐하고 삭막한가를 깨우쳐주고 있다.

4. 근대적 악과 카니발적 축제의 대결: 성석제,『궁전의 새』

1960년대, 그것도 농촌하면 떠오르는 이미지는 무엇일까? 그 시절에 어린시절을 보낸 이들에게 있어서, 각자의 생활환경에 따른 차이는 있겠지만, 대부분 가난함, 배고픔 따위와 같은 이미지를 떠올릴 것이다. 한때 풍요의 시대를 누리던 한국사회가 경제식민지로 전락하면서 모든 것이 붕괴되는 지점에 이르자, 1960년대의 가난은 지금의 고통을 참을 수 있는 하나의 상징적 지표로 부상하게 되어 곧잘 소설작품의 배경으로 등장하고 있다.

성석제의 장편소설 『궁전의 새』(하늘연못, 1998)도 1960년대의 농촌을 배경으로 하고 있다. 이 소설에도 배고픔, 가난 등의 이미지가 등장한다. 그러나 그것은 작품의 시대적 배경과 관련된 소품적 장치에 불과하다. 성석제는 지독하게 가난한 시절을 그리면서, 그 가난 속에 내포된 민중의 카니발적 축제와 그들의 인간적 따스함, 그리고 사랑의 노래를 낭송하고 있다. 그것도 익살맞은 이야기꾼이 들려주는 구수한 이야기처럼, 특유의 재담 넘치는 표현과 빠르면서도 기발한 사건전개를 통해 아주 재미있게 그 노래를 들려주고 있다. 우리는 웃으면서 그 노래를 듣고, 그리고는 그 노래 속에 담긴 어떤 강렬한 메시지에 진한 감동을 느낄 수 있다.

이 작품은 두 편의 중편이 연작형을 이룬 장편소설로, 두 편을 이끌어 가는 중심인물은 장원두라는 착하고 영리한 어린 소년이다. 대가족 제도하에서, 소년의 할아버지는 '장풍원댁 샌님'으로 통하는 후덕하고 자상한 인물이면서 동네에서 가장 큰 부자이다. 초등학생인 소년은 염소를 늘 키우면서, 동년배 친구인 한주를 악동처럼 놀리고, 한주의 누나인 고등학생 명주를 신부로 생각하는 조숙한 아이이다. 두 편 모두 1960년대의 변두리 농촌인 은천리를 배경으로 하면서, 1부 「어떤 도둑과 40마리의 염소」에서는 소년과 키타 리와의 만남과 이별을, 2부 「궁전의 새」에서는 소년과 바보 진용이와의 만남과 이별, 그리고 성인이 된 이후의 후기를 중심내용으로 하고 있다.

두 편 모두에서 악한으로 등장하는 인물은 "중학학력 인정 농업중학교" 교장인 '깡다구'이다. 그는 "농업기술의 개척자"이자 "전통의 파괴자"로 카니발적 세계와 대립하는 인물이다. 곧 그는 1960년대의 정치적 슬로건인 '조국 근대화'에 발맞추어 학생들에게 근대적인 농업 및 과수원 기술을 전수하면서, 읍내에서 유일하게 오토바이를 타고 돌아다니는 인물이다. 여기서 과학적 합리성으로 표상되는 근대적 세계의 표지물인 깡다구는 이 소설에서 악한으로 묘사되고 있다. 작가는 1960년대 근대화의 기수들이 대부분 깡다구 하나로 가난을 물리치고 오늘날의 풍요로움을 이루었고, 그런 반면 그들에 의해 온갖 악행이 자행되었다는 것을 암시하기 위해 '깡다구'라는 인명을 시니컬하게 사용하고 있는 것이다. 이 근대적 악의 세계에 대립하여 전통적이면서 낭만적이라 할 수 있는 세계, 곧 근대합리적 세계에서 일탈된 일종의 카니발적 축제의 세계를 지향하는 인물이 키타 리와 바보 진용이다. 그 대립의 경계선에서 대립의 완충작용을 하는 인물이 소년의 할아버지이다. 할아버지의 죽음으로 인해 두 세계의 대립은 끝장난다. 1부에서의 대립은 근대적 악의 승리로, 2부에서는 카니발적 세계의 승리로 각각 귀결된다.

1부에서 카니발적 세계를 지향하는 인물은 기타를 치면서 "세상의 끝에서 끝으로 방랑하는 사나이"인 키타 리이다. 어머니와 단 둘이 찢어지게 가난하게 사는 키타 리는 근대합리적 삶과는 동떨어진 삶을 살아간다. 그 삶을 상징하는 것이 기타이다. 그는 이 기타로 인해 은천리에서 추방당한다. 그 사건의 전모는 다음과 같다. 어느 날 제1회 은천 읍민 노래자랑대회가 열리게 되고, 키타 리는 그 대회에 나가 일등을 하려고 하지만 참가비를 마련하지 못한다. 여기서 소년 원두가 자신의 집 식량을 도둑질하여 참가비를 마련해준 덕택으로 키타 리는 대회에 참가할 수 있게 된다. 모두가 흔해 빠진 국내대중가요를 부르는데, 키타 리만 기타를 치면서 '버닝 러브'라는 팝송을 부른다. 결국 키타 리는 읍내사람들에 의해 '미친놈' 취급을 당하면서 실격당하고, 이로 인해 키타 리의 꿈과 소년의 희망도 무참히 깨진다. 카니발적 꿈의 좌절은 결정적으로 깡다구에 의해 자행된다. 원두가 깡다구네 과수원에서 수박 서리를 하다가 잡힌다. 깡다구는 수박 서리를 한 원두에게 배후자가 누구이며 어떤 모의를 했느냐를 집요하게 추궁하면서, 원두를 절도범으로 경찰서에 고발한다. 한마디로 깡다구는 카니발적 낭만과는 철저하게 동떨어진 합리적 법체계만을 고수하는 인물인 것이다. 원두는 그의 폭력 앞에서 급기야 배후자로 키타 리를 들먹이게 되고, 이로 인해 키타 리는 깡다구에게 무자비한 폭행을 당한다. 폭행을 당한 직후, 키타 리는 고등학생 명주와 야반도주를 하다가 깡다구에 의해 잡혀온다. 결국 키타 리는 그의 어머니와 은천리를 떠나게 되고, 명주는 방안에 갇히는 신세가 된다. 1부 말미에서 키타 리가 소년 원두에게 선물한 장난감, 곧 살아있는 뱀의 입을 꿰맨 장난감은 카니발적 낭만의 좌절을 상징한다. 뱀과 기타라는 근대합리성의 세계에서 볼 때, 열심히 일하지 않고 놀고 먹는 부랑자이자, 근대적 질서를 위협하는 카니발적 축제의 요소를 내포하고 있는 것이다.

2부에서 카니발적 세계를 지향하는 인물은 바보 진용이다. 원두보다 나이가 많지만 원두와 같은 초등학생인 진용은 활로 사냥을 하면서 끼니를 겨우 연명하고, 술주정뱅이 아버지에게 허구한 날 매를 맞는다. 말마저 더듬는 진용은 깡다구로 표상되는 근대적 질서에 적응하지 못한 채, 철저하게 바보취급을 당한다. 그것은 세 가지 사건으로 압축되어 제시되고 있다. 첫 번째 사건은 당시 초등학교에서 벌어진 '혼식분식운동'이다. 가난한 진용은 도시락을 싸 가지 못해, 점심시간 도시락 검사 때마다 손바닥을 맞는다. 그러다가 그의 생일날 어렵게 어머니가 마련해준 도시락을 가지고 갔다가, 겉에 드러난 흰쌀밥으로 인해 도시락을 선생님에게 압수당한다. 그러나 점심시간이 끝날 무렵 도시락을 돌려받다가 떨어뜨리면서 드러난 진용의 도시락은 겉만 쌀밥이지 속은 시커먼 보리밥인 것으로 판명된다. 이후 진용은 두 번 다시 도시락을 싸오지 않는다. 두 번째 사건은 성당에서 벌어진다. 은천리에 처음 들어온 성당에서 먹을 것을 준다는 소문에 진용이는 원두와 같이 미사에 참석한다. 그러나 성당에서 진용은 바보이자 문제아 취급을 당하면서 배척된다. 진용이를 근대적 합리성의 세계로부터 일탈시키는 마지막 사건이 깡다구에 의해 벌어진다. 진용의 아버지가 깡다구를 폭행하여 감옥에 갇히게 되면서 진용은 근대적 질서와의 대결에서 완전히 패배하게 된다.

그러나 진용은 패배하지 않는다. 그는 끝까지 바보로 살지만, 그 대결에서 궁극적인 승리자가 된다. 은천리를 떠난 진용은 기술을 익혀 돈을 번 뒤, "웃음을 잃은 여학생"인 운용을 아내로 맞이하여 다시 은천리로 돌아온다. 돌아온 그는 철저히 바보짓을 한다. 정부에서 닭을 키우라고 권장하면 돼지를 키우고, 돼지를 키워라 권장하면 소를 키움으로써 많은 돈을 벌게 되고, 결국 은천리에 그만의 궁전을 가지게 된다. 근대적 질서로부터 일탈하여 철저하게 카니발적 세계의 광대로 살아가는 진용의 궁전에는 온갖 짐승들과 새들이 어울려 평화롭게 공존한다. 그 궁전에서 진용은 "새들을 거느리고 한 번 떴다 하면 구만리 장천을 나는 붕(鵬)처럼 고고"하게 살아간다. 근대적 악과 대결하여 승리한 카니발적 궁전의 세계, 그 세계야말로 근대의 물질적 풍요로움에 눈먼 우리들이 잊고 있는 진정한 삶의 공간이며, 오늘 우리가 지향해야 할 축제의 공간일 것이다. 성석제는 1960년대의 농촌을 배경으로

하여 이야기를 아주 재미있게 이끌어 나가면서, 넌지시, 그리고 강렬하게 이 아름다운 축제의 공간이 내포하고 있는 황홀경의 세계로 우리를 이끌고 있는 것이다.

5. 획일화된 욕망, 원초적 고향에 대한 욕망:
이승우, 『목련공원』

우리는 살아가면서 많은 것들을 욕망하고 있다. 좋은 집, 화목한 가정, 훌륭한 직장 등, 삶의 매순간마다 그런 욕망에 사로잡혀 그것을 어떻게 하든지 실현시키고자 몸부림치고 있다. 그런데 그런 욕망들은 어쩌면 우리의 삶을 옭아매고 있는 자본주의 지배체제에 의해 획일화된 욕망에 불과한 것이 아닐까? 그리하여 그런 욕망에 매달릴수록 우리들은 더욱 지배체제의 올가미 속에 함몰되어가는 것은 아닐까? 만약 그러하다면 그런 지배체제에 의해 오염된 욕망이 아닌, 우리가 지배체제의 모순을 인식하고 그 모순극복을 통해 진정으로 행복한 삶을 누릴수 있도록 하는 욕망은 무엇일까?

여덟 편의 단편이 실린 이승우의 다섯 번째 소설집인 『목련공원』(문이당, 1998)은 이런 획일화된 일상의 욕망과 그 욕망으로부터의 일탈을 통해 우리가 진정으로 지향해야 할 욕망의 세계가 무엇인지를 문제삼고 있다. 단편 「목련공원」에는 두 가지 사건이 대칭되고 있다. 먼저 "오로지 자기 소유의 집을 한 채 소망했고, 그 소망 하나를 등불처럼 가슴에 걸고 모든 것을 유예한 채 살아온" 손윗동서가 집을 마련하자마자 암에 걸려 죽는 것이 그 하나이다. 다른 하나는 '나'와 불륜의 관계를 맺던 찻집 '목련'의 여자가 결혼식 날 탈영병이자 옛 애인에 의해 인질로 끌려가는 것이다. 결혼식과 장례식이라는 인생의 새로운 출발과 그 끝을 대응시키면서, 작가는 결국 인간들은 물욕이든 육욕이든 모두 강렬한 소유욕에 의해 "죽음에 몸을 포식"당하고 있다고 비판을 가하고 있는 것이다. 이들 모두는 불같이 뜨거운 정사의 대가로 목숨을 내놓는 수컷 사마귀와 그 수컷을 통째로 먹어 치우는 암컷 사마귀처럼 모두 "한 순간의 흥분과 쾌락"을 위해 자신의 목숨을 바치는 존재들에 불과하다는 것이다.

이처럼 이승우의 이번 소설집에 실린 작품들은 우리가 살아가면서 욕망하는 것들이 우리 삶에 어떤 의미를 띠며, 그런 욕망을 벗어나는 길은 무엇인가 하는 하나의 주제를 집요하게 파고들고 있다. 먼저 작가는 획일화된 욕망, 이른바 지배체제에 의해 길들여진 세속적이고 도시적인 욕망에 대해 비판적 입장을 취하고 있다. 「마음속의 지도」의 정우식이 그 단적인 예인데, 그는 어린시절 아버지가 죽은 고향바다를 떠나 도시로 상경하여 세속적 욕망에 휩쓸린 채 삶을 살아간다. 그러다가 그런 욕망이 덧없음을 깨닫고 서울에서 200킬로미터 떨어진 강변 오피스텔에서 은둔생활을 하지만 결국 세속적 욕망의 덫에서 벗어나지 못한 채 그 세계로 복귀하고 만다. 이처럼 정우식이 세속적 욕망의 세계로부터 벗어나지 못하는 이유는 그 욕망이 거대한 사회제도에 의해 길들여진 것이기 때문이다. 망구스족이 '그의 뜻'으로 상징되는 사회제도에 의해 점점 길들여져 가는 과정을 알레고리적으로 그리고 있는 「먹을 수 있는 것과 먹을 수 없는 것」은 지배체제에 의한 욕망의 획일화 과정을 잘 보여주면서, 지배체제의 틀을 파괴시킬 수 있는 행위나 욕망은 지배체제 유지를 위해 금기시되고 억압될 수밖에 없음을 강조하고 있다. 그러니까 정우식의 세속도시로의 복귀는 거대하면서도 강력한 지배체제에 의해 구축된 덫을 벗어나는 것이 불가능하기 때문에 어쩔 수 없는 것이다.

만약 지배체제에 의해 획일화된 욕망을 거부하고 그것으로부터 일탈을 꿈꾼다면 그런 구성원은 철저하게 추방당하거나 배척당할 수밖에 없다. 「모란공원」의 찻집여자의 경우는 물론이고, 「샘섬」에서 한국전쟁 당시 사랑하는 여자에 대한 소유욕으로 인해 마을청년을 몰살시키고 아름다운 샘섬을 황폐화시킨 김일중의 경우나, 대중문화의 작태를 비판하고 그 세계로부터의 일탈을 욕망하면서 S와 불륜의 관계를 맺다 호텔 화재사건으로 실종되는 「Y의 경우」의 주인공 Y가 모두 그런 인물에 속한다.

그렇다면 지배체제에 의해 획일화된 욕망으로부터 벗어나 진정 인간다운 삶을 누릴 수 있는 욕망은 무엇일까? 일탈에의 욕망이 삶의 파탄 내지 죽음으로 귀결되는 자리에서 어쩌면 일탈을 욕망하고 그것을 실천한다는 것은 애초에 불가능한 것인지도 모른다. 특히 교활하면서도 음흉한 자본주의 지배체제에 의해 획일화된 세속적 욕망의 틀은 워낙 견고하기에 그 틀을 벗어나 다른 어떤 행복된 세계를 꿈꾼다는 것은 죽음을 담보로 한 위험한 행위가 아닐 수 없다.

그러나 작가는 그 가능성을 타진해보는 위험한 일을 감행하고 있다. 「목련공원」의 찻집여자의 예에서 보았듯이, 작가는 획일화된 욕망에서 벗어나되 목적 없는 맹목적인 일탈을 거부하고 있다. 대신 그는 목적 있는 욕망, 곧 자본주의의 세속적 욕망을 무너뜨리고 새로운 세계를 건설하고자 하는 욕망을 지녀야 한다고 주장하고 있다. 작가가 지향하는 새로운 세계의 구체적 모습이 「마음속의 지도」에 제시되어 있다. 그것은 표면적으로 아버지가 죽은 고향바다로 형상화되어 있다. 그러나 그것은 단순한 물리적 고향으로서의 의미를 넘어서고 있다. 그 바다는 "생명의 원천이며 동시에 죽음의 묘지인, 그 완전한 모성, 위대한 어머니의 바다"로 심화, 확대되어 있다.

어머니의 바다란 무엇인가? 흔히 '요나 콤플렉스'에 비유되듯, 그것은 모든 인간들이 꿈꾸는 어머니의 자궁 속과 같은 원초적 고향에 해당된다. 그곳은 인간과 인간, 인간과 사물이 동일성을 이루면서 조화롭게 공존하는 공간으로, 모든 인류가 꿈에도 잊지 못하고 그리워하는 시원의 공간이다. 그곳은 인간과 자연의 이항대립을 근간으로 하는 자본주의의 지배체제가 해체된 공간으로, 우리가 자본주의의 획일화된 욕망으로부터 벗어날 때 도달할 수 있는 유토피아적 세계이다.

자본주의 지배체제에 의해 획일화된 욕망으로부터 벗어나기 위해서는 그 지배체제에 오염되지 않은 욕망, 곧 우리가 어머니 자궁 속에 있을 때의 욕망, 혹은 우리의 무의식 속에 내재되어 있는 시원의 공간에 대한 욕망을 회복해야 함을 작가는 강력하게 주장하고 있는 것이다. 그러면서 작가는 그 공간에 도달할 수 있는 방법을 두 편의 알레고리 소설인 「갇힌 길」, 「당신에게 가는 길」에서 제시하고 있다. 「갇힌 길」에서 댄서인 애인의 변심으로 치욕스러움을 당한 '나'는 친구 P를 찾아 천산이라는 마을을 가지만 그를 만나지 못하고 배타적인 마을사람들에 의해 절벽 아래로 떨어지게 된다. 떨어지는 그 순간 '나'는 이제껏 "욕망과 치욕의 집"에 얽매여 있었음을 깨닫고, 그것을 버릴 때 "바람과 물과 풀과 공기와 구름과 나무가 한 몸처럼 어울려서 만들어내는 소리", 즉 "천상의 음악" 소리를 듣게 된다. 한편 「당신에게 가는 길」에서 '나'는 강력한 도시의 사법제도에 의해 획일화된 욕망, 곧 "어떤 것

을 얻으려는 욕망과 동경"에 입각한 "소유욕에 의한 사랑"에만 길들여
져 있다. 그러다가 "헌신적이고 조건 없는 사랑"을 베푸는 E라는 여인
을·만나고, 그러면서 축제날 "오물의 늪"에 빠진 대가로 추방당하게 되
면서, 자신의 욕망이 도시의 사법제도에 의해 길들여진 것임을 깨닫는
다. 그 깨달음에 도달하는 과정에서 '나'는 "몸과 정신이 탈진되는 상
태"인 "정신의 황무지" 상태에 도달하게 되고, 그 순간 "매혹적인 불
꽃"으로 화한 E를 만나게 되는 것이다.

이 두 편의 소설을 통해 작가는 우리가 어머니의 자궁 속 같은 시원
의 공간에 도달하기 위해서는 자본주의 지배체제에 의해 획일화된 욕
망과 소유욕을 버리고, 우리 스스로를 새롭게 거듭 태어나게 해야 한
다는 것을 강조하고 있다. 지배체제의 욕망을 버린다는 것은 현실적
삶의 거부를 의미하며, 그 거부는 필연적으로 정신적, 육체적 탈진상
태를 동·반하기 마련이다. 그 가혹한 과정을 거치면서, 지배체제의 욕
망에 오염된 우리의 몸과 정신이 그 오염을 벗고 거듭 태어날 때, 인간
과 인간, 인간과 사물이 동일성을 이루는 원초적 공간을 현실화할 수
있는 것이다.

자본주의는 어쩌면 자본에 의해 획일화된 욕망의 연쇄고리에 의해
지탱되는 것인지도 모른다. 욕망이 욕망을 낳고 그 과정에서 이전투구
가 벌어지는 사회, 그 욕망의 악순환 고리에 갇혀 우리는 우리의 삶을
탕진하고 있는 것이다. 이승우는 이번 소설집을 통해, 우리가 잊고 있
던 원초적 고향에 대한 강렬한 욕망을 드러낼 때, 그리하여 그 욕망을
현실화시키기 위해 스스로를 가혹하게 담금질할 때, 자본주의에 의해
획일화된 덫으로부터 벗어나 진정으로 인간다운 삶을 누릴 수 있는 세
계에 도달할 수 있음을 강조하고 있다.

6. 일상에서 잃어버린 황홀한 향기:
최윤『열세 가지 이름의 꽃향기』

혹시 우리들은 타성에 젖어 기계처럼 반복되는 일상을 살아가는 노예들은 아닐까? 이 물음을 던지는 순간, 일상은 우리의 순수한 영혼과 정신을 갉아먹는 무시무시한 괴물로 다가온다. 그러면서 일상이라는 가공할 정도로 흉측스러운 실체의 비밀을 파헤칠 입구에 들어서게 된다. 각종 정보 메커니즘이 삶의 곳곳에 침투하여 유폐적 그물망을 이루고 우리를 지배하고 있다는 것, 그런 규격화되고 획일화된 일상의 완고한 틀에 얽매여 진정한 꿈과 욕망을 상실한 채 자동인형처럼 무의지적으로 살아가고 있다는 것을 깨닫게 된다. 그리하여 '나'만의 개성적이고 주체적인 삶을 살아가기 위해 일상으로부터의 일탈을 꿈꾼다. 그러나 일상의 덫은 너무도 강력히 우리를 옥죄고 있기에 그 꿈을 실현하는 것은 결코 쉬운 일이 아니다. 막막함과 절망감. 그럴 때 최윤의 소설집『열세 가지 이름의 꽃향기』(문학과 지성사, 1999)가 우리들 곁에서 매혹적인 향기를 풍기고 있다.

모두 8편의 작품이 수록된 이번 소설집은 회색빛 일상의 틀에 길들여진 우리가 잊고 있던 아름다운 향기로 채색되어 있다. 먼저「전쟁들: 그늘 속 여인의 목선」을 보자. 군에 있는 남자친구를 면회하러 간 소읍에서 탈영병 때문에 남자친구를 만나지 못한다. 그런데 버스를 기다리면서 어린시절 친구의 어머니임직한, 거리에서 나물을 파는 여인을 만난다. 그 여인은 의사인 남편을 버리고 파월 상이군인 중의 한 사람과 가정을 버리고 도망을 간 인물이다. 여기서 탈영병과 친구의 어머니는 바로 일상의 틀로부터 탈출하려는 인물이다. 작가는 이 작품에서 일상을 군대에 비유하고 있다. "동물의 기성을 닮은 기합 든 발성을 당연하게 받아들이고, 거친 은어와 근육과 몸의 복종을 아름답게 생각해야 하는 그런 지대"(p. 155)가 군대이다. 획일화되고 규격화된 군대의 틀에 길들여진 남자친구의 모습, 그것은 일상의 틀에 길들여진 바로 우리들 자신의 모습이자 여자주인공의 모습이다. 그것을 깨닫는 순간 "의식 저 속에 숨어있던 막막함"에 당황하게 된다. 탈영병과 친구의 어머니는 그런 일상의 막막함으로부터 자신을 되찾기 위해 일탈을 감행한 것이다.

이처럼 이번 소실집에 실린 작품들은 모두 일상을 기계화되고 비인간화된 죽음과 같은 것으로 파악하고 그것으로부터의 일탈을 감행하는 것을 중심내용으로 삼고 있다. 그렇다면 작가가 일상으로부터의 탈출을 통해 얻고자 하는 것은 무엇일까? 알레고리 소설인 「열세 가지 이름의 꽃향기 」에 제시된 황홀한 향기의 세계가 그것이다.

> 깊은 바닷속의 고요를 연상시키는 바다향, 광대한 고원 지대를 달리는 바람의 순수성을 불러일으킨다는 바람향, 고생대 낙원의 원시적 희열로 인도하는 파라향, 시간의 저편에 묻혀 있던 아스라한 기억을 되살려주는 아스라향……(p. 74)

'열세 가지 이름의 꽃향기' 는 인간과 자연이 함께 어우러져 평화롭게 공존하는 인류의 원초적 고향에서 풍겨 나오는 향기이다. 그 향기에 대한 강렬한 지향성이 "타성의 두꺼워진 각질을 뚫고" 나와 일상으로부터의 일탈을 꾀하게 하는 것이다. 그러나 그런 일탈의 대가로는 파멸만 있을 뿐이다. 탈영병이나 친구 어머니의 모습이 그 예이다. 하지만 파멸이 기다린다 하더라도 한번 그 향기에 매혹된 이상, 일상에의 적응은 불가능한 것이 되고 일탈에의 꿈은 결코 포기할 수 없는 운명적인 것으로 다가온다.

그런데 아름다운 향기는 일상에 부재한다. 부재하는 향기를 일상에서 되찾는 방법은 두 가지이다. 먼저 일상에의 안주를 거부하고 자신의 젊은 시절의 꿈을 마침내 실현시키는 인물인 '하나코'(「하나코는 없다」)처럼, 일상의 모든 안락함을 거부하고 끝까지 향기에 대한 꿈을 유지하는 것이다. 다음, 그 향기는 일상 저 너머 어떤 추상적 공간에 있는 것이 아니라는 깨달음이다. 그것은 "열한 개의 햇살이 비치는 파랑색 바다"를 그린 초등학교 교실의 그림처럼(「전쟁들: 그늘 속 여인의 목선」), 혹은 "봄에 꽃이 피고 가을에 솔방울 같은 열매가 열리는" 잣나무처럼(「전쟁들: 숲속의 빈터」), 일상의 곳곳에 산재해 있다. 다만 일상의 덫에 함몰된 우리들이 그 존재를 감지하지 못할 뿐이다. 따라서 아름다운 향기를 집요하게 꿈꾸면서 그것을 강렬히 지향할 때, 그 향기는 삭막한 일상의 틈새를 뚫고 우리들에게 다가올 것이다. 최윤의 이번 소설집은 그런 황홀한 향기를 각질화된 일상에 흘려보내면서, 그 매혹적인 세계로 우리들을 강렬히 유혹하고 있다.

7. 어둠 속의 빛을 찾아서

위기는 기회라는 말이 있다. 이제 다시 더 이상 시대를 피상적으로 읽는 소설은 필요 없다. 그런 소설은 독자로서의 우리도 외면해야 할 것이다. 절망적 상황을 돌파하려는 소설, 그 돌파의 방법을 본질적 모순에 대한 천착에서 찾는 소설이야말로 지금의 우리 소설이 취해야 할 태도이다. 상업주의와 한탕주의, 그리고 패권주의로 썩을 대로 썩은 우리 문학도 뼈아픈 자기반성을 통해 거듭 태어나야 한다. 어쩌면 이 위기상황은 그 동안 부패할 대로 부패한 우리 사회와 문화, 그리고 문학의 총체적 모순을 그 뿌리로부터 근절시킬 수 있는 기회가 될 것이다. 그 동안 무책임하게 자신의 문학적 출세와 상업적 부만을 위해 달려온 작가들은 도태되어야 할 것이다. 그들이 다시 위기의 시대 운운하면서 자신의 기득권을 유지하려 한다면, 그것은 결코 용납되어서는 안 된다. 시대는 매우 춥고 어둡다. 모든 것이 무너지고 모든 것이 얼어붙는 이 혹한의 어둠 속에서 우리는 마냥 절망하고 있을 수는 없다. 지금까지의 잘못을 깨닫고 그 잘못을 시정하면서 환골탈퇴할 때, 이 절망과 어둠도 이겨내고 새로운 해빙기를 맞이할 수 있을 것이다. 새로운 이념적 좌표로 이 어둠의 시대를 밝혀줄 수 있는 한줄기 생명수와 같은 빛이 너무도 그리운 때이다.

한국 페미니즘 소설의 위상과 방향

1. 삼종지의와 여성억압

삼종지의(三從之義)라는 단어를 누구나 다 알 것이다. 여자가 지켜야 할 도리로, 어려서는 아버지를, 결혼해서는 남편을, 남편이 죽은 뒤에는 아들을 따르는 것이다. 이 단어야말로 '도리'라는 미명하에 여성의 사회적 지위를 철저히 구속하고 억압하는 논법으로, 전근대적 사회인 조선시대에서나 통용될 수 있는 것이다. 그런데 이 단어가 개인의 자유를 근간으로 삼는 '근대' 한국사회에서도 여전히 통용될 뿐만 아니라, 심지어 '마땅히 그러해야 한다'는 당위규범 내지 제도로 받아들여지고 있다.

여성의 사회적 억압과 차별은 한국사회에서만 벌어지는 것이 아니다. 그것은 근대자본주의를 생산토대로 삼는 곳에서는 정도의 차이만 있을 뿐이지 그 뿌리를 공고히 뻗치고 있다. 이에 따라 근대 이후 억압된 여성의 해방을 주장하는 운동은 줄기차게 지속되어 오고 있다. 그러면서 그것은 시대와 지역에 따라 각기 다른 특징을 띠고 등장하였다.

가부장제 사회질서 속에서 억압받는 여성의 해방운동은 오랜 역사를 가지고 있는 만큼, 페미니즘(feminism)을 여성해방과 곧바로 동일시할 경우, 그것이 갖는 특수한 측면은 사상되기 마련이다. 여성해방운동의 긴 역사적 과정에서 많은 특수한 방법론이 등장하였고, 페미니즘은 최근에 대두된 한 방법론으로 여타의 방법들과는 다른 특수성을 지니고 있다. 그 특수성은 페미니즘을 배태시킨 당대의 사회문화적 맥락과 관계가 있으며, 그에 따른 고유한 방법론과 관계가 있다.

그럼에도 불구하고 페미니즘의 특수성에 대한 천착 없이 '페미니즘=여성해방운동'이라는 추상적인 도식에 입각하여, 현재 우리 문학에서는 그것이 무차별적으로 사용되고 있다. 그리하여 성(性)적 차별에 기준하여 페미니즘을 '여성주의'로 해석하면서, 여성작가의 글쓰기 중 남성중심주의에 대한 비판적 인식을 담고 있는 것, 혹은 남성의 폭력에 의해 억압받는 여성의 모습을 담고 있는 것을 '여성소설'이라 명명하고 그것을 페미니즘 소설과 동일시하고 있다. 이 애매모호한 범주 속에 민중문학의 여성해방소설이 포함되는 것은 물론이고, 나아가 한국근대문학 초창기의 여성작가의 작품들도 페미니즘 소설로 규정되고 있는 실정이다. 이처럼 페미니즘을 그 발생론적 측면의 특수성을 무시하고 추상화하여 탈역사적인 개념으로 사용한다면, 페미니즘이라는 용어자체의 유효성은 상실된다. 굳이 페미니즘이라는 용어를 사용할 필요 없이, 여성해방소설이라 하면 그만인 것이다. 그러나 분명한 것은 페미니즘은 다른 여성해방운동의 많은 분파들과는 다른 특수성을 지니고 있다는 점이다. 그 특수성에 대한 정확한 인식이 선행될 때, 오늘날 페미니즘 소설에 대한 정당한 자리매김이 가능할 것이며, 나아가 그 올바른 방향성을 확보할 수 있을 것이다.

2. 페미니즘과 포스트모더니즘

페미니즘을 여성해방운동의 한 분파로 이해하기 위해서는 무엇보다 발생론적 관점에서 그 인식론적 특질을 고찰할 필요가 있다. 발생론적 관점에서 볼 때, 페미니즘은 포스트모더니즘과 불가분의 관계가 있는 만큼, 먼저 포스트모더니즘에 대한 검토가 요청된다.

근대의 기본이념은 인간이성중심주의(logo-centrism)로 규정된다. 인간이성에 대한 절대적 믿음에 기초한 근대는 그러한 이성적 인간을 주체(subject)로 설정하고, 객체(object)로서의 자연을 비이성적인 것이라 보고, 이성적 주체가 그것을 지배하고 재가공함으로써 물적 풍요로움을 이룩한다. 이러한 인간/자연, 이성/비이성, 합리성/비합리성, 의식/무의식, 남성/여성의 이항대립은 근대를 지탱하는 핵심요체이다. 곧 근대자본주의는 인간이성중심주의에 입각하여 중심부에 의한 주변부의 폭력적인 지배와 억압을 근간으로 한다.

포스트모더니즘은 인간이성중심주의에 입각한 폭력적인 이항대립 체계를 비판하고 그것이 해체된, 중심과 주변의 구분이 없는 탈중심의 사회를 지향한다. '나'와 '너'가 아닌 '우리'가 공존하는 사회, 인간과 자연, 남성과 여성이 아무런 차별성 없이 평화롭게 공존하는 사회, 그런 탈중심의 사회를 지향하는 예술운동이 포스트모더니즘이다. 그러한 사회로 나아가기 위해 포스트모더니즘은 무엇보다 이항대립체계를 구축하는 핵심요체인 인간이성적 주체에 대한 공격을 감행하는 바, 그 방법론의 기초를 탈구조주의자인 라캉의 주체구성이론[1]에서 찾을 수

---

1) J. Lacan, 『Ecrits 1, 2』, Editions du Seuil, Paris, 1966.

　　, 『Four Fundemental Concepts of Psychoanalysis』(Seminar XI), Penguin Books, 1977.

있다.

라캉의 이론은 "나는 생각한다. 그러므로 나는 존재한다"라는 데카르트의 코기토(Cogito)를 "나는 내가 존재하지 않는 곳에서 생각한다. 그러므로 나는 내가 생각(사유)하지 않는 곳에서 나는 존재한다"로 대체한 구절에 압축되어 있다. 여기서 '존재하지 않는 곳' 내지 '사유하지 않는 곳'은 무의식을 의미한다. 곧 라캉은 인간의 의식은 무의식의 욕망에 의해 조종되는 것이며, 인간은 태어날 때부터 선험적으로 이성을 가진 주체가 아니라, 후천적으로 주체로 구성되어진 것이라고 주장한다. 인간의 의식은 무의식의 욕망에 의해 조종되며, 의식적이며 이성적인 주체는 선험적으로 주어지는 의미의 근원이 아니라 언어활동을 통해 관계를 맺는 타자(The Other)에 의해 구성되어지는 개체성(personality)에 불과하다. 라캉을 따라 인간이 주체로 구성되어지는 과정을 보자.

인간은 태어날 때부터 어머니의 모체에서 분리되면서 무엇인가를 상실했다고 느끼는 원초적 결핍의 존재이다. 따라서 인간은 그 결핍을 보상해 줄 대체물을 끊임없이 찾게 되는데, 그 대체물을 어머니나 거울에 비친 자기영상을 통해 획득하는 단계가 거울상의 단계 혹은 상상적(l' imaginare) 단계이다. 이 단계는 언어를 배우기 이전의 유아기에 해당되는데, 어린아이는 거울에 비친 자기영상을 통해 자신이 찢어져 있다는 환영을 극복하면서 최초의 정체성을 획득하게 된다. 이 단계를 지나 어린아이는 언어활동으로 관계를 맺는 사회문화적 영역으로 진입하게 되는데, 이것이 상징적(le symbolique) 단계이다. 이 진입과정에서 어린아이는 오이디푸스 콤플렉스라는 단계를 필연적으로 거치는데, 이것은 아버지의 이름으로 상징되는 사회문화의 규범체계를 받아들이는 과정에 해당된다. 이 과정을 지나 인간은 상징계로 진입하여 하나의 사회구성원으로 성장한다.

그런데 여기서 문제가 되는 것은 상징계가 인간이성중심주의에 입각한 이항대립체계에 기초하고 있다는 점이다. 인간/자연, 이성/비이성, 의식/무의식 등의 이항대립체계에서 볼 때 비이성이나 무의식 등은 이항대립체계를 전복시킬 수 있는 위험한 것이기에, 그것은 적극적인 지배와 통제의 대상이 된다. 그리하여 상징계는 인간을 선험적인 이성적 주체라고 길들이면서, 무의식을 의식하에 극력 억압시킨다. 이에 따라, 인간은 무의식이나 비이성 따위는 동물적인 위험한 것이라 여기고, 스스로를 태어날 때부터 이성적 주체라고 착각하게 된다.

이처럼 이성적 인간주체는 인간이성중심주의의 이항대립체계가 지배하는 상징계에 의해 만들어진 부산물일 뿐이다. 인간주체는 허상에 불과하다. 인간은 스스로를 주체라 착각하지만, 실상 그는 그 어떤 자율성이나 개성을 가지지 못하고 상징계의 체제에 철저히 길들여져 그것이 시키는 대로 하는 한갓 자동인형 내지 마네킹 등의 사물화된 존재에 불과하다. 그럼에도 불구하고 인간주체는 그것을 깨닫지 못하고 스스로 이성적 주체라 착각함으로써 지극히 자기중심적인 삶을 살아가게 되는 것이다.

이런 라캉의 주체구성이론을 토대로 하여, 포스트모더니즘은 폭력적인 이항대립체계를 구축하는 핵심요체가 인간주체임에 주목하고 그것에 대한 공격을 제일의 과제로 삼는다. 이를 위해 포스트모더니즘은 상징계의 논리에 오염되지 않는 진정한 무의식의 욕망을 중요시한다. 무의식의 욕망이 궁극적으로 지향하는 것은 인간과 자연, 이성과 비이성, 의식과 무의식, 남성과 여성의 구분이 무화된 동일성의 세계이다.

동일성의 세계를 지향하는 무의식의 욕망은 의식상의 강력한 통제를 뚫고 분출되면서 욕망충족의 대체물을 상징계에서 찾기 마련이다. 그러나 이성중심의 이항대립체계가 지배하는 상징계는 그런 욕망의 대체물을 충족시켜주지 못한다. 충족되지 않은 무의식의 욕망의 기표는 상징계에서 그 진정한 대체물(기의)를 만나지 못하고 끝없이 미끄러져 간다.

이 미끄러져 가는 과정에서 상징계에 대한 비판이 가해진다. 곧 무의식의 욕망에 의해, 상징계가 이성중심의 이항대립체계를 구축하고 있다는 것을 간파하게 되고, 이에 대한 적극적인 비판을 가하게 되는 것이다. 동일성의 세계를 지향하는 무의식의 욕망은 그 욕망을 진정으로 충족시켜줄 수 있는 진정한 타자의 회복을 갈망하면서, 그런 진정한 타자를 배척시키고 있는 상징계의 억압적 타자에 대해 공격을 가한다. 이처럼 인간은 태어날 때부터 이성적이고 의식적인 주체가 아니라 의식과 무의식이 공존하면서 무의식의 욕망에 의해 조종되며, 동일성을 지향하는 무의식의 욕망이 타자에 의해 충족됨으로써 진정한 개체성을 획득할 수 있다는 인식의 전환을 꾀할 때, 비로소 인간이성중심주의에 입각한 폭력적인 이항대립체계도 해체될 수 있다.

이처럼 포스트모더니즘은 이항대립이 해체된 탈중심의 시대를 지향하는데, 그것은 서양과 동양, 남성과 여성, 인간과 자연, 의식과 무의식, 이성과 비이성이 공존하는 동일성의 세계로 압축될 수 있다. 그런데 여기서 유념할 점은, 라캉을 비롯한 탈구조주의에 입각한 포스트모더니즘과 미국적 포스트모더니즘의 질적 차이에 대한 것이다. 미국적 포스트모더니즘에 의하면, 흔히 컴퓨터 혁명으로 지칭되는 정보사회는 국가와 민족의 경계를 허물고 전세계를 하나의 '지구촌'으로 만들었으며, 나아가 지금까지 자본주의를 지배해오던 중심부와 주변부라는 폭력적인 이항대립체계를 해체하고 모든 것이 동등한 상태에서 평화롭게 공존하는 사회를 건설했다고 주장한다. 이들의 주장처럼, 오늘의 정보사회는 겉으로는 이항대립체계가 허물어지고 모든 구성원이 동등한 자격으로 정치, 사회, 경제, 문화의 제 측면에서 진정한 자유와 평등의 실현을 맛보고 있는 것처럼 보인다.

그러나 실상을 파헤쳐 보면 그것은 허구에 불과하다. 동구사회주의의 몰락과 함께, 미국이라는 거대한 자본주의 국가가 세계의 중심부로 부상한다. 초월적 중심부로서의 미국을 중심으로 모든 것이 재편된다. 이 재편과정에서 미국은 미국을 제외한 모든 것의 평등화를 주장하면서 '지구촌'의 시대를 선언한다. 지구는 하나의 작은 촌이기에 국가와 민족의 구분이 불필요하다면서, 미국은 이 '촌'을 지배하는 '촌장'으로 우뚝 서게 된다. 겉으로는 이항대립이 해체되었지만, 실상은 미국이라는 초월적 중심부가 있고 나머지 모든 것이 주변부로 자리잡은 상태가 '지구촌' 시대의 실상이다.

미국적 포스트모더니즘의 실상이 이러한데도, 그것을 감지하지 못한 많은 우리의 소설작품들이 이 초월적 중심부의 논리에 감염되어 미국지향성을 여실히 드러내고 있다. 이처럼 미국적 포스트모더니즘에 감염된 것을 우리는 '가짜' 포스트모더니즘이라 부를 수 있고, 탈구조주의에 입각한 것을 '진짜' 포스트모더니즘이라 부를 수 있다. 이 진짜 포스트모더니즘과 불가분의 관계를 맺고 있는 것이 이 글에서 논의하는 페미니즘이다.

3. 페미니즘 소설과 여성소설

진짜 포스트모더니즘에 입각한 페미니즘은 미국적 페미니즘과는 거리가 멀다. 미국적 페미니즘은 초월적 중심부를 인정하고 그것에 대한 지향성을 드러내는 바, 비유하자면 남성이라는 초월적 중심부를 인정한 상태에서 그것으로부터 인정 받고 그 중심부에 포섭되려는 여성해방운동에 불과하다. 그런 페미니즘이 아닌, 진짜 포스트모더니즘에 입각한 페미니즘의 한 전형을 라캉의 무의식의 욕망의 언술에 기초한 크리스테바의 논리[2]에서 찾아볼 수 있다. 크리스테바는 이성(남성)중심주의 사회의 '일상언어'를 파괴하는 무의식의 언술을 '기호적인 것(The Semiotic)'이라 명명한다. 이 기호적인 언어는 인간이 원초적인 동일성을 이루던 어머니의 자궁 속, 혹은 일상언어를 배우기 이전의 상태를 지향하는 언어로, 라캉의 '상상적 언어'와 동일한 개념이다. 그런 원초적 동일성의 공간은 남성/여성, 이성/비이성이라는 모든 이항대립이 해체된 공간이다. 바로 이 논리에 크리스테바의 페미니즘이 자리잡고 있다. 곧 그의 페미니즘은 남성중심주의 사회제도와 그 언어를 뒤집는 글쓰기이며, 그것이 '여성적 혹은 여성의 글쓰기'이다.

> '나는 여자다'라는 신념은 '나는 남자다'라는 신념만큼이나 부조리하고 반계몽적이다. (중략) '여성'이란 말 속에서 나는 재현될 수 없는 것, 말로 표현되지 않는 것, 분류상의 명명법과 이데올로기를 넘어서 있는 어떤 것을 본다.[3]

---

2) J. Kristeva, 『Revolution in Poetic Language』, Columbia University Press, New York, 1984.

3) E. Marks and Isabelle de courtivron, 『New French Feminism: An Anthology』 (Amherst, The Univ, of Massachusetts Press, 1980) p. 137.

크리스테바의 페미니즘에 있어서 '여성'이라는 용어는 남성중심주의 이데올로기에 기초한 생물학적 여성을 의미하는 것이 아니라, '기호적인 것'을 의미한다. 남성중심주의에 의해 억압되어 있는 무의식의 욕망이라는 '여성적인 것'의 글쓰기를 통해 모든 이항대립이 해체된, 어머니의 자궁 속 같은 원초적 동일성의 공간을 지향하는 것이 그의 페미니즘이다.

여기까지 오면 페미니즘은 생물학적 개념으로서의 여성의 글쓰기에 한정될 수 없다. 그것은 기존의 남성중심주의 이데올로기를 파괴하는, '여성적인 것'을 드러내는 글쓰기 전부가 포함될 수 있다. 단 페미니즘을 여성해방운동과 관련지을 때, 그것은 여성의 글쓰기 중에서 '여성적인 것'을 드러냄으로써 남성중심주의의 일상언어를 파괴하고 궁극적으로 남성/여성의 이분법이 해체된 동일성의 공간을 지향하는 글쓰기일 것이다.

페미니즘의 특수성을 이렇게 규정한다면, 다음 두 가지 여성소설과 페미니즘은 구분되어야 한다. 첫째, 우리가 흔히 말하는 '여성소설'의 경우이다. 이들이 남성중심주의 사회구조의 모순을 드러내고, 또한 그러한 사회 속에서 억압받는 여성을 그리고 있지만, 궁극적으로 이들은 남성/여성의 이항대립을 인정하고 있다는 점에서 언젠가는 남성중심주의 이념에 침윤될 수밖에 없다. 남성중심주의를 인정한 상태에서 그들의 폭력성을 비판하고, 그들로부터 억압받는 여성상을 그리면서 남성으로부터의 해방을 외치는 것은 남성으로부터 인정 받으려는 행위에 불과하다.

둘째, 민중문학의 여성해방소설의 경우이다. 마르크시즘에 있어서 여성해방은 계급해방과 등가이다. 그것은 여성을 매춘화하고 성적 도구화하는 부르주아 이데올로기를 타파하고, 유적(類的) 존재인 인류의 한 구성원으로서 여성이 남성과 동등한 위치를 차지하는 것이다. 그러나 유적 존재로서의 인간이 이성적 인간이라는 점에서, 그것은 이성적 인간의 해체를 지향하는 지금의 페미니즘과는 구별될 수밖에 없다.

이성적 인간주체와 그 지배담론에 대한 공격을 통해 이항대립을 해체함으로써 남성/여성의 구분이 사라진 자웅동체의 양성적 공간에 대한 지향성을 드러내는 페미니즘 소설은 위의 두 여성소설과 차별성을 지닐 수밖에 없다. 진짜 포스트모더니즘의 사상적 기반인 탈구조주의 운동에 기초를 둔 페미니즘은 이항대립의 구성요소의 하나인 남성중심주의를 공격함으로써 이항대립의 한 축을 해체하고자 한다. 페미니즘은 남성과 여성의 성구분은 남성중심주의 이데올로기에 의해 조작된 것에 불과하며, 그러한 후천적인 성구분을 배제하고 남성과 여성이 아니라, 동등한 인간존재로서의 만남을 지향한다. 그리하여 그것은 궁극적으로 인간과 자연, 남성과 여성이 상호공존하는 동일성의 세계를 지향하는데, 그 지향성의 가장 깊은 영역에 어머니의 자궁으로 상징되는 모성성이 자리잡고 있다. 말하자면, 어머니의 자궁 속에서는 남성과 여성의 성구분이 없는 바, 이처럼 어머니의 자궁 속에 대한 갈망을 흔히 '요나 콤플렉스'로 지칭하고 있다.

남성과 여성의 이항대립의 해체라는 측면에서 페미니즘을 규정할 때, 성의 구분 없이 인간존재론적 사랑과 만남을 지향하는 작품들은 모두 페미니즘 소설로 규정될 수 있다. 페미니즘을 이렇게 규정할 때, 한국소설에서 이 범주에 드는 작품들은 극히 드물다. 양귀자의 『나는 소망한다 내게 금지된 것을』이라는 작품과 신경숙의 「풍금이 있던 자리」, 그리고 오정희의 「옛 우물」이 그 대표적인 예에 해당된다.

4. 페미니즘 소설의 양 극단: 테러리즘과 마조히즘

페미니즘은 폭력적인 이항대립체계를 비판하고 탈중심의 사회로 나아가고자 하는 포스트모더니즘과 쌍생아의 관계에 있음을 고찰하였다. 페미니즘을 이렇게 규정할 때, 우리 문학에서의 페미니즘 소설 중 이 범주에 드는 것은 몇몇 작품에 불과하다. 그래서 이 글의 페미니즘 정의가 페미니즘의 협소화를 초래한다고 비판받을지 모르지만, 그러나 페미니즘에 대한 정확한 본질규명 없는 논의는 사상누각에 불과하다는 점을 강조하고 싶다. 현 단계 우리 소설에서 나타나는 페미니즘 소설의 위상을 검토할 때, 먼저 테러리즘과 마조히즘이라는 양 극단의 양태를 드러내는 작품에 주목할 필요가 있다.

4-1. 테러리즘: 양귀자, 『나는 소망한다. 내게 금지된 것을』

양귀자의 『나는 소망한다, 내게 금지된 것을』은 남성중심주의 사회를 테러로 전복시키려는 작품이다. 테러리즘은 기존권력과의 동일화를 거부한 채 여성만의 반사회를 건설하고자 하는 시도에서 비롯된다. 남성중심주의 사회상징질서에서 철저하게 배제된 여성은 자신에게 좌절을 가져다 주는 체계를 파괴하기 위해 자신에게 가해지는 남성의 폭력을 역투사하는 행동을 감행하는데, 그것이 테러리즘이다.

"이 사회의 두 개의 성이 서로 대립하지 않고 조화롭게 각자의 몫을 동등하게 제시하며 살아가려는" 의도에서, 강민주는 백승하라는 남성 배우를 납치하여 그를 길들이다가 서로 사랑하게 되고, 결국은 그녀의 하수인인 황남기에 의해 살해당한다. 강민주의 이러한 행위는 다음 두

가지 측면에 기인한다. 첫째, 그녀의 어린시절의 정신적 상처와 관계가 있다. 곧 그녀의 아버지는 술주정뱅이로 그들 모녀에게 거침없는 폭력을 휘두른다. 이 정신적 외상은 성인의 그녀에게 남성중심주의 이데올로기에 대한 거부반응을 일으킨다. 남성중심주의 사회에 대한 다음과 같은 혐오감이 강민주를 테러리스트로 위치 짓는다.

역사적으로 가장 오래, 그리고 가장 치밀하게 행해져온 억압이야말로 바로 남성에 의한 여성의 지배라는 것, 역사의 다른 불행들은 인간들 스스로의 반성과 참회로 최소한 극복의 시늉이라도 보여왔지만 이 끈질긴 불행만은 일부 몇몇의 여성들만이, 그것도 아주 최근에 이르러서야 거론되고 있다는 것, 그럼에도 불구하고 오늘에 이르기까지 남자들의 여성학대는 아주 교묘하고 간악한 수법으로 끊임없이 자행되고 있다는 것들을.[4]

둘째, 여성해방을 부르짖는 여성지도자들의 작태이다. 그녀가 근무하는 〈인간실현을 위한 여성문제 상담소〉의 소장에게만 하더라도 여성해방운동은 한낱 들러리에 불과할 뿐, 그의 궁극적인 목표는 여성장관이 되는 것이다. 그러한 여성지도자들이 판을 치는 것이 지금의 여성해방운동의 실정이며, 강민주는 이에 대한 강한 거부감을 표출한다.

여성지도자? 아니, 도대체 누가 그들에게 여성들의 지도를 맡겼다는 말인가. 우리를 지도해달라고 그들에게 부탁한 적이 있던가. 나는 여

---

4) 양귀자, 『나는 소망한다. 내게 금지된 것을』, 살림, 1992. p. 202.

성지도자라는 말이 하도 같잖아서 메모를 갈기갈기 찢어버린다. 나는 결코 떠벌이 소장 같은 위인한테 지도 따위를 받을 생각이 없다.[5]

남성의 폭력과 위선적인 여성운동 앞에서 강민주가 택하는 방식이 바로 테러리스트로의 변신이다. 이 테러리즘은 "세계를 이루고 있는 남성중심의 사회에 보편화된 통치 기술"인 억압과 회유의 방식이 역투사된 형태이다. 그녀는 백승하를 납치하여 아파트에 감금한다. 그리고 남성이 여성을 길들이듯이 그를 길들인다. 그러다가 그녀는 백승하를 사랑하게 되는데, 그 이유는 남성중심주의에 침윤되어 있던 백승하가 그러한 남성성을 탈피하고 한 인간으로서의 백승하로 변했기 때문이다. 그러나 그 사랑은 '남성'으로 변신한 황남기에 의해 비극으로 끝난다. 이 비극은 테러리즘이라는 방법 속에 이미 내재되어 있다.

남성중심 사회가 야기한 온갖 실패를 되풀이하지 않을 수 있는 방법, 그 유일한 대안이 여성중심의 사회와 그녀들의 지배이다. (중략) 거기에 여성은 생명을 귀히 여기는 성스러운 모성의 주체자이기도 하다. 남성중심의 권력구도에서 떨어져 있었기에 음모와 부패의 기교를 배우지도 못했다. 설령 향기로운 차 한 잔과 멋진 옷 한 벌의 유혹이 저지를 수 있는 잘못이 있다 해도 그것이 만들어낼 결과가 무에 그리 대수롭겠는가?[6]

여성들만의 사회는 남성중심주의를 인정하고 그것에 패배한 여성

---

5) 위의 책, p. 84.

6) 위의 책, pp. 242~243.

들이 건설한 사회이다. 그러한 사회는 남성/여성의 이항대립을 극복한
페미니즘이 아니라 남성으로부터의 여성의 패배를 현실적으로는 인정
한 자리에서 설정된, 곧 현실에 실재하는 사회가 아니라 비현실적인
사회이다. 그 비현실의 공간에서 남성에 대한 여성의 보복이 가해진
다. 비현실의 공간은 작품에서 현실과는 철저히 차단된 '아파트'로 나
타나는데, 이러한 비현실의 공간은 남성중심주의 이데올로기가 작동
하는 현실의 강력한 힘 앞에 무력화될 수밖에 없다. 그것이 남성화된
황남기의 강민주 살해이다.

4-2. 마조히즘: 신경숙, 「풍금이 있던 자리」

여성만의 사회를 건설하려는 테러리즘의 반대편 극단에 신경숙의
「풍금이 있던 자리」라는 마조히즘이 자리잡고 있다. 이 소설은 편지형
식으로 된 '당신'에 대한 '나'의 내면진술과 고백형태의 글이다. 그것
은 (i) 나-당신의 관계에 대한 성인으로서의 '나'의 진술, (ii) 나-아버
지의 그 여자와의 관계에 대한 유년기의 '나'의 진술이라는 이중진술
의 형태를 띤다. 여기에 쉼표와 말없음표 등의 어눌하고 말을 더듬는
문체가 가미되면서 전통소설구조는 파괴된다.

여기서 주목되는 것은 나와 당신의 헤어짐이며, 그 헤어짐의 이유가
사냥에 대한 두 사람의 견해차이에 비롯된다는 점이다. (i)은 '나'가
보는 사냥이고, (ii)는 당신이 보는 사냥이다.

(i) 제게 와 닿은 사냥이라는 말의 울림은 아직 원시적입니다. 저 먼
부족이나 더 멀리 씨족들이 무리 지어 살았던 때로 생각이 거슬러갑니

192

다. (중략) 길도 없는, 아니 어느 곳이나 길이 되는 산자락 밑. (중략) 가족들이 보입니다. 남편과 아내와 여러 아들과 딸들이 그 속에서 서로 엉켜 삽니다. 그들은 거의 알몸입니다. 햇볕에 그을린 살갗은 희지 않습니다. 그들의 머리결은 검고 윤기가 흐르며 숱이 많습니다. 종아리와 팔뚝엔 알통이 불쑥 나와 있으며, 가족들 모두 엉덩이가 바람이 빵빵한 공처럼 둥글어서, 걸을 때마다 누가 발로 차내는 듯이 실룩거리는 겁니다. 그런 그들이 모두 함께 사냥을 나갑니다.[7]

(ii) 그들(기마민족-인용자)은 말을 타고 밀림을 달려 사냥을 해서 물물교환을 하며 후손을 번창시켰다고 했습니다. 밀림은 길이 되고……밀림은 농사 지을 땅이 되고, 원주민 장정들은 더 이상 사냥을 할 수 없게 되었다, 했습니다. (중략) 마을 여자들은 해가 뜨기도 전에 들에 나가서 구슬땀을 흘리며 식구들의 식량을 일구며 하루해를 보내는데, 장정들은 동이 트자마자 떼를 지어 황야로 나간다지요. (중략) 이젠 함성을 지르며 사냥할 짐승도, 피 흘리며 싸워야 할 부족도 없는데, 그들은 그들 선조들이 해왔던 사냥과 전쟁의 습속을 버리지 못해 온종일 지평선을 바라다보다 돌아온다지요.[8]

'내'가 꿈꾸는 공간은 문명 이전의 원시적 생명이 넘쳐 흐르는 곳이다. 반면 '당신'이 바라보는 공간은 관습과 문명이 있는 공간이다. '당신'의 공간에 "나의 오라버니와 아버지의 선조"가 있다. 그곳은 남성중심주의 이데올로기가 지배하는 공간으로, 그곳에서 여자들은 남성

---

7) 신경숙, 「풍금이 있던 자리」(『풍금이 있던 자리』, 문학과지성사, 1993) pp. 34~35.
8) 위의 글, pp. 36~37.

의 예속물로 전락해 있다. 그 공간은 현실적 공간이며, '내'가 꿈꾸는 공간은 남성/여성의 이항대립이 생기기 전의 비현실적인 원시적 공간이다.

'나'와 '당신'이 애초에 만날 때는 당신이 나의 꿈(원시적 공간)을 알아봤기 때문이다. 곧 '나'를 여자가 아닌 하나의 인간으로 보았기 때문이다. 그런데 그 관계가 변질되어 '당신'이 '나'의 꿈을 무시하고 단지 '나'를 하나의 여성으로 보기 시작한다. 그것은 남성중심주의 이념을 '나'에게 강요하는 것이다. '나'는 꿈을 지키기 위하여 당신과 헤어질 수밖에 없다. 이 헤어짐은 현실에 대한 인식의 전면적인 차단을 동반한다. 곧 '눈먼 송아지'처럼 남성이 지배하는 현실에 대한 시선을 전면차단할 때, 그 비현실의 공간에서 나의 꿈은 현실이 되고 실제의 현실은 사라진다. 원시적 공간에 대한 꿈이 어린시절의 아버지의 '그 여자'에게서 촉발되었기에, 꿈으로의 도피는 성장발육을 거부한 유년기의 상태에 머무르는 것으로 귀결된다.

이 소설은 남성중심주의 이데올로기가 지배하는 현실의 모순에 전면적인 대결을 벌이기보다는 그 모순 앞에서 자기방어를 위해 유년기의 꿈으로 자신을 유폐시킴으로써 마조히즘의 형태를 띤다. 그러나 이 소설은 꿈(무의식)의 언어임직한 시적 언어를 통해 남성중심의 일상언어체를 파괴하면서 이항대립의 해체를 지향한다는 점에서 크리스테바의 여성적 글쓰기에 근접에 있으며, 따라서 앞선 양귀자의 소설보다 진일보한 페미니즘 소설이라 할 수 있다. 그러나 그것이 남성중심주의 이념이 지배하는 현실의 공간을 돌파하여 이루어진 것이 아니라, 일종의 회피라 할 수 있는 꿈의 영역에서 가능하기에 역시 일정한 한계를 지니게 된다.

5. 모성성과 페미니즘: 오정희,「옛 우물」

　앞에서 살펴본 두 작품은 모두 남성과 여성의 이항대립을 비판하면서 그 해체를 지향하지만, 페미니즘의 가장 깊은 영역이라 할 수 있는, 어머니의 자궁 속으로 상징되는 모성성의 영역에는 도달하지 못하고 있다. 이 점에서 오정희의「옛 우물」은 대단히 독특한 위치를 점유하고 있다. 45세가 된 생일날 아침, 자신의 어린시절을 떠올리면서 옛 우물과 관련된 이야기를 중심으로 하여 사건이 전개되는「옛 우물」은 세 가지 구조층을 내포하고 있다.

　첫째, 현재의 '나'와 나의 가족, 그리고 그와 관련된 의미층이다. 작은 지방도시에 살면서 은행에 부장으로 근무하는 남편과 어린 아들을 둔 가정주부인 '나'는 가족을 위해 온갖 가사일을 하고, TV와 일간지로 세상소식을 접하고, 가끔 학교 자모회에 참석하고, 쑥탕에 가고, 자원봉사를 하고, 여름이면 바캉스 갈 계획을 세우는, 여느 사람과 다름없는 평범한 중년주부이다. 그러면서 '나'는 그런 틀에 박힌 일상에서 텅 빈 공허감을 느끼는데, 그것은 불륜의 관계로 만난 '그', 그리고 '그'의 죽음 때문이다. '그'와의 만남은 이 사회에 익숙한 관습과 질서와 관계로부터의 일탈을 의미한다. 이 때, 관습과 질서는, 여자는 남편 뒷바라지를 하고 아이를 잘 키우면 된다는 남성중심주의 사회제도에 기초하고 있다. '나'는 '그'와의 만남을 통해 그런 관습이 갖는 역겨움에 눈을 뜬다. 남성중심의 가정에서 여자는 한 인간존재로서의 자신의 반쪽(타자)를 잃어버리고 사는 것에 불과하다. '그'는 내가 잃어버린, 그러면서 한 인간존재로서의 '나'의 완전성을 구유할 수 있는 타자이다. 그의 죽음소식을 접하고 거울을 보는 순간 "오랜 세월 길들여진 관

습과 관행이 한순간에 깨진 얼굴"을 마주 대하게 되는 것은 그런 타자
의 상실 때문이다. 곧 '깨진 얼굴'은 남성중심주의 제도의 모순을 깨닫
고 그 틀로부터 일탈하여, 잃어버린 타자를 찾으려는 '나'의 또다른 욕
망의 얼굴을 상징한다. 그러나 타자에 대한 욕망은 '그'의 죽음으로 인
해 실패로 끝나고, '나'는 '그'의 부재로 인한 상실감과 공허감에 빠지
게 된다.

둘째, '나'와 연당집의 관계이다. '나'는 그의 죽음 이후 밀려드는 상
실감과 공허감을 대체할 수 있는 또다른 타자를 갈망한다. 그 갈망이
'작은 집'으로 명명되는 텅 빈 아파트로의 방문으로 표출되고, 그 방문
은 여름이 되면 수련이 장관을 이루는 연못이 있는, 허물어져 가는 오
래된 기와집인 연당집에 대한 지향으로 이어진다. 그리고 그 지향은
나무를 뽑는 일을 쉴 새 없이 하는 연당집의 '바보'에게로 집중된다.
연당집과 바보에 대한 '나'의 지향은 남성중심의 근대제도에 대한 부
정과 관련이 있다. 허물어져 가는 기와집이 근대사회제도가 영향을 미
치지 못하는 영역이라면, 바보 역시 그러한 근대사회제도에 적응하지
못하는 인물이다. 남성중심의 근대제도와는 무관한 자리에 있는 이들
에 대한 '나'의 관심은 남성중심의 사회를 일탈하고자 하는 갈망이 변
형된 형태로 제시되는 것이라 할 수 있다. 그러나 그러한 존재들은 연
당집이 허물어지고 횟집으로 바뀌듯, 조만간 사라져버릴 운명에 처해
있다. 마치 그의 죽음처럼. 따라서 '나'의 잃어버린 타자를 그들로부터
획득하는 것은 현실적으로 불가능하다. 어쩌면 그것은 현실 저 너머
죽음의 세계, 곧 남성이 지배하는 이쪽이 아닌 저쪽의 세계, 혹은 과거
의 세계에 해당되는 것이다.

셋째, 어린시절의 옛 우물에 대한 기억의 층위이다. 이 층위에는 다

산을 하여 "자궁이 오얏처럼 쭈그러들은" '나'의 어머니가 자리잡고 있다. 어린시절 어머니의 여러 차례에 걸친 해산은 여성으로서의 어머니의 자발적 욕구에 의한 것이기보다는 남성중심의 가족제도를 지탱하기 위한 행위에 불과하다. 그러한 행위는 한 세대가 바뀌어도 없어지지 않고 지속되면서 '나' 역시 그 행위를 반복하게 된다. 그런데 '나'는 '그'와 연당집과의 만남을 통해 남성중심의 가족과 사회를 지탱하기 위해서 아이를 낳는 여성의 역할에 대해 심한 모멸감을 느끼게 된다. 그 모멸감은 옛 우물에 대한 지향으로 심화된다. 우물에는 금빛 잉어가 살고 있으며, 그 잉어는 천 년이 지나면 이무기가 되고, 또 천 년이 지나면 용이 되어 하늘에 오른다. 그런 잉어가 있는 우물은 근대문명이 영향을 미치지 못하는 전설의 세계이자, 모든 생명체의 탄생의 비밀을 지니고 있는 "영원한 암호"이자 "비밀의 세계"이다. 그것은 마치 어머니의 자궁 속처럼 모든 생명체의 근원이자 탄생의 신비로움과 부활의 풍요로움을 지닌 곳이며, 남성과 여성의 구분이 존재하지 않는 곳이다.

이처럼 이 소설에서, 남성중심의 가족제도와 규범의 틀에서 벗어나 진정한 인간존재로서의 자신의 잃어버린 타자를 찾기 위한 과정은 '그→연당집→옛우물'로 심화되고 있다. 페미니즘이 남성과 여성의 구분이 없는 세계를 지향한다면 그 궁극적 지향점은 어머니의 자궁 속과 같은 세계일 것이다. 모성성으로 명명될 수 있는 이 세계에 대한 지향이야말로 남성중심주의에 함몰되는 것을 막을 수 있는 강력한 버팀목이자, 그 틀을 깨뜨릴 수 있는 최선의 방법일 것이다. '나'는 내 속에 내재되어 있는, 그러나 지금은 잊고 있던 이 모성성을 획득함으로써 남성중심의 사회에서 잃어버린 자신의 진정한 타자를 획득하게 된다.

그 타자는 메워져 버린 우물이나 허물어진 연당집, 혹은 죽은 '그'처럼 현실세계 저편이나 과거에 있는 추상적인 공간이 아니다. 그것은 '지금 이곳'에서 남성중심의 폭력적인 제도를 극복하고자 할 때, 그러면서 남성과 여성이 동등한 인간존재로 공존할 수 있는 세계를 강렬히 지향할 때, 언제든 우리 앞에 현현되는 것이다. 그러기에 작품말미에서 주인공이 나무를 부둥켜안고 깨닫는 다음 대목은 페미니즘 소설이 도달할 수 있는 가장 깊은 영역이라 할 수 있다.

> 내가 존재하지 않을 어느 시간대에도 이 나무에는 꽃이 피고 잎이 피고 새가 깃들이겠다.
> 나는 나의 생보다 오랠 산과 나무, 별들을 바라보았다. 비로소 먼 옛날 증조 할머니가 내게 해준 말을 정확히 기억해냈다. 옛날 어느 각시가 옛 우물에 금비녀를 빠뜨렸는데 각시는 상심해서 죽고 금비녀는 금빛 잉어로 변해…….[9]

6. 페미니즘 소설의 방향성

한국문학에서 페미니즘 소설은 아직 테러리즘과 마조히즘의 양 극단에 자리잡고 있다. '아파트'라는 비현실의 공간에서 작동하는 테러리즘과 남성중심의 현실 앞에서 유년기의 꿈으로 퇴행하는 마조히즘의 두 양태는 실상 우리 사회가 아직 남성중심주의 이데올로기에 강력

---

9) 오정희, 「옛 우물」(『불꽃놀이』, 문학과지성사, 1995) p. 52.

하게 침윤되어 있다는 반증이다. 한국 페미니즘 소설이 현실적 측면보
다는 관념적 측면에서 진술될 수밖에 없는 이유가 여기에 있다. 이 점
에서 어린시절의 옛 우물을 통해 모든 생명체의 근원으로서의 모성성
의 영역으로 진입한 오정희의 작품은 한국 페미니즘 소설이 나아갈 독
특한 방향을 제시하고 있는 것으로 판단된다. 테러리즘과 마조히즘의
양 극단을 지양하면서 모성성으로서의 어머니의 자궁 속을 지향하는
소설이야말로 한국 페미니즘 소설이 나아갈 방향성에 해당되며, 그런
소설이 본격적으로 대두될 때 우리 사회를 그토록 완고하게 지배해오
던 남성중심주의 이데올로기도 심각한 위협에 처하게 될 것이다. '나'
와 '너'의 이분법의 공간이 아닌, '우리'라는 탈중심의 공간의 현실화
가 현 단계의 특수한 시대적 상황에서 발생한 우리의 페미니즘 소설이
맡은 몫이자 나아갈 방향성일 것이다.

해체시와 새로운 인식의 지도

1. 해체시의 운명

1960년대의 시인 김수영의 '시여, 침을 뱉어라' 라는 아포리즘을 시 일반론에 적용시킬 때, 그것은 '위대한 시란 무엇인가' 라는 질문에 대한 한 답이 될 수 있을 것이다. 당대의 역사적 상황과 사회존재론적 측면의 모순에 분노하고 절망하는 시들이야말로 위대한 시라는 것을 '침'으로 상징화시킨 것이 이 경구일 것이다. 어떤 형태를 취하든, 곧 서정시든, 해체시든, 모더니즘 시든, 리얼리즘 시든, 모든 위대한 시들은 그것이 뿌리를 내리고 있는 사회의 모순에 대해 비판을 가하고, 그 모순이 극복된 새로운 세계를 지향하고 있다. 모순을 외면하고, 가식적인 미소를 띠면서 시대의 유행에 가볍게 편승하여 찰나적인 쾌락과 유희만을 읊조리는 시는 위대한 시가 될 수 없다. 그것은 잠깐 반짝 하다가 시대와 역사의 뒤편으로 사라져 버릴 저급한 시에 불과하다.

하나의 시운동이 그 시사적 의의를 확보하기 위해서는 당대의 지배 담론이 내포하고 있는 모순을 비판하고, 그것을 넘어설 수 있는 새로운 인식의 지도를 보여주어야 한다. 곧 시대의 어둠 속에서 길 잃고 방황하는 무리들에게 경험세계의 모순을 비판하고 그것이 극복된 가능세계로 나아갈 수 있는 좌표를 제공할 때, 시운동은 일정한 시사적 의의를 획득할 수 있을 것이다. 근대 이후, 역사적 평가를 받는 시운동은 자본주의의 모순을 극복하는 데 모든 힘을 집중시키고 있다. 리얼리즘이 자본주의를 전면 부정하고 자본가와 노동자의 계급대립이라는 모순을 극복하려 했다면, 모더니즘과 포스트모더니즘은 자본주의 자체 내의 발전을 인정하면서 도구화된 이성중심의 논리를 극복하려 하였다.

1980년대 말 문단을 강타하면서 요란하게 등장한 이후, 1990년대 내내 시단의 쟁점대상으로 부상한 해체시지만, 그 시사적 의의에 대해서는 긍정적인 평가를 받지 못하고 있는 것이 사실이다. 그 원인은 해체시가 발 디디고 있는 사회의 모순에 대한 비판능력의 상실이라는, 해체시 자체 내의 문제점에 있다. 그러기에, 21세기를 맞이하면서 해체시의 미래를 전망하는 것은 별 의미가 없을지도 모른다. 이런 진술에는, 새로운 세기에도 해체시가 비판능력을 상실한 채 대중적 유행에 영합한다면, 시운동으로서의 의의는 더 이상 존재하지 않을 것이라는 판단이 자리잡고 있다.

2. 이성적 담론과 인간주체 해체

비판능력을 상실한 채, 지리멸렬한 상태에서 수명을 겨우 연장해가고 있는 해체시에 대한 전망은 어둡다. 해체시가 거듭나기 위해서는,

무엇보다 해체시의 발생적 토대인 정보사회의 모순을 비판하고 그것을 극복할 수 있는 새로운 인식의 지도를 제시해야 한다. 이를 위해서는 다음 세 가지 측면에 대한 뚜렷한 자각이 필요하다.

먼저, 이성적 인간주체를 해체하는 것이다. 근대 이후 인간은 데카르트의 코기토(Cogito)와 칸트의 선험적 이성에 의해 세계의 중심이자 주체로 부상한다. "내용 없는 사상은 공허한 것이며, 개념 없는 직관은 맹목적이다"라는 칸트의 선언 이후, 인간만이 유일하게 대상을 직관하고 그것을 오성과 이성을 통해 개념화하고 법칙화할 수 있는 존재로 격상된다. 그리하여 인간은 뉴턴의 기계론적 결정론에 입각한 자연과학을 통해 객체로서의 자연을 지배, 가공하면서 근대자본주의를 이룩한다. 이 과정에서 인간, 이성, 의식, 남성 등이 중심부로, 자연, 비이성, 무의식, 여성 등이 주변부로 구분되고, 중심부에 의한 주변부의 폭력적인 지배가 행해지는 이항대립체계가 구축되면서, 인간이성중심주의(logocentrism)가 핵심요소로 자리잡게 된다.

그러나, 인간은 태어날 때부터 선험적으로 이성적 존재가 아니다. 인간은 의식과 무의식, 이성과 비이성이 상호공존하는 존재이다. 인간이 이성적 주체라는 것은 인간이성중심주의 지배담론에 의해 조작된 것에 불과하다. 라캉(J. Lacan)은 이를 주체구성이론으로 설명하고 있다. 즉 태어나서 언어를 배우기 이전 단계인 상상계에서, 인간은 의식과 무의식이 상호공존하는 상태에 놓여 있다. 그러다가 오이디푸스 콤플렉스 단계를 거쳐 언어를 통해 사회문화 규범체계를 배우게 되는 상징계에 들어오면서 무의식의 욕망은 의식 밑으로 억압된다. 곧 인간이성중심주의의 지배담론에 길들여지면서 무의식과 비이성은 이성적 체계의 존립근거를 위협하는 위험한 것으로 여겨져 철저히 배척당하게 되는 것이다. 자본주의 초기단계는 무의식을 억압하고 배척하는 상태에 머물렀지만, 자본주의가 고도화된 정보사회에서는 각종 정보 메커니즘을 통해 무의식과 자연마저 지배, 통제하여 획일화하고 규격화한다. 이를 두고 1990년대 초 유하는 이미 "압구정동은 체제가 만들어낸 욕망의 통조림 공장이다"(유하, 「바람부는 날이면 압구정동에 가야한다 2」)라고 지적한 바 있다.

이처럼 인간이 이성적 주체라는 인식은 지배담론에 의해 조작된 것에 불과하다. 그럼에도 불구하고, 인간이 선험적으로 이성적 주체라고 자처할 때, 그의 인식은 철저히 자기중심적이며 자폐적인 것이 되어, 지배담론의 모순에 대한 인식은 차단된다. 지배담론은 이러한 무비판적인 인간주체를 쉽게 길들여, 지배체제의 '번영과 발전'을 위한 풍부한 자양분으로 삼게 되는 것이다. 인간주체는 스스로 개성적이고 주체적인 삶을 살아간다고 여기지만, 실상은 지배담론에 의해 조작되고 통제되는 획일화된 삶을 살아가는 것에 불과하다. '나'는 '나'이되 진정한 정체성(identity)을 지닌 존재가 아니라 '나인듯 함'으로서의 '나', 곧 유령과 같은 '나'일 뿐이다.

내 안에 갇혀서, 나에 의하여 뒤틀려서, 문득 나에 의하여 낯설어진 나는,

나의 유령인 나는, 나인 채 나이며 동시에 내가 아닌 나는, 그러나,

여전히 있다—그것이, 그것만이 유일한 문제이다

여전히 여기에 있다, 〈그것〉, 〈…임〉, 〈…인듯함〉, 그러면서 〈…아님〉,

〈…아닌듯함〉, 〈유령〉이, 남은 생과 더불어

　그러나 삶이라는 이 공간! 가로질러가야 하는 이 물질! 암담한!
　내가 그 캄캄한, 명백한 그 감각적 〈…임〉을 손으로 만지작거린다
　(……)

(김정란, 「받아들이는 어두움」에서)[1]

　이성적 담론이 지배하는 현실에서 '나' 는 "…인듯한 나"이며, 그런 "…나임직한 나"가 있는 삶은 안정되고 평화로운 공간이 아니라 "가로질러가야 할 암담한 공간"에 불과하다. '나' 의 진정한 정체성을 확보하기 위해서는 인간이 주체임을 포기해야 한다. 인간은 선험적인 이성적 주체가 아니라 의식과 무의식이 상호공존하는 존재라는 인식의 대전환이 필요한 것이다. 인간은 무의식의 욕망이 타자에 의해 충족될 때 자신의 진정한 정체성을 확립할 수 있다. 그런 인식을 가질 때, 우리의 욕망을 억압하고, 그럼으로써 그 체계를 유지하는 폭력적인 지배담론의 모순을 간파할 수 있다. 이성중심주의에 의해 배제된 '나' 의 반쪽으로서의 무의식의 욕망과 일체가 될 때, 지배담론의 모순을 분명히 인식할 수 있고, 그 모순극복을 통해 새로운 인식의 지도를 작성할 수 있는 것이다.

　정해져 있는 모든 테두리들을 향해
　또는 체제라고 불리는 모든 삶의

---

[1] 김정란,『매혹, 혹은 겹침』, 세계사, 1992. p. 138.

딱딱한 껍질들을 향해—나의 詩, 오 빨개벗은 연체동물

나는 詩의 혓바닥으로 '아니'라고 말한다.

그대는 꼬물대며 기어간다—비효율적!

어느 천년에……아닌게아니라 걱정스럽기는 하다.

그 기약 없는 절대성의 존재 놀이……

나는 축적된 생명의 모든 물량적 樣式을,

형태를 내용을 빠져 나온다. 나의 달팽이는

속살만으로 성벽을 기어내려온다……오 그대에게

내 궁극의 기원에게로 돌아가기 위해.

나의 달팽이는 알고 있다. 이 삐그덕댐이

궁정적 징조라는 것을, 혼, 안개무리, 또는

언어, 또는 우리가 神이라고 부르는

존재의 궁극에 대한. 感만으로 나의 달팽이는

최소한 指向한다

(길은 도처에 있고 길은 아무데도 없지만)

따라서 詩여 나는 그대의 덕성으로

삶 앞에 막바로 맞선다……나,

앞뒤로 인연의 끈을 주렁주렁 엮어든,

축적된 만큼의 행위로 결정되는

구체적 삶과 무관한 (내)가.

(……)

(김정란, 「나의 (詩)」에서)[2]

인간주체를 해체할 때, 정보사회가 '정해진 테두리 혹은 체제'로 이루어진 억압적인 닫힌 공간임을 깨닫게 된다. 그곳은 각종 정보 메커니즘으로 우리의 삶의 세목까지 지배한다. 그 속에서 인간은 '달팽이'와 같은 존재로 전락해 있다. 억압적이고 획일적인 사회체제는 "딱딱한 껍질"이 되어 달팽이인 '나'를 옴쭉달싹 못하게 한다. 이 체계를 깨부수지 않을 때, 인간은 단지 달팽이에 불과하다. 껍질을 빠져 나오기 위한 '삐그덕댐'이야말로 진정한 '나'의 정체성을 되찾고, '존재의 궁극'이라는 새로운 세계로 나아가기 위한 출발점이다. 출발점에서 도달점으로 가는 길은 '도처에 있으면서 또한 아무데도 없다'. 도처에 있는 길에 들어서기 위해서는 구체적 삶에서 괄호 쳐진, 곧 구체적 삶과는 무관한 '나'가 될 때이다. 이성적 담론이 지배하는 구체적 현실의 '나'를 해체하고, 무의식의 '나'와 일체가 될 때 그 길에 들어설 수 있다. 무의식과 일체가 된 '나'가 "축적된 생명의 모든 물량적 양식"을 거부하면서, 정보사회에 의해 오염된 가면을 벗어버리고 '속살'이 될 때, '궁극의 기원'이라는 새로운 세계에 도달할 수 있는 것이다.

3. 정보사회 비판과 무의식의 언어

인간은 주체가 아니라 의식과 무의식이 상호공존하는 존재이며, 무의식의 욕망이 충족될 때 진정한 자신의 정체성을 되찾을 수 있다. 이런 인식의 대전환을 이룰 때 이성적 사유체계에서는 포착되지 않는 대

---

2) 김정란, 『다시 시작하는 나비』, 문학과지성사, 1989. pp. 70~71.

상을 인식할 수 있게 된다.

    나는 터덜터덜

    잡초가 함부로 자란 길을 걷고 있었다.

    하늘엔 암소 구름이 굼뜨게 움직이고 있었다.

    목이 좀 마른 듯했다.

    그 아름 고목 밑둥은

    이 빠진 항아리처럼 덤불 속에 던져져 있었다.

    무엇이 움직이는 듯해서 나는 다가갔다.

    고목 밑둥에서 잔가지가 자라났다.

    갈색 사슴이 고개를 내밀었다.

    그 사슴의 한쪽 눈은 나무 옹이로 되어 있었다.

    반은 나무인 사슴이 비비적거리며 나무 구멍 속에서 몸을 일으켰다.

    가슴이 드러나자 나는 그것이 올빼미인 것을 알아챘다.

    푸드덕거리며 올빼미는 날아올랐다

    날아가는 것을 보면서

    나는 그것이 사슴이라는 것을 깨달았다.

    나무 옹이 눈을 가진 사슴은 나를 한번 힐끗 돌아보고

    절뚝거리듯이 날아, 뛰어 달아났다.

    사방이 찌르듯 조용했다.

    (……)

(황인숙, 「모든 꿈은 성적이다」에서)[3]

---

3) 황인숙, 『우리는 철새처럼 만났다』, 문학과지성사, 1994. p. 84.

이 시에서 '썩은 고목에 핀 잔가지'가 '나무 옹이 눈을 가진 사슴'을 거쳐 '올빼미'로 충격적인 이미지 전환을 이루고 있음을 볼 수 있다. 그리고 '나무 옹이 눈'은 눈의 본래의 기능과는 무관한 것으로 제시되어 있다. 또한 올빼미의 날개가 '뛰어 달아나는' 기능을 함으로써 날개(지느러미)의 기능 역시 무화되고 있다. 이처럼 눈과 이동수단인 날개에 대한 부정은 이성적 인식관에 대한 전면 부정에 해당된다. "내 안구를 통해 보이지 않는 것은 안구뿐이다"라는 이성적 인식론에 주목할 때, 눈의 부정은 이성중심의 경험적 시지각에 대한 부정에 해당된다. 또한 날개의 부정은 3차원 절대 시-공간의 부정을 의미한다. 이곳과 저곳, 과거와 현재와 미래의 시-공간 단위가 이동수단의 부정으로 인해 무화된다. 이러한 부정은 인간이 이성적 주체가 아니라 의식과 무의식으로 쪼개진 존재라는 인식의 전환을 통해 무의식으로 대상을 인식할 때 가능하다.

(네로는 더 이상 견딜 수가 없었다) 저 추잡한 거리, 비대한 공룡의 비늘 같은 마천루들, 거대 자본의 충실한 개들이 계획한, 재벌과 신의 사제들의 소유인, 불결해—섹스의 무자비한 충동과 네온으로 반짝이는 광고탑과 교회의 첨탑, 주거 양식이 생활 양식을 교정한 재난의 피난처 아파트—모호한 공간의 의도—탁월한 암산의 정치—바벨탑처럼 높아만 가는 금융회사의 사옥과 지하 생활로 입주한 철거민의 땅굴(네로는 더 이상 견딜 수가 없었다) 번창일로에 있는 교회 산업의 대리점들, 백화점 건물의 무반성과 체육관 건물의 비곗살, 1883년 9월 2일 샌프란시스코 펠리스 호텔에서 민영익은 젊은 아메리카의 야경을, 대한교육보험 건물은 카피 문화의 3차원적 산물이다(……)

(함성호, 「파괴공학」에서)[4]

최첨단의 건축물을 공룡에 비유하면서 도시문명을 비판할 수 있는 근거는 이성적 인식을 버릴 때 가능하다. 이와 관련하여 1930년대 모더니스트 이상의 다음 발언에 주목할 필요가 있다. "왜 나는 미끈하게 솟아 있는 근대건축의 위용을 보면서 먼저 철근철골, 시멘트와 세사, 이것부터 섬뜩하니 감응하느냐"(「종생기」)라는 발언이 그것이다. 이처럼 근대건축의 겉모습에 현혹되지 않고 그 흉측스러운 몰골을 투시하는 '슬픈 투시벽'은 사진의 음화를 인식하는 방법에 기초하고 있다. 말하자면, 이성과 의식에 입각한 지배담론의 인식관을 버리고, 비이성과 무의식에 기초한 인식관을 지닐 때 지배담론의 모순이 선명하게 떠오른다는 것이다. 도시문명에 대한 이 시의 비판도 정보사회에 오염되지 않는 무의식의 인식관에 의해 가능한 것이다. 그런 무의식이 이성적 담론을 꿰뚫고 분출될 때 이성중심주의가 지배하는 정보사회의 모순을 포착할 수 있고, 이를 통해 비판을 가할 수 있는 것이다. 곧 정보사회는 "주거 양식이 생활 양식을 교정"하는 획일화된 전체주의적 공간이며, 신의 권위에 도전하려던 어리석고 오만불손한 인간들이 세운 바벨탑처럼 언젠가는 허물어져야 할 대상임을 자각할 수 있게 되는 것이다.

(……)
꼭 있어야 될 욕망만 있게 하소서, 카메라가 포착할 수 있는
인생이 있다면……성난 말발굽 같은 이 밤……성급한 행인들의 발소리 들려
……이 밤…… 발길질……이 밤……

---

4) 함성호, 『56억 7천만 년의 고독』, 문학과지성사, 1993. p. 118.

하늘이 흐려지네……갈쿠리 같은 비에 문지방은 긁히는데……두둥실
이 밤……먹구름 가리는데
　……두리둥실 토끼가 떠난 달나라에서도
　　비가 올까
박자도 맞지 않는 빗방울 소리는 왜 장독대에서
　　아름다울까
비가 눈이 되는 이 밤……눈이 쌓이는 이 밤……눈이 맑아지는 이 밤
……흰눈 덮인 산정 산양은 산양일까 그저 흰눈이라면……
　(……)

(박서원, 「어떤 황홀5」에서)[5]

　의식과 무의식이 공존하는 인간은 사회체계와 관련을 맺으면서 욕망
의 대체물을 찾는다. 욕망의 대체물이 타자에 의해 충족되면 그는 진정
한 정체성을 확보하고 그 사회에서 정상적인 삶을 영위할 수 있다. 그
러나 그가 속한 사회체계가 욕망의 대체물을 충족시켜주지 못하면, 무
의식은 의식의 수면을 뚫고 분출된다. 그리하여 그는 의식과 무의식으
로 분열되고, 그 분열된 무의식의 욕망이 억압적인 사회체계를 전복시
킨다. 이러한 무의식의 욕망의 언어를 라캉은 '상상적인 것'이라 했고,
크리스테바(J. Kristeva)는 '기호적인 것'이라 명명하고 있다.
　이 시 역시, 정보사회에 의해 조작당하는 기표가 아니라, 무의식의
욕망으로부터 분출되는 일종의 기호적(le semiotic)인 언어로 씌어진
것이다. 말줄임표와 불규칙적인 행갈이는 이성적으로 조작된 것이 아

---

5) 박서원, 『이 완벽한 세계』, 세계사, 1997. pp. 90~91.

니다. 그것은 "비가 눈이 되는 밤"이라고 말하는 무의식의 깊은 심연에서 우러나오는 욕망의 언어로 씌어진 것이다. 이성적 담론의 틈새를 뚫고 분출되는 "성난 말발굽" 같고 "박자도 맞지 않는 빗방울 소리" 같은 이 기호적 언어에 의해 획일화된 정보사회의 틀은 파괴된다. 그 파괴된 틈새를 통해 컴퓨터 코드 기호화된 우리가 잊고 있던 어떤 세계, 곧 "달나라의 토끼"와 "흰눈 덮인 산정"과 "산양" 등이 어우러진 세계를 꿈꿀 수 있는 것이다.

4. 새로운 인식의 지도와 이항대립해체

인간에 대한 인식의 대전환과 정보사회의 모순에 대한 비판을 통해 해체시가 지향해야 할 새로운 인식의 지도는 무엇일까? 그것은 어머니의 자궁으로 상징되는 인류의 원초적 고향이다. 인간은 원래 어머니의 모태에 있을 때 느꼈던 세계, 즉 인간과 모든 사물이 상호공존하는 세계에 대한 욕망을 무의식에 각인하고 있다. 그런데 이성중심의 지배담론에 의해 무의식의 욕망을 억압당하고 조작당하면서, 그 세계에 대한 기억과 지향성을 상실하게 되는 것이다. 어머니의 자궁에 대한 무의식의 욕망을 회복하고 그것을 강렬히 지향하는 것, 그것이 해체시가 나아갈 새로운 인식의 지도이다.

어디 갔다 이제야 왔니? 남바리 갔었어요 엄마 가서 고기라도 잡아올리고 벗의 죽음에 가서 꽃도 뿌리고 왔지요 그 바다의 고기들은 내내싱싱하고 더 살쪄서 절로 배가 불렀어요 모든 것이 일순간에 너무 풍요

로워지고 바다는 정말 번성했어요 어디 갔다 이제야 왔니? 이른 강에
갔었어요 엄마 강은 엄마의 젖무덤처럼 황폐해가지고 메마른 바닥에서
나는 놀았지요 사람들은 곱게 서로서로의 머리를 매어주고 얼굴엔 아름
다운 화장도 해주었지요 나도 얼굴을 씻고 고운 진흙으로 단장하려 했
는데요 엄마, 자그마한 웅덩이에 고인 물을 내 손주박으로 떠올렸을 때
거기에는요, 파도치며 흐르는 바다가 떡 하니 있었어요 나는 그 바다에
서 그만 목을 놓고 말았지요.(……)

(함성호, 「내 손주박 안에서 넘치는 바다」에서)[6]

인간과 자연, 삶과 죽음이 어우러진 "풍요롭고 번성한 바다"와 같은
세계, 이성중심주의에 입각한 이항대립체계가 해체된 어머니의 자궁
과 같은 세계가 해체시가 지향해야 할 궁극적인 지향점이다. 그 세계
는 추상적인 것이거나 과거적인 것이 아니다. 그것은 우리들 곁에 늘
있는 것이다. 다만 우리가 그것에 대한 욕망을 표출하지 않기에 그것
을 인지하지 못하고 있을 뿐이다. 어머니의 자궁 속과 같은 세계를 강
렬히 욕망할 때, 그것은 지배담론의 완고한 벽을 꿰뚫고 우리들에게
현실태로 다가올 것이다.

실내에 샘물이 걸어 들어온다 가녀렸던 샘물이 번쩍이는 잉어떼와
山을 두 팔에 안고 가득 차오른다 성큼 미친 걸음으로 山이 불타오른다
타는 山 한 정적에 수억 년 꽃밭이 밀려온다 단정한 꽃밭이……채송화
봉숭아 다알리아 맨드라미 손을 휘젓자 머리칼이 미친 빛으로 헝클어진

---

6) 함성호, 『56억 7천만 년의 고독』, 문학과지성사, 1992. p. 26.

다 뒤돌아보지 마라 불씨가 꺼지기 전에 이윽고 연주되는 악기처럼 자
물쇠가 열린다 자물쇠가 녹는다 알전구가 터진다 형광등이 폭발한다 갑
자기 태어난 마네킹이 조명을 받으며 춤춘다 쓰라린 무용수 맨발 등뒤
에 흐르는 식은땀 눈감지 마라 실내 한켠에서 썰물처럼 샘물이 마른다
눈시울처럼 뜨겁게 마르는 샘물의 손에 어느덧 들어찬 새벽숲 넓은 이
파리들이 어깨를 들썩인다 흰 천사의 속치마가 몰래몰래 펄럭거리고 누
군가의 곤충들이 교미를 한다 아아 뜻밖의 고통 눈감지 마라 숲속의 환
기통이 열린다 오렌지가 익어간다 무화과가 잎을 맺는다 번성해버린 숲
굴뚝이 무너진다 무너진 굴뚝 분수처럼 쏟아지는 크레용 빨강 파랑 노
랑 애드벌룬이 침범한다 조약돌이 날아와 둥둥 떠다닌다 색종이가 휩싸
고 돈다 나, 부끄러운 얼굴 감추지 마라 실내에 어느 틈엔가 가을과 겨
울이 오고 낡은 레코드판이 돌아간다 (……)

(박서원, 「어떤 황홀 · 1」에서)[7]

샘물과 잉어떼와 산과 꽃이 어우러져 불타는 세계, 마네킹이 춤을
추고 넓은 이파리들이 춤을 추는 세계, 인간들이 곤충처럼 교미를 하
고 형형색색의 애드벌룬과 색종이가 떠다니는 세계, 이 세계야말로 해
체시가 지향해야 할 원초적 고향일 것이다. 그 세계는 우리들 곁에 항
상 있다. 우리가 살아가는 집의 '실내'에서도 얼마든지 만날 수 있는
그 세계를 우리가 강렬히 욕망할 때, 그 세계는 우리들 앞에 언제든지
현현한다.

인간과 자연, 인간과 인간, 남성과 여성, 동양과 서양의 구분이 무화

---

7) 박서원, 『난간 위의 고양이』, 세계사, 1995. pp. 47~48.

되고 모든 것이 조화롭게 공존하는 세계야말로 해체시가 지향해야 할 궁극적 지향점이다. 해체시는 정보사회의 유폐적 그물망을 파괴하고 이 세계에 뿌리를 둔 무의식의 욕망을 강렬히 표출할 때, 정보사회의 모순을 비판하고 그 모순이 극복된 가능세계로 우리를 인도하는 새로운 인식의 지도를 작성할 수 있을 것이다. 그럴 때, 그 본래적 기능을 상실한 채 나락을 길을 걷던 해체시도 그 시사적 의의를 다시 획득할 수 있을 것이다.

서정시의 시대적 의의와
그 영원성에 대한 탐색
― 이숭원 론

1. 서정시의 시대적 의의를 탐색하는 비평정신

모든 역사는 현재의 역사라는 말이 있다. 이것은 현재의 역사가 올바른 방향으로 나아갈 수 있도록 과거의 역사를 되돌아보고 반성할 필요가 있다는 의미일 것이다. 과거역사에 대한 탐구는 단순히 과거사 그 자체에 대한 지적 호기심 차원의 연구에 머물러서는 큰 의미가 없다. 그것은 항상 현재의 역사에 대한 연구자의 문제의식을 필연적으로 동반해야 한다. 현재의 상황에 대한 과학적이면서도 본질적인 인식을 바탕으로 하여 그 시대의 문제점을 파악하고, 이를 극복하기 위한 치열한 비평정신이 확립될 때 과거에 대한 연구는 그 의의를 획득할 수 있다. 따라서, 지금 1980년대의 시비평에 대한 논의를 전개하기 위해서는 무엇보다 오늘날의 시와 시비평이 갖는 문제점에 대한 검토가 선행되어야 한다. 이 글에서는 다음 두 가지 측면을 문제삼고자 한다.

먼저, 시비평의 문제점이다. 오늘날, 몇몇 비평을 제외하고 대부분의 비평은 나아갈 방향을 상실한 채 시류에 영합하고 있다. 시대에 대한 통찰이 결여된 채, 전망부재의 상태에서 문단패권주의와 상업주의에 편승하는 비평이 자주 목도되고 있다. 이러한 사태는 상품물신주의가 만연하고, 찰나적이고 쾌락적인 가치가 지배하는 오늘날의 시대적 상황과 무관하지 않을 것이다. 그러나 보다 본질적인 원인은 시비평가의 비평적 태도에 있다.

비평은 작품을 통해 세계를 해석하고 변혁하는 것이다. 비평은 미로 속에서 길 잃고 방황하는 무리들이 나아갈 이념적 좌표를 제시해주는 고독한 글쓰기이다. 따라서, 비평은 과학적이면서도 총체적인 세계관의 확립과 그 세계관에 기초한 전망설정이 필수적으로 요청된다. 그럼에도 불구하고, 오늘날 대부분의 시비평들은 그러한 비평본연의 임무를 망각하고 있다. 그들은 시대의 어둠을 어둠이라 비판하지 못하고 있다. 아니 어둠인 줄도 모르고 있다. 그들은 온갖 화려한 수사를 동원해 어둠을 빛이라고 칭찬하고 있다. 한마디로, 세계의 모순에 온몸으로 부딪치면서 상처받고 절망하면서도, 그것을 극복할 수 있는 새로운 좌표를 지향하려는 가열찬 비평정신이 결여되어 있다.

다음, 오늘날 시의 운명이다. 시를 비롯한 문학은 그것이 뿌리내리고 있는 시대와 사회의 모순을 비판적 상상력으로 포착하고 그 모순이 극복된 세계를 지향한다. 그러나 지금 우리의 시는 그런 비판적 상상력을 대부분 상실하고 있다. 정보사회가 가속화됨에 따라, 인간을 비롯하여 모든 것, 심지어 자연과 우리의 무의식마저 정보 메커니즘의 코드 기호로 전락하고 있다. 시는 이처럼 비인간적인 상황으로 치달리는 사회에 대해 비판을 가해야 한다. 그렇지만 지금 대부분의 시들은 정보사회가 제공하는 쾌락과 환락에 몸을 맡긴 채, 그 속을 가볍게 유

영하고 있다. 이들은 멀티미디어 상상력이 미증유의 표현가능성을 제
공해준다고 믿고, 그것으로부터 시적 상상력을 무비판적으로 차용하
고 있다. 이로 인해, 이제 우리 시는 컴퓨터, 인터넷, 영화 등을 비롯한
멀티미디어 상상력의 하수인으로 전락한 채 그 비판기능을 상실해가
고 있다. 독자들이 시를 멀리하는 이유 중의 하나가 여기에 있다. 시가
부활하고, 시 장르 본래의 의의를 되찾기 위해서는 시만이 가질 수 있
는 힘, 곧 자아와 세계의 동일성을 추구하는 서정시의 본질을 반드시
회복해야 한다.

　이 두 가지 측면에서 1980년대의 비평을 되돌아보고자 한다. 1980년
대의 시비평 중에서 당대에 소멸해 버렸거나, 지금도 진행 중인 무수
한 비평들이 있다. 그러나 이들 비평들 중에서 확고한 비평정신을 확
보하고 지금도 영향을 미치고 있는 경우는 드물다. 시대의 어둠을 헤
치고 나아갈 비평적 좌표를 상실한 채, 당시 문단의 얄팍한 흐름에 편
승하여 자신의 자리를 지키기에 급급하거나, 한술 더 떠 적극적으로
문단권위주의에 편입하려는 경우가 허다하다. 지금 이 자리에서 볼
때, 그들의 비평은 대부분 한순간 반짝 빛을 발하다 시대의 저편으로
사라져 버렸거나, 혹은 시대상황의 변화에 따라 가볍게 자신의 모습을
바꾸고 있다. 어쩌면 그것은 당연한 결과인지도 모른다. 세계의 벽을
뚫고 나갈 확고한 비평정신이 결여될 때, 그 비평은 언제든지 쉽게 시
류에 따라 변질될 수 있기 때문이다.

　이 글에서는 1980년대의 시비평 중 뚜렷한 비평정신을 지니고 시대
의 모순에 부딪치면서 그것을 극복하려 노력했고, 그 결과 그 비평정
신이 현재에까지 살아 숨쉬면서 깊고도 넓은 영향을 미치는 비평에 먼
저 주목하고자 한다. 동시에, 오늘날의 시의 운명과 관련하여 서정시

의 시대적 의미를 지속적으로 탐색하는 비평에 주목하고자 한다. 논의의 범주를 이렇게 한정할 때, 1980년대부터 오늘날에 이르기까지 서정시와 관련하여 그 시대적 의의를 탐색하는 비평은 몇몇에 불과하다. 그 중, 이 글에서는 이숭원의 시비평을 중점적으로 살펴보고자 한다. 그것은 1980년대 이후 서정시의 시대적 의의를 지속적으로 탐구해온 이숭원의 비평정신이 오늘 우리의 시비평과 시가 안고 있는 문제점을 타개할 수 있는 한 단서를 제공해줄 것이라는 판단 때문이다.

2. 현실참여시와 난해시 비판

이숭원의 시비평은 일관되게 서정시의 시적 의미탐색에 집중되어 있다. 1986년 문단에 데뷔한 이래, 그는 지금까지 십여 권이 넘는 시론집을 내면서 왕성하면서도 깊이 있는 시비평 활동을 전개해오고 있다. 이 과정에서 그는 서정시의 시대적 의미에 대해 치열한 모색을 해 오고 있는데, 이 점은 1980년대를 마무리하는 시기에 나온『현대시와 현실인식』(1990)과 1990년대를 마무리하는 시기에 나온『초록의 시학을 위하여』(2000)라는 두 권의 시론집에 선명히 제시되어 있다. 먼저『현대시와 현실인식』에 실린 글을 통해, 1980년대 그의 시비평 세계를 살펴보자.

나는 80년대를 폭력과 거짓의 시대라고 어느 자리에서 규정한 바 있었는데 90년대는 방탕과 퇴폐의 시대가 되지 않을까 예측해 본다. 이제는 더 이상 자신의 생명의 존속을 위하여 남을 파괴하고 유린하지 않는다. 자신의 쾌락을 위하여 폭력을 사용한다. (중략) 이것은 폭력과 거짓으로 10년을 보낸 우리 사회가 치러야 할 쓰라리지만 당연한 댓가인 것이다. 물론 살아있는 정신들은 폭력과 거짓에 온 몸을 바쳐 싸워왔던 것처럼 방탕과 퇴폐의 현실에 맞설 것이며 그것을 가능하게 하는 구조의 모순에 저항할 것이다. 시인 또한 살아있는 정신의 하나라면 이러한 사실을 외면하지 않을 것이다.[1]

1980년대와 1990년대의 경계선에 서서, 그는 과거의 10년을 "폭력과 거짓의 시대"로, 그리고 앞으로의 10년을 "방탕과 퇴폐의 시대"로 규정하고 있다. 그러면서 '살아 있는 정신으로서의 시인'은 과거에 폭력과 거짓에 맞서 저항했던 것처럼, 앞으로도 방탕과 퇴폐에 맞서 저항해야 한다고 주장하고 있다.

여기서 우리는 다음 두 가지 측면에 주목할 필요가 있다. 먼저, 1980년대 마르크스주의라는 거대이념을 내세우면서 한국시의 지배적 요소로 등장한 민중시 계열은 1980년대 말의 동구사회주의의 몰락과 함께 거대이념을 상실하게 된다. 그러면서 그들은 '적이 사라졌다'고 자조적으로 읊조리면서 방향상실에 처한 채 지리멸렬한 상태로 전락한다. 그런 민중시 계열과는 달리, 이숭원은 1980년대와 1990년대의 사회가 여전히 '구조적 모순'을 내포하고 있는 것으로 파악하고 있다. 이는 그의 세계에 대한 인식이 피상적 차원을 넘어 그 본질적 측면에까지 닿아 있음을 보여주는 것이다. 곧 민중시 계열이 군사독재정권이라는 가시적인 대상만을 저항해야 할 적으로 설정한 것과 달리, 그는 우리 사

---

1) 이숭원, 「서정적 자아의 세측면」(『현대시와 현실인식』, 한신문화사, 1990) p. 193.

회의 본질적 측면에 내포되어 있는 구조적 모순을 간파하고 있다. 이런 인식을 통해, 그는 1980년대와 1990년대를 연속선상에서 바라보면서 우리 사회에는 여전히 폭력과 퇴폐가 난무하고 있다고 파악한다.

다음, 그런 구조적 모순과 맞서 싸울 '살아 있는 정신으로서의 시인'을 주장하는데, 이 때 그가 주장하는 시인은 다름 아닌 서정시인이다. 그는 자아와 세계의 동일성 추구라는 서정시 본연의 세계관에 입각하여, 그런 세계를 파괴하려는 폭력에 대해 비판을 가하고 있는 것이다. 곧 그는 서정시의 세계를 그의 비평적 세계관으로 설정하고, 근대세계의 폭력을 그가 저항해야 할 적으로 설정하고 있다. 이런 관점에 설 때, 1980년대 "자신의 생명의 존속"을 위해 남을 파괴하는 것이나, 1990년대 "자신의 쾌락"을 위해 폭력을 사용하는 것이나, 양자는 그 겉모습만 다를 뿐이지 본질적으로는 동일한 근대의 폭력이라는 점에서 등가를 이룬다. 이처럼 그의 시비평은 출발부터 근대세계의 모순에 맞서 서정시의 세계를 지키고 그 의의를 탐색하고 있다. 그런 입장에서 그는 현실참여시와 난해시에 대해 비판을 가한다.

먼저, 현실참여시에 대한 비판이다. 그는 문학에 대한 일반적인 오해 중의 하나로 "시에 있어서 현실인식의 측면과 순수서정의 세계가 상반되거나 혹은 적어도 뚜렷이 구분된다는 믿음"을 들고 있다.

서정시란 무엇인가. 말 그대로 감정을 펼쳐낸 것이다. 감정을 펼쳐내되 그 감정이 어떤 상황에서 어떤 것을 대상으로 하여 환기된 것인가에 따라 그것이 표출되는 양상은 다양한 편차를 지니기 마련이다. 현실적 상황과 관련된 어떤 문제의식을 지니고 시를 쓴다고 할 때에도 시인의 인식의 내용은 어쩔 수 없이 감정의 울림을 그 전달방식으로 삼아야 한다. 서정의 파장을 차단해 버린 채 인식의 내용만을 전달하고자 한다면 그것은 시의 영역에서 벗어나 버리거나 적어도 좋은 시의 자리에는 이르지 못하고 말 것이다. 그러므로 정치경제적 모순의 극복을 목적으로 제작된 시의 경우에도 그 시가 우리에게 깊은 감동을 준다면 그 감동의 배후에 순수영혼에서 솟아나오는 감정의 출렁임이 반드시 존재한다는 것을 예단할 수 있고 또 실제로 확인할 수 있다.[2]

여기서 "서정의 파장을 차단해 버린 채 인식의 내용만을 전달"하는 것은 시의 영역에서 벗어난다는 대목에 유념하자. 그는 '시＝서정시'라는 입장에서, 시는 "순수영혼에서 솟아나오는 감정의 출렁임"이 반드시 있어야 한다면서, 정치경제적 모순극복을 목적으로 하여 제작된 시도 그런 감동을 주어야 한다고 주장하고 있다. 그는 그런 시의 예로 고은의 「어느 抒情詩編 1」을 들면서, 이 시는 "우리가 가야 할 세계에 대한 그리움, 그 세계가 반드시 오고야 말 것이라는 믿음이 서정의 축을 이루고 있다"[3]고 평하고 있다.

그는 현실참여시를 무조건 부정하고 있는 것은 아니다. 그는 "우리가 처해 있는 현실의 구체적인 양상이 시에 수용될 수 있고 사회구조적 모순에 대해 이론적 비판도 시로써 가능"[4]하다고 본다. 다만 "문제는 사회적 모순과 시적 창조의 정신이 어느 정도의 균형을 이루는가 하는 점"이라 강조하면서, "사회의 구조적 모순을 인식하고 그 모순의 해결을 위한 운동을 전개하는 것이 시쓰기보다 우선하는 일이라고 생

---

2) 이숭원, 「자아 인식의 시적 징후들」, 위의 책, p. 172.

3) 위의 글, p. 173.

4) 이숭원, 「삶의 거울로서의 서정성」, 위의 책, p. 153.

각된다면 선선히 시를 버리면 그만이다"고 단언한다. 현실을 비판하되 시적 장치와 손을 잡지 않는다면 그것은 시가 아니라는 것이 그의 주장이다. 그의 이러한 주장은 1980년대의 한국시를 지배해온, 휑소한 구호만 난무하는 과격한 선전선동시에 대한 비판을 내재하고 있다.

현실을 비판하되 시적 장치를 갖춘 시로 그는 김정환의 「겨울묘지에서」를 들고 있다. 이 시는 "분신자살한 젊은이의 묘지를 축으로 하여 우리들 삶의 황폐함과 한 개인의 죽음이 갖는 의미를 천착"해간다고 본다. 이 시에 나타나는 "눈 내린 겨울묘지의 묘사는 고은의 아름다운 시 「文義마을에 가서」가 연상될 정도로 서정적"이면서, "그 서정성의 깊이에는 현실에 대한 날카로운 인식이 숨어 있다"는 것이다. 그러면서, 그는 이 시가 "죽음과 삶을 대립적 관계가 아닌 포용의 관계 속에 인식함으로써 우리의 공동체적 삶의 한 지평을 열어 보이고 있다"고 평한다. 서정시에 기초한 현실참여시 비판은 난해시 비판으로 이어진다.

시의 난해성을 옹위하는 이러한 주장들은 가진 자의 횡포와 똑같은 의미에서의 아는 자의 횡포인 것이다. 시는 어디까지나 문학의 울타리를 벗어날 수 없고 문학은 문화의 일환으로서 존재가치를 갖는다. 문화라고 할 때 그 말 속에는 인간의 공동체적 삶의 의미가 담겨 있다. 어찌 사람이 혼자서 문화를 창조할 수 있을 것인가. 그러므로 욕설이나 넋두리에 불과한 언어유희나 내적 독백은 시인 자신의 정신적 배설일 수는 있어도 우리에게는 더 이상 시가 아니다. 설사 자신의 특이한 체험세계가 형식이나 언어의 해체를 통해서야 표현될 수 있다고 판단되는 경우라도 시인은 열번 백번 그 외의 방법은 없겠는가를 곱씹어 생각해 보아야 할 것이다.[5]

"현대사회는 다양한 문화적 층위와 갈등요인이 복잡하게 얽혀 있는 상황이고 그 복잡한 상황에 처한 인간의 심리나 정서 역시 복잡하기 때문에 시가 어려워질 수밖에 없다"면서, "언어의 충동적 파괴나 시형식의 폭력적 해체가 현대의 복합적 생활체험을 반영한 것"이라는 난해시 옹호론에 대해, 그는 그것을 "지적 허위의식"이라 비판하고 있다. 문화의 일종으로서 시문학에는 "인간의 공동체적 삶의 의미"가 담겨 있어야 하는데, 난해시는 그런 공동체적 삶이 결여된 채 "시인 자신의 정신적 배설"에 머물고 있다는 것이다. 그러면서 그는 언어해체 외의 또다른 방법을 "열번 백번" 생각해보라 하는데, 이 때 그가 주장하는 또다른 방법은 다름 아닌 '서정시'다.

난해시에 나타나는 언어유희에 대한 비판은, 시를 "말 다루는 방법만 익히면 만들 수 있는 조형물" 내지 "말장난이나 손재간에 불과한 것"[6]으로 전락시키는 신비평에 대한 비판으로 이어진다. 그에 의하면, 엘리어트에서 출발한 신비평은 "아이러니, 파라독스, 텐션, 위트 등의 술어를 설정하여 현대시의 가치를 판정하고 그 주지적 특징을 설명"하려 했다. 그런데 이러한 방법론이 "시의 부분적인 국면들에 지나치게 집착함으로써 시가 사상이나 관념을 거느릴 수 있는 길을 오히려 차단해 버린 결과"를 초래했다는 것이다.

이처럼 이숭원은 서정시를 그의 비평적 세계관으로 설정하고, 그런 시적 장치를 파괴하는 현실참여시와 난해시, 그리고 정서가 배제된 말장난의 시를 비판하면서 서정시의 시대적 의미에 대한 탐색에 집중한다.

---

5) 위의 글, p. 146.

6) 이숭원, 「자아 인식의 시적 징후들」, 위의 책, p. 180.

3. 서정시의 개념과 그 시대적 의미

그렇다면 이숭원이 지향하는 서정시란 무엇이며 그것이 갖는 시대적 의미는 무엇일까?

모든 문학이 그러하겠지만 시는 특히 사랑에서 시작된다. 현실에 대한 비판이건 자연에 대한 서정적 관조건 사랑의 터전이 없으면 시란 애초에 성립되지 않는다. 시에 관한 한, 분출되는 분노의 포효에도 사랑이 깃들여야하며 대상의 이미지를 건조하게 제시하는 데에도 그 대상에 대한 사랑의 정신이 필요하다. 문제는 그 사랑의 정신이 어떤 대상에 대해 어떤 방식으로 작용하는가 하는 점이다. 사랑에도 여러가지가 있어서 자기사랑에 빠져버린 사람이 있는가 하면 겉으로는 남을 사랑한다고 외쳐도 그것이 결국은 자기를 사랑해 달라는 말의 다른 표현에 지나지 않는 경우도 있다. 진정한 사랑은, 자신이 남과 더불어 살아간다는 인식이 선명해질 때, 다시 말하여 자기 외에도 수많은 존재들이 이 세계를 같이 살아간다는 인식이 뚜렷해질 때 자연스럽게 솟아날 것이다.[7]

그는 자연에 대한 서정적 관조이건 현실에 대한 비판이건, 시는 사랑이 없으면 성립되지 않는다고 주장한다. 그 사랑은 "자신이 남과 더불어 살아간다는 인식"에 기초한 것이다. 이것은 앞서 그가 언급한 "공동체적 삶"이 담긴 사랑과 연결될 수 있다. 곧, 그가 주장하는 서정시는 "나와 타인과의 올바른 관계맺음, 더 나아가 모두가 더불어 살아간

---

7) 이숭원, 「세계인식의 시적 검증」, 위의 책, pp. 158~159.

다는 확인"에 기초한 공동체적 사랑에 뿌리를 드리우고 있으며, 그런 확인이야말로 "세계를 진보시킬 수 있는 중요한 기틀"인 것이다.

그의 이런 주장은 일제강점기의 김소월, 한용운, 정지용, 이육사, 백석, 오장환, 이용악, 유치환 등의 서정시인에 대한 깊고도 폭넓은 연구에 기초하고 있다. 이들 서정시인들은 일제강점기에 상실된 공동체적 삶의 질서를 회복하려고 노력했고, 그 상실의 아픔을 사랑으로 극복하려 한 서정시인들이다. 그는 이들에 대한 연구를 통해, 오늘날의 서정시 역시 공동체적 인식에 기초하여 그 삶과 그것에 대한 사랑을 확보해야 한다는 논리를 설정한 것이다.

그의 서정시론은 서정시가 현실을 외면한 초월적인 것이라는 주장에 대한 반론의 기반을 제공하면서, 동시에 서정시의 시대적 의의에 대한 영원성을 부여하는 발판을 마련해주고 있다. 그가 주장하는 서정시는 개인주의와 비인간화가 만연한 오늘날의 사회에서 상실된 세계, 곧 인간과 인간, 인간과 자연이 더불어 공존하는 세계를 지향하는 것이다. 오늘날의 사회에서 상처받고 소외된 사람들과 사물들을 따뜻한 사랑으로 감싸안고 그들과 더불어 공존하려는 정신이야말로 자아와 세계의 동일성을 지향하는 서정시의 본령에 해당된다.

그는 공동체적 사랑을 근간으로 하면서, 여기에 정서와 음악과 언어의 절제를 갖추어야 한다고 주장한다. 먼저 정서의 측면이다. 서정시는 체험에 기초한 정서를 담아내되, 그 정서를 미적 거리를 통해 표출해야 한다. 즉 "체험에서 정서가 직접 유발되는 것이 아니라 내적 조정 작용을 거쳐야 한다는 것"[8]이다. 이를 나태주의 시 「다리위에서」의 분

---

8) 이숭원,「자아 인식의 시적 징후들」, 위의 책, p. 185.

석을 통해 설명하고 있다. 나태주의 시를 보면, 이 시는 1연과 6연에서 '너'를 '가을꽃'과 '초저녁 밤별'에 비유하는데, 이들 이미지들은 공통적으로 소멸의 의미를 띤다. 이에 따라, '너'라는 존재는 비유적 이미지들을 매개로 하여 "연약하고 가냘픈 속성"을 지니면서, "연약한 존재의 끝없는 이어짐"을 독자들에게 환기시킨다.

다음, 그는 서정시의 또다른 속성으로 음악의 측면을 강조한다. 여기서 우리가 일반적으로 시의 음악성을 논할 때면 대부분 운율만을 생각하는데, 그는 그 단계를 뛰어넘어 주제구현과 관련시켜 운율을 논한다.

> 음악과 시의 관련성은 주로 운율의 측면에서 검토되지만 그 형식의 측면에서도 공통성이 지적될 수 있다. 즉 음악에 있어서 처음에 제시된 주제가 다소 발전된 변형을 보였다가 절정에 이른 다음 처음의 주제로 되돌아가 마무리를 짓는 구성 형식은 대부분의 서정시에서도 그대로 발현된다.[9]

서정시에 있어서 음악의 이러한 측면에 대해, 그는 나태주의 동일한 시에 대한 명쾌하고도 심도 있는 분석을 통해 설명하고 있다. 그에 의하면, 나태주의 시는 음악의 대위적 구성형식을 이어받고 있다. 전체 6연으로 된 이 시는 "1연과 6연이 동일한 구조를 취하고 있는데, 2연과 5연은 대립적 의미가 동일한 형식으로 표현되어 있고, 3연과 4연도 현상과 본질의 대립적 의미를 대등한 위치에 배치"해 놓고 있다. 따라서 이 시는 "삼각형의 정점에 주제를 배치시키고 양쪽의 빗변에 같은 크

---

9) 위의 글, p. 186.

기의 버팀목을 괴인" 구조를 띠면서, "이등변 삼각형의 안정감 있는 구조가 그 안에 담긴 정서의 순정함으로 잘 감싸고" 있다. 이처럼, 그는 서정시에 있어서 정서와 음악의 중요성을 역설하면서, 나아가 언어의 내밀한 조직을 강조한다.

　시는 언어를 통하여 어떤 의미를 드러내는 한편으로 많은 것을 그 안에 감추어둔다. 따라서 한 편의 시는 언어의 표층에 드러난 것 이상의 많은 의미를 감추고 있다. 그러면 시는 왜 의미를 다 드러내지 않고 그 상당부분을 감춘 채로 남겨둘까? 의미의 표층적 전달의 측면만 고려한다면 해야 할 말을 줄이고 잘라버리는 것은 의미 전달의 전체량을 감소시키는 일 같지만, 말이 줄어든 부분은 더 큰 의미의 자장이 그 주위를 감싸기 때문에 전달되는 의미의 전체량은 증가하게 된다. 언어의 빈터가 더 풍부한 의미를 전달한다는 것은 시에 관한 한 진실이다. 그러나 무조건 언어를 비워두는 것이 풍부한 의미를 전달하는 방책인가 하면 그렇지 않다. 언어가 없는 빈 공간이 충분히 그 의미와 기능을 발휘할 수 있도록 유의미한 언어의 배열이 이루어져야 한다. 시에서의 행과 연의 구분은 언어의 유의미한 '있음'과 유의미한 '없음'이 시인의 직관과 사색에 의해 선택되고 배치된 결과이다.[10]

　전동균의 시 「그리운 풍경」과 「十月」을 두고, 두 작품이 시행과 시행 사이의 여백 및 굴절을 통하여 의미의 확충을 꾀하고 있다고 보면서, 이러한 의미의 확충은 단순히 말을 솜씨 있게 다루는 재주에서 얻어지

---

10) 이숭원, 「세계인식의 시적 검증」, 위의 책, pp. 163~164.

는 것이 아니라, 대상에 대한 정확한 인식과 그것을 자신의 내면에 용해시키는 정서적 깊이가 있어야 가능하다고 본다.

이상에서 보듯이, 그는 공동체적 사랑을 바탕으로 하여, 정서, 음악, 언어배치 등의 시적 장치를 서정시의 특징으로 들고 있다. 그러면서 그는 그것을 단순히 기교 내지 형식의 차원에서만 논하는 것이 아니라 내용적 측면과 관련시켜 논함으로써, 서정시의 질적 깊이와 양적 넓이를 동시에 확보하면서, 오늘날 우리 시대에 있어서 서정시의 시대적 의의를 탐구하고 있다.

여기서 서정시에 바탕을 둔 그의 시비평을 두고 변화를 거부하는 보수주의자의 관점이라 비판할 수 있을지도 모른다. 그러나 그는 그런 보수주의자가 아니다. 서정시의 본령을 유지하면서, 동시에 시대의 변화를 적극적으로 수용함으로써 서정시의 균형 잡힌 발전을 꾀하려 한다. 다음 구절은 이를 확연히 보여준다.

우리는 안정을 깨뜨리고 균형을 뛰어 넘을 때 새로운 사색의 활로가 열리고 참다운 지혜가 얻어지지 않을까 생각해 본다. 백척간두에서 진일보하는 모험정신이야말로 창조의 원동력인 것이다. 이러한 모험정신이 없을 때 시상은 자기순환의 회로에 갇혀 진부함을 면치 못할 것이며 감각과 상상력 또한 찬연한 천공으로 비상할 날개를 잃은 채 자족적인 동어반복을 되풀이할 것이다. 현실에의 안주보다 현실의 극복을, 자신의 균형 잡힌 삶보다 우리 모두의 조화로운 삶을 진지하게 추구할 때 시문학회 꽃밭의 구조는 변화하게 될 것이다. 그것은 곧 의식의 변화, 삶의 방식의 변화를 선행적으로 요구할 것이다.[11]

요컨대, 그가 주장하는 서정시는 공동체적 사랑을 바탕으로 세계를 바라보고 그것을 감싸안으면서 보다 나은 삶을 지향하려는 열린 시각에 기초하되, 미적 거리의 확보에 의한 정서표출, 주제를 구현하는 음악성, 그리고 절제된 언어미학을 그 특징으로 삼는다. 이처럼, 과격한 표현으로 현실참여와 현실비판을 주장하는 민중시 계열과 언어유희적인 양식파괴를 감행하는 난해시 계열이 1980년대 시단의 큰 물줄기를 이루어왔고, 거의 모든 시비평이 그들의 목소리를 무비판적으로 수용할 때, 그는 그런 시류에 영합하기보다는 서정시 본래의 시대적 의미를 외롭고도 치열하게 탐색해왔던 것이다.

4. 신화적 상상력과 초록의 광휘

시류에 영합하는 비평은 시대가 바뀌면 재빨리 그 몸치장을 달리한다. 좋게 보면 그것은 발 빠른 시대적 적응이겠지만, 달리 보면 그것은 비평적 세계관의 결여와 그에 따른 야합일 뿐이다. 변절이나 전향이 세계관의 질적 변화와 관련이 있다면, 시류에 영합하는 몸 바꿈은 변절도 전향도 아니다. 그것은 애초부터 변절할 그 어떤 세계관도 없기 때문이다.

1980년대 내내 현실참여적인 민중시와 시형식의 해체를 감행하는 난해시를 비판하면서 서정시를 일관되게 추구해오던 이숭원은, 1990년대에도 변함없이 서정시의 세계를 지향하면서 그 질적 깊이를 더해

---

11) 이숭원, 「화사한 서정의 꽃밭」, 위의 책, p. 263.

간다. 그의 이러한 측면은 1990년대를 마감하는 시점에서 제출된 시론
집 『초록의 시학을 위하여』에 전면적으로 제시되고 있으며, 특히 「서
정시의 위력과 광휘」, 「외롭고 휘황한 서정시의 길」이라는 두 편의 글
에 서정시에 대한 그의 세계관이 강렬하고도 집약적으로 표출되어 있
다.

> 표면적으로 보면 서정시는 현대사회에서 고립의 길을 걷는 것 같다.
> 그러나 고립 자체가 서정시에게는 오히려 영광일 수 있다. 그 고립은 서
> 정시 외곽의 현실이 더욱 비인간화되어 가고 있음을 알려주는 증표다.
> 따라서 서정시의 고립을 보면서 시인들은 고립 때문에 우울해 할 것이
> 아니라 서정시 외곽의 현실 때문에 우울해 해야 한다. 비인간적 현실로
> 부터 고립되어 가는 것은 오히려 시인에게는 기쁨이고 즐거움이다. 그
> 런 고립의 즐거움을 누릴 줄 아는 사람이 늘어날 때 비인간적 현실의 추
> 악화는 가속의 속도가 줄어들게 된다. (중략) 서정시는 바로 그 고립의
> 즐거움, 버림받음의 즐거움이 무엇인가를 우리에게 일깨워준다. 그러나
> 현실에 만족하고 나날의 삶이 즐겁다고 생각하는 사람에게 서정시는 끝
> 내 무용지물로 남을 수밖에 없을 것이다.[12]

여기서 비인간적 현실은 1990년대가 시작될 때 그가 이미 예견한
"방탕과 퇴폐"의 현실을 의미한다. 모든 것이 정보 메커니즘의 한 부속
품으로 전락하는 비인간적 상황과 그 상황에서 벌어지는 찰나적이고
감각적이고 쾌락적인 것에 대한 탐욕을 그는 정확하게 인지하고 있었

---

12) 이숭원, 「외롭고 휘황한 서정의 길」(『초록의 시학을 위하여』, 청동거울, 2000) p. 51.

던 것이다. 모든 것이 코드 기호화되고 상품화되어가는 시대, 자신의 쾌락을 위해 1980년대와는 또다른 무자비한 폭력을 휘두르는 시대, 그런 시대에 그는 서정시의 필요성을 더욱 강조하고 있다.

이제 그는 서정시의 뿌리에 대한 시야를 확대한다. 우리의 고대가요 「황조가」와 「공무도하가」에서 현대 서정시의 기본축을 찾아내면서, "서정시는 고대로부터 현재에 이르기까지 양식의 변화를 거의 일으키지 않은 문학갈래"로, 그것은 "마음의 움직임을 전달"하는 것이며, "마음의 움직임이라는 것은 지역이나 시대에 따라 크게 달라지는 것"이 아니라고 본다. "애모의 안타까움이라든가 사별의 슬픔 등은 옛날 사람이건 지금 사람이건, 서양 사람이건 동양 사람이건 거의 비슷하게 느껴질 것"이며, "이것을 흔히 정서의 보편성이라고 말하거니와, 사정이 이러하기 때문에 동서고금의 서정시는 대동소이한 양상을 지니게 된다"[13]고 주장한다. 그런 관점에서 그는 서정시의 '주류론'을 제창한다.

20세기 들어와서 이 서정시의 주류에서 벗어나려는 여러 가지 움직임이 있었다. 그 움직임들은 도도히 흐르는 서정의 강에 생긴 지류라고 할 수 있다. 다양한 지류는 결과적으로 서정시 전체의 윤곽을 풍요롭게 한다. 만일 그러한 지류가 없이 굵은 본류만으로 서정시가 전개되었다면 그것은 매우 단조롭고 답답한 모양으로 남게 되었을 것이다. 시의 역사는 서정의 본류와 그것에서 이탈하려는 지류 사이의 다양한 충돌과 길항의 과정으로 엮어져 있다. 그러나 지류가 시의 다양성을 보여준다고 해서 그것이 그대로 시의 주류는 될 수 없다. 어떤 사람은 전통적인

---

13) 이숭원, 「서정시의 위력과 광휘」, 위의 책, p. 15.

시의 경향과 전위적인 시의 경향을 거의 대등하게 보고 논의를 전개하
기도 하는데 그러한 발상은 결코 옳다고 할 수 없다. 주류와 지류가 대
등한 자리에 놓일 수는 없는 것이다.[14)

그는 문학사의 관점에서 논의를 전개한다. 그 어느 시대, 그 어느 사
회든 간에 서정시가 주류를 이루며, 이 주류로서의 서정시와 그것으로
부터 이탈하려는 지류 간의 충돌과 길항의 과정을 통해 서정시는 풍성
해진다고 본다. 그런데 문제가 되는 것은, 서정시를 이탈하려는 지류
가 주류를 대신하려고 하는 것인데, 오늘날의 우리 시의 혼란도 이에
기인한다고 보고, 이들 '주류화하려는 지류'들에 대해 비판을 가한다.
그것은 그가 1980년대에 이미 비판한 현실참여시와 난해시 두 가지인
데, 이들에 대한 비판이 이전의 비판보다 훨씬 깊이를 확보하고 있음
을 볼 수 있다.

먼저, 현실인식이나 현실비판을 주류화하려는 경향에 대해서이다.
그는 "서정시에서 그런 측면이 전면화되면 감정의 섬세함을 표현해야
할 시의 또다른 중요한 요소가 약화될 우려"가 있으며, "서정시가 현실
을 비판하고 세계를 변화시킨다는 것은 서정시의 결과에 대한 지적이
지 그것이 목적으로 환치"[15)될 수는 없다고 본다. 중요한 것은 "현실인
식과 서정성이 어떻게 조화를 이루며 그것이 시적 성취로 어떻게 연결
될 수 있는지를 다양한 각도에서 차분하게 점검"하는 것이라면서, 굳
이 현실비판을 강조하려면 그것은 시 장르보다는 소설 장르가 더 적합
하다고 주장한다.

---

14) 이숭원, 「외롭고 휘황한 서정시의 길」, 위의 책, pp. 35~36.
15) 이숭원, 「서정시의 위력과 광휘」, 위의 책, pp. 16~17.

다음, 실험정신을 강조하는 쪽이다. 그는, 시양식 자체 내에서의 실험은 예술사의 전면적인 변화를 가져오지 못한다고 보고, 20세기 전반기의 실험적 시양식인 이미지즘과 초현실주의를 예로 들어, 이들은 "시에 근본적인 변화를 가져오지는 못하고 표현기법이라든가 시의식의 측면에 부분적인 변화를 가져옴으로써 시의 영역을 풍요롭게 하는 선"에 머문다고 본다. 이어, "문학사에 돌출된 실험적 양식은 그 자체로는 생존력이 약하며 문학사의 커다란 흐름에 작은 변화의 족적을 남기는 정도에서 그 존재의의를 확인"할 수 있다면서, "그런 전위적 모험가들마저 없었다면 문학사는 답보와 정체의 역사가 되고 말았을 것이니 창조적 실험정신이 지닌 의의는 충분히 인정할 만하다"고 함으로써, 서정시라는 주류를 풍성하게 하는 지류로서의 실험시만을 인정한다. 1980년대부터 지속적으로 제기된 그의 서정시론은 이제 다음 구절로 집약된다.

> 서정시는 삶의 국면을 압축적으로 보여주면서 갈등을 넘어서는 길이 무엇인가를 탐색한다. 갈등을 넘어서는 길은, 서정시의 바탕을 이루는 신화적 상상력, 표면에 드러나는 암시와 상징의 어법에 의해 비로소 열린다. 압축과 생략으로 말을 엮어 가기 때문에 서정시의 짧은 형식 속에는 풍성한 의미내용이 함축될 수 있다. 한 순간에 포착한 마음의 움직임이 시의 형식으로 정착되는 순간 그것은 공간적으로 무한하고 시간적으로 영원한 상징체로 우리 앞에 떠오른다.[16]

---

16) 위의 글, p. 24.

여기서 이전에 그의 서정시론에서는 볼 수 없던 "갈등을 넘어서는 신화적 상상력의 세계"라는 단어에 주목할 필요가 있다. 그는 과학적 세계관과 신화적 세계관을 대비시키고, 근대 이후 신화적 세계관은 붕괴되고, 모든 것을 계량적이고 분석적인 시각으로 사물과 세계를 대하는 과학적 세계관이 지배한다고 본다. 과학적 세계관이 지배하는 근대 세계에서 시는 "현실의 차원에서 현실의 언어로 신화적 세계관"을 펼쳐내되, "영적인 신비주의로 넘어가지 않으면서 인간과 세계가 과학의 논리와는 다른 차원에서 융합을 이루는 장면을 우리 앞에 현현"[17]해내야 한다는 것이다. 곧 "시는 사라져 가고는 있지만 우리들 삶의 어느 한 구석에 분명히 존재하는, 그래서 그 사라짐과 희귀성이 오히려 인간적 가치의 부재에 대한 그리움을 자아내는 그런 장면"을 보여주어야 한다.

그가 주장하는 신화적 상상력을 보다 구체적으로 살펴보기 위해, 이준관의 시 「부엌의 불빛」과 신경림의 시 「묵뫼」에 대한 그의 비평을 보자.

(i) 신화적 상상력은 과학적 계량성에 파편화되어 버린 우리의 의식을 화평의 온기로 감싼다. 어머니로 표상되는 인간의 자애로움 속에 부엌의 모든 사물은 온화한 불빛을 나누어 갖는다. 고양이가 핥는 작은 접시에서부터 하늘의 별에 이르기까지 어머니의 마음이 두루 퍼진다고 생각하는 경지는 인간과 인간의 갈등, 인간과 세계의 갈등을 모두 무화시키는 경지다. 이것은 갈등의 존재를 처음부터 부정하는 시각이 아니라 존재하는 모든 갈등이 합일의 공간에서 해소되어야 한다는 염원을 형상

---

17) 위의 글, p. 21.

화하는 경지다. 그 염원은 갈등에 시달리는 현재의 곤고한 삶에 위안을 준다.[18]

(ii) 여기서 묘사된 죽음의 세계는 바로 서정시의 세계와 같다. 그것은 세계의 갈등을 부정하는 것이 아니라 대립의 칼날을 갈아 다툼을 무화시키는 역할을 한다. 갈등을 갈등대로 인정하면서 갈등을 넘어서는 길을 모색하는 것이다. 그런 갈등의 무화에 서정시가 내장하고 있는 신화적 상상력이 중요한 역할을 한다. 인간과 세계를 하나로 융합하면서 둘 사이의 갈등을 녹여 없애고 마음의 안식을 얻게 하는 기능을 수행한다.[19]

근대 이후 등장한 과학적 세계관은 인간에 의한 자연지배로 집약될 수 있다. 인간이 중심이 되어 자연을 과학적으로 계량화하고 지배하는 과정에서 근대자본주의가 태동된 것이다. 인간에 의한 자연지배에서 출발한 근대는 중심과 주변의 분열과 대립이라는 폭력적인 이항대립 체계를 구축한다. 이 체계 아래에서 인간과 자연, 인간과 인간의 분열과 갈등이 심화되고, 여기에 물질만능주의에 입각하여 모든 것이 상품 물신화된다. 특히 정보사회에 이르러 인간과 자연, 인간과 인간의 대립과 갈등이 가속화되면서, 생태계파괴와 인간의 비인간화가 도를 넘어서 이제 위험수위에 육박해 있다.

이숭원의 서정시가 궁극적으로 지향하는 신화적 상상력은 그런 갈등의 세계를 무화시키고 그 갈등이 해소되는 합일의 공간으로 나아가

---

18) 위의 글, pp. 21~22.
19) 위의 글, pp. 23~24.

기 위한 방법론에 해당된다. 신화적 상상력의 세계는 이준관의 시에서 보듯, 밤하늘에 빛나는 별과 지상의 모든 사물이 교감하는 세계, 곧 인간과 자연, 인간과 세계가 하나로 융합되는 곳이다.

인간과 자연, 인간과 인간이 합일되는 세계를 두고, 루카치는 '선험적 총체성' 내지 '서사시적 세계'로, 도스토예프스키는 '인류사의 황금시대'로, 하이데거는 '존재의 집'으로 명명했다. 이숭원의 서정시론이 이 단계에까지 도달할 수 있었던 것은 서정시의 시대적 의미에 대한 그의 지속적이면서도 치열한 탐색의 결과이다. 그는 이제 서정시의 영원성을 주장한다. 서정시는 "우주시대"가 와도 사라지지 않을 것이며, "인간의 평범한 삶의 국면이 아름다움을 자아내고 그 아름다움이 시대를 넘어서는 영원성을 지니는 것처럼 서정시도 영원"[20]할 것이라고 주장한다. 그의 지적처럼, 인간과 자연, 인간과 인간이 조화롭게 공존하는 세계는 근대 이후 상실된 인류의 원초적 고향이자, 오늘날의 우리들이 진정 인간다운 삶을 영위하기 위해서는 반드시 되찾아야 할 지향점이다. 따라서 그런 세계가 도래하기 전까지 그가 지향하는 서정시는 영원히 사라지지 않을 것이다. 아니 영원히 서정시는 '초록의 광휘'를 발할 것이다. 이 지점에 그의 서정시론이 갖는 시대적 의미가 자리잡고 있다.

다음 구절을 읽는 것으로 이 글을 마치고자 한다. 다음 구절에서, 우리는 비인간화되고 사물화되어가는 오늘날, 서정시에 대한 강렬한 애착을 가지고 서정시의 존재의의와 그 영원성을 가열차게 탐구해온 한 비평가의 치열한 비평정신을 만날 수 있을 것이다. 동시에 이 구절을

---

20) 위의 글, p. 26.

통해 시대의 어둠 속에서 길 잃고 방황하는 우리 시와 시비평이 나아
갈 방향이 무엇인가를 아프게 깨달을 수 있을 것이며, 더불어 우리가
지금의 황폐한 삶을 극복하고 지향해야 할 진정 인간다운 삶이 무엇인
지를 강렬하게 떠올릴 수 있을 것이다. 그의 서정시론이 더욱더 생생
한 초록의 광휘를 발하면서, 어둠을 밝히는 강력한 불빛으로 오래오래
지속되리라 믿어 의심치 않는다.

　　우리는 이 시(인용자-고재종의 「綿綿함에 대하여」)에서 절망을 희망
으로 바꾸는 구원의 북소리를 듣는다. 상실의 끝판에서 울려나오는 부
활의 북소리를 듣는다. 둥둥둥 울려나오는 그 북소리에 이끌려 우리는
휘어진 허리를 펴고 생생한 초록의 광휘를 본다. 그리고 거기서 삭풍의
시대를 견뎌낼 수 있는 힘을 찾는다. 이것이 바로 생명의 본질을 통찰하
는 서정시가 우리에게 전해 주는 능력이다. 이러한 서정시의 변모는 일
제강점기 어둠의 공간에서 시를 쓰던 우리의 선배 시인들이 보여주던
것이기도 하다. 비단 우리의 경우만이 아니라 어느 나라 어느 시대에서
건 어둠에 봉착했던 사람들이 하늘의 별을 그리며 토해내던 서정적 표
출의 양식에서 쉽게 엿볼 수 있는 것이기도 하다. 서정시의 전통은 이처
럼 유구하고 면면하다. 과거에 그러했던 것처럼 미래에도 서정시는 상
처받은 영혼을 위무하고 우리를 더 높은 자리로 고양시킬 것이다. 서정
시의 위력과 광휘는 그렇게 면면할 것이다.[21]

---

21) 이숭원, 「서정시의 위력과 광휘」, 위의 책, p. 32.

제3부
존재의 집 찾기

야성적 생명세계를 찾아 방황하는 겨울새의 미학

― 김주영 론

1. 겨울하늘을 떠도는 새의 문학

요즘, 소설가는 있되 읽을 만한 소설작품은 없다는 말을 한다. 오늘날 발표되는 일군의 젊은 작가들의 작품들을 읽노라면, 그것이 결코 근거 없는 말이 아님을 새삼 깨닫게 된다. 문학에 대한 혹독한 수련과정을 거치지 않은 채, 문단상업주의에 편승하여 쉽게 대량으로 쏟아져 나온 이들 작가들은 삶과 문학에 대한 진지한 고뇌나 열정 없이 그저 닥치는 대로, 혹은 생각나는 대로 가볍게 작품을 쓰고 있는 것 같다. 자신의 문학세계에 대한 깊이 있는 성찰이 결여된 이들의 작품들은 다분히 일회적이고 유행추수적이다. 어떤 것이 유행하면 그것에 부나방처럼 달려들어 흉내내기를 하다가, 또다른 것이 유행하면 몸 가볍게 자신을 변신시킨다. 그러기에 이들 작품들은 인물만 다를 뿐이지, 거의 동일한 소설적 내용을 지니고 있다. 이들 작품들에서 개성적 작가의 개성적 문학세계를 찾기는 대단히 힘들다.

훌륭한 작가의 작품들을 읽노라면, 그 다양한 변주의 심층에 도도히 흐르고 있는 하나의 빛나는 문학정신을 만날 수 있다. 그 정신은 오랜 세월의 풍파를 겪으면서 삶의 앙금이 쌓이고, 그 쌓임이 더할수록 세계에 대한 작가인식의 넓이와 깊이가 확보되면서 옹골차져 간다. 그런 정신은 한 시대의 삶의 본질에 심원한 뿌리를 드리우고 있기에, 우리는 그런 작가의 문학정신을 통해 그 시대의 자화상을 그려볼 수 있다. 그러면서 또한 그 정신을 통해 작가의 정신적 상흔 내지 글쓰기의 뿌리를 은밀하게 엿볼 수 있다.

1971년 「휴면기」를 발표하면서 작가활동을 시작한 김주영의 문학세계가 어느덧 30여 년이라는 시간의 궤적을 그리면서 지금에 이르고 있다. 그 동안 그는 많은 작품들을 발표하였고, 또 긴 시간만큼 문학적 모습을 다양하게 변모시켜 왔다. 그러나 크게 보아 김주영의 소설세계는 다음 두 가지로 분류될 수 있다. 그의 초기의 작품들은 대도시 서울의 소외된 인물들, 특히 공격적인 남성주인공을 대상으로 하여 비어와 속어를 통한 풍자와 빈정거림에 치중하고 있다. 그러다가 「겨울새」 이후 1980년대 들어서면서 그의 작품들은 유년시절의 고향이나 농촌을 배경으로 하여, 불행한 여성들 내지 뿌리 잃고 보헤미안처럼 떠도는 자들의 삶의 애환을 그려내고 있다. 이 변모과정에서 그의 문학의 심층을 관통하고 있는 것은, 겨울처럼 황량하고 삭막한 현실에 정착하지 못하고 떠도는 겨울새들의 고독, 그러면서 그 끈질긴 생명력을 그려내고 있다는 점이다. '겨울하늘을 떠도는 새'의 문학으로 명명되는 그의 문학정신은 대게 아버지의 부재와 불행한 어머니로서의 여성, 그들의 방황과 정착을 기본 모티브로 하고 있다. 이런 그의 문학정신은 1970년대의 파행적 산업화와 1980년대의 암울한 시대에 대한 문학적 상징으로 우리들에게 다가오면서, 그런 황폐한 시대를 견뎌내기 위한 작가의 시대적 몸부림이 그의 원체험과 연결된 것으로 파악된다. 장편소설 『홍어』(문이당, 1998)도 그의 이런 문학정신에 그 뿌리를 드리우고 있으면서, 그 나름의 독특한 색채를 띠고 있어 주목된다.

2. 겨울눈 덮인 적요한 집과 어머니의 한

『홍어』는 표면상 어린 화자 '나'의 성장소설의 형태를 취하고 있다. 아버지가 부재하는 집에서 어머니와 단 둘이 지내는 열세 살의 '나'(세영)가 겨울을 맞이하고 이듬해 열네 살의 겨울을 맞이할 때까지, '삼례'라는 낯선 여자와 만나 헤어지고, 떠나갔던 '바람둥이' 아버지를 다시 만나면서 조금씩 성인의 세계와 현실에 대한 인식을 성숙시켜 가는 과정을 줄거리로 삼고 있다. 이 줄거리를 김주영은 유려한 문체, 다양한 이미지와 상징적 장치들을 통해 묘파함으로써 독자들의 흥미를 배가시키고 있다. 그러나 이것은 표면적인 줄거리일 뿐이다. 작가는 이 표면적 장치의 내부에 가부장제로 표상되는 기존의 억압적인 사회질서를 넘어서서 원시적이고 야성적인 생명이 넘쳐 흐르는 세계에 대한 강렬한 지향성을 작품에 포진시켜 놓고 있다. 이를 구체적으로 살펴보자.

김주영의 소설에서 대게 아버지는 부재하거나 사악한 존재로 등장하는데, 이번 소설에서도 그 기본축은 변함없이 적용되고 있다. 반면 외간남자와 정을 통하는 어머니로 전형화되어 있던 어머니 상은 이번 소설에서 큰 변화를 겪고 있다. 이 작품에서 어머니는 떠나버린 바람둥이 남편을 기다리면서 속앓이를 하는, 전형적으로 순종적이면서 내조적인 한국적 여성상으로 우리에게 다가오고 있다.

　아버지가 집을 떠난 이후 모든 가계운영을 어머니 혼자 감당해 오고 있었기 때문이다. 그런 처지에 있었으면서도 어머니는, 이웃의 남정네들과는 철저한 단절을 두었고, 아낙네들끼리라도 야단스런 교류를 하지 않았다. 가슴앓이를 하고 있었는데도 지병 하나쯤은 앓아가며 살아야 하는 것처럼 약도 쓰지 않았다. 소모적인 감정발산을 최대한으로 절제하려는 그 이면에는 남편으로부터 외면당하고 있다는 모멸감이 자리잡고 있었다. 그러나 나를 닦달하는 일만은 매우 따끔한 편이었는데, 그것은 애비 없이 자란 버릇없는 자식이란 평판을 들을까 봐서였다. (p. 41)

　어머니는 '나'가 열 살 되던 해 집을 떠난 '바람둥이' 아버지를 기다리면서 가슴앓이를 하고, 그러면서 자식을 엄하게 키우는 여성상으로 등장하고 있다. 이웃들과의 일체의 교류를 차단한 채 삯바느질로 생계를 유지하는 어머니와 단 둘이 살아가는 집, 그 "고요하고 적요한" 공간은 때마침 내린 겨울폭설로 인해 철저히 외부와 차단된 채 일종의 "몽환의 공간"으로 설정되어 있다. "황량하고 메마른 설국"의 세계를 만드는 겨울눈이 배경으로 등장하면서, 집은 현실과의 관계를 철저히 절연한 비현실적인 공간으로 기능한다. 그 공간에서 어머니는 떠나버린 아버지에 대한 미련과 그리움을 내면화시키면서 고통스러운 삶을 영위해가고 있다.

　어머니의 오랜 기다림은 슬퍼서 아름다운 것이었고, 좌절과 희생, 권

태와 기대, 그리고 때로는 설레는 희열과 어둡고 답답한 환멸과 울적함까지도 모두 버리지 않고 껴안은 섬뜩한 애증이었다. 어쩌면 나보다 더 애타게 눈 내리기를 기다리고 있는 것도 어머니가 가진 그 환멸과 모순덩어리의 사랑을 속속들이 표백당하는 단련을 통해 어디엔가 도달하고 싶은 소망 때문인지도 몰랐다. (p. 154)

다른 여자와 바람을 피우다 쫓겨나다시피 떠난 남편을 기다리는 "마른 풀잎 같이 여윈" 어머니. 그리움과 기다림의 세월에서 가슴속에 한이 하나씩 쌓여가고, 그러면서 "안방 윗목 재봉틀 앞에 흡사 만들어 놓아 둔 인형"처럼 앉아서 삯바느질로 그 한을 다스리는 어머니. 그런 어머니와 단 둘이 있는 집은 살아 숨쉬는 생명적인 것이라고는 모두 겨울눈에 얼어붙어 버린 황량한 공간이다. 그 공간에서 떠나버린 남편에 대한 그리움을 어머니는 두 가지 형태로 표출한다.

아버지의 별명은 홍어였다. 때로는 가오리라 부르는 사람도 있었다. 얼굴 생김새가 갸름하기보다는 네모진 편인 아버지는 목덜미께에 백납까지 들어 있었기 때문에 언뜻 홍어의 살가죽을 떠올릴 수 있다는 데서 붙여진 별명인 것 같았다. (p. 35)

홍어와 가오리를 닮은 남편에 대한 그리움을 어머니는 부엌 문설주에 홍어포를 걸어두는 것과 '나'에게 가오린 연을 만들어 날리게 하는 것으로 대체한다. '나' 역시 가오리연을 날리면서 부재하는 아버지에 대한 그리움을 내면화한다.

연줄을 끊고 달아나는 가오리연이 깝죽깝죽 턱을 들까불면서 먼 산
등성이 뒤쪽으로 속절없이 사라지는 모습을 바라보면서, 나는 문득 오
래 전 우리 두 사람을 버리고 타관으로 떠나버린 아버지를 생각하곤 하
였다.(p. 21)

가장(家長)이 부재하는, 설국의 세계처럼 황량하면서도 비현실적인
몽환의 공간에서 남편에 대한 한 맺힌 그리움으로 인해 하얗게 표백된
삶을 살아가는 어머니, 그리고 아버지에 대한 그리움을 가오리연으로
대신하는 '나'. 그러나 이들의 공간은 '삼례'라는 낯선 비렁뱅이 여자
의 등장으로 인해 균열이 가기 시작한다. 삼례의 출현으로 인해 집의
고요함과 몽환의 세계는 깨지기 시작한다. 이 균열은 아버지를 기다리
는 어머니의 삶의 방식에 변화를 야기하여, 작품말미에 가서 어머니로
하여금 되돌아온 남편 곁을 떠나게 만든다. 그리고 '나' 역시 삼례를
통해 현실과 성인세계의 모순을 인식하게 되면서, 결국 삼례로 상징되
는 세계로 나아간다.

3. 황량한 설국의 세계와 가부장제 질서 비판

'바람둥이' 가장이 부재하는 상황, 그런 가장에 대한 기다림과 그리
움이 절절히 배여 있는 적요한 집, 그리움을 홍어와 가오리연으로 대
체하는 몽환의 공간, 여기에 현실과의 모든 관계의 끈을 차단시키는
황량하고 삭막한 설국의 세계. 이 공간에서 가정의 일상적 평화로움이
나 삶과 생명의 활력 내지 숨결을 전혀 느낄 수 없다. 다만 깊은 침묵

과 정적이 감도는 불모의 공간, 사면이 백색의 겨울눈으로 꽉 막힌 채 모든 생명적인 것이 꽁꽁 얼어붙은 공간, 그 공간에서 황폐하고 비생명적인 냉기만을 감지할 수 있을 뿐이다.

작가 김주영이 이러한 상황설정을 통해 전달하려는 메시지는 무엇일까? 그것은 기존의 사회질서에 의해 획일화된 세계는 얼음 같이 차가운 비생명적 세계에 불과하다는 것을 깨우쳐주기 위해서이다. 그것은 가부장제 질서에 대한 비판으로 작품 속에 구체화되어 나타난다.

김주영의 소설세계에서 아버지는 대개 부정적인 인물로 등장한다. 병들어 죽거나 허약하거나 아니면 부재하거나, 혹은 의붓아버지의 형태로 제시된다. 『홍어』에 등장하는 아버지도 그 부류에서 벗어나지 않고 있다.

혼례를 지르고 난 뒤…… 신접살림을 차리고 나서도 한참 뒤에야 너 그 아부지가 특별한 일거리가 없는 사람이라는 걸 알았제. 그럴듯한 가문의 후손이란 허물만 있었지, 논농사든 밭농사든 순전히 남의 품을 빌려서 짓는 건달이나 다름없었제. 그렇다고 머릿속에 식자깨나 들어 있어서 이웃간에 대접을 받는 처지도 아이었다. 그런 사람이면서, 일년 삼백육십오 일 두고 밥숟갈을 놓기가 무섭게 바깥출입을 할 만치 무척이나 바쁜 사람이었제. 한번 나가면 밤중 아이면 돌아오는 법이 없었고, 어떤 때는 사나흘씩이나 종무소식일 때도 있었다. 그런데도 나는 트집을 잡을 건더기가 없었다. 남정네들이란 으레껏 그만한 소간이 있어서 출입이 바쁜 것이라고 생각했제. 내 생각이 그랬는데 무슨 강짜를 놓겠노. 나는 오히려 뒷전에서 개평이나 뜯는 못난 사람 되지 말고 투전판에 뛰어들어서 패를 돌리는 사람이 되라꼬 부추겼다. 그기 남자로 태어나

서 해야 할 처신이 아이겠나. (pp. 259~260)

어머니에 의해 그려지는 아버지의 모습을 통해, 이 소설의 아버지 역시 사악한 가장임을 알 수 있다. 그런데 여기서 중요한 점은 사악한 가장의 존재가 전형적인 가부장제 질서에 놓여 있다는 점이다. 곧 남편이 어떤 존재이든, 남편에 대한 무조건적 복종과 순종을 미덕으로 여기는 가부장제 질서에 철저히 길들여진 아내에 의해 남편의 탈선과 가출이 행해졌다는 점이다. "남자로 태어나서 해야 할 처신"이라는 잘못된 이데올로기에 길들여진 아내에 의한 일종의 방조에 힘입어, 홍어를 닮은 아버지는 '춘일옥집' 부인과 간통을 하다가 야반도주를 한 것이다.

비록 다른 여자와 간통을 하다가 야반도주한 채 집으로 돌아오지 못하는 가장이지만, 가부장제 질서에 함몰되어 있는 가족에게 있어서 가장의 부재는 가족의 기둥이 없어진 것과 같다. 마치 폭설이 내려 지붕에 눈이 덮일 때, 가장이 부재하는 집만은 기둥의 부실로 인해 무너져 내릴 수도 있는 그런 상황인 것이다. 그러기에 남편에 대한 어머니의 그리움이나, 아버지에 대한 '나'의 그리움은 가부장제 질서하에 놓여 있는 집에서는 피할 수 없는 숙명과도 같은 것이다.

나는 눈발이 이끼를 말끔히 녹여버린 소택지의 맑은 물 속으로 헤엄치고 있었다. 두루마기 소맷자락보다 더 넓은 가슴 지느러미를 천천히 갈개치며, 눈나비처럼 가볍게 움직였다. 아가미로 신선한 물을 한껏 빨아들였다가 힘껏 내뿜었다. (중략) 나는 어느덧 우리 마을의 그 작은 소택지를 벗어나고 말았다. 그러나 두렵지 않았다. 내 몸은 정오 때의 햇

248

살을 받고 있는 가오리연처럼 투명했기 때문에, 상어나 고래들이 나를
발견할 수는 없을 것이었다. (pp. 42~43)

아버지에 대한 그리움을 문설주에 걸어둔 홍어포와 하늘을 날아가
는 가오리연으로 대체하던 어머니처럼, '나' 역시 몽환의 세계에서 스
스로를 홍어와 가오리가 되게 함으로써 아버지에 대한 그리움을 간접
적으로 표출한다. 가부장제하에서, 부재하는 남편과 아버지에 대한 그
리움은 남편으로서 그리고 아버지로서 가족을 소홀히 하고 배신한 지
난 잘못에 대한 책임추궁이나 비판을 불가능하게 한다. 대신에 부재하
는 아버지에 대한 그리움으로 인해, '바람둥이' 가장은 집으로 돌아오
고 싶지만 돌아올 수가 없어 떠돌아다니는 가련한 가장으로 전도된다.

　(i) 오 년 동안 설한풍 속을 동가식서가숙으로 떠돌아다니며 겪은 그
사람의 고초도 어찌 그만 못하겠습니껴. 그만하면 저지른 죄값은 얼추
치른 셈이 아이겠습니껴. (p. 99)

　(ii) 다리를 몹시 절뚝거리며 거의 열정적으로 몸을 떨기까지 하였으
므로 장애를 받고 있는 곳이 몸의 어느 부위인지도 분명하지 않았다. 아
버지는 지팡이를 짚고 걷는다기 보다 전신을 거의 지팡이에 내맡기다시
피하고 상반신부터 기우뚱거리며 흔들어대는 거북한 걸음을 떼어놓았
다. 게다가 바로 내 옆을 지나칠 적에는 내게 보여주고 싶기라도 한 듯,
뼈에 사무치는 고통으로 일그러진 얼굴이 되어 걸음걸이를 예사롭게 보
이려고 무진장 노력하고 있었다. 그러나 그러한 노력은 아버지의 모습
을 더욱더 처참하게 보이게 할 뿐이었다. (p. 128)

(ⅰ)은 춘일옥 부인의 남편을 찾아가 ‘동가식서가숙’ 하는 가장이 돌아올 수 있도록 저지른 죄를 용서해달라고 간청을 하면서 가장의 안위를 걱정하는 어머니의 진술이다. (ⅱ)는 아버지가 비참한 몰골을 하고 있을 것이라고 생각하는 ‘나’의 몽환적 진술이다. 이 진술에서 남편과 아버지로서의 지나간 허물에 대해 비난하는 목소리를 찾기는 힘들다. 오히려 고통받고 처참하게 살아갈 것이라는 추측에 기댄, 가장에 대한 동정심과 그리움만이 진하게 배여 있을 뿐이다. 그러나 어머니의 노력 덕분으로 집에 다시 돌아온 아버지의 모습은 생각했던 것과는 전혀 딴판이다.

지난 초여름 우리집을 찾아왔던 그 사내와 아버지의 외양은 흡사 다식판으로 찍어놓은 듯 닮아 있었다. 정수리 한가운데를 정확하게 세로지른 가르마, 그리고 깡마른 얼굴에 윗입술 언저리를 꿸 듯 겁없이 길게 뻗어내린 매부리코, 날카롭게 각진 턱과 좁은 이마, 사람을 적이 내려다볼수록 더욱 음험하게 느껴지는 눈길, 눈이 내리고 있는 한길 가의 정경을 쉴 새 없이 두리번거리며 걷는 행동거지까지도 그 사내를 빼꽂은 듯 닮아 있었다. (중략) 내 몽환의 날개를 타고 나타났던 때와는 달리 아버지의 육신이 너무나 멀쩡하다는 것도 다행스러운 일이었다. (중략) 아버지는 불이 환하게 켜진 방으로 거리낌없이 들어가 좌정하였다. (pp. 289~290)

지난 초여름의 매부리코 사내는 다름 아니라 삼례와 동거를 하던 인물로, 도망친 삼례를 찾기 위해 어머니와 ‘나’가 있는 집으로 와서 돈을 갈취하고, 또 삼례를 잡으면 “그 피둥피둥한 가랭이를 콱 찢어 놓을 테니깐"이라고 서슴없이 극언을 하는 전형적인 건달이자 폭력적인 남성이다. 다시 돌아온 아버지를 두고 그런 사내와 "빼꽂은 듯 닮았다"라고 하면서 은연중 아버지에 대해 비판을 가하게 되는 것은, '나'의 몽환 속에서 나타나던 것처럼 방랑생활로 지친 처참한 몰골이 아니라는 현실적 각인에 일차적으로 기인한다. 물론 이런 비판적 감정은 아버지가 돌아오기 전에 어머니와 '나'의 집을 돌연 침입한 이복동생(호영)의 출현에서부터 그 단초를 형성한 것이기도 하다.

그러나 보다 근본적인 이유는 아버지나 매부리코 사내나 모두 가부장제 질서에 철저하게 뿌리를 내리고 있는 사악한 인물에 불과하다는 깨달음에 의해서이다. 그 순간, 가부장제 질서에 사로잡혀 몽환의 공간을 유영하던 어머니와 '나'의 비현실적 삶은 붕괴된다. 가부장제 질서에 사로잡혀 있던 비현실적인 몽환의 집이 무너지면서 어머니와 '나'는 비로소 현실적 각성을 하게 되고, 그럼으로써 어머니는 아버지 곁을 떠나게 되는 것이다.

어머니의 가슴속에 6년 동안이나 간직되었던 아버지에 대한 환상이, 아침에 문을 열고 내다보았던 폭설로 말미암아 모두가 허상으로 침몰되어 버린 것을 깨달았기 때문일까. 아버지의 환상을 잡았다고 생각했을 때, 놀랍게도 그것은 벽에 어른거리는 그림자에 불과했다는 것을 깨닫게 된 것일까. 어머니의 지순했던 자존심은 오히려 굴욕으로 손상되고 말았고, 슬픔에 찌들어가면서도 담금질해 왔던 사랑의 열매도 한낱 허상이었다는 사실을 깨달았던 것일까. 그래서 어머니는 굴욕보다 더욱 격정적인 세상으로부터의 모험을 선택한 것일까. (pp. 293~294)

가부장제 질서의 바깥에 놓일 때, 어머니는 아버지를 그리워하고 기다린 그 동안의 세월이 허상의 세월이자 굴욕의 세월이었음을 깨닫는다. 모든 것이 허상이라는 이 깨달음 때문에 어머니는 더 이상 가부장제 질서하에서의 굴욕적인 여성의 삶을 거부하고, 그 틀로부터 벗어나기 위해 "격정적인 세상"으로 스스로 몸을 던지는 것이다. 아울러 '나' 역시 아버지에 대한 기다림이 허상임을 자각하고 아버지 곁을 떠나 삼례에게 갈 것을 암시한다.

결국 『홍어』에 나타나는 설국의 세계, 그 황량하고 폐쇄적인 공간은 모든 것을 가부장 중심으로 사유하고 나머지 다른 가족구성원들의 생명을 차압하는 모순된 사회질서에 대한 비판을 가하기 위해 작가가 의도적으로 포진시킨 상징적 장치임을 알 수 있다.

4. 원시적, 야성적 생명세계에 대한 지향

아버지로부터 어머니와 '나'의 떠남이 가부장제 질서가 갖는 허상을 간파함에서 비롯된 것임을 살펴보았다. 가부장제의 허상에 대한 깨달음은 일차적으로 아무런 잘못을 뉘우치지 않고 집안에 들어와 좌정을 한 채 어머니의 절을 받고, 또 6년을 바깥으로 나돌아다니면서 이복동생인 갓난아이를 낳아 집으로 보내는 방탕한 생활을 한 주제에 "세영이 사팔뜨기 눈은 아직 고치지 못했군"(p. 291)이라는 투의 무책임한 발언을 하는 아버지의 뻔뻔스러운 태도에 기인한다. 그러나 어머니와 '나'가 가부장제 질서의 모순을 깨닫고 아버지로부터 떠나게 되는 결정적인 이유는 삼례 때문이다.

내 상상력의 가녁 바깥에 존재하였다가, 불쑥 몸체를 드러낸 설국의 세계 역시 몸떨림이 가시지 않은 열병과 같은 강도로 나를 흥분시켰다. 눈부신 설원 위에 한 사람의 무희가 나타났기 때문이었다. 무희는 아득하게 펼쳐진 눈밭 위를 거침없이 헤엄치거나 날아다니는 것처럼 보였다. 오랜 구걸생활을 경험할 동안, 가슴 속에는 경멸과 험담으로 인한 구김살이 켜켜로 쌓여 있을 텐데도, 남의 속내를 요리조리 훔쳐보는 용렬하고 얄미운 버릇도 없었다. 그래서 그녀가 보여주는 설원 위의 춤사위는 활달할 수밖에 없었다. (pp. 58~59)

모순된 가부장제 질서가 자리잡고 있는 설국의 세계, 생명적인 것이라곤 찾을 수 없는 얼음처럼 차가운 공간, 어머니의 그리움이 내향화된 적요의 공간, 그 공간에 어느 날 불쑥 나타난 삼례는 그 공간을 조금씩 파괴하기 시작한다.

비렁뱅이로 떠돌아다니는 삼례는 김주영 소설세계에서 자주 등장하는 겨울하늘을 떠돌아다니는 겨울새와 같은 여인들의 변형태이다. 그런 인물들은 훼손되지 않은 생명과 자유를 상징한다. 곧 그의 소설에서 황량한 겨울하늘에 정착하지 못하고 방황하는 겨울새는 물질문명과 획일적 제도에 의해 비생명체로 전락하기 전의 인간의 본래적 생명의 세계, 곧 생명을 훼손시키는 모든 제도적 틀을 거부한 야성적 삶, 야성적 생명, 야성적 아름다움을 상징한다.

어느덧 한길로 나선 그녀는 양쪽 팔을 몸과 기역자가 되도록 벌렸다. 그리고 조무래기들이 비행놀이하듯, 빠른 걸음으로 한길의 북쪽을 향해 달려가기 시작했다. 춤사위를 고르고 있는 것처럼 보이기도 했고, 날아가는 새를 흉내내는 것처럼 보이기도 했다. 그러나 일정한 목표를 두고 달려가고 있는 것 같지는 않았다. 개 짖는 소리조차 들리지 않는 적막한 설국의 한길에 인적이라곤 삼례와 나뿐이었다. 물갈퀴로 수면을 박차고 비상하는 새처럼 우리는 눈보라를 일으키며 한길 끝까지 숨 가쁘게 달려갔다. (중략) 그리고 치마자락을 걷고 나를 향해 허연 엉덩이를 까내렸다. 그녀가 시원스럽게 배설을 하는 동안 나는 외면하고 서 있었다. (p. 77)

모든 생명적인 것이 빙결되어 있는 "적막한 설국"에서 살아 숨쉬는 생명체는 삼례뿐이다. 설국을 비상하는 새처럼 삼례는 겨울하늘을 떠돌아다니면서 야성적 생명세계를 지향하는 야성적 존재이자 원시적 체취를 간직한 존재이다. 겨울설국의 세계를 떠돌면서 원시적이자 야성적인 생명의 가루를 흩날리는 존재, 가부장제 질서처럼 본래적인 생명을 옭아매는 모든 제도적 격식을 거부하고 진정한 생명이 넘쳐 흐르는 세계를 찾아 자유롭게 비상하는 겨울새와 같은 존재, 그것이 삼례라는 인물이다. 가부장제 질서에 얽매여 바람둥이 남편이 돌아오기를 기다리면서 집을 지키는 어머니가 모순된 질서를 운명으로 받아들이면서 '정착'하는 인물이라면, 삼례는 그런 어머니와는 대조적으로 생명을 차압하는 모든 기존질서를 거부하고 생명을 찾아 끝없이 '방황'하는 인물이라 할 수 있다.

홍어가 삼백 미터에 가까운 심해의 수압을 견딜 수 있듯이 이토록 황량하고 메마른 설국에서도 삼례만은, 눈 속을 헤집고 씀바귀 뿌리를 찾아내는 예리한 관찰력과 실수가 용납되지 않는 물갈퀴를 갖고 있었다.

254

그녀는 밭두렁이나 텃밭의 눈 속을 헤치고 양지꽃 뿌리나 복수초의 싹을 캐내어, 얼음물에 헹구어 자근자근 날로 씹어먹곤 하였다. 그 잡초의 뿌리에는 추위를 덜 타게 하는 효험이 있기 때문이었다. 설혹 심해의 모랫바닥에 파묻혔다 할지라도 등뒤 쪽의 구멍으로 숨쉴 수 있는 홍어처럼, 삼례는 폭설의 눈발 속에 파묻혀 살아도 자기만의 독특한 호흡법을 터득하고 있었다. 그래서 어머니와 나는, 삼례의 지갑 속에 산란되어 있는 홍어의 알과 다를 바 없게 되었다. (p. 88)

홍어로 상징되는 아버지는 가부장제 질서가 굳건히 뿌리내리고 있는 심해 속에서 얼마든지 자신의 존재를 유지할 수 있다. 그러나 그로 인해 다른 생명체, 가령 어머니와 '나'는 겨울설국 같은 황량한 공간에 내버려 진 상태로 살아가야 한다. 그런 삶에서 삼례는 "양지꽃 뿌리" 같은 생명체를 찾아내는 존재다. 곧 가부장제로 표상되는 기존의 황량하고 억압된 질서를 거부하고 떠돌아다니는 삼례이기에, 폐허와 같은 설국에서도 숨어 있는 생명체를 찾아낼 수 있고, 그럼으로써 그 폐허 속에서도 강인한 생명력을 유지할 수 있는 것이다. 그러기에 가부장제 질서의 틀에 얽매인 채, '소택지'처럼 폐쇄된 공간에서 부재하는 홍어를 기다리는 홍어알과 같은 어머니와 '나'라는 존재는 삼례의 등장으로 인해 지금까지의 자신들의 삶이 허상임을 비로소 깨닫게 된다.

내 몸무게에 부대낀 삼례가 발을 헛디디며 휘청거렸고, 내 두 팔은 허공을 짚고 허우적거렸다. 그 순간 내 시선에는 또다른 은세계가 펼쳐진 것을 보았다. 밤빛 아래로, 고요조차 가라앉은 그 밤빛의 설원 위로, 나는 순간적이나마 날아가고 있다는 몽환을 맞본 것이었다. 이마를 스치는 신선한 바람은, 어느새 내 폐부 깊숙한 곳까지 스며들었고 홍어의 그것보다 더 크고 투명한 날개를 겨드랑이에 달아주었다.(p. 68)

'나'는 삼례와 새를 잡다가 홍어보다 더 큰 날개를 달고 비상하는 '몽환'을 맛본다. 홍어로 표상되는 아버지의 그늘에 파묻혀 홍어가 되기를 '몽환'하던 '나'는 최초로 그 홍어의 틀을 벗어나 자유로운 새가 되어 비상하는 경험을 하게 되는 것이다. 이 경험 이후 '나'는 삼례를 통해 기존의 모순된 사회질서를 이탈할 때의 쾌감을 맛보게 되면서 점차 성인세계의 추악함을 간파하게 되고, 삼례처럼 원시적이고 야성적인 생명의 세계를 지향하게 되는 것이다.

한편 어머니의 경우도 삼례의 등장으로 인해 조금씩 가부장제 질서에 순종하는 여성으로부터 그 모습을 변모시켜 간다. 남편이 돌아오기를 기다리며 집에만 틀어박혀 외부와의 일체의 교섭을 차단한 채 "은둔과 버금가는 칩거"를 하면서 삯바느질로 생계를 유지하던 어머니의 생활태도도 삼례의 등장으로 금이 가기 시작한다.

실상 이 작품은 삼례의 등장과 사라짐에 따라 전반부와 후반부로 나눌 수 있다. 삼례가 걸인으로 등장하는 것이 전반부라면, 삼례가 술집 작부가 되어 다시 등장하는 것이 후반부이다. 전반부의 마지막 부분에서 삼례는 홍어포 대신 씀바귀를 부엌 문설주에 걸어두고 사라진다.

홍어포가 걸려 있었던 부엌 문설주에는 반 아름이나 될까말까 한 씀바귀 한 묶음이 대롱대롱 매달려 있었다. 밭두렁의 눈 속을 헤집고 캐내었을 씀바귀들은 파릇파릇한 기운을 아직도 그대로 간직하고 있었다. 어머니의 시선은 문설주에 걸린 채 흩어질 줄 몰랐다. (p. 104)

삼례의 행위는 가부장제 질서에 길들여진 채 바람둥이 남편을 기다리는 어머니에 대한 비판행위이자, 그 질서로부터 벗어나서 원시적이고 야성적인 생명세계에 눈 뜨라는 교훈적인 암시행위이다.

그러나 삼례의 그런 암시에도 불구하고 어머니는 작품 후반부에 가서도 가부장제라는 억압적 질서를 거부하고 야성적 생명의 세계로 나아가지 못한다. 삼례가 사라진 후 어머니는 가오리연을 만드는 대신 조각보를 짓기 시작한다.

> 산비탈을 타고 다닥다닥 올려붙은 다락논을 연상하게 만드는 그 조각보들은, 아버지를 향해 달려가고 있는 어머니의 직선적인 시간들을 나선형의 시간들로 구부려주고 있었다.
>
> 어머니가 가오리연 만들기를 그만두고 조각보 만들기에 골똘했다는 것은 겉보기에는 큰 변화임에 틀림없었다. 그러나 그것은 아버지에 대한 그리움이 가슴속으로 더욱 파고들어 곪아가고 있다는 징후이기도 하였다. 속으로만 파고드는 고통의 굶주림은 더욱 아리고 쓰다는 것을 알고 있었을 것인데, 어머니는 기꺼이 그 길을 선택한 것이었다.(p. 134)

조각보를 짓는 것이 "아버지에 대한 그리움이 가슴속으로 더욱 파고들어 곪아"가는 것을 의미하듯, 어머니는 삼례가 떠난 뒤에도 가부장제 질서에서 벗어나기보다는 더욱더 그 속으로 침잠한다. 그러면서 이전과는 달리 더욱 적극적으로 남편이 되돌아올 수 있도록 여건을 마련하려고 한다. 심지어 삼례를 찾아 나선 여름의 매부리코 사내를 본 뒤, 자신도 매부리코 사내처럼 남편을 찾아 나서려고 노잣돈을 마련하기도 한다. 그러다가 남편이 외도로 낳은 아들을 맡게 되면서 보다 적극

적으로 남편이 돌아올 수 있도록 나서게 되고, 결국 남편을 다시 집으
로 맞아들이게 되는 것이다.

　반면 '나'는 삼례가 떠난 뒤 가부장제 질서에 사로잡혀 있는 어머니
가 있는 곳이 "황량한 개펄처럼 시꺼멓게 삭제된 공간"임을 깨닫는다.

　　방천둑의 외길을 따라 피던 노란 씀바귀꽃과 가녀린 꽃다지와 꽃잎
　이 동글동글한 피나물, 그리고 눈 속에서도 꽃잎을 피우는 괭이눈도 내
　뇌리에선 어느새 사라지고 없었다. 썰물이 훑고 지난 황량한 개펄처럼
　시꺼멓게 삭제된 공간만 거기 있었다. 때로는 새벽 안개에 휩싸여 환상
　적인 분위기를 연출하였던 방천둑 근처가 이젠 아무런 의미도 매혹적인
　것도 없이 멀리로 무의미하게 누워 있을 뿐이었다. 흔하고 사소한 것들
　이었으므로 내겐 오히려 소중하게 여겨졌던 그 모든 것들이, 어느새 내
　상념의 바깥으로 연소되어 사라져버렸다. (pp. 173~174)

　술집작부로 다시 나타난 삼례를 떠나보낸 뒤, '나'는 자신이 있는
공간이 더 이상 생명(씀바귀꽃 등)이 살아 숨쉬는 공간이 아님을 깨닫
는다. 그 공간에서는 삼례로 상징되는 야성적 생명의 세계를 전혀 느
낄 수 없다. 따라서 삼례를 찾아 떠날 수밖에 없다. 부재하는 아버지에
대한 그리움이 삼례에 대한 그리움으로 대체되는 것이다. 그것은 가부
장제 질서로 표상되는 비생명적 세계로부터 야성적 생명이 충만한 세
계로 나아감을 의미한다. 이 과정에서 '나'는 가부장제 질서에 기초한
성인들의 타락한 세계를 엿본다. 옆집 아저씨의 목욕을 훔쳐보는 것,
또 옆집 아저씨와 창범이네와의 불륜을 훔쳐보는 행위가 그것이다. 여
기서 그 행위는 가부장제 질서로 표상되는 성인의 세계로 편입되기 위

한 통과제의가 아니라, 그 세계가 타락하고 황폐한 세계임을 자각하는 계기로 작동한다. 그러기에 그토록 그리워하던 아버지가 돌아오지만 더 이상 아버지라는 허상에 매달리지 않게 되는 것이다.

> 내겐 황량한 초토의 기억으로만 남아 있을 뿐인 아버지의 출현을 두고, 어른들은 무슨 장중한 의식이라도 치를 것처럼 흥분되어 있었지만, 내겐 그처럼 착란만 유발시키는 것이었다. 아버지를 몹시 그리워했었기 때문에 어머니를 증오할 수 있는 배반의 증거를 찾아 헤매었고 아버지의 환영을 좇아 방천둑 위를 배회하기도 했었지만, 실상 아버지가 집으로 돌아오면 언제 어디서 무엇을 어떻게 하겠다는 화사한 꿈이 나에겐 없었다. 나에게 아버지란 미답지는 그처럼 허상에 불과했다는 것을 비로소 깨달았다. 그래서 기쁘기보다는 오히려 두려웠고, 기대보다는 모호하고 혼란스러울 뿐이었다. (p. 269)

삼례로 인해 '나'는 아버지라는 존재가 허상에 불과함을 깨닫는다. 아버지로부터의 탈출은 아버지로 상징되는 기존의 사회질서로부터의 일탈을 의미한다. 그것은 여타의 다른 생명적인 것을 철저히 말살하는 폐쇄적인 가부장제 질서를 거부하고, 모든 생명체가 자유롭게 공존할 수 있는 원시적이고 야성적인 생명의 세계로 나아감을 의미한다. 어머니도 마찬가지다. 남편이 돌아오도록 그토록 애썼던 어머니이지만, 남편이 돌아온 날 어머니는 남편이 허상임을 깨닫고 삼례를 찾아 야성적인 세계로 자신을 내던지는 것이다.

5. 양귀비꽃 같은 소설

김주영의 소설 『홍어』는 가부장제 질서로 표상되는 모순된 사회질서를 거부하고 야성적 생명이 넘쳐 흐르는 세계를 찾아 길을 떠나는 겨울새 같은 이들의 삶을 다루고 있다. 작가는 이번 장편소설에서, 겨울눈 덮인 황량한 세계에 정착하지 못하고 원시적인 아름다운 생명의 세계를 찾아 겨울하늘을 방황하는 겨울새들의 아름다운 비상을 그려내면서, 작품 곳곳을 그것과 관련된 아름다운 상징과 이미지들로 채색함으로써 새로운 변신을 꾀하고 있다. 이런 장치들을 통해 작가는 기존의 억압적인 질서에 사로잡혀 살아가는 우리들에게 우리가 진정으로 추구해야 할 삶이 어떤 것인가를 강력하게 반문하고 있다. 곧 작가는 한쪽의 방탕한 생활을 위해 다른 한쪽의 고귀한 생명과 그 삶을 차압하는 획일적이고 편협한 비생명적 세계에 사로잡히기보다는, 모든 생명이 지닌 본래적이고 원초적인 고귀함이 존중되는 삶, 물질적 가치에 의해 전도된 삶이 아니라 원시적이며 야성적인 생명의 체취가 물씬 풍기는 그런 삶이야말로 우리가 추구해야 할 진정한 삶이라는 것을 강조하고 있다.

그녀의 얼굴을 적시고 있던 어둠의 여백들이 한 켜씩 지워져나가면서, 한껏 만개한 한송이의 노란 양귀비꽃이 눈앞에 아련하게 떠올랐다. 아름답기 그지없지만, 일 년 중에 단 하루 동안만 혼자서 핀다는 꽃. 간절하게 기다리는 마음이 없는 사람에겐 얼굴도 마주할 수 없다는 도도한 자태의 노란 두메 양귀비꽃이었다. (p. 149)

일 년 중 단 하루 동안만 혼자서 피는 도도한 양귀비꽃. 그 꽃을 간 절하게 기다리는 이들만이 그 꽃을 볼 수 있다는 것. 이 양귀비꽃이야 말로 김주영 문학정신의 핵심이라 할 수 있는 자연적, 원시적, 야성적 생명의 세계를 상징한다고 볼 수 있을 것이다. 단 하루를 피더라도(살 더라도) 야성적 생명, 그 아름다움이 넘쳐 흐르는 세계를 지향해야 한 다는 것을 이 구절은 암시하고 있는 것처럼 보인다.

더불어 이 구절은 기존의 모순된 사회질서에 감염된 우리가 잊고 있 는 야성적 생명의 세계를 집요하게 탐구해온 작가 김주영이 자신의 문 학정신에 대한 지극한 애정을 암암리에 드러내는 것으로도 보인다. 곧 작가는 일 년에 한 번 꽃을 피우는 양귀비꽃처럼 열과 성의를 다해 한 편의 작품을 쓰는 것이며, 자신의 그런 문학정신을 알아보고 그런 작 품이 나오기를 애타게 기다리는 독자들만을 위해 정성을 다해 작품을 쓰는 것이라는 점을 암시하고 있는 듯하다. 그런 의미에서 이 구절은 오늘 우리 소설판에서 몸 가볍게 처신하면서 아무 내용도 없는 것을 마구잡이로 발표하는 작가 아닌 작가들에 대한 비판의 패러디로도 받 아들여질 수 있을 것이다.

따라서 이 글의 첫머리에서 제기한 '작가는 있되 읽을 만한 작품은 없다'라는 냉소적 비판은 김주영의 이 장편소설에서는 철회되어야 할 것이다. 우리는 김주영의 작품을 읽으면서 문장 하나하나, 이미지 하 나하나, 상징 하나하나에 온 관심을 집중시킬 때 겨우 그 본질적 의미 의 한 단초를 찾을 수 있다. 그러나 그 지난한 독서 뒤에, 우리는 물질 문명에 오염되어 획일화된 삶을 살아가는 우리들의 메마른 감성에 큰 자극과 반향을 불러일으키는 야성적 생명의 진한 울림을 들을 수 있는 기쁨을 맛볼 수 있을 것이다.

옥죄는 일상, 그 너머 환각의 세계
— 박청호 론

1. 조작되고 획일화된 이미지 뒤집기

일상. 그 획일화된 틀. 지겨움. 어제와 오늘과 내일, 그리고 또 내일, 또 또 내일. 변하지 않는 하루하루. 그 속에서 은밀하게 자행되는 지배 체제의 폭력. "내 안구를 통해 보이지 않는 것은 안구밖에 없다"는 칸트의 저 도도한 발언을 되새겨 본다. 경험적 시지각에 의해 포착되는 모든 것들을 확실하게 인지할 수 있고, 그리하여 세계를 재창조할 수 있는 위대한 근대인간의 탄생을 선언한 칸트의 발언은 오늘날에도 유효한가?

"여자는 양파와 같다"고 1930년대의 모더니스트 이상이 말했다. 벗겨도 벗겨도 그 실체를 드러내지 않는 양파 같은 여자. 이것은 1930년대의 물화된 근대적 도시 경성이 자신의 타락한 실체를 교묘히 감추고 있음을 알아차린 천재적 작가 이상만이 할 수 있는 발언일 것이다. 21세기에 들어선 지금, 우리는 그런 양파 같은 대상과는 비교가 안 될 정도로 자신의 실체를 교활하게 감춘 대상들에 둘러싸여 있다. 해질 무렵 노을에 반사되는 찬란한 황금빛 빌딩을 보라. 그 빌딩은 겉으로 드러나는 화려한 이미지로 자신의 추악한 실체를 은폐시키면서 우리의 경험적 시지각을 현혹시키고 있다. 양파는 껍질을 벗기면 언젠가는 그 바닥을 드러낸다. 그러나 오늘날의 현란한 상품 이미지는 껍질을 아무리 벗겨도 자신의 실체를 드러내지 않는다.

원형감옥 같은 세계, 그런 세계가 우리의 일상현실이 아닐까? 정체를 알 수 없는 지배체제, 그 체제가 설치한 각종 정보 메커니즘에 의해 조작되고 통제되는 이미지와 가상(simulation)만이 사방의 벽면을 장식한 밀폐된 공간, 그러나 밀폐됨을 전혀 인지할 수 없는 공간. 그런 원형감옥 같은 곳에서의 하루하루가 우리의 일상이며, 그런 일상에 길들여져 마치 자동조종되는 마네킹처럼 살아가는 존재가 오늘 우리들의 실체이다. 신문을 읽고, 영화를 보고, 텔레비전을 보고, 사람을 만나고 하는 따위의 하루하루의 일상. 주체적 존재인 '나'의 자율적 의지에 의해 '나'만의 하루를 보내고 '나'만의 시간을 보낸다고 여겼던 그 일상이 실상은 정보 메커니즘의 이미지에 의해 조작되고 획일화된 것이며, '나' 아닌 '타인' 역시 그런 획일화된 시간에 길들여져 있고, 나아가 그런 획일적 시간의 반복이 우리의 일상의 삶이라는 이 전율할 사태. 그럼에도 불구하고 우리들은 이 전율할 사태를 감지하지 못한 채, 스스로를 칸트식의 주체적 인간이라 믿고 주체적 삶을 살아간다고 착각하고 있다. 그런 이들에게 일상은 지겹지도, 획일화되지도, 또 폭력적이지도 않다. 그런 착각이 계속되는 한 일상의 획일화와 일상에 의한 유형무형의 폭력은 갈수록 가공할 형태를 띠게 될 것이다.

이제 칸트의 발언은 수정되어야 한다. "내 안구를 통해 보이는 것은 정보 메커니즘의 이미지와 가상이며, 그 껍데기를 벗겨낼 때 드러나는 추악한 모습"뿐이라고. 그럴 때, 우리는 우리의 일상이 얼마나 획일화되어 있고 또한 폭력적인가를 간파할 수 있으며, 우리가 현실이라고 느끼는 모든 것들이 실제로는 정보 메커니즘에 의해 조작된 이미지와 가상에 불과하다는 것을 깨달을 수 있다.

박청호는 칸트의 발언을 거부한 자리에서 글쓰기를 행하고 있다. 첫 단편집 『단 한편의 연애편지』에서 박청호는 이미 일상의 비밀을 알아차리고, 그 일상을 초월하고 싶은 욕망을 남녀간의 존재론적 사랑으로 압축시켜 드러내었다. 이 글에서 논하고자 하는 단편집 『소년 소녀를 만나다』(해냄, 1998)도 그 연장선에 있다. 그에게서 일상은 조작되고 획일화된 하나의 이미지일 뿐이다. 박청호는 그런 이미지의 실체를 까발리면서, 그 위에 정보 메커니즘에 오염되지 않은 새로운 환각의 세계를 교직해 놓는다. 이를 통해 일상의 비밀을 폭로하고, 일상의 조작된 이미지에 의해 억압되고 제거된, 우리가 인간존재로서의 본래적 정체성(identity)을 되찾기 위해 반드시 회복해야 할 세계를 환각의 형태로 제시하고 있다.

2. 이중장치에 의한 환각과 일상의 교직

박청호는 일상현실이 이미지와 가상의 세계임을 알고 있다. 그리고 그 이미지를 벗겨낼 때 드러나는 구역질나는 모습이야말로 일상현실의 본 모습이라는 것을 알고 있다. 그래서 그는 그 본 모습을 '묘사' 하고 있다. 그러기에 그의 소설쓰기는 정보 메커니즘의 이미지에 현혹되

어 그것이 실체인 양 '묘사'하고 미증유의 새로운 것이라고 떠들어대
는 경박한 신세대 소설가들과는 다른 자리에 있다. 전통 소설형식을
해체시키면서 정보 메커니즘의 휘황찬란한 이미지에 맞서 싸우는 작
가들을 '게릴라 작가'들이라 명명할 때, 박청호 역시 그 작가 그룹에
소속되어 있다. 그러면서 그의 소설은 그들과는 다른 특질을 내포하고
있다. 그 특질을 잘 보여주는 작품이 「라푼젤의 두 번째 물고기」이다.

　이 작품은 폴 오스터의 『리바이어던』이라는 소설에 나오는 여주인공
인 '라푼젤'과 소설을 쓰는 '나'가 피렌체에서 만나 사랑하고 헤어지는
내용이다. 먼저 두 남녀가 지향하는 사랑이 무엇인지 주목해보자.

　　나는 푸른 파도에 휘말리듯 더욱더 정신을 잃고 표류했다. 모던 굴드
　와 제롬 로빈스의 「교차」가 끝나고, 이제 차이코프스키와 조지 발라신의
　「백조의 호수」다. 무대는 날뛰는 파도를 잠재웠고, 바다는 고요하고 깊
　은 호수로 변했다. 두 마리의 백조는 희고 긴 다리로 서로에게 말하고 있
　었다. 한때 사람이었던 백조는 침묵으로만 사랑할 수 있었다. 고요하지
　만 깊은 사랑. 결코 사랑한다고 말할 수 없지만 인간의 유혹하는 말보다
　더 매혹적인 몸의 떨림과 육체의 반응들을 그들은 보여주었다. (p. 25)

　라푼젤의 무대공연의 한 장면이다. 인간이 아닌, 백조의 침묵의 사
랑, 고요하지만 깊은 사랑, 영혼과 육체의 황홀한 떨림, 그런 떨림으로
서의 사랑이 가능한 세계. 이것이 이 작품이 소설형식을 파괴하면서
지향하는 세계이다. 그곳은 남성과 여성의 구분 없이 모두가 평등한
인간존재로서 만나 영혼과 육체의 교감을 나누는 '존재론적 사랑'이
가능한 세계이며, 나아가 인간과 사물, 인간과 자연이 어우러져 평화

롭게 공존할 수 있는 세계이다.

그러나 그런 세계는 정보 메커니즘이 지배하는 일상에서는 찾아볼 수 없다. 중심부에 의한 주변부의 배척이라는 폭력적인 이항대립체계에 기초한 자본주의 사회가 시작되면서 인간과 자연, 남성과 여성의 조화로운 공존은 깨어진다. 인간에 의한 자연지배, 남성에 의한 여성지배가 시작되면서 양자가 서로를 감싸안는 존재론적 사랑의 세계는 상실된다. 그 상실감은 자본이 고도로 신격화된 정보사회에 이르러서는 더욱 깊어지면서, 도저히 회복될 수 없는 상태로까지 치달리고 있다. 이제 남성과 여성의 만남은 남성의 성적 쾌락을 위한 여성의 매춘화 단계나, 사회적 안정을 위해 자식을 다산하는 동물적 생식행위의 단계를 지나, 그 어떤 인간적 유대감도 상실한 채, 다만 정보 메커니즘에 의해 조작되고 통제되는 컴퓨터 기호적인 합성으로 전락해 있다.

이처럼 정보 메커니즘에 의한 폭력적인 지배가 자행되는 일상을 박청호는 '리바이어던' 같은 괴물이 지배하는 곳으로 비유하고 있다. 리바이어던이란 무엇인가? 그것은 성서 욥기에 나오는 지상 최강의 괴물이 아닌가? 홉스는 『리바이어던』이라는 책에서 그 괴물을 국가에 비유하고 있다. "만인에 대한 만인의 투쟁"을 주장한 홉스에게 있어서 국가는 개인주의적이고 이기주의적인 인간들의 기계적 집합체이며, 그 집합체는 리바이어던 같은 괴물로 세상을 억압하고 있다는 것이다. 박청호는 오늘날의 국가 역시 홉스가 주장한 리바이어던 같은 괴물이 지배한다고 보면서, 나아가 그 괴물이 이전보다 더욱 교활하고 음흉하면서 광포한 형태로 변신하여 우리의 일상을 옥죄고 있다고 본다. 그러면서 박청호는 그 옥죄는 일상 너머에 있는 존재론적 사랑의 세계를 갈망하고 그 세계를 현현시키기 위해 소설을 쓴다. 그 과정은 다음과 같다.

박청호는 폴 오스틴의 소설 『리바이어던』을 읽는다. 그리고 그가 일상을 파악하는 방식, 곧 일상이 자신의 추악한 모습을 감추고 이미지로 위장한 채, 리바이어던처럼 모든 것을 집어삼킨다는 것을 새삼 확인한다. 그러면서 『리바이어던』에 나오는 '라푼젤'이라는 주인공을 통해 일상 너머에 있는 아름다운 환각의 세계를 꿈꾼다. 그것을 소설로 쓴다. 소설로 쓰되 일상의 이미지를 묘사하고, 그 옆에 환각의 세계를 배치하는 단순구조를 거부한다. 그는 복합적인 이중장치를 사용한다.

i) 박청호는 소설을 쓰는 자신을 소설 속으로 끌어들여 소설 쓰는 과정을 보여주면서 일상의 비밀을 폭로한다. 이 방법은 획일화된 일상으로 인해 소설쓰기의 어려움을 보여주는 '소설가소설'에서 널리 유행하는 방법이다.

ii) 박청호는 여기에다가 자신이 읽은 『리바이어던』이라는 소설의 주인공 '라푼젤'을 자신의 소설 속으로 끌어들인다. 그럼으로써 그 나름의 독특한 소설적 장치를 마련한다. '라푼젤'과 일상의 '나'와의 만남을 통해 그는 자신이 꿈꾸는 존재론적 사랑이 가능한 환각의 세계를 창출한다. 그리고 그것을 작품전면으로 노출시킨다. 그 노출된 틈새로 소설 쓰는 자신이 겪는 일상의 추악한 모습을 폭로한다.

이 이중장치에 의해 환각의 세계와 추악한 일상을 교직함으로써, 박청호의 소설은 마치 일상현실과는 동떨어진 황당무계한 이야기인 것으로 비치게 된다. 그래서 그의 소설이 무엇을 말하는지 알 수 없다고, 이것도 소설이냐고 힐난하는 독자들이 있다. 그러나 그의 이 이중장치를 포착할 때, 다른 소설이 갖지 못하는 박청호만의 독특하면서도 묘한 분위기를 느낄 수 있다. 그 분위기를 통해, 우리는 우리의 일상이 얼마나 획일적이고 폭력적인가를 감지할 수 있으며, 나아가 우리가 진정 인간존재로서의 정체성을 되찾기 위해서는 무엇을 회복해야 하는 지를 깨달을 수 있을 것이다. 이중장치를 통해 탄생된 환각세계에서 펼쳐지는 존재론적 사랑의 아름다움 모습을 우리는 다음 구절에서 맛 볼 수 있다.

> 생선이 구워지면서 향기로운 냄새를 풍겼다. 라푼젤은 냄새와 연기를 혀로 핥았다. 그리고 내게 뿜어냈다. 식탁에서 키스를 하며 서로에게 묻은 생선 냄새를 핥다니, 나는 약간 뒤로 물러났지만 그녀는 더욱 진하게 키스해 왔다. 요리사는 우리를 즐거운 듯이 바라보고 웃으며 가끔씩 뭐라고 소리질렀다. 우리는 그 말을 알아듣기라도 하듯 그에게 고개를 끄덕여 보이거나 손을 들어 예를 표했다. 그도 고개를 끄덕이거나 또 무어라고 씨부렁거렸다.
>
> 라푼젤은 가시를 요리조리 발라내며 맛있게 생선을 먹었다. 그녀는 생선을 만진 손가락을 쪽쪽 소리를 내며 빨아먹기도 했다. 나는 그때마다 싱긋 웃었다. 한번은 그녀가 내게 기름이 잔뜩 묻은 손가락을 내밀었다. 나는 그녀의 손가락을 입에 넣고 오물거리며 빨았다. 그러다 잘근잘근 깨물었다. 그녀는 제발 그러지 마. 또 하고 싶어진단 말야, 하고 소리쳤다. 나 역시 다시 사랑하고 싶다는 생각이 간절했다. (pp. 28~29)

리바이어던 같은 괴물이 지배하는 일상의 메커니즘에서는 불가능한 사랑을 '라푼젤'과 '나'는 나누고 있다. 그들의 사랑에는 어떤 제도적 격식도 얽매임도 없으며, 그리고 어떤 금기도 없다. 그들은 모든 금기를 깨뜨리고 있다. 이 작품집에 등장하는 근친상간적 사랑이나 동성애적 사랑도 금기를 깨뜨리는 한 장치이다. 정보 메커니즘이 지배하는 일상의 획일적인 틀에서 볼 때 그들의 사랑은 일종의 변태적인 것이다. 그러나 일상의 틀을 벗어나서 존재론적 사랑의 세계에서 볼 때, 그들의 사랑이야말로 진정한 인간존재의 사랑에 해당된다. 그들은 마치 물고기들처럼 바다 속을 자유롭게 유영하면서 육체와 영혼의 교감을 나눈다. 그들은 일상의 획일적 틀을 벗어나 있다. 그들은 일상의 언어를 쓰지 않는다. 언어가 아닌 영혼과 육체의 교감을 통해 서로를 사랑하고 있으며, 그 사랑을 자유롭게 표출하고 또 그런 사랑을 존중해주고 있다.

이처럼 박청호는 정보 메커니즘이 지배하는 일상의 모순을 간파하고, 그런 모순이 없는 새로운 환각의 세계를 창출하고 있다. 그 환각의 세계를 통해 박청호는 리바이어던 같은 괴물이 지배하는 우리의 일상을 전복시킴으로써, 우리로 하여금 진정한 존재론적 만남과 사랑이 가능한 세계를 지향하게 만들고 있는 것이다.

3. 폭력적인 일상에 대한 비판

박청호는 이번 소설집의 서문에서 "매일 똑같이 굴러가는 하루 지루해"라고 하면서 "무언가 색다른 것을, 모두 원해, 나도 원해"라고 쓰고 있다. 그의 언급처럼, 이번 소설집은 지루한 일상과 그 일상을 넘어선 환각세계의 교직을 통해, 일상을 비판하고 환각세계를 지향하는 작품들로 이루어져 있다. 「죽은 시인의 사회」, 「소년 소녀를 만나다」, 「빚을 갚기 위하여」, 「담뱃가게 이야기」는 일상에 대한 비판을, 「섬」, 「한 착한 남자의 불행」은 환각세계에 대한 지향을 주로 다루고 있다. 그렇다고 해서 이들 작품들이 어느 한쪽만을 다루고 있는 것은 아니다. 어느 작품이든 일상과 환각의 양면을 다루고 있지만, 다만 그 무게중심의 측면에서 편차가 드러나고 있는 것이다.

획일화된 일상, 그러면서 구성원들을 집어삼키는 폭력적인 일상에 대한 비판은 「빚을 갚기 위하여」라는 작품에서 두 사람의 죽음을 통해 압축적으로 제시되어 있다. '나'의 아버지는 "살아오면서 단 한 번도 빚을 진 적"이 없는데, '나'가 빚진 돈 백만 원에 대한 "분노와 수치심" 때문에 죽는다. 그런 아버지의 죽음을 두고 '나'는 그 원인을 가족중심주의적 사고방식 때문이라 본다.

> 설령 내가 이보다 더 큰 죄를 지었다 하더라도 어머니가 날 비난해서는 안 된다. 그것은 오히려 부모들의 가치관, 즉 가족주의 신봉자들인 자신들의 이상과 정면으로 배치된다. 우리 나라의 가족들은 서로의 허물을 감싸주기보다는 서로를 비난하고 헐뜯고 치명적인 상처를 입힌다. 사랑이란 이름의 무자비한 폭력이 자행되는 것이다. (p. 205)

"사랑이란 이름의 무자비한 폭력"이 행해지는 곳이 가족이다. 빚을 지면 인생을 망친다는 아버지의 삶의 방식을 자식에게도 일방적으로 강요하고, 빚을 진 자식의 허물을 감싸주기보다는 "위대한 검열자"가 되어 그것을 비난하고 상처를 입히는 것이 가족이다. 소설가인 '나'가 빚을 진 행위는 가족공동체나 세상의 "엄격한 질서와는 무관"하게 살고자 하는 '나'의 삶의 방식에서 비롯된 것이다. 그것은 마치 성경에서 "니느웨로 가라는 명령을 받은 요나가 다시스로 달려가고 있는" 것과 같은 것이다. 그런데도, 가족들은 일상의 틀을 일탈하려는 '나'의 행위를 마치 가족공동체의 질서를 파괴하는 "굉장한 잘못, 용서받지 못할 죄악"에 해당되는 것으로 규정하고, 가족의 평화를 위해 '사랑'이라는 이름으로 '나'를 단죄하고 있는 것이다. 마치 풍랑을 맞은 배가 침몰직전에 처하자, 요나를 범죄자로 취급하여 그를 바다에 수장하는 행위와 같은 것이다.

가족내에서 행해지는 이런 '사랑'이라는 미명하의 유형무형의 폭력은 사회에도 그대로 적용된다. 소설가인 '나'는 빚을 갚기 위해 독일국적을 가진 유대인 한스를 주인공으로 하여 소설을 쓴다. 그 내용은 한스가 1980년 '광주 내전' 때 '종군기자'로 취재를 하다가, 15년이 지난 뒤 '내정간섭'이라는 죄명으로 끌려가 의문의 변사체로 발견된다는 것이다. 이를 통해, 작가는 "가족구성원들의 통일된 평안을 위해 개인적인 사생활은 완전히 무시되는 우리의 가족"의 논리가 그대로 사회에 적용된다고 비판한다. 곧 일상의 현실은 "사회안정을 위해 싹쓸이도 가능하다는 식의 전도된 가치관"이 지배하는 폭력적인 곳이라는 것이다.

정말이지 모든 것이 '갑자기'라는 부사를 동반하고 진행되는 것이 삶이다. 인생, 다른 사람에게도 그런지 모르겠으나 내겐 너무 지겹고 겁나는 것이 바로 인생이다. (p. 224)

"사랑이란 이름의 무자비한 폭력"이 행해지는 일상의 삶이란 "지겹고 겁나는 것"이다. 여기서 '지겹다'는 것은 획일화된 일상을 의미하며, '겁난다'는 것은 언제 일상의 폭력이 우리에게 닥칠지 모른다는 것을 의미한다.

"지겹고도 겁나"는 일상의 단면은 「소년 소녀를 만나다」와 「죽은 시인의 사회」에서 보다 구체화된다. 「소년 소녀를 만나다」는 장순호라는 문화상품 판매인과 장미래라는 여인의 사랑을 다루고 있다. 장순호는 컴퓨터의 인사기록 목록에도 없는, 일상의 '우리'로부터 일탈해 있는 인물이며, 동성애자인 장미래 역시 "뿌리를 길게 뻗쳐 다른 나무들과 땅 밑으로 수액을 나누고 싶어하는" "개발되지 않는 처녀지" 같은 인물이다. 그들은 "오직 사랑으로 존재하고 싶은 존재"들로 일상적인 사랑이 아니라, "현실과는 다른 길로 와서는 현실로부터 쫓겨 달아날 수밖에 없"는 사랑을 지향한다. 그러나 "그들만이 자리할 수 있는 현실의 공간"은 일상에는 없다. 일상은 미국으로 표상되는 초월적 중심부와 컴퓨터로 표상되는 지배 메커니즘에 의해 획일화되어 있으며, 그 속에서 생활하는 구성원들은 지배 메커니즘에 의해 "기록되고 부분적으로 말살"되는 코드 기호에 불과할 뿐이다. 그러기에 "사랑하는 자들의 침묵"만이 있는 그런 일상을 일탈한 두 사람의 사랑은 "지상을 벗어나는 처음이자 마지막 여행"인 죽음에 의해서만 가능하다. 그 죽음 직전에서 그들은 그들의 사랑이 가능한 환각의 세계를 볼 수 있는 것이다.

「죽은 시인의 사회」는 영화관에서 죽은 한 시인(실제인물 기형도임직한)을 대상으로 하여 그것을 정치사회학적으로 조작하는 방송국 작태를 비판하고 있다. 죽은 시인은 동성연애를 하면서 "이 세계의 부패와 타락에 대한 너무도 심각한 책임을 부여"하여 시를 썼고, 그것이 그로 하여금 짧은 인생을 마치도록 했음이 취재기자인 정연을 통해 밝혀지지만, 일상은 그것을 정치적으로 조작하여 그의 죽음을 운동권 투사의 죽음으로 조작, 변질시킨다.

이들 작품들을 통해, 작가는 우리의 일상은 실체를 알 수 없는 초월적 중심부가 각종 정보 메커니즘을 통해 모든 것을 지배, 통제하는 곳이라고 규정한다. 곧 일상은 원형감옥처럼 밀폐된 공간이며, 그 공간은 비가시적인 정보 메커니즘에 의해 획일화되고 조작되는 곳이다. 그 속에서 구성원들은 지배체제가 조장한 남성과 여성의 이항대립에 기초한 폭력적인 사회제도에 얽매인 채, 그것을 인지하지 못하고 자신도 모르게 가족과 사회 전 영역에 걸쳐서 서로에게 폭력을 자행하고 서로에게 상처를 입히고 있는 것이다. 더 이상 일상의 인간들은 주체적 의지를 가지고 자신의 삶을 개척해나가는 존재가 아니라, 정보 메커니즘에 의해 운명이 좌우되는 컴퓨터의 한 기호에 불과하다. '안구를 통해 보이는 정보 메커니즘의 이미지와 가상'에 의해 획일화되고, 그러면서 그 이미지에 의해 모든 것이 조작되고 좌우되는 삶, 그것이 일상이다. 그러기에 박청호는 일상을 "지겹고 겁나는 것"이라고 규정하고 있는 것이다.

4. 존재론적 사랑과 환각의 세계

　박청호가 지향하는 존재론적 사랑이 가능한 환각의 세계가 우리 시대에 갖는 의미는 무엇일까? 그 해답을 「섬」과 「한 착한 남자의 불행」에서 구할 수 있다.

　먼저, 두 번 결혼실패를 하고 많은 남성편력을 지닌 여성화자를 주인공으로 한 「섬」에 제시된 '절대적 사랑'의 세계와 '섬의 자연'에 주목하자. 무능한 아버지와 바람둥이 어머니 밑에서 유년시절을 섬에서 보낸 화자는 어린시절에 이미 "살아 있다는 것, 그것도 혼자 존재하고 있다는 것을 알게 되었을 때 나는 죽을 수도 있겠다는 것"을 깨닫는다.

어린 화자로 하여금 이런 생각을 지니게 만든 것은 인간적인 사랑의 부재 때문이다. 곧 화자는 "섬에서 좀 떨어진 뭍"에서 가끔씩 아버지를 만나러 오는 불륜의 어머니를 "초초하게 기다려야 하는 사랑의 대상"으로 설정하고, 그런 어머니를 기다리면서 "내가 원하는 것들은 쉽게 찾아와 주지 않는다는 것"을 깨닫는다.

> 내가 얼마나 어머니와 나란히 손을 잡고 걷고 싶어했었던가. 낯선 남자 따위는 아랑곳없이 어머니의 딸로서 어머니를 독점하고, 사랑받으며 언제나 어머니의 손에서 떨어질 수 없는 딸로서 존재하기를 왜 그토록 원했던 것일까. 어머니는 내가 배에서 떨어지는 것을 막기 위해 팔이 부서져라 꼭 붙들었던 그 손을 왜 놓아버렸을까. 어쩌면 어머니는 저 손으로 낯선 남자의 손을 그토록 붙잡고 살아온 것은 아니었을까. 어머니가 진짜 맞잡고 걸어가는 손은, 저 손은……. (p. 103)

인간은 어머니의 모체로부터 분리되어 사회 메커니즘에 편입되는 그 순간 어머니의 자궁 속에서 느끼던 존재론적 사랑의 세계를 상실한다. 그리하여 인간은 영원히 죽을 때까지 자신의 진정한 존재론적 정체성을 이루게 해주는 타자(The Other)를 상실한 채 살아갈 뿐이다. 성장하면서 대부분 그 타자의 존재를 망각한 채, 자신이 한 조각을 잃어버린 '이가 빠진 동그라미'에 불과하다는 사실을 모르면서 살아간다. 그러나 칸트식의 발상을 거부한, 그러니까 이항대립에 기초한 자본주의 지배 메커니즘의 비밀을 알아차리고 이항대립이 해체된 존재론적 사랑의 세계를 갈망하는 이에게 있어서 상실된 타자에 대한 회복 열망은 강렬하기 마련이다. 이 소설의 화자의 경우, '어머니의 딸'로서 어머니에 대한 절대적 사랑을 갈망하지만, 화자는 "낯선 남자의 손"을 잡은 어머니로 인해 심한 고독감과 상실감에 빠지게 되고, 그로 인해 상실된 타자에 대한 강렬한 지향성을 드러낸다. 충족되지 않는 어머니에 대한 사랑을 가끔씩 텔레비전 속의 가상의 어머니로부터 구하지만 그것이 허상에 불과함을 깨닫는다. 그 순간 화자는 "섬에 홀로 방치되어 있는 아버지"를 자신의 애인으로 받아들여 '절대적인 사랑'을 쏟는다. 그러나 그 사랑은 "저주받을 근친상간"이기에 일상에서는 실현불가능하다. 일상에서는 실현불가능한 그 절대적 사랑의 대타적 개념으로 화자는 섬의 자연을 절대적 사랑의 대상으로 설정한다.

이제 막 아홉 살인 여자 아이가 가장 바라는 것은 무엇이었을까. 여자 아이가 갖고 싶어했던 것은 모두 섬에 있었다. 섬을 몇 번이나 감싸고도 남을 만큼의 하늘과 그것과 맞잡으면 크기가 딱 맞을 만한 같은 빛깔의 바다. 하늘에서 떨어져 바다에 파묻히는 태양. 그리고 그것이 그려내는 붉은 노을. 숲의 나무 사이를 날아다니는 새. 새의 먹이가 되는 작고 징그러운 벌레들. 가끔씩 나타나는 비단구렁이와 무당개구리. 그리고 붉디붉은 꽃잎으로 뚝뚝 눈물을 흘리고 서 있는 동백. 여자 아이가 바라는 것을 다 만들어내 줄만큼 섬은 커다란 것이었는지도 모른다. 너무나 커서 지도에는 표시조차 할 수 없을 만큼 아주 작은 섬. (pp. 100~101)

어머니에 대한 사랑의 상실, 아버지에 대한 사랑의 불가능, 그 상태에서 어린 화자는 자신의 정체성을 확립할 수 있는 타자의 부재에 절망한다. 그 절망의 심연에서 화자는 섬의 자연을 절대적 사랑의 대상으로 설정하고 그것으로부터 자신의 정체성을 확립할 수 있는 타자를 발견한다. 이 순간, 화자가 사회문화적 영역에서 정상적인 성장을 하는 것은 불가능해진다. 인간적 관계를 떠나 자연으로부터 절대적 사랑을 획득하는 것은 사회문화적 영역에서는 불가능하기 때문이다. 따라서 화자는 성장하여 사회적 생활을 영위하면서 많은 남자들과 관계를 맺지만 그들로부터 그 어떤 절대적 사랑도 획득하지 못한다.

> 사람들은 내가 아무도 사랑하지 않았기 때문이라고 말하지도 모른다. 그러나 나는 나의 남자들을 사랑했으며 지금도 사랑한다. 그러나 그들 모두 나와 관계된 남자들일 뿐 한 남자에 대한 다른 남자는 아니다. 내가 세 명의 형제를 한꺼번에 혹은 쌍둥이를 사랑했을지라도 그들을 one과 the other로 나눌 수는 없다. 절대적인 것은 나뉘거나 구별되지 못한다. (p. 96)

화자는 자신의 정체성을 확립해줄 수 있는 '섬의 자연'과 같은 절대적 사랑의 대상을 일상에서 갈망한다. 그러나 이항대립체계에 기초하여 인간에 의한 자연지배, 남성에 의한 여성지배가 자행되는 일상에서 그런 절대적 사랑은 실현불가능하다. 그럼에도 불구하고 화자는 남성과 여성의 성적 구분에 의한 일상적 사랑을 지향하는 것이 아니라, 자신의 잃어버린 반쪽을 메워줄 수 있는 인간존재에 대한 절대적 사랑을 지향한다. 그로 인해 화자는 끝없이 '섬의 자연'을 그리워하게 되고, 그러면서 "섬과의 짝사랑을 대체할 오브제"로서의 인간존재를 찾아 일상을 방황하고 일탈하게 되는 것이다.

자연에 대한 절대적 사랑을 통해 화자가 궁극적으로 도달하고자 하는 환각세계의 실체를 선명히 보여주는 것이 「한 착한 남자의 불행」이다. 군인인 화자가 어머니의 죽음을 앞두고 휴가를 와서 억압적인 군대와 획일화된 가족을 중첩시키면서 양자에 대한 비판을 가하는 이 작품에서 화자는 규범화되고 획일화된 일상을 탈출하여 '어머니의 뱃속'으로 집약되는 세계를 지향한다. 말하자면, 세상에 태어나기 전의 어머니의 자궁 속 같은 평화로운 세계를 지향하는 것이다.

숲의 향기를 느껴보세요. 어머니. 그리고 초읍에 갔을 때의 그 곧은 나무들의 지조 있는 모습들이란……. 나무들이 그렇게 곧게 하늘을 향해 똑바로 서 있을 수 있다니……. 그들에겐 하늘을 우러러 한 점 부끄러운 게 없었을 테지요. 인간들은 이토록 하늘을 보는 데 인색한데, 아니 하늘을 보는 것이 금지되어 있지만 않았어도……. 그후로 줄곧 숲을 꿈꾸어 왔어요. 나는 갓 태어났거나 숲의 정령들에 의해 길러진 작은 아이처럼 몇몇 포도알 같은 아이들과 숲을 달리고 있는 거예요. 벌거벗은 채 맨발로는 어둠 밟는 소리를 내며 불빛이 보이는 곳을 향해 달려가고 있는 거예요. 그 집에는 젊은 사내와 아낙이 뜨겁게 사랑을 하고 있거나 여인 홀로 몸에 물을 끼얹고 있었어요. 우리들은 까르륵거리며 서로의 얼굴을 보며 즐거워하는 거예요. (p. 247)

숲의 정령들과 인간들과 자연이 어우러져 있는 세계. 어떤 제도적 격식도, 그것에 얽매인 가식도 없이 인간존재끼리, 나아가 인간과 자연이 영혼의 교감을 나누는 세계. 그 세계는 어머니의 자궁 속과 같은 인간의 원초적 고향에 해당된다. 그 고향은 자본주의의 이항대립체계에 의해 사라진 세계이지만, 그러나 인간존재의 근원적 정체성 획득을 위해 반드시 회복되어야 할 타자이자 본래적 고향이다.

이성과 합리성이라는 미명하에 모든 것이 제도화되고 격식화되면서 사라져버린 인간존재의 본질적 고향을 찾아 박청호의 소설주인공들은 일상의 끝 지점에 서서 환각의 세계를 강렬히 갈망하고 있다. 그 강렬함으로 인해 박청호의 소설은 전통 소설문법에 익숙한 기존독자에게 낯설고 어색해 보일지도 모른다. 그러나 그의 소설형식 파괴가 점점 정보 메커니즘의 한 부속품으로 전락해가고 있는 우리가 잊고 있던 인간존재의 본질적 고향에 대한 지향을 내포하고 있다는 점에 주목해야 한다. 그러기에 그의 소설은 아무 내용도 없는 것을 엉성하게 엮으면서 소설형식을 파괴하는 경박한 신세대의 글쓰기와는 차원이 다른 자리에 있으며, 그러면서 정보 메커니즘의 모순에 맞서 싸우는 '게릴라 소설' 들 중에서도 그 독특한 위치를 점유하고 있다.

일상과 환각을 뒤섞는 글쓰기를 통해 박청호는 획일화되고 폭력적인 일상으로부터 존재론적 사랑이 넘쳐 흐르는 아름다운 환각의 세계로 우리의 영혼을 이끌고 있다. 그 환각의 세계야말로 오늘날 컴퓨터의 한 기호로 전락한 채 살아가는 우리들이 진정 인간다운 삶을 영위하기 위해 반드시 회복해야 할 생명수에 해당될 것이다. 따라서 첫 소설집에서부터 이번 소설집에 이르기까지 존재론적 사랑의 세계를 일관되게 탐색해오고 있는 박청호의 글쓰기를 지켜보는 것은 우리 시대에 있어서 하나의 생명수를 발견해내는 과정을 지켜보는 일에 비유될 수 있을 것이다.

어두운 지상을 정화하는 지고한 영혼의 시
— 최동호 론

1. 정신주의 시의 태동

인간과 자연이 일체가 되고, 내면의 순수영혼으로부터 발산되는 빛이 지상의 어둠을 밝히면서 나아갈 좌표를 지시하던 시대는 사라졌다. 인간의 자연지배에 의한 자본주의의 물질적 풍요로움이 구가되면서 인간은 서서히 기계화, 사물화되기 시작하더니, 이제 정보사회로 깊숙이 진입하면서 정보 메커니즘의 한 코드 기호로 전락해버렸다. 그럼에도 불구하고, 우리들은 정보 메커니즘에 도취되어, 집안에서 편리하게 컴퓨터 하나로 모든 것을 처리할 수 있는 이 시대야말로 인류역사상 미증유의 행복을 제공해준다는 착각에 빠져 있다. 정보 메커니즘의 거대한 유폐망 속에 하나의 코드 기호로 전락해버린 비인간화된 인간, 그것이 오늘날 우리들의 자화상이라 해도 과언이 아닐 것이다. 이런 전율할 상황 앞에서 인간이 진정 인간다운 삶을 회복할 수 있도록 하기 위해서 시가 나아가야 할 방향은 무엇일까?

시란 노곤한 식곤증에 빠져 나른하게 잠들려 하는 인간의 정신을 일깨우며 사물화되는 인간의 의식을 바로잡아 준다. 기계의 부속품으로 또는 일의 노예로 전락되어 버릴지도 모르는 인간의 인간다움을 깨닫게 해주는 것이 시이다. 기계의 차가움이나 시멘트벽의 비정함을 느낄 때 우리는 인간의 비인간화를 거부하고 시의 필요성을 새롭게 인식한다.[1]

시인 최동호는 "물량주의에 의해 인간이 인간다움을 훼손"당하는 시대에 있어서 인간다움을 되찾고, "파편화되고 왜곡된 삶"에서 "창의성을 촉발하고 전체로서 인간의 인간다움을 회복"하기 위해 시가 필요하다고 주장하고 있다. "인간의 인간다움을 깨닫게 해주는 시"는 무엇인가?

세기말적 혼돈의 와중에 있는 지금 포스트 모던 시대의 쓰레기들을, 그리고 리얼리즘 시대의 경직된 논리를 어떻게 극복할 것인가. 소모되는 시의 쓰레기더미가 높다. 이것이냐 저것이냐, 방황이 클수록 혼돈이 크다.[2]

시인은 1980년대를 지배하던 리얼리즘 시의 전체주의적 논리를 거부한 자리에서, 그리고 1990년대 시단을 강타한 해체시를 '시정신과 시의 소멸'이라 비판하는 자리에서 출발한다. 시인은 한국시가 자아와 세계의 동일화라는 시 장르의 본래적 의미를 상실한 채 표류하고 있다는 판단 아래, "기계보다는 인간을 강조하면서 궁극적으로는 인간과

---

1) 최동호, 『시 읽기의 즐거움』, 고려대학교 출판부, 1999. p. 8.
2) 최동호, 『딱따구리는 어디에 숨어 있는가』, 민음사, 1995. p. 111.

자연과 문명이 하나의 전체로서 조화되는 생성적 세계관"을 지향함으로써, 오늘날 한국시에서 큰 줄기를 형성하고 있는 정신주의 시의 태동을 선도한다. 시인이 주장하는 "인간의 인간다움을 깨닫게 해 주는 시"는 이 정신주의 시에 뿌리를 두고 있다. 정신주의는 무엇인가?

2. 지고한 영혼과 생성적 세계관

시인은 두 번째 시집 『딱따구리는 어디에 숨어 있는가』에서 우리에게 하나의 화두를 던지고 있다. '달마는 왜 동쪽으로 왔는가' 가 그것이다.

붉은 살덩어리
어린애가 막 울고 있는데
달마는 왜 동쪽으로 오는가

구름은 산 아래를 굽어보고
빗방울 길을 따라 바다로 흘러간다
오고 갈 것이 본래 없는데

어린애는 왜 목이 붓도록 울고
눈썹 짙은 달마는
왜 먼길을 찾아왔는가

잔잔한 강물이
마음 그림자를 비춰주니
하늘에서 떨어진 둥근 달덩이
물 속으로 들어가 소리가 없다.

저잣거리를 헤매이던 사람들
하늘에서 달덩이 찾으려 하나,
창창한 별들만 어둠 깊이 박히고,
그림자 없는 길을 걸어간다

너 가는 곳이 어디냐
뜰 앞의 잣나무!
제자리를 지키리라.

달빛을 쓸어내니
캄캄한 어둠을 머금었던 하늘이
새벽 빛을 푸른 산에 내뱉는다.

(「새벽 빛」 전문)

　달마는 왜 서쪽에서 동쪽으로 왔는가? 동쪽은 어떤 곳인가? 동쪽은
붉은 살덩어리 어린애가 울고 있고, 하늘의 둥근 달덩이가 물 속으로
사라졌으며, 그림자 없는 길로 압축되는 어둠이 지배하는 곳이다. 그
렇다면 도대체 이들은 무엇을 의미하는 것일까? 동쪽을 정보 메커니즘
이 지배하는 세속적 현실로 보자. 우리가 살아가는 현실은 영혼의 빛

이 사라진 채, 나아갈 방향을 상실한 코드 기호화된 인간과 자연만이 난무하는 암흑천지의 세계이다. 그 세계에 태어나 울고 있는 붉은 살덩이 어린애는 우리 시대의 암흑에 절망한 이들의 울부짖음일 것이며, 물 속으로 사라진 달덩이는 현실에서 추방된 순수영혼과 자연일 것이다. 달마는 사라진 달덩이를 되살리기 위해, 그리고 어둠을 몰아내고 새벽 빛을 회복하기 위해, 또 울고 있는 어린애를 달래기 위해 동쪽으로 온 것이다.

여기서 우리는 시인의 의식이 달마로 표상되는 선의 세계, 곧 세속적 현실에서 추방된 순수영혼과 자연을 지향하고 있음을 알 수 있다. 시인은 이들의 회복을 강렬히 욕망하는데, 그렇다면 시인이 꿈꾸는 동쪽의 바람직한 모습은 무엇일까? 그것은 인간과 사물이 본래의 모습 그대로 있는 세계이다. 말하자면, "구름은 산 아래를 굽어보고/빗방울 길을 따라 바다로 흘러"가는 세계, "뜰 앞의 잣나무"가 "제자리를 지키"는 세계이다. 원래, 세계는 인간과 자연, 영혼과 육체가 조화롭게 공존하는 곳으로, 마치 어머니의 자궁 속처럼 아늑한 공간이었다. 그런데 자본주의가 시작되면서 모든 사물은 본래의 모습에서 일탈되어 인공적으로 재가공되기 시작한다. 인간에 의한 자연지배와 상품에 의한 인간소외가 진행되면서 세계는 대립과 배제의 논리가 횡행하는 황폐한 공간으로 변질된다. 인간과 사물이 본래의 모습 그대로 본래의 자리에 있는 세계, "오고 갈 것이 없는" 균형 잡힌 세계는 이제 불모지로 전락한다. 냉과 열, 빛과 어둠, 영혼과 육체의 균형상태는 파괴되고 후자만이 어둠 속을 방황하는 불구의 세계가 지금의 현실이다. 시인은 이처럼 폐허화된 현실을 원래의 조화로운 상태로 변혁시키기 위해 달마로 표상되는 선의 세계를 지향하는 것이다. 그렇다면 시인은 현실로부터 초월하여 탈속의 선적 세계만을 추구하는 것일까?

> (……)
> 동쪽으로만 가는 자는
> 서쪽 길을 잃으리니
>
> 세속을 버린다고, 정녕
> 그대는 가야 할 길도 잊었구나
> (……)

(「세속의 길」에서)

　시인은 세속적 현실인 동쪽만을 지향하거나, 반대로 그런 세속을 버리고 탈속의 선적 세계만을 지향하는 것을 부정한다. 흔히, 정신주의를 두고 현실의 문제를 외면한 채, "산속으로 들어간 초월주의"에 불과하다고 비판을 가한다. 그러나 시인이 지향하는 정신주의는 그런 탈속적이거나 은자적인 것이 아니다.

　시대의 변화가 가속화될수록 세속주의의 범람이 유행처럼 번진다. 절제 없는 세속주의나, 세속 없는 정신주의는 모두 불행하다. 가짜 정신주의의 발호도 두렵다. 그러나, 오늘날 우리는 너무 깊게 세속주의에 탐닉해 있는 것은 아닐까. 스크린의 화려함과 꿈의 달콤함을 누가 모를까. 가상현실 속에서는 현실이 가짜와 같다.[3]

---

3) 위의 책, p. 117.

　정신주의는 "절제 없는 세속주의"도, "세속 없는 정신주의"도 거부한다. 정신주의는 황폐한 세속적 현실의 길을 걸어가면서 "스크린의 화려함과 꿀의 달콤함"으로 언명되는 정보사회의 모순을 간파하고, 그것을 비판하면서 "인간과 자연과 문명이 하나의 전체로서 조화되는 생성적 세계"를 지향한다.

　　　(……)
　　　푸른 숲을 바라보며 나는 왜 그가
　　　미소짓는가를 물어보지 않았다.
　　　흰 구름이 두어 송이 하늘꽃처럼 피어
　　　무심하게 지상을 굽어보고
　　　숲과 바위와 능선들이
　　　둥글고 큰 하늘의 눈동자 열어
　　　모든 것이 제 모양으로 비치는
　　　명징한 세계 안에 내가 있었다.
　　　한낮의 태양이 머물다 간 바위에 기대어
　　　더 높은 곳을 향해 눈을 들었다.
　　　그리고, 나는 소리쳐 보았다. 진정
　　　지고한 영혼이여, 그대는 지금 어디에 있는가.
　　　(……)

　　　왜 그러했는지 알 수는 없었지만
　　　우리들의 주위에 퍼져 있던 서늘한 빛은
　　　끓어오르던 마음을 다둑이듯

울퉁불퉁한 계곡의 돌멩이들을 끌어당겨

둥글고 아름답게 감싸고 있었다.

언제나 낮은 곳으로 흘러내리는 물길을 흘려 보내고

겹겹한 어둠 위로 솟아오른 여름 道峰,

정정한 나무 그림자들과 함께

어둡고 차가운 길에서 山頂을 우러러보며

나는 지상의 길을 찾아 힘차게 살고 싶었다.

(「여름 道峰에서」에서)

　시인은 여름 도봉산에 올라 세속도시를 굽어보면서 "둥글고 큰 하늘의 눈동자"를 열어 본다. 그곳은 모든 것이 오염되지 않은 채 "제 모양"으로 있는 "명징한 세계"이다. 시인은 그 명징한 세계 속에 들어간다. 아니 그 명징한 세계를 자신의 영혼 속에 일체시킨다. 그 순간 "지상" 보다 "더 높은 곳"에 있는 "지고한 영혼"의 존재를 깨닫고, 그 영혼과의 합일을 강렬히 욕망한다. "명징한 세계"와 "지고한 영혼"은 세속도시의 지배논리에 함몰된 우리가 잊고 있는, 그러나 우리가 반드시 되찾아야 할 지순지고한 정신적 가치이다. 시인은 그러한 "가장 높은 정신"을 자신의 영혼 속에 품고 그 정신을 상승시켜 나아감으로써, 정보 메커니즘이 횡행하는 "지상의 길"에 부딪치면서 그 타락하고 훼손된 길을 "지고한 영혼"으로 치유하려 하는 것이다.

　이처럼 정신주의는 정보 메커니즘이 가공할 속도로 모든 것을 잠식하는 이 시대에 우리가 반드시 되찾아야 할 "지고한 영혼"의 세계를 지향함으로써, 자신도 모르게 하나의 코드 기호로 전락해버린 우리들 심성을 깨우쳐 주고, 우리가 진정으로 추구해야 할 가치관이 무엇인지를 제시해 주고 있다. 정신주의가 지향하는 "지고한 영혼"의 세계는 궁극적으로 인간과 인간, 인간과 자연, 정신과 육체가 구분 없이 서로 조화롭게 공존하는 공간이다. 그 공간은 하늘과 땅, 대우주와 소우주가 원환을 이루면서 서로에게 길잡이 역할을 하는 곳이며, 물질적 가치가 지배하게 되는 근대 이후 상실된 공간이자, 인류가 반드시 회복해야 할 선험적 고향이다. 그곳은 모든 것을 코드 기호로 전락시키는 '지금 이곳'의 가시적인 영역에는 부재하지만, 그 내부 혹은 비가시적인 영역에는 엄연히 존재하는 것으로, 우리가 정보사회의 모순을 치열하게 비판할 때 얼마든지 현현하는 현실적 가능태이자 미래적 지향점이다. 그곳은 "인간과 자연과 문명이 하나의 전체로서 조화"를 이루는 새로운 공간이며, "20세기를 지배한 서구적인 이성적 합리주의"의 모순을 극복할 수 있는 새로운 '동양적 정신주의'의 세계이다. 시인 스스로 정신주의를 "종전의 서구적 이성의 패러다임에 근거한 시학이 아니라 부분과 전체를 분리하거나 단절하지 않고 하나의 도로 아우르는 시학"[4]으로 규정한 바 있다. 곧 정신주의는 시인이 서양사상뿐만 아니라 동양사상에 대한 깊이 있는 천착을 바탕으로 하되, 양자를 지양하여 도달한 사유체계이다. 시인은 동양사상의 경전이라 할 수 있는 『노자』, 『장자』, 『寒山詩』, 『文心雕龍』과 선불교에서 통용되는 사유체계에 기초하여, 일본의 대표적 하이꾸 시인 바쇼, 한국의 한용운, 정지용, 김달진의 시적 특수성을 고찰하고 그 속에 내재된 사상적 보편성을 검토하면서 이 체계에 도달한 것이다.

---

4) 최동호, 『하나의 도에 이르는 시학』, 고려대학교 출판부, 1977. p. 10.

3. 딱따구리와 물아일여의 경지

　인간과 자연, 육체와 영혼, 물질과 정신이 조화롭게 공존하는 세계
는 세속적 현실에는 부재한다. 모든 것이 상품화되고 코드 기호화된
현실에 부재하는 그런 세계를 회복하는 방법은 무엇일까? 그것은 만물
일여(萬物一如)의 자연사상[5]이다. 이것은 "소나무에 관한 것은 소나무
에게 배우고 대나무에 관한 것은 대나무에게 배우는" 것이다. 곧 "사물
의 본성과 분리되지 않고 하나가 되어야만 그 사물의 본상이 나타나며
다시 그 인간의 본상도 표현된다"는 것이다. "유전하는 자연에서 그 이
법을 깨닫고 하나가 될 때 인간은 고금에 통하는 시의 길을 깨달을 수
있다"는 것이다.

　사물의 본성과 일체가 될 때 인간의 본상도 표현된다는 만물일여의
자연사상에 기초하여 인간과 자연이 하나되는 세계를 지향할 때, 문제
가 되는 것은 사물의 본성을 어떻게 파악하고 그것과 일체가 되느냐
하는 것이다. 흔히 코드 기호화되지 않은 자연물, 곧 오지(奧地)임직한
산과 강을 찾아가 그 본성을 찾으려 하지만, 그러나 그것은 불가능하
다. 정보사회는 자연과 인간의 무의식마저 통제한다는 제임슨의 지적
처럼, 우리 시대에 정보 메커니즘으로부터 자유로운 것은 아무 것도
없기 때문이다. 따라서, 유일한 방법은 정보 메커니즘으로 덧칠된 표
면을 뚫고 들어가 그 속에 내재된 사물의 본성을 파악하는 것이다. 시
인은 다음 두 가지 방법을 통해 사물의 본성과 일체가 된다. 먼저, 세
속적 현실에서 사라진 지고한 영혼과 순수자연에 대한 강렬한 지향의

---

5) 위의 책, pp. 11~27.

식을 시인의 마음속에 잉태하는 것이다.

> (······)
> 작은 글자들을 따라가
> 머나먼 산간 계곡의
> 싱그러운 바람 소리를 들었다.
> 돌 건물 한 모퉁이에서
> 모래알이 부서지고
> 가끔 書冊에서 고개를 내민 글자들이
>
> 丁丁한 겨울 나무 속의
> 벌레처럼 꿈틀거릴 때
> 딱딱한 부리가 가슴을 쳤다.
> 햇살 푸르게 되살아나는
> 구정 연휴 첫날,
> 딱따구리는 어디에 숨어 있는가.
> 흰 눈 머리에 함께 쓴 白雲과 道峰이
> 서로를 비추며 빙긋이 마주보고 서 있었다.
>
> （「딱따구리는 어디에 숨어 있는가」에서）

구정연휴 첫날 시인은 대학 연구실에 있다. 모두가 명절분위기로 들떠있을 때, 시인은 아무도 찾아오는 이 없는 고요하고 적막한 연구실에 앉아 "도시락을 비우고/천천히 찬 물"을 마신 후, 책을 읽는다. 시인은 책에 몰입하면서 책의 글자들로부터 "머나먼 산간 계곡의 싱그러운 바람 소리"를 듣는다. 그러면서 시인은 연구실 사방의 돌벽이 허물어지는 장면을 목도한다. 그 순간, 번요한 도시 속의 밀폐된 연구실은 "글자들이 丁丁한 겨울 나무 속의 벌레처럼 꿈틀거리"는 깊은 산 속으로 질적 변화를 겪는다.

딱따구리는 무엇인가? 마치 "伐木丁丁이랬거니 아람도리 큰솔이 베혀짐즉도 하이 골이 울어 맹아리 소리 쩌르렁 돌아옴즉도 하이"(「長壽山1」)라는 정지용의 시에서처럼, 나무를 찍는 도끼소리가 쩡쩡 울릴 정도로 고요한 겨울산에서 시인은 눈 덮인 겨울산들이 서로 미소짓는 것을 보고, 산간계곡의 싱그러운 바람소리를 듣고 있다. 딱따구리는 그런 세계에 대한 마음의 강렬한 지향이 응결된 시적 상징이다. 그러니까 딱따구리는 현실에서 사라진 지고한 영혼과 순수자연의 표상물이다. 시인은 그런 딱따구리를 마음속에 간직한 채, 현실에서 사라진 것을 언제 어디에서든지 강렬히 지향하는 것이다. 그런 지향성을 내포할 때, 두 번째 방법에 도달할 수 있다. 그것은 정보 메커니즘에 오염된 사물의 가시적 측면을 뚫고 들어가, 그 속에 내재해 있는 오염되지 않은 사물의 본질을 포착하는 시선을 획득하는 것이다.

밝은 봄날 햇빛 속의 오솔길을 걸어가면
어린아이 손톱같이 작은
연록의 이파리들이 나에게 속삭인다.
어둠으로부터 빠져나오려는
작은 울림들은 나이테를 따라
안에서 밖으로 열고 나오는
새들의 목소리를 들려준다.

귀기울여 들어보면 밖에서
안으로 숨어들었던 햇살들의 작은 반향들이
겨울 나무 두꺼운 껍질을 뚫고 나와
물기 반짝이는
햇살과 조용조용 이야기한다.
귀를 간질이는 쟁쟁한 소리들, 바람을 일으키는
물결처럼 하나의 둥근 세계를 만든다.

팔랑거리며 밖에서 안으로
넘나드는 작은 소리들의 숨결이
나의 가슴을 신선한 바람으로 가득 채우고
두근거리는 마음을 열어 발걸음을
앞으로 나아가게 한다.
(……)

(「좀벌레와 함께 오솔길을」에서)

　시인은 딱따구리를 마음속에 간직한 채, 세속에 찌든 나무를 본다. 그러나 이제 시인에게서 그 나무는 더 이상 정보 메커니즘에 오염된 나무가 아니다. 시인은 나무의 껍질을 뚫고 나무의 안에 들어간다. 안은 오염되지 않았다. 사물 본래의 모습 그대로이다. 시인은 나무 밖에서는 찾을 수 없던 나무의 본질을 나무 안에서 파악하고 그것과 일체가 된다. 나무 안에서 볼 때, 밖에서 오염되어 있던 햇살들은 나무 안에서 정화된 후 껍질을 뚫고 다시 나가 하나의 둥근 세계를 만든다. 오염되지 않는 나무 안의 햇살들이 만드는 둥근 세계야말로 세속에서 사라진 세계, 곧 인간과 자연, 육체와 영혼, 물질과 정신이 일체가 된 세계일 것이다. 시인은 청정한 생명이 넘쳐 흐르는 그 세계의 숨결과 일체가 되면서 "가슴을 신선한 바람으로 가득 채우고/두근거리는 마음을 열어 발걸음을/앞으로 나아가게" 하는 경지, 곧 물아일여(物我一如)의 경지에 도달하게 되는 것이다.

마음속의 딱따구리에 대한 강렬한 지향, 그것에 의한 사물의 본질포착을 통해 시인은 현실에서 언제든지 우리 시대에 사라진 숭고한 영혼과 순수한 자연의 숨결을 느끼고, 그것과 일체가 됨으로써 불모의 현실을 맑고 푸른 생명이 넘쳐 흐르는 세계로 정화시켜 나간다. 이제 "인간의 인간다움을 일깨워 주는 시"가 무엇인지를 알 수 있을 것이다. 시인은 봄, 여름, 가을, 겨울의 사계절 내내, 산을 오를 때도, 차를 타고 고속도로를 달릴 때도, 산책을 할 때도, 심지어 한산시(寒山詩)를 읽고, 녹차를 마시고, 일본어 발음연습을 할 때도 물아일여의 경지에 도달한다. 시인은 그 세계를 시로 쓰고, 그런 시를 통해 비인간화된 우리들이 진정 인간다운 삶을 영위하기 위해 회복해야 할 것이 무엇인가를 생각하게 하는 것이다. 다음 시에서, 하찮은 나뭇잎에서도 따뜻한 영혼의 숨결을 느끼는 시인의 섬세한 감수성과 치열한 시정신을 만날 수 있을 것이다. 그리고 "물 먹어 반짝이는 훈훈한 바람"의 향기를 맡으면서, 메말라 있는 우리들 심성의 깊은 저층으로부터 지고한 영혼과 청정한 자연이 어우러진 세계에 대한 그리움이 서서히, 그러면서 강렬히 피어오름을 느낄 수 있을 것이다.

    어디로부터 오는 이

無量한 부드러움의 손바닥인가

물오른 나뭇가지에서

피어나려는 나뭇잎들이

물 먹어 반짝이는 훈훈한 바람에

작은 가슴을 벌리고 있다.

(「봄바람」 전문)

4. 전인적 인격완성의 시가 갖는 의미

시인의 약력을 살펴보자. 1948년 경기도 수원에서 출생하여 고려대학교에서 시문학을 전공하고 지금 모교의 교수로 재직 중인 시인은 많은 저서를 출간하였다. 시집으로는 『아침책상』, 『딱따구리는 어디에 숨어 있는가』, 시론집으로는 『현대시의 정신사』, 『불확정시대의 문학』, 『한국현대시의 의식현상학적 연구』, 『평정의 시학을 위하여』, 『삶의 진실과 시적 상상』, 『하나의 도에 이르는 시학』, 『시 읽기의 즐거움』, 편저로는 『시를 어떻게 볼 것인가』, 『현대시 창작법』, 『남북한현대문학사』, 역서로는 『헤겔 시학』, 『문심 조룡』 등이 있다. 이들 저서를 통괄하는 시적 사유체계는 한마디로 정리할 수 없을 정도로 너무도 방대하다. 그러나 이들 저서들의 내용을 면밀히 검토하면, 시인이 한국시의 활로타개를 위해 서양과 동양의 사상을 깊이 있게 천착하면서, 한국시를 총체적으로 조망하고 시의 시대정신에 대하여 얼마나 치열한 탐색을 행하고 있는지를 알 수 있다.

시인은 정신주의 시의 또다른 한 특징으로 지행합일의 실천사상[6]을 강조하고 있다. 이것은 시와 시인의 삶이 일체되는 것이다. 시인은 이를 일본의 하이꾸 시인 바쇼의 예를 들어 다음과 같이 설명하고 있다. 바쇼의 시는 그가 "청한 궁핍을 견디며 밤늦게 대야에 떨어지는 빗방울 소리를 듣거나 죽음을 예감하면서 거친 겨울 들판을 헤매는 자신의 영혼을 노래"한 것이라 보고, 서구의 이론처럼 시와 시인을 분리시키는 것이 아니라, "시와 인격을 동등한 것으로 파악하고 시를 공부하는 것과 인격함양이 동일하게 받아들여"져야 한다는 것이다.

곧 정신주의는 인간과 자연의 합일, 시와 시인의 일치를 통해 "인간의 전인적 완성을 이상으로 하는 시의 독자적 보편성을 확보"[7]하는 것이라 할 수 있다. 시인이 자신의 시론집인 『하나의 도에 이르는 시학』에서, "혁명가로서 3·1 운동을 주도했던 한용운은 길을 잃고 헤매는 어린 양을 '기루어' 하면서 님만 님이 아니라고 시를 쓰고" 또 그런 삶을 실천했다고 평가하는 것이나, "동양적 정신의 구경"을 탐구한 정지용의 산수시는 "정신주의가 도달한 최상의 시적 언어"에 해당된다고 평가하는 것이나, 김달진은 "노장적 무위자연"의 시심을 일관되게 실천함으로써 "진정한 것, 영원한 것, 절대적인 것"의 세계라 할 수 있는 "劫外의 하늘"에까지 나아간 것으로 평가하는 것은 모두 시인이 지향하는 시세계에 기초하고 있다.

시가 상품화되고 수단화되어 가는 지금, 인간과 자연이 합일되고 시

---

6) 위의 책, p. 71.
7) 위의 책, p. 72.

와 시인이 일체가 되면서 전인적 인격완성으로 나아가려는 시를 지향
하고 그런 시론을 체계화하는 시인이 있다는 것이야말로 한국시의 축
복이 아닐 수 없다. 컴퓨토피아 시대에 있어서 시심이 메말라가면서
점점 왜소해지고 훵소해지는 한국시가 그 운명타개를 위해 나아가야
할 방향의 한 단서를 시인의 정신주의 시에서 찾을 수 있을 것이다. 시
인의 시세계가 더욱 질적 깊이를 확보하면서 한국시에 한 거대한 발자
취를 남기기를 기대해보자.

순수영혼의 고독하면서도 아름다운 비상
― 박이도 론

1. 맑고 순수한 서정

시인 박이도(1938~)는 1962년 한국일보 신춘문예에 시 「황제와 나」가 당선되어 작품활동을 시작한 후, 지금까지 『회상의 숲』(1968), 『북향』(1968), 『폭설』(1975), 『바람의 손끝이 되어』(1981), 『불꽃놀이』(1983), 『안개주의보』(1988), 『홀로 상수리나무를 바라볼 때』(1991), 『을숙도에 가면 보금자리가 있을까』(2000) 등의 시집과 『한국 현대시와 기독교』(1987) 등의 시론집을 간행하였다.

나는 박이도를 볼 때마다 거의 언제나 겸연쩍음을 느낀다. 그와 마주한다는 것은 인간의 선량함 그 자체와 마주하는 것 같고, 그래서 내 자신의 때묻음과 잇속차림을 당연히 돌이켜보게 되기 때문이다. (중략) 소의 그것처럼 한없이 맑고 순진하며 그래서 얼마쯤 겁먹은 듯한 그의 커다란 두 눈과, 단순하면서도 정직한 그의 표정과 말투는, 고민하고 교활해지기 전의 무구한 어린이를 연상시키고, 반사적으로, 그렇지 못한, 이제는 도저히 그럴 수 없는, 타락한 어른이 되어 있는 나 자신의 불순성에 회한을 갖지 않을 수 없게 되는 것이다.[1]

　시인으로서, 교수로서, 또 독실한 기독교인으로서 박이도는 김병익의 언급처럼 때묻지 않는 동심을 지니고 있으면서, 그의 시 또한 그런 동심의 세계와 관련된 측면을 강하게 내포하고 있다. 이러한 박이도 시세계를 두고 대부분이 "맑고 순수한 서정"의 세계로 평가하고 있다. 물론 그의 시는 맑고 순수한 서정의 세계와 관련된 이미지들로 가득 차 있고, 또 그런 세계를 일관되게 추구하고 있는 것으로 보인다. 그러나 이러한 설명만으로는 박이도의 시세계의 본질적인 특성을 깊이 있게 드러낼 수 없다. 서정시가 자아와 세계의 동일성 회복이라는 것에 동의한다면, 그 점에서 박이도의 시는 서정시의 본령에 자리잡고 있다. 그러나 그의 서정시를 깊이 있게 조망하면 그의 시세계가 질적인 변화와 비약을 보이면서 그 나름의 독창적인 미학적 색채를 지니고 있고, 그로 인해 그의 시는 한국시사에서 독특한 위치를 점유하고 있는 것으로 판단된다. 이 글에서는 박이도의 서정시의 변화과정을 (i) 유년기 기억의 절대화 → (ii) 존재의 순수원형 내지 시원탐구 → (iii) 순수영혼과의 일체와 고독한 비상 순으로 검토하면서 그의 서정시가 갖는 독특한 측면과 그 의의를 검토하고자 한다.

---

1) 김병익, 「빛과 축복의 사이」(박이도, 『불꽃놀이』, 문학과지성사, 1983) p. 118.

2. 유년기 기억의 절대화와 동화적 자연세계

박이도의 시적 출발은 유년기의 기억회상을 그 주조음으로 삼고 있다.

내 회상의 숲속엔

이제 아무도 거닐지 않는다

밤바다에 닻을 내린

목선의 꿈처럼

뒤척이는 물소리에 사라진

내 어린 그림자의 행방을

이제 아무도 모른다.

조그만 손으로 눈을 가리고

호랑이 흉내를 하던 나의 과거를,

옥수숫대로 안경을 만들어 끼고

신방을 차리던 볕바른 토담에

까치옷과 부딪쳐 눈물 흘리고

나의 생가를 둘러선

밤나무 숲속에서

가슴 졸이던 유년 시대.

내 사랑의 싹이 움트고

내 지혜의 은도(銀刀)가 빛나던

밤나무 숲속,

새들의 노래는 퍼져가고

노을 속에 물드는 강물의 꿈은

멀리멀리 요단강으로 흘러가듯

그때 발성하던 내 목소리를

이제 누가 기억하고 있으랴.

(「회상의 숲1」 전문)[2]

　시인에게 있어서 유년기는 자연과 더불어 평화롭게 공존하던 시기이다. 호랑이 흉내를 내고 옥수숫대로 안경을 만들고 소꿉놀이를 하던 동화적 시절이자, 밤나무와 새와 강물이 함께 하던 자연친화적 시절이 시인의 유년기인 것이다. "고추, 조개, 하모니카, 요술 할멈의 이상한 웃음"이 있는 "밝은 수채화"와 "푸른 밤의 별빛"[3]으로 상징되는 이 세계는 '동화적 자연세계'로 규정될 수 있다. 그런 유년기의 기억을 가지고 있는 시인은 지금 "밤바다"로 상징되는 거친 현실에 닻을 내린 "목선" 같은 성인이 되었지만, 유년기의 기억을 잊지 못하고 있다. 아니 잊기보다 시인은 유년기의 아름다운 기억으로부터 성인이 된 지금, 세상을 살아가는 데 필요한 "사랑의 싹"과 "지혜의 은도"를 끌어올리고 있다.

　기억(회상)은 '지나간 것'을 제시하는 것이 아니라, '지나간 것의 상(images)'을 보존하는 능력으로, 그것은 기억의 가능근거였던 대상이 사라질 때 나타난다[4]. 곧 현재의 현실에 기억과 관련된 대상이 부재

---

2) 박이도, 『회상의 숲』, 문학동네, 1998. pp. 24~25.

3) 「회상의 숲2」, 위의 책, pp. 26~27.

4) 강영계, 『베르그송의 삶과 철학』, 제일출판사, 1982.

할 때 작동하는 것이다. 인용된 시에서 "내 회상의 숲속엔 이제 아무도 거닐지 않는다"나 "내 어린 그림자의 행방을 이제 아무도 모른다" 또는 "이제 누가 기억하고 있으랴" 등의 표현은 기억과 관련된 대상이 지금 부재함을 의미한다. 어린시절의 기억과 관련된 대상이 부재하는 지금의 현실에서 시인의 의식은 온통 유년기의 기억으로 가득 차 있다.

이러한 유년기 기억의 시화가 갖는 의미가 무엇인지를 검토하는 일은 박이도 시세계의 특질을 검토하는 일과 맞물려 있다. 일반적으로 기억은 '종합적 기억'과 '의지적 기억'[5]으로 나눌 수 있다. 전자는 무의지적 기억 내지 순수기억으로 일컬어지는데, 이것은 과거의 기억상의 지속을 통해 의식조차 되지 않는 자료들이 축적되어 하나로 합쳐지는 것으로, 경험의 본질에 해당된다. 반면 후자는 과거의 흔적이 보관되지 않는 현실생활에서의 체험과 관련이 있는 이지적 기억이다. 서정시의 역사적 전개과정과 관련하여 볼 때, 근대는 종합적 기억에 의존한 서정시가 불가능한 시대이다. 곧 사건 자체를 단순하게 전달하는 각종 정보의 홍수와 대도시 군중과의 접촉을 통해 엄청난 쇼크 체험을 하게 되고, 그 체험의 충격으로 인해 종합적 기억이 자리잡을 틈이 없어지게 된다. 종합적 기억이 의식을 지배할 때, 과거가 순수기억 속에서 현재적인 것으로 되살아나면서 시간에 대한 강박관념이 제거되고 지속으로서의 참다운 시간과 연속적인 운동이 가능하다. 반면 쇼크의 체험화는 공간적이고 반복적인 시간 내지 파편화되고 불연속적인 시간만을 가질 뿐이다.

박이도의 시는 쇼크 체험을 아예 배제하고 유년기의 동화적 자연에

---

5) 발터 벤야민, 「보들레르의 몇 가지 모티브에 관해서」(반성완 역, 『발터 벤야민의 문예이론』, 민음사, 1993).

대한 기억이라는 종합적 기억에 그 뿌리를 드리우고 있으면서, 그 기억이 의식의 전부를 지배하고 있다. 이로 인해, 시인의 의식은 지금의 현실에 대한 시선을 차단한 채 유년기의 기억에 자리잡고 있는 동화적이면서 자연친화적인 상에 고착된다. 기억의 현재화와 절대화로 명명되는 이 시적 시선에 의해 박이도 시에 있어서 구체적인 현실이나 사회역사적 맥락에 대한 인식이 거의 배제되고, 대신 유년기의 기억이 시인의 의식을 사로잡으면서 그것에 대한 시화가 주조를 이루게 된다.

일몰하는 숲
유년 시절의 공상
밤의 두려움
별빛의 지혜
수수께끼
나는 동물의 일종이었다.
마구 벼랑을 떨어지며
뒹굴고 있는
꿈속의 세계에서
문밖에서 강아지를 끌어들이고
헛간 마른 풀 위의
송아지 옆에 누워 지내는 밤.

낮엔
종일 뛰어다니는
닭과 돼지와

언어가 없는 막역한 사이

흙 속에

하늘 속에

채색되는 또다른 짐승

(……)

(「회상의 숲5」에서)[6]

시인은 "일몰하는 숲"에서 "유년 시절의 공상"에 빠진다. 유년기에 시인은 밤에는 꿈속에서 동물이 되어 뛰어 놀았고, 낮에는 닭과 돼지와 서로 소통하는 또다른 짐승이 되었다. 인간과 자연, 인간과 동물이 미분화된 상태에서 인간의 언어 없이 모든 것과 의사소통하고 교감하던 유년기의 공상이 시인의 현재의 전(全) 의식을 지배하면서, 시인으로 하여금 그 기억을 삶의 절대적 지혜이자 가치로 여기게 만든다. 현실의 모든 것을 거세하고 이처럼 자연과 미분화상태에서 공존하던 기억, 그 기억이 현재의 의식을 사로잡고 있는 자리에 박이도의 시적 출발점이 자리잡고 있으며, 그것이 시적 원형질을 이루고 있다. 박이도의 시에 자주 등장하는 동화적, 자연친화적 이미지는 바로 이런 유년기의 기억에 그 뿌리를 두고 있다.

석양의 때, 숲속에 가면

나는 한 마리의 사슴

숨죽여 바라보는

---

6) 박이도, 『회상의 숲』, 앞의 책, p. 32.

서천의 불길에 환성을 올린다.

직립의 원목, 그 옆에 서면

나는 우뚝 선 굴뚝의 연기처럼

무럭무럭 솟아오르는 회상의 불길에

감당 못 할 욕망의

화살을 쏘아 올린다.

(……)

엄청난 현실에 던져진

초탈할 수 없는 사유의 감옥에

울고 섰는 수인(囚人).

나는 이제 사슴도 아니다.

나는 이제 불도저도 없다.

또한 숲마저 빼앗긴

나의 아침

황홀했던 서천의 불길은 꺼지고

쏘아 올린 화살은 돌아오지 않는다.

(「돌아오지 않는 화살」에서)[7]

시인은 유년기의 기억에 기초하여 성인이 된 지금에도 숲 속에서 한 마리 사슴이 되어 "무럭무럭 솟아오르는 회상의 불길"로 나무와 짐승과 새들의 목청이 합해진 "숲 속의 교성"을 지휘하는 "숲 속의 왕자" 혹은 "숲 속의 신령"이 되고자 한다. 그러나 현실은 그것을 불가능하게

---

7) 위의 책, pp. 64~66.

하는 불모의 곳이다. 시인에게 있어서 숲은, "거대한 숲을 헤치며/보다 신비한 언어를 찾아/많은 물상에 접하고 싶었지"[8]에서 보듯, 유년기의 동화적 자연에 대한 기억을 회상케 하는 유일한 대상이다. 그러나 현실은 그런 숲을 빼앗아버렸다. 그리하여 시인은 불모의 현실로부터 의식을 차단시킨 채, 모든 현실적인 것과 단절하고 유년기의 기억이라는 "초탈할 수 없는 사유의 감옥"에 의식을 고착시킨다. 그리곤 사라져버린 숲으로 인해 절망하면서 울고 있는 "수인"이 된다. 기억의 대상을 빼앗아 간 현실로 인해 시인은 운다. 그러나 그 울음은 단순한 좌절이나 절망만을 의미하는 것은 아니다. 그 울음은 "눈물이 흐르고 있다는 것은/나는 아직 살아 있다는 것"[9]에서 보듯, 속악한 현실을 거부하고 유년기의 평화로운 기억을 되찾고자 하는 시인의 깨어 있는 정신을 보여주는 징표이다. 그러기에 유년기의 기억을 회복하고자 하는 시인의 눈물은, "이슬이 되어 내리는/전능의 목소리로/순수의 형상으로/그는 울고 있는 것 같다"[10]에서 보듯, 타락한 불모의 현실에 안주하기를 거부하고 기억 속의 동화적 자연상태로 돌아가고자 하는 시인의 치열한 시의식과 관련이 있다. 시인은 불모의 현실과는 차단된 어두운 골방으로 의식을 유폐시킨 채, 그곳에서 "세상과 떨어진 생활의 방에/한 마리 새"[11]가 되어 인간과 자연이 미분화된 유년기의 동화적 자연세계를 떠올리면서, 그 세계를 현실에 대립되는 또다른 현실로 의식 속에 설정한다.

---

8) 「북향」, 위의 책, p. 94.
9) 「눈물의 의무」, 위의 책, p. 11.
10) 「저 울음은」, 위의 책, p. 86.
11) 「수인(囚人)」, 위의 책, p. 50.

(……)

우리 황제는 모른다. 성 밖의

그 황토와

이슬과

구름과

햇빛으로 생성되는

찬란한 또 하나의 영토를

그는 모른다.

파아란 하늘, 그 주변에 팽창하며

푸른 이파리를 거느리고

살랑살랑 불어오는 바람을 잡아먹고

확장해가는 고요한 영토를

그는 진정 모른다.

그것은 하나의 우주

제삼의 왕령(王嶺)이다.

원시의 숲 그대로 이글대는 태양과

서천에 빗든 원색의 그 성 밖에

무지개를 잇대고 공중에 떠 있는

제삼의 왕령.

(……)

(「황제와 나」에서)[12]

---

12) 위의 책, pp. 56~57.

시인은 현실을 탐욕스러운 황제가 지배하는 "성 안"으로 설정하고, 그런 현실과 대립되는 "성 밖"에 유년기의 기억이 어우러진 "또 하나의 영토"를 설정한다. "성 밖"은 황토, 이슬, 구름, 햇빛, 파아란 하늘, 푸른 이파리 등으로 이루어진 "고요한 영토"로, 현실의 성채와 완전히 차단된 채 "성 밖"에 무지개로 연결되어 공중에 떠 있는 새로운 "하나의 우주"이다. 이러한 초현실적, 탈역사사회적 공간은 모든 현실적이며 현재적인 것이 무화된 곳으로, 일종의 "원시의 숲"의 모습을 띠고 있다. 시인은 유년기의 기억에 뿌리를 내리고 있는, 인간과 자연이 어우러진 공간을 의식 속에서 절대화하여 시적 원형질로 삼고, 그것을 불모의 현실에 대한 대립항으로 설정하고 있는 것이다. 시인이 설정한 이 공간이 현실의 모순에 직접 부딪쳐 그것을 극복한 것이 아니라, 유년기의 기억을 의식에 절대화한 결과 나온 일종의 추상적 관념의 공간이자 현실초월적인 것이라 하더라도, 그것은 시인으로 하여금 타락한 현실에 타협하거나 안주하기를 거부하게 하고 유년기의 기억에 자리 잡고 있는 자연친화적이자 동화적 세계를 지향하게 하는 모태가 된다.

3. 존재의 순수원형 내지 시원탐구

박이도의 서정시는 유년기 기억의 절대화에 의해 의식상에서 현실의 모든 것을 애초부터 배제하고, 곧바로 동화적 자연이라는 유년기의 종합적 기억의 현재화에 그 시적 뿌리를 드리우고 있다. 이 점은 강조되어야 한다. 한국시사에서 대부분의 서정시가 근대물질문명에 대한 반발 내지 혐오에서 비롯되어 그 대안으로 근대문명에 오염되지 않는

영역, 곧 순수자연이나 순수정신을 지향한다. 반면, 박이도의 서정시
는 근대문명 자체를 아예 배제하고 유년기의 동화적 자연을 의식 속에
서 절대화한 것이기에, 그 세계에 대한 시정신의 지향성의 강도와 열
도면에서 다른 서정시와는 구별된다. 말하자면, 자아와 세계의 합일은
박이도에게 있어서 선택의 문제가 아니라, 그의 시의식 전부를 지배하
고 있는 생득적이고 선험적이고 운명적으로 받아들일 수밖에 없는 시
적 세계관인 것이다.

유년기의 기억을 의식에서 절대화하여 그것의 현재화를 통해 치열
하게 동화적 자연세계를 탐구해 들어가던 시인은 점차 그 기억에 자리
잡고 있는 동화적 자연을 모든 존재의 순수원형 내지 시원으로 확대심
화시킨다.

처음 빛을 의식했을 때

그때의 빛을 찾기 위해

나는 관념 속에서 뛰쳐나온다

처음 본 빛의 원형을 찾아

나는 坑夫가 된다

가장 잘 보존되어 있는

빛의 씨방

깊이깊이 지하로 내려갈 때

나는 혼돈에 빠진다

(……)

검은 석탄을 퍼낸다

더 깊은 곳으로

어둠의 밀실로 접근한다

지상엔 비끼는 노을

서쪽으로 흐르는 물두렁의

쉬임 없는 시간이

나에겐 그대로 정지된 채

假死의 빛더미가 창백한 탈을 쓴다

의식의 전진

계속 뚫어내는 빛에의 광맥

더러는 逆의 세계로

신선한 공기를 마시기 위해

지상에 오른다

박제된 노을

싸늘하게 누워 있다

거리를 잴 수 없는 곳에서

처음 그 빛의 숨결이 들려온다

태초의 빛을 찾기 위해

나는 혼돈에 빠진다

(……)

(「빛의 坑夫」중에서)13)

---

13) 박이도, 『불꽃놀이』, 앞의 책, pp. 11∼12.

시인에게 있어서 지상은 "가사의 빛더미"와 "박제된 노을"이 있는 곳으로, 유년기의 기억회상을 불가능하게 한다. 시인은 그런 현실의 더미에 퇴화된 박제된 의식이 아닌, 유년기의 기억을 절대화한 "살아 있는 의식"을 통해 현실의 모든 것을 거부하고 "어둠의 밀실"에 자신을 유폐시킨 채 의식 속에서 동화적 자연을 심화시킨다. 그 심화의 결과물이 "태초의 빛" 내지 "빛의 원형"이다. 그것은 유년기의 종합적 기억을 의식에 절대화하여 그것만을 치열하게 추구해온 시인의 순수의식이 도달한 한 결정체이다. 시인은 "새 빛을 찾아/어둠을 살라먹는/살아 있는 공간의 지금 시간을 위해/빛의 원형을 캐러" "천년"이 걸릴지도 모를 그 작업을 위해 "빛의 磁場"에 모든 의식을 집중시킨다. 그 집중을 통해 시인은 박제화된 현실에 의해 훼손되기 이전, 모든 존재의 순수원형에 대한 탐구로 나아간다.

　　(i)
　　(……)
　빛의 언어로 그물 치는
　싱싱한 언어를 건져내는 어부
　　(……)
　정갈한 이미지를 보여주는
　미지의 언어를 낚는
　새벽꿈
　　(……)
　아직 의미가 없는
　野生의 原木이고 싶다

처음 떠오르는 언어이고 싶다   (「새벽꿈」에서)[14]

(ii)

있는 그대로

가장 순수하게

나의 마음을 담기엔

언어가 있을 뿐

 (······)

끝없는 지평을 향해 노래하듯

오랜 내 침묵의 언어들

영글어 터지는 밤송이처럼

금빛으로 빛나는 동전처럼

강물 속에 굴러내리는 작은 자갈처럼

살아서 숨쉬는 소리

검은 석탄이 매장된

저 두메에 홀로 피어

바람결에 설레이는 코스모스여

너만의 내 마음이요

순백의 언어이어요   (「마음의 언어」에서)[15]

---

14) 위의 책, pp. 16~17.
15) 위의 책, pp. 24~25.

"빛의 언어", "싱싱한 언어", "정갈한 이미지", "미지의 언어", "의미가 없는 야생의 원목", "처음 떠오르는 언어", "자연의 사물이 살아 숨쉬는 소리", "순백의 언어" 등의 표현을 통해 시인이 지향하는 "태초의 빛"이 모든 사물과 존재의 때묻지 않은 순수원형이자 시원임을 알 수 있다. 인간과 자연이 분화되기 이전, 언어와 사물이 분리되기 이전, 모든 존재물이 그 본래의 순수원형을 간직하고 있는 것, 그것은 인간과 자연이 합일되는 인류사의 원초적 고향 내지 시원과도 같은 것이다. 하이데거의 표현을 빌자면, 그것은 모든 존재가 조화롭게 공존하던 '존재의 집'으로 비유된다. 이러한 모든 존재의 순수원형 내지 시원은 위대한 서정시가 도달할 수 있는 최대치이자 가장 깊은 영역에 해당된다. 박이도의 서정시는 바로 그 영역에까지 진입해 있는 것이다. 시인은 유년기의 기억을 절대화한 의식을 통해 모든 존재의 순수원형을 지향한다. 시인은 돌에서 "원시의 형상"[16]을 보고, 미루나무에서 "태고의 세월"[17]을 읽는다. 이를 두고 시인 스스로 "나는 원시의 늪을 캐는/考古學者"[18]라고 명명하고 있다. 순수원형을 회복하려는 시인의 이러한 가열찬 열정이 있기에, 시인은 자연의 아름다운 생명현상을 다음과 같이 포착해낼 수 있다.

눈감고 마음속에 보던 저 세상
조용히 그리고 숨죽여 눈을 뜬다
너희들 숨소리에 귀를 벋다

---

16) 「자연송5편」, 위의 책, p. 43.

17) 위의 시, p. 44.

18) 「水磨石」, 위의 책, p. 31.

이 경건함

이 사태에 나는 눈이 멀고 귀가 막힌다

충동의 생명 현상—그 함성을 듣는다

멀리 회색의 지평으로부터

태풍처럼 몰아치는 이 힘의 천지에

나 어디에 섰는가

살아 있음으로 화합하는

이 사태—백색의 언어들

춤추듯 날아오는 설레임

(「생명현상」 전문)[19]

순수원형에 대한 강렬한 지향에 의해 시인은 아무도 흉내낼 수 없고 볼 수 없는, 가시적인 자연에서는 결코 볼 수 없는, 순수의식의 투사에 의해서나 가능한 자연의 살아 있는 황홀한 생명현상을 포착할 수 있는 것이다. 시인이 도달한 이러한 측면만으로도 그의 시는 한국시사에서 독특한 자리를 차지하게 된다. 그러나 시인은 여기에 머물지 않고 한 걸음 더 나아가 시인 자신과 순수원형의 세계와의 일체화를 지향한다.

4. 순수영혼과의 일체와 고독한 비상

유년기의 기억을 절대화하여 모든 존재의 순수원형 내지 시원을 의

---

19) 위의 책, p. 55.

식 속에서 탐구하던 시인은 이제 의식으로부터 벗어나 시선을 현실로 이동시킨다. 곧 의식 속에 있던 순수원형의 세계를 현실로 전이시켜 불모의 현실에 그것을 현현시키려 하는 것이다. 이러한 시적 변화는 의식의 영역에서의 순수원형의 추구가 갖는 한계 때문이다. 현실로부터 일체의 시선을 차단시킨 채, "흙 속에서 천년, 눈이 뜨이고/물 속에서 천년 귀가 터져"[20]가면서 의식 속에서 순수원형을 탐구하지만, 그것은 "빈손으로 허공에/형상 짓는 미완성의/돌 하나"[21]와도 같은 것이다. 시인은 순수원형의 세계와의 진정한 일체를 위해 두 가지 방법을 취한다. 먼저 의식 속에서의 빛 찾기가 외향화되는 것으로, 곧 시인의 순수의식이 자연물로 전이, 투사되어 그 자연물에서부터 순수원형을 탐구하는 것이다. 그러면서 동시에 불모의 현실에 얽매인 허망한 육신을 벗어버리고 순수영혼과 일체가 되어 순수원형의 세계와 합일하는 것이다.

시인은 시선을 자연으로 이동시켜 "홍건히 이슬에 젖은 발부리로/이 육신을 세우고/대지를 향해 나선다"[22]. 그러면서 시인은 순수의식을 대지(자연)에 투사시켜 "무엇인가 살아 움직이는 것들의/순리를"[23]보고 깨우친다. 그 깨우침은 "겨울의 작은 씨앗"으로 함축된다.

작은 씨앗 하나 잉태하고 싶다

---

20) 「미완성」, 위의 책, p. 76.

21) 위의 시, p. 77.

22) 박이도, 「가을이 오는 소리」(『홀로 상수리나무를 바라볼 때』, 창작과비평사, 1991) p. 28.

23) 위의 시, p. 28.

밀알처럼 추운 바람에 묻혀

허허벌판에서 울고 있는

꽃씨처럼 찢어지는 순결을 꿈꾸며

봄밤의 짙은 어둠을 마시고 있는

나의 체온만큼 따뜻한,

눈물같이

주렁주렁 태어날

작은 씨앗을

(「씨앗」 전문)[24]

혹독한 겨울추위에 스스로를 인고하면서 봄을 맞이하는 씨앗을 품는 자연의 섭리를 보고, 시인 역시 삭막한 겨울 같은 불모의 현실에서 소중한 생명을 탄생시킬 수 있는 씨앗을 잉태하고자 한다. 그 잉태를 위해서는 현실에 얽매인 허망한 육체를 벗어버리고 순수영혼과 일체가 되어 새롭게 거듭 태어나야 함을 깨닫게 된다.

(i) (……) 하늘 저 멀리/나의 마음 한 자락/드디어 떠나보내는 것은/지상에 속한/이 육신의 허망함 (……)　　　　　(「연날리기」에서)[25]

(ii) (……) 고요함 속에/끝없이 떨어져가는/나의 육신이 보여요

(……)   (「내 영혼이 풀밭에 누워2」에서)[26]

(iii) (……) 내 영혼이 돌아가/편히 쉴 그런 자유의 나라로/물새가
날 듯/그냥 날고 싶어요   (「내 영혼이 풀밭에 누워1」에서)[27]

시인은 지상에 얽매인 육신의 덧없음을 깨닫고 그 육신을 털어 버리
고 순수영혼으로 거듭 태어나 새처럼 "내보이지 않는 영혼/그 영혼의
고향"[28]으로 비상하고자 한다.

    언젠가
    하늘 속을 훨훨 헤엄쳐간
    그 나라에
    자꾸만 떨어져내리던 꿈결에
    너는 退化의 과정을 밟고 있었던 게지

    (……)

    내 영혼도 떠나버린 것일까
    오늘 아침 내 책상 위엔 유서처럼
    나를 울리는 깃털만 하나 남았다

---

26) 위의 책, p. 36.
27) 위의 책, p. 35.
28) 「또 하나의 고향」, 위의 책, p. 38.

우리도 날아야 한다
언젠가는 이 地上을 떠나야 한다
野生의 세월로
자유의 나래를 펴야 한다

(「집오리」에서)[29]

시인은 날지 못하는 집오리에 대해 퇴화한 새라 규정하고 있다. 퇴화는 불모의 현실에 안주하는 것이자, 존재의 순수원형에 대한 지향과 순수영혼을 상실해버린 것이다. 시인은 그런 집오리처럼 퇴화하기를 거부한다. 대신 시인은 "벼랑에 핀 꽃처럼/흐느적이는 바다 위의/작은 갈매기"[30]가 되어 바다 위로의 비상을 택한다.

(i) (······) 바다는 야만의 땅/외로운 영혼이 흐느끼는/원시의 시간이 파르르 떨고 있다 (······)　　　　　　　　(「바다 갈매기1」에서)[31]

(ii) (······) 돌아오지 않는 시간에의 꿈을/훨훨 날아서 가는 갈매기/바다는 이제 한 장의 靑寫眞 (······)　　　　　　(「바다 갈매기3」에서)[32]

바다는 "야만"과 "원시의 시간"과 "영혼"이 있는 곳으로, 애초에 시인이 지향하던 모든 존재의 순수원형 내지 시원을 내포하고 있는 "청사

---

29) 박이도, 『올숙도에 가면 보금자리가 있을까』, 문학동네, 2000. p. 23.
30) 「바다 갈매기3」, 위의 책, p. 62.
31) 위의 책, p. 59.
32) 위의 책, p. 62.

진"과 같은 것이다. 그 바다에로의 비상을 통해 시인은 순수원형의 세
계 내지 순수영혼의 고향에 도달하고자 한다. 그러나 그 비상은 현실에
의 퇴화와 안주를 거부한 것이기에, 고독하고 무섭고 위태로운 것이다.

> (……)
> 끝없는 항해, 한없는 나랫짓
> 지침과 외로움에
> 더 날 수 없을 때,
> 그때를 누가 알리
>
> 높이 오를수록
> 멀리 날수록
> 커지는 무서움
> 파도처럼, 적막처럼
> 바다엔 위기가 넘친다
>
> 함성과 고요를
> 나래 속에 접어두고
> 시간의 항해가 있을 뿐
> 영원한 고독이 있을 뿐
> (……)

(「바다 갈매기2」 에서)[33]

---

33) 위의 책, pp. 60~61.

시인은 순수영혼과 일체가 되어 영혼의 고향에 도달하기 위해 현실
에의 안주를 거부하고 바다에서의 고독한 항해를 택한다. 그 항해는
끝없는 "나랫짓"을 요구하는 힘든 것이면서, 아무도 날지 않는 곳을 홀
로 나는 고독한 것이며, 높이 멀리 날수록 무서움과 적막감이 점점 커
지는 위험한 것이다. 그러나 시인은 순수영혼의 고향에 도달하고자 하
는 강렬한 열망으로 이 모든 위험을 무릅쓰고 언제 끝날지 모르는 고
독하면서도 영원한 "시간의 항해"에 나선다. 힘든 항해과정에서 시인
은, 때로는 "손닿을 수 없는/눈길이 머물 수 없는/끝내 사라지는 사물
의 꿈"[34]을 확인하기도 하고, 때로는 "울창한 활엽수 군락 속에서/原始
의 소리"[35]를 듣기도 하며, 또 때로는 "수리의 눈동자를 보았는가/지상
의 개미 한 마리까지 헤아리는/그 原始眼을"[36] 만나기도 한다. 이 만남
과 고독한 비상이 반복되면서 때로는 절망하고 때로는 견디기 힘든 상
처를 받겠지만, 그 좌절과 상처가 켜켜이 쌓이면서 지상의 덧없는 육
신을 완전히 벗어버리고 한 점 티끌 없는 순수영혼이 되어 가볍게 바
다 위를 비상하면서, 그토록 갈망하던 순수원형의 세계 내지 순수영혼
의 고향과 점점 일체가 되어가는 것이다.

박이도 시인이 도달한 이 세계는 아무나 쉽게 도달할 수 있는 영역
이 아니다. 그것은 유년기의 동화적 자연에 대한 기억을 의식에 절대
화시키고, 그 기억을 치열하게 탐색해 들어가 모든 존재의 순수원형
내지 시원에 도달한 자, 그러면서 그것에 만족하지 않고 현실로 나와
순수영혼이 되어 고독한 비상을 통해 그 영혼의 고향과 일체가 되려는

---

34) 「바다 갈매기3」, 위의 책, p. 62.
35) 「딱따구리」, 위의 책, p. 24.
36) 「검둥독수리」, 위의 책, p. 26.

자만이 도달할 수 있는 영역이다. 다음 시에서, 창공을 비상하면서 진정한 자유의지를 실현하는 독수리야말로 순수영혼과 일체가 된 시인의 모습에 다름 아니다. 우리는 이 시에서 순수영혼의 고향과 일체가 되기 위해 바다 위를 고독하게 항해하는 시인의 조용하면서도 위풍당당한 비상을 읽을 수 있을 것이다. 나아가 그런 아름다운 비상이 더욱 심화되어 박이도의 서정시가 한국 서정시의 역사에 있어서 독보적인 위치를 차지하리라는 가슴 벅찬 '희열'을 확신할 수 있을 것이다.

> 망토를 두른 듯
> 당당한 위풍으로
> 바람을 타누나
>
> 산맥을 넘어
> 들을 가로질러
> 바위 절벽
> 그 위에 독야청청한
> 소나무에
> 날 선 발톱으로 내려앉을 때
> 골짜기엔 섬찟 정적이 감돈다
>
> 바람에 실려 비상하는 영웅
> 유유히 창공을 제압하고,
> 거기에 너만의 自由
> 너만의 意志가 지배하는 곳

수직으로 낙하하는 한순간

먹이에 집중하는 눈동자는

敵意로 빛나고

나는 소름이 끼치도록

창백해진다

무서운 희열에 빠진다

(「독수리」 전문)³⁷

---

37) 위의 책, pp. 28~29.

둥근 집의 현현과 소멸의 시
— 장석남 론

1. 시적 원형질로서의 고향 덕적도

　인천에서 배를 타고 두 시간 가량 가면 있는 섬, 덕적도. 푸른 바다가 있고 갯벌이 있고 서해의 아름다운 낙조가 있는 섬. 장석남은 "밀물이 부엌 하수구 구멍을 들추고 들어"(「오동나무가 있던 집의 기록 1」, 『젖은 눈』)오는 그 섬에서 태어나 어린시절을 보냈다. 그런 그가 뭍으로 와서 시인이 된 이후 지금까지 『새떼들에게로의 망명』(1991), 『지금은 간신히 아무도 그립지 않을 무렵』(1995), 『젖은 눈』(1998), 『왼쪽 가슴 아래께에 온 통증』(2001)이라는 네 권의 시집을 발표했다. 네 권의 시집 전체를 관통하고 있는 것이 고향 덕적도와 관련된 기억이다.

　　그러니까 밀물이

　　모래를 적시는 소리가

　　고요하게 불 끄고 잠든 마을 집들의 지붕을 넘어

우리집 뒷마당 가득하게 될 때나

우리집 뒷마당도 넘쳐 내 숨을 적실 때

달팽이관 저 깊이

모래알과 모래알 사이 물방울의 길처럼 세상은

내 뒤를 따라오지 못하고 나는

배고파도 그

속에서 나오기 싫었다

지금은 그 물결 소리가 무엇을 적시는지

내가 숨차졌다

(「德積島 詩-2 섬집」 전문)

첫 시집에 실린 이 시를 통해 시인의 의식을 지배하고 있는 것이 고향바다와 그 삶임을 알 수 있다. 시인은 달팽이관 속에 있는 달팽이처럼 고향에 대한 기억에 파묻혀 세상으로 나오는 것을 거부하고 있다. 고향을 떠나 도시에서 살아가면서도 항상 고향바다의 물결소리를 떠올리면서, 아니 들으면서 그것에 대한 강렬한 향수를 표명한다. 그의 기억 속에 있는 고향은 밝고 희망차고 풍요로운 것과는 거리가 멀다. 고향은 "어머니는 해마다 밭둑에 옥수수를 심어/우리집 울음을 대신 울게 했지 아침이면/차마 눈으로 볼 수 없는 옥수숫대"(「추억에서의 헤매임」)가 있는 곳이면서, "빈 집들은 이 마을을/빈 마을 이외로는 만들지 못한다/잎 가진 삶이 다 유배당한/겨울 洞口"(「겨울 洞口」) 같은 곳이다. 곧 그에게서 고향은 가난하고 쓸쓸한 유배지와 같은 곳이다. 그러면서 "서해 해상에 둥글게 내려오는 저 붉은 구름"(「붉은 구름」)

322

으로 표상되는 고향의 자연은 그에게 심미적 대상으로 각인되어 있다.

2. 새떼들에게로의 망명

쓸쓸한 고향의 삶과 아름다운 자연이라는 이 양가적 기억이 장석남의 시적 원형질을 이루고 있다. 시인은 뭍에서 살면서도, 고즈넉한 아름다움을 담고 있는 서해의 낙조와 같은 삶, 곧 도시의 밝고 화려한 삶보다는 그늘진 삶에 주목하면서, 쓸쓸하지만 아름다운 고향의 이미지들을 기억 속에서 떠올리는 것이다. 그리하여 시인은 "울음이 명동을 다 덮지만/아무도 귀는 없다 아무도//휘황한 골짜기"(「눈보라」)에서처럼, 눈 내린 명동을 거닐면서 기억 속에 내재해 있는 고향의 이미지를 떠올려 그 이미지로 도시를 착색시킨다. "광교 근처를 지날 적에 칸나 꽃을 만나더니/꽃 밝은 잠을 자고 싶어"(「걸음은 자꾸 넘어지자고」) 하기도 하고, "신촌 크리스탈 백화점 앞에서 눈"(「배호 3」)을 맞으면서 "깊은 골짜기"를 생각하기도 한다. 심지어 "밥을 먹을 때 나는 자주 기억도 끝나는 곳을 病처럼/다녀오곤"(「밥을 먹으며」) 하기도 한다. 이처럼, 시인은 삭막한 도시에서 고향에 대한 기억을 무시로 떠올리면서 고향처럼 아름답고 아늑한 세계를 자신이 나아갈 지평으로 설정한다. 이런 시적 행위를 두고 그 스스로 "새떼들에게로의 망명"으로 명명하고 있다.

    (……)

누군가 찌르라기 울음 속에 누워 있단 말인가

봄 햇빛 너무 뻑뻑해

오래 생각할 수 없지만

오랜 세월이 지난 후

나는 저 새떼들이 나를 메고 어디론가 가리라,

저 햇빛 속인데도 캄캄한 세월 넘어서 자기 울음 가파른 어느 기슭엔

가로

데리고 가라라는 것을 안다

찌르라기떼 가고 마음엔 늘

누군가 쌀을 안친다

아무도 없는데

아궁이 앞이 환하다

(「새떼들에게로의 망명」에서)

찌르라기 울던 고향은 사라졌다. 사라졌지만, 시인의 마음속엔 늘 아궁이에 쌀을 환하게 안치던 기억이 살아 숨쉬고 있다. 사라져버린, 돌아갈 수 없는 고향에 대한 기억으로 인해 시인은 "햇빛" 속에서 "캄캄한 세월"을 "울음 가파"르게 살아갈 수밖에 없다. 도시의 삶에 적응하지 못하고 사라져버린 고향을 그리워하는 시인은 화려한 도시의 그늘에서 "새떼들에게로의 망명"을 꿈꾼다. '지금 이곳'의 삭막한 도시의 삶을 살아가면서 마음은 '새'처럼 비상하여 '저 먼 곳'에 있는 아름다운 세계를 강렬히 지향한다.

꽃 피고 지는 뜰을 안고

시간 뒤에 숨어 나는

뜰의 눈인 꽃과

꽃의 육체인 말 뒤의

향기를 베고 눕기도 하지만

내가 뜰을 안으면 그러나

안기는 것은 뛰는 심장 하나

피가 너무 따뜻해와 그 춤을, 그 없는 안팎을

견딜 수가 없어 나는 가끔

영혼에도 한줌씩

던져주지만

(「나는 뜰을 안고」 전문)

　새떼들에게로의 망명은 현실적 시간의 흐름을 거부하는 것으로 연결된다. 시인의 의식 속에서 시간은 정지되어 있다. 현실적 시간이 정지되면서 현실적 공간도 사라진다. 대신, 기억 속에 내재해 있는 사라진 고향, 곧 의식을 마비시킬 정도로 가고 싶은 아름다운 '저 먼 곳'이 자리잡는다. 그곳에서 시인은 영혼으로 뜰과 꽃과 교감하면서 일체가 된다.

내가 반 웃고

당신이 반 웃고

아기 낳으면

돌멩이 같은 아기 낳으면

그 돌멩이 꽃처럼 피어

깊고 아득히 골짜기로 올라가리라

아무도 그곳까지 이르진 못하리라

가끔 시냇물에 붉은 꽃이 섞여내려

마을을 환히 적시리라

사람들, 한잠도 자지 못하리

(「그리운 시냇가」 전문)

'나'와 '당신'이 평등하면서도 화화롭게 공존하는 곳, "돌멩이" 같은 아기가 꽃을 피우는 곳, "붉은 꽃"이 떠내려오는 깊고 아득한 골짜기가 있는 곳, 그곳이 일상의 시간의 흐름을 거부한 시인이 지향하는 세계이다. 그 세계는 모든 사물들이 일체가 되어 평화롭게 지내는 '둥근 집'과 같은 공간, 마치 요나 콤플렉스에 등장하는 어머니의 자궁 속같이 원초적 생명이 살아 숨쉬는 아늑한 공간이다. 이처럼, 장석남의 시들은 일상의 시간과 공간의 틀을 깨뜨리고, 기억과 의식 속에 살아 숨쉬는 '둥근 집'과 같은 아늑한 세계를 향해 비상하는 새와 그 새가 바라보는 아름다운 이미지들, 가령 바다, 골짜기, 높새바람, 찌르라기, 꽃 등의 이미지들을 시화하고 있다.

3. 둥근 집을 향한 비상과 그 질적 변화

그러나 두 번째 시집에 이르러 '둥근 집'을 향해 하늘을 비상하던 장석남의 새는 좌절을 겪는다.

점등 시간

77번 좌석버스를 탔다

나는 페루에 가는 것이다

시드는 화환처럼 해가 진다

바람은 저녁 내내 창 유리의 흰 페인트를 벗겨내고 있다

이른 산책의 별이 하나 비닐 봉지처럼 떴다

허공에 걸려 있는 푸른 풍금 소리들

나를 미행하는 이 깡마른 적막도

끝내 페루까지 同行하리라

철망 위에 앉아 우는 새

새의 울음 속에 등불이 하나 내어걸린다

(……)

(「새들은 페루에 가서 죽다」에서)

시인은 지금 도시의 황량한 삶에 내동댕이쳐져 있다. "시드는 화환", "벗겨진 페인트", "비닐 봉지" 등의 이미지는 생명적인 것이 존재할 수 없는 거칠고 휑뎅그렁한 도시의 삶을 함축하고 있다. "깡마른 적막"과 "철망"만이 지배하는 도시의 덫에 걸려 새는 더 이상 날지 못한다. "地上에 없는 새/새에게 없는 지상"(「散策」), "눈송이들/傷한 것 앞에서만 노네/송월전파사 유리 진열장의 여러 불빛"(「버스 정류장 옆 송월전파사」) 앞에서 '둥근 집'으로 가기 위한 "새떼들에게로의 망명"은 불가능해진다. "내 오래 된 정원은 침묵에 쌓여/고스란히 다른 세상으로 갔지"(「오래 된 정원」)라는 상실감에 사로잡힌 채, '둥근 집'으로 가고 싶지만 가지 못하고 울고 있는 새, 그러면서 "페루"로 표상되는 멀고도 황량한 곳까지 '둥근 집'을 찾아 길을 떠나야 하는 것, 그것이

두 번째 시집에 나타나는 시적 자아의 모습이다.

계단만으로도 한동네가 되다니

무릎만 남은 삶의
계단 끝마다 베고니아의 붉은 뜰이 위태롭게
뱃고동들을 받아먹고 있다

저 아래는 어디일까 뱃고동이 올라오는 그곳은
어느 황혼이 섭정하는 저녁의 나라일까

무엇인가 막 쳐들어와서
꽉차서
사는 것이 쓸쓸함의 만조를 이룰 때
무엇인가 빠져나갈 것 많을 듯
가파름만으로도 한생애가 된다는 것에 대해
돌멩이처럼 생각에 잠긴다.

(「송학동 1」 전문)

시인은 "계단"만으로 된 산비탈 동네를 가파르게 걸어 올라가면서,
저 아래에서 들려오는 뱃고동 소리를 듣는다. 계단으로 연결된 집들이
촘촘히 들어서 있는 동네는 시인이 살아가는 삭막하고 빈틈없는 세상
과 같다. 그러나 시인은 '무엇인가 꽉 차 있는 만조의 바다' 같은 세상
에서 "쓸쓸함"을 느낀다. 시인이 지향하는 '둥근 집'도 없고, 그것을

328

향해 비상하는 새도 없기 때문이다. 그런 세상에서 시인은 "새떼들에
게로의 망명"에 실패하고 추락한다. "무릎만 남은" 날지 못하는 새, 그
러나 그 새는 뱃고동 소리를 들으면서 먼바다를 그리워하는 "붉은 배
고니아"처럼 "황혼이 섭정하는 저녁의 나라"인 '둥근 집'을 잊지 못한
다. 가고 싶지만 갈 수 없는 상황, 그러면서도 그것을 포기하지 않는
'새'는 이제 스스로를 소멸시켜 '돌멩이'로 변한다. '새'에서 '돌멩이'
로의 질적 변화는 그 의미하는 바가 단순하지 않다. 그것은 '둥근 집'
으로 표상되는 아름다운 세계의 존재여부에 대한 인식의 편차와 관련
이 있다.

   (i)

   (……)

나는 안 보이는 나라를 편애하는 것이 틀림없어

이 진흙별에서 별빛까지는 얼마만큼 멀까

(「진흙별에서」에서)

   (ii)

   (……)

나는 홍예문으로

돌의 얼굴을 보러 갑니다

그 동안 내가 사귄 돌들은 벌써 많아서

봄바다로 들어간 사람을 본 돌 벗꽃 떨어져 허리를 다친 돌 뱃고동에

만 귀를 여는 돌 속에 음악이 가득한 돌 열에 떠서 금강석을 쥔 돌

   돌의 얼굴에 새겨진 별의 자국

바람의 애무

그런 것들도 봅니다.

(「돌의 얼굴―둘」에서)

(i)은 새가 되어 비상하던 첫 시집에 실린 것으로, 여기서 '둥근 집'은 일상현실 저 너머, 곧 "진흙별에서 별빛까지"의 먼 거리에 있는 "안 보이는 나라"와 같은 추상적인 것으로 설정되어 있다. 그러나 두 번째 시집에 실린 작품인 (ii)에서 '둥근 집'은 현실 저 너머에 있는 환상적인 것이 아니다. 그것은 일상현실의 그늘 곳곳에 숨겨져 있다. "천둥이 하늘을 깨쳐 보여준 그곳들을 영혼이라고 하면 안 되나/가깝고 가까워라/그 먼 곳"(「소나기」)처럼, '둥근 집'은 삭막한 현실의 빈틈이나 그늘에서 항상 우리를 기다리고 있다. 그것은 우리가 늘 일상에서 대하는 "홍예문"의 돌에 새겨진 "별의 자국", "바람의 애무"처럼 항상 우리들 곁에 있으며, 다만 우리가 그 존재를 감지하지 못할 뿐이다. 우리가 그것에 대한 강렬한 지향을 지닐 때, 그것은 우리들 곁에서 '뱃고동 소리'처럼 우리에게 울림을 전달한다.

4. 젖은 눈의 돌과 둥근 집의 속삭임

'둥근 집'에 대한 이러한 인식의 전환은 '새'가 되어 비상하고자 하던 시인이 스스로를 소멸시켜 '돌멩이'로 질적인 변화를 일으키는 것과 맞물려 있다. 실상 '둥근 집'으로 표상되는 세계, 곧 인간과 자연이 조화롭게 공존하는 세계는 현실에 존재하지 않는다. 신격화된 자본이 모든 것을 탐욕스럽게 집어삼키는 상황에서 그 세계는 일상현실로부터 추방되었다. 아니 무수한 상품 이미지와 그 찌꺼기에 의해 우리의 가시적인 인식영역으로부터 묻혀버렸다. 따라서 상실된 그 세계를 회복하기 위해서는 상품 이미지에 길들여진 우리의 일상인식을 전환시켜야 한다. 인식의 전환은 신격화된 자본의 신전을 구축하는 핵심요소가 인간이성임을 깨닫는 것으로 연결된다. 곧 이성적 인간이 세계의 주체로 등장하여 객체로서의 자연을 지배하는 것이, 자본의 신전을 지탱하는 핵심뼈대임을 자각하는 것이다. 인간이성중심의 인식을 버림으로써 바닷가의 모래알처럼 인간의 흔적을 소멸시킬 때, 일상의 더께 저 밑에 살아 숨쉬는 '둥근 집'에 대한 인식이 가능하다. '둥근 집'은 현실 저 너머에 있는 추상적 공간이나 과거적 공간이 아니다. 그것은 인간이 자연의 일부라는 인식을 가질 때 언제든지 우리에게 그 모습을 현현하는 현실적 가능태이다. 시인은 "새떼들에게로의 망명"의 좌절을 겪는 과정에서 이 깨달음을 얻게 되고, 그리하여 인간으로서의 모습을 소멸시켜 스스로를 '돌멩이'로 변화시키고, 그러면서 '둥근 집'에 대한 지향성을 내면에 강렬히 응축시킴으로써 '둥근 집'의 따스한 숨결을 들을 수 있게 되는 것이다.

> (……)
>
> 나는 신문지 위에도 신문지 위의 독재자 위에도
>
> 백만 마리의 되새떼 위에도
>
> 연못을 판다 조그만 눈길들
>
> 물방울처럼 모여
>
> 하늘의 구름 하늘의 못인 별

몸에 들인다

(……)

(「연못을 파서─하나」에서)

　'돌멩이'가 된 시인은 일상에서 "연못을 판다". 연못을 파는 것은 상품물신화된 일상의 더께를 걷어내고 그 속에 내재해 있는 '둥근 집'을 현현시키는 것을 의미한다. 그 연못 속에는 "하늘의 구름, 하늘의 못인 별들"이 "물방울"처럼 모여 있다. 인간과 자연, 지상과 천상, 물과 불 등이 대립되지 않고 하나의 원환을 이루면서 평화롭게 공존하는 연못 속의 세계야말로 '둥근 집'의 본질적 모습이다. 그 아름답고 아늑한 세계를 시인은 자신의 몸에 받아들임으로써 그것과 일체가 된다. '둥근 집'과 일체가 된 시인은 이제 세 번째 시집에 이르러 '젖은 돌'로 그 모습을 구체화시킨다.

나를 만나면 자주
젖은 눈이 되곤 하던
네 새벽녘 댓돌 앞에

밤새 마당을 굴리고 있는
가랑잎 소리로써
머물러보다가
말갛게 사라지는
그믐달

처럼

(「그믐」 전문)

　‘젖은 눈의 돌’은 삭막한 일상에서 ‘둥근 집’을 현현시키기 위해 상처를 입으면서 ‘연못’을 파고, 그러면서 ‘둥근 집’에 대한 그리움을 안으로 안으로 삭이고 응축시킨 시인의 모습이다. 그리움으로 눈물 짓는 돌이 되기 위해 시인은 밤새 마당을 굴리는 가랑잎처럼, 또 말갛게 사라지는 그믐달처럼, 그렇게 스스로를 소멸시키면서 외롭고 쓸쓸하게 살아온 것이다. 그 ‘젖은 눈의 돌’이 이제 신격화된 자본이 지배하는 일상의 틈새, 그 그늘에서 울려오는 ‘둥근 집’의 속삭임을 듣는다.

솔방울 떨어져 구르는 소리.

가만 멈추는 소리.

담 모퉁이 돌아가며 바람들 내쫓는

가랑잎 소리.

새벽달 깨치며 샘에서

숫물 긷는 소리.

풋감이 떨어져 잠든 도야지를 깨우듯

내 발등을 서늘히 만지고 가는

먼,

먼, 머언,

속삭임들.

(「속삭임」 전문)

5. 둥근 집의 심화와 새로운 출발점

장석남의 시는 사라진 고향에 대한 그리움을 간직한 채 신격화된 자본이 지배하는 일상에 안주하기를 거부하는 자리에서 출발하였다. 그리고는 고향의 변형태인 '둥근 집'으로 표상되는 세계를 시적 지향점으로 설정하였다. 그 세계에 도달하기 위해 시인은 "새떼들에게로의 망명"의 좌절을 겪으면서 '둥근 집'은 현실 저 너머에 있는 추상적 세계가 아나라 일상에 내재해 있는 현실적 가능태라는 깨달음을 얻는다. 그리하여 인간중심의 인식으로부터 탈피하여 스스로를 자연의 일부인 '돌멩이'로 변화시킴으로써 '둥근 집'의 속삭임을 들을 수 있게 된다. 다음 시는 장석남 시의 한 도달점을 보여주면서, 또다른 새로운 출발점을 내포하고 있다.

내가 가진 돌멩이 하나는 까만 것
돌 가웃 된 아기의 주목만한 것
말은 더듬고 나이는 사마천보다도 많다
네 곁에 있는 지 오래여서 둥근 모서리에
눈(目)이 생겼다
나지막한 노래가 지나가면 어룽댄다

그 속에 연못이 하나 잔잔하다
뜰에는 바람들 가지런히 모여서 자고
벚꽃 길이 언덕을 넘어갔다
하얀 꽃융단이 되어 내려온다

(……)

(「가여운 설레임」에서)

오랜 세월의 풍파 속에서도 세상의 말을 잊고 오직 한 가지만을 그리워하면서 스스로를 소멸시켜 둥글게 된 돌멩이는 바로 시인 자신을 의미한다. 그 돌멩이 속에서 연못과 바람이 모여서 자고, 벚꽃 길이 하얀 꽃 융단을 이루고 있는 세계야말로 '둥근 집'에 다름 아니다. 장석남이 현현시킨 이 '둥근 집'이야말로 모든 서정시가 지향해야 할 궁극적 귀결점일 것이며, 물신화되고 사물화된 황폐한 현실을 살아가는 오늘 우리 모두가 반드시 회복해야 할 원초적 고향일 것이다. 그런 의미에서, 장석남의 '둥근 집'의 이미자가 어떤 모습으로 심화되고 구체화될 것인지 지켜보는 것은 가슴 설레는 일이 아닐 수 없다.

존재의 집에 이르는 지도

2004년 2월 25일 초판 1쇄 인쇄
2004년 2월 28일 초판 1쇄 발행

지은이 | 문흥술
펴낸이 | 孫貞順
펴낸곳 | 도서출판 작가
　　　　서울 서대문구 북아현3동 180-22 (우120-193)
　　　　전화 | 365-8111~2　팩스 | 365-8110
　　　　이메일 | morebook@korea.com　morebook@morebook.co.kr
　　　　홈페이지 | www.morebook.co.kr
　　　　등록번호 | 제13-630호(2000. 2. 9.)

편　집 | 이형선 김이하
디자인 | 오경은
미　술 | 김명해
영　업 | 이경민 설동근
관　리 | 이용승
사　진 | 남종역

ISBN 89-89251-21-4

값 12,000원